ISBN 978 - 975 - 385 - 331 - 9
Dizgi ve düzenleme: Veysel Coşkun
Baskı: Eğitim Yayınları Matbaası
2. Basım Ekim 2007

ODA YAYINLARI TURİZM SAN. VE TİC. LTD. ŞTİ.
Tünel, Kumbaracı Yokuşu 119 Beyoğlu - İSTANBUL
Tel.: (0212) 252 07 63 - 252 87 53 Fax: (0212) 249 79 62
www.odayayinlari.com.tr.

FRANZ KAFKA

Türkçesi:
E. MURAT CENGİZ

ŞATO

I

KÖYE GELİŞ

Gecenin ilerlemiş bir saatinde köye vardı K. Köy karlar içindeydi. Şatonun kurulu olduğu dikmene dair hiçbir iz görülmüyordu; koyu karanlıkla sarılı bir sis dikmeni kuşatıyor, koca şatoyu belirginleştirecek cılız bir ışık bile parıldamıyordu. Yolu köye götüren tahta köprüde uzun uzun dikildi K., göz aldatan boşluğu izledi.

Geceleyebileceği bir yer bulmak amacıyla yürüdü sonra. Otel müşterileri ayaktaydı daha. Böyle geç vakit bir müşterinin gelmesine inanamayan otelci, boş oda kalmadığını, eğer isterse salona serilecek bir şiltede uyuyabileceğini belirtti. K. da bu öneriyi kabullendi. Salonda biralarını yudumlayan birkaç köylü görünüyordu, ama kimselerle konuşmak istemedi K. Gidip çatı katından şiltesini yüklenip gelerek sobanın yanına serdi. Bulunduğu yer sıcaktı, köylüler de rahatsız edecek kadar fazla konuşmuyorlardı; uykulu bakışlarla biraz baktı onlara K., pek de ayrımında olmadan uyuyakaldı sonra.

Hemen sonra uyandırıldı. Şehirli kılığında, oyuncuyu andırır, çekik gözlü, gür kaşlı bir delikanlı, otelciyle birlikte baş ucunda dikeliyordu. Köylüler de yataklarına gitmemiş, neler olup biteceğini izlemek için sandalyelerini K.'dan tarafa döndürmüştü. K.'yı uyandıran delikanlı kibar sözlerle özür diledi; şato yanaşmasının oğluyum, diyerek: «Bu köy şatoya aittir,» dedi. «Burada otursanız da, geceleseniz de, şatoda oturmuş ya da gecelemiş sayılırsınız. Bu izni de sadece Kont verebilir. Sizse böyle bir izin almadınız, aldınızsa bile söylemediniz.»

Uzandığı yerden, bir parça doğrulup, saçlarını düzeltti K. Baş ucunda dikilen otelciyle yanaşma olduğunu söyleyen adama bakıp: «Yolumu şaşırıp da, yanlış köye gelmiş olmayayım?» dedi. «Bir şato var mıdır buralarda?»

Her iki yakadaki müşterilerden kimileri, K.'nın söylediklerine baş sallarken, «Elbette var!» diye yanıtladı beriki, tane tane. «Sayın Kont Westwest'in şatosu.»

K., deminki sözleri rüyasında duyup duymadığını düşünerek: «Yani burada gecelemek için izin almalıyım, değil mi?»

«Evet!» dedi yanaşma; bir el işaretiyle otelciyi, müşterileri gösterip: «İzin alman gerekmez mi sandın, ha?» dedi. Sözlerinde sırıtkan bir alay seziliyordu.

«Öyleyse gidip izin almalı,» dedi K. esneyip, ayağa kalkmak istercesine üstünden yorganı çekti.

«Peki ama kimden?» dedi delikanlı

«Sayın Kont'tan,» dedi K. «Başka ne yapabilirim ki?»

«Bu gece yarısında mı Sayın Kont'tan izin alacaksınız?» diye sesini yükseltti yanaşma olduğunu söyleyen delikanlı, bir adım geriledi.

K. bu sözleri duymamazlıktan gelerek: «Alamam mı yani?» dedi. «Eğer öyleyse beni ne diye uyandırdınız?»

Bu sözler delikanlıyı öfkelendirmişti: «İt kopuk lafları!» diye bağırdı. «Sayın Kont'un adamlarına daha saygılı olmaya çağırıyorum sizi. Sizi neden mi uyandırdım? Kontluğa ait arazilerden hemen çıkıp gitmenizi söylemek için!»

«Bu gülünç işe son verin!» dedi K., epey usul sesle; sonra tekrar uzanıp yorganına sarındı. «Çok olmaya başladınız siz! Sabah olsun da bu yaptığınızı tekrar konuşalım. Otelciyle bu adamlar da gördü yaptığınızı. Tanıklarımız da hazır. Şimdilik şu kadarını söyleyeyim size: Kont'un çağırttığı yeryazımcıyım ben. Yarın asistanlarım da arabayla ölçüm gereçlerini getirecekler. Ben de vakit bulmuşken, karda yürümek istedim, ne yazık ki, yolumu birkaç kez şaşırıp köye zamansız geldim. Şatoyu ziyaret için vaktin geç olduğunu, beni uyandırmanızdan önce de biliyordum. Böyle bir şiltede gecelemeye razı oluşum da bu yüzden. Siz ise gelip, en hafif deyimiyle beni taciz ediyorsunuz. Söyleyebileceklerimin olancası bu. İyi geceler!» K., bu sözlerden sonra yüzünü sobadan tarafa çevirdi. «Yeryazımcı mıymış?» diye kısık sesli bir soru soruldu arkalardan. Bunun ardından bir sessizlik çöktü ortalığa. Fakat delikanlı hemen toparlanmıştı; K.'nın uyuduğunun ayrımında olarak, kesik ama ona duyurabileceği bir tonla: «Telefon açıp öğreneceğim bir!» dedi. Bu köy otelinde telefon bulunuyor muydu ki? Bir otel konforu için kusursuz bir şey! Telefonun bulunması bile afallatmıştı K.'yı; ama buna pek hazır değil de denilemezdi. Sonra, telefonun başının üstünde bir yere konulmuş olduğu belli oldu, mahmurluk sonucu görememiş olmalıydı. Delikanlı telefon mu edecekti, ne kadar uğraşırsa uğraşsın, K.'yı huzursuz etmeden yapamazdı bunu. Bütün sorun, K.'nın adama telefon etmesi için izin verip vermeyeceğiydi; K. da sesini çıkarmamaya karar verdi. Bu durumda da, uyuyor taklidi yapması anlamsızdı. Yine arkaüstü döndü. Birbirlerine koyun gibi sokulup bir şeyler konuştuklarını gördü köylülerin; köye bir yeryazımcının gelmesi sık rastlanır türden bir şey değildi. Açılan mutfak kapısında otelcinin karısı dikeliyordu; çam yarması bedeniyle kapıyı dolduruyordu. Otelci, kadına bilgi vermek amacıyla usulca yürüyüp yaklaştı karısına. Telefon konuşması da bu sırada başlamıştı. Yanaşma uzanmıştı, fakat bir asistan, asistanlarından biri olan Fritz isimli biri şatoda uyanıktı daha. Kendini Schwarzer diye tanıtan genç, yaşını otuzla kırk arası saptadığı K.'yı pılı pırtılar içinde, başının altında yastık yerine küçük bir sırt çantası, yanında boğumlu bir asayla, otelde bir döşeğe uzanmış, deliksizce uyurken gördüğünü anlattı. Bütün bunlardan hemen işkillenmiş, otelci görevini yapmadığı için, kendisi yani Schwarzer meselenin aslını astarını öğrenmeyi ödev edinmişti. Uykudan uyandırılan K., sorgudan geçirilmesini, kontluk arazilerinden çıkıp gitmesi yolundaki sözleri kaba tavırlarla karşılamıştı. Fakat şimdi de anlaşılacağı gibi, bu tutumunda doğruluk payı olabilirdi; çünkü Kont'un çağırdığı bir yeryazımcı olduğunu belirtiyordu. Bu söylediğinin gerçekliğini sorup soruşturmak iyi olabilirdi; bu nedenle, Bay Fritz'den istediği şuydu: Böyle bir yeryazımcı sahiden bekleniyor muydu, merkezden sorması, yanıtı da hemen telefonla kendisine bildirmesiydi. Birden sessizlik çöktü salona. Bay Fritz şatoda araştırmalarına devam ediyor, otelde haber vermesi bekleniyordu. Duruşunu değiştirmedi K., merak edip, arkasına bile bakmadı. Schwarzer'in art niyetle karışık önlemli sözleri, şatoda, bu tür görevlilerin aldığı eğitim hakkında fikir veriyordu. Bununla birlikte, çabalayıp durmayı elden bırakmıyordu şatodakiler; merkez nöbetteydi, gelen soruları hemen yanıtlıyor olmalıydı; bir süre sonra Bay Fritz'den beklenen telefon geldi. Fakat yanıtı çok kısa olmalıydı; çünkü ahizeyi hemen elinden attı öfkeyle Schwarzer. «Dememiş miydim!» diye bağırdı. «Yeryazımcı filan değil! Alçak bir serseri! Belki daha kötü bir şey!» K., bir an, Schwarzer'in, köylülerin, otelciyle karısının üstüne saldıracaklarını düşündü. İlk darbeleri atlatmak niyetiyle yorganı başına alabildiğine çekti. O sırada, telefon tekrar çaldı ama, sesi bu kez öfkeli ve seri gibiydi. Başını yorganın altından tekrar çıkardı K. Kendisi için bir daha telefon edilmesi pek olası değilken; salondaki herkes birden durakladı. Schvarzer hemen telefonun yanına gitti. Karşıdaki konuşmacının sözlerini dinledikten sonra usulca: «Bir yanlış anlama, öyle mi?» dedi, «bu işten hoşlanmadım. Ofis şefi mi telefon etti? Çok garip bu! İyi ama sayın yeryazımcıya ne diyeceğim şimdi?»

Birden kulak kesildi K. Onu yeryazımcılığa atamıştı şato. Bunun kötü bir tarafı da vardı; çünkü kendisi hakkındaki her şeyin şato tarafından bilindiğini, karşılıklı güç dengelerinin ölçüye vurulduğu, savaş davetinin gülümseyerek kabul edildiği anlamına geliyordu. Bir de iyi yanı vardı; çünkü fikrince, şato tarafından değerinin azımsandığını, şimdikinden daha büyük bir özgürlüğü bir gün ele geçirebileceğini ortaya çıkarıyordu. Bir de, yeryazımcı olmayı kabullenmesi gibi kesinlikle isabetli bir tavır takınarak kendisini boyuna korkutabileceklerini düşünüyorsalar, yanılıyorlardı; usulca bir titreme hissediyordu olancası bu.

Çekingence yanına yaklaşmaya davranan Schwarzer'i bir el işaretiyle uzaklaştırdı, K. Otelcinin odasında kalması için üstüne düştüler ama, bunu istemedi; yalnızca otelcinin uyku öncesi sunduğu bir içkiyi içti, kadının yetiştirdiği leğen, havlu, bir de sabunu aldı. Salonu boşaltmalarını söylemeye gerek görmedi; çünkü orada bulunanlar, K.'nın kendilerini tanımaması için, cephesini başka tarafa çevirip, hızla dışarı çıkıyordu. Sonra, lamba söndürüldü. K. da nihayet aradığı rahatlığı buldu. Sabaha kadar mışıl mışıl uyudu; sağından solundan hızla geçen farelerin sesine birkaç kez uyanmak dışında, uykusu dağılmadı.

Sabah olduğunda, otelcinin sözlerine göre, yemek giderleri şato tarafından karşılanacak kahvaltıdan sonra köye gitmek istedi K. Fakat sözsüz bir rica tavrıyla etrafında devinen otelciye yazıklandı; dün geceyi hatırlayıp, adamla konuşmazsa olmayacağı birkaç kelimeden başka bir şey konuşmamıştı; gelip yanına bir an olsun oturmasına bir şey demedi.

«Kont'la tanışmıyoruz,» dedi. «Sağlam işe sağlam para veriyormuş, öyle mi? İnsan, benim gibi yuvasından uzakta, çalışmak için bunca yol teperse, dönüş vakti geldiğinde cebinde biraz para olmasını ister, değil mi?»

«Bunun için kaygılanmayın. Buralarda paranın azlığından yakınan birini bulamazsınız.» «Ben,» dedi K., «silik bir adam değilim; karşımdakinin kim olduğuna aldırmadan, varsa sözüm, söylerim; tabii ki ağalarla aramı bozmak da istemem.»

Otelci, pencere önündeki bir peykeye ilişmişti; K.'nın karşısına oturmaya cesaret edememişti; iri, kahverengi, ürkek bakan gözlerini K.'dan alamıyordu. K.'ya sokulmayı kendisi istemesine karşın, şimdi onun yanından hemen sıvışacağı anı kollar gibiydi. Kont'a dair bir şeyler bilip bilmediğinin araştırılacağını düşünüp korkuyor muydu yoksa? Ya da «Ağa» olarak gördüğü K.'nın güvenilirliğinden mi emin olamıyordu. Adamın ilgisini başka bir yöne çekmek istedi K.; saatine göz atıp: «Asistanlarım birazdan gelir,» dedi. «Acaba burada barınabilirler mi?»

«Başım gözüm üstüne, ağam!» dedi adam. «Peki onlarla beraber şatoda kalmayacak mısınız?»

Otelci müşterilerini, ne yapıp edip şatoya paslamak istediği K.'yı böyle rahat, gönüllüce mi yollamak istiyordu?

«Şimdilik bilemiyorum,» dedi K. «Bana nasıl bir iş verileceğini öğreneyim bir, bakarız. Belki burada, aşağıda iş görürüm; o durumda, aşağıda kalmam daha isabetli olur. Şu da var ki, şatoda yaşamak beni korkutur, çünkü özgürlüğüme epeyce düşkünümdür ben.»

«Sen şatoyu tanımıyorsun,» dedi otelci yavaş sesle.

«Haklısın,» dedi K. «Karar vermekte aceleci davranmamalı. Şu anda bilebildiğim tek şey, şatodakilerin gerçek bir yeryazımcıyı arayıp bulabilen insanlar olduğu. Ama kim bilir, başka faziletleri de bulunabilir.» K., dudaklarını huzursuzca kemiren otelciyi savmak için kalktı ayağa. Adam, güvenini kolay teslim eden biri gibi görünmüyordu.

Salonu terk ederken, koyu renkli, koyu çerçeveli bir portre çekti dikkatini. Uzandığı yerden de aynı portreyi daha önce fark etmiş, uzaklığı nedeniyle detayları seçemediği için ona öyle gelmişti ki, resim çerçevesinden çıkarılmış, gördüğü sadece siyah bir arkalık. Şimdi tam olarak seçebildiğince, ellisinde bir adamı resmeden bir tabloydu bu. Adamın başı göğsüne doğru o kadar eğilmişti ki, gözleri görülemiyordu. Başını eğmesine sebep, geniş, ağır alınla büyük kıvrık burnu gibiydi. Başın pozisyonu nedeniyle çene kısmında içeri gömülmüş topsakalı, aşağılarda ileri doğru bir çıkıntı yapıyordu. Aralı duran parmaklarıyla sol eli gür saçları içinde duruyor, fakat başı havada tutacak gücü duyumsatmıyordu. «Bu da kim?» diye sordu K. «Kont Hazretleri mi?» Tablonun önünde dikeliyor, başını otelciden yana çevirmiyordu. «Hayır, yanaşma!» dedi otelci. «Şato ahalisinin de yanaşmaları çok alımlı!» dedi K. «Üzülerek belirteyim ki, oğlu teresin biri.» «Demeyin!» diyen otelci K.'nın kendisine doğru eğilmesini istercesine, fısıltıyla: «Schwarzer dün atıp tuttu, babası sadece bir yanaşma yamağı, olancası bu. Üstelik, en sonuncularından.» Otelci o sırada, K.'ya bir çocuk gibi göründü. «Adi herif!» dedi gülerek. K.'nın gülüşüne ortak olmayan otelci: «Onun babası da kudretlidir, ağam,» dedi. «Hadi oradan!» dedi K. «Senin de kudretli bulmadığın kimse yok. Sence ben de öyle miyim?» «Değilsin,» dedi otelci. «Seni kudretli bulmuyorum.» «Demek ki aldanmışım, gözlerin çok keskinmiş,» dedi K. «Aramızda kalsın bu; ben sahiden kudretli filan değilim. Bundan dolayı, kudret sahiplerine beslediğim saygı seninkinden az değil. Ne var ki, senin gibi içtenlikli değilim, bunu sürekli açığa vurmam.» Otelcinin yakınlığını kazanmak için, usulca yanağına vurdu K. Otelci bunun üzerine gülümsedi. Tüysüz gibi görünen yumuşak yüzüyle bir çocuğa öyle çok benziyordu ki! Acaba nasıl olmuştu da, kapısındaki ufak pencereden dirseklerini bedeninden epeyce uzakta tutarak yan mutfakta kimi işler gören şu iri kıyım kadınla evlenmişti? K. adamı hazır gülümsetmişken, üstüne varıp, gülümseyişin keyfinden mahrum bırakmak istemedi adamı. Bir el işaretiyle kapıyı açmasını isteyerek otelden ayrıldı; güzel bir kış gündüzü vardı dışarıda.

Duru, aydınlık havada, dış çizgileri belirgince seçilen şatoyu gördü dikmende; her tarafı ince bir katman gibi örten karda, şatonun karartısı daha da seçilir haldeydi. Tepede, köydekinden daha az kar vardı anlaşılan; köy yolunda giden K.'nın yorgunluğu, dün anayolda yaşadığı yorgunluktan daha az sayılmazdı. Kar aşağıda, barakaların pencerelerine kadar çıkıyor, üstten ise, basık damlara yükleniyordu. Fakat dikmende her şey uçarcasına yükseliyordu ya da aşağıdan bakıldığında böyle görünüyordu.

Aradaki mesafeden seçebildiğince, K.'nın düşündüğünden farklı değildi şato. Feodallerin kalesine de benzemiyordu, bir saraya da; iki katlı yapıların sayısı az, alçak bina sayısı fazla bir eklentiler topluluğuydu, geniş bir alanı doldurmuştu. Şato olduğu bilinmese, küçük bir kent gibi görülebilirdi. Sadece bir tek kule görebildi K.; bir binaya mı, kiliseye mi ait olduğunu tam olarak anlayamadı, etrafında dönüp duran kargalar vardı.

Şatoya bakarak yürüdü K. Aklında başka bir şey yoktu. Ancak şato yakınlaştıkça hayal kırıklığına uğradı; çünkü burası fakir, küçük bir kentti sadece; köy evleri birleşerek oluşturmuştu burayı. Kentin özelliği sayılabilecek tek şey, binalarının taştan yapılmış olmasıydı; ama sıvaları döküleli uzun zaman olmuş, taşları aşınmaya yüz tutmuştu. Bir an, doğup büyüdüğü kenti düşündü K., bu sözde şatodan pek ayrımı yoktu. Sadece burayı görmeye gelmiş olsaydı, o uzun yolculuğa boşuna çıkmış, ne zamandır uğramadığı babayurduna gitseydi daha iyi yapmış olacaktı. Babayurdundaki kilise kulesini, şu an gördüğü kuleyle kıyasladı bir ara; memleketindeki kule, dimdik, dümdüz göğe uzanıyor, giderek sivriliyordu; geniş çatılıydı; kırmızı kiremitlerle bitimlenen dünyevi bir yapıydı (böylesi yapılar inşa etmekten başka ne gelir ki elimizden.) ama basık tepeli evler topluluğundan daha kutsal bir gayesi, berrak bir görüntüsü vardı. Yaklaştığı için şimdi anladığı kadarıyla, oturulan bir binaya, belki de şatonun ana kısmına ait olan bu tepedeki kuleyse (başka kule görülmüyordu.) tekdüze, dairemsi bir nesneydi, sarmaşıklarla kaplanmak gibi bir mutluluğa sahip olmuştu, şimdi güneşte parıldayan pencereleri –dizginlenemez bir şeyler barınıyordu bu pırıltıda–, nihayetinde bir dehlizi vardı; mazgalları, özensiz bir çocuğun elinden çıkmış gibi net görüşten uzak, düzensiz, parçalı, mavi göklere yükseliyordu. Bu haliyle, şatoda oturan melankolik birinin, evin en ıssız köşesine çekilip kapanması gerekirken kendini göstermek için çatıyı delip ayağa kalkması gibi görünüyordu.

Birden, tekrar durdu K.; böyle anlarda aklı daha iyi işliyor gibi geliyordu ona. Ama bu kez de başka bir olayla huzursuz oldu. Yanı sıra dikilekaldığı kilisenin ardında (aslında sadece bir şapeldi, hepsi bu; inançlılarını barındırabilmek amacıyla üstü bir sundurma gibi genişletilmişti.) köy okulu görünüyordu. Derme çatmalığın bütün izlerini kapsayan, uzunca, alçak bir binaydı; öndeki bahçesi parmaklıkla çevriliydi, bahçeyi kar kapatmıştı. O sırada çocuklar dersten çıkıyorlardı. Kalabalık bir grup oluşturmuş, öğretmenlerinin çevresini sarmışlardı, gözlerini öğretmenlerinden ayırmadan konuşup duruyorlardı. Hızlı hızlı söyledikleri sözcüklerin birini bile anlayamıyordu K. Genç, ufak yapılı, dar omuzlu, komik bir etki bırakmayan öğretmenleri, gözleri K.'da dimdik duruyordu; çünkü K. kendisiyle öğrenciler hariç ortalıkta görünen tek kişiydi. Baskıcı birini andıran ufak tefek öğretmeni, K. bir yabancı olarak ilk kendisi selamladı. «İyi sabahlar, Sayın Öğretmen!» dedi. Çocuklar bir anda sustular. Bu susmayı konuşmasına hazırlık gibi gören öğretmen bundan hoşlanmıştı. «Şatoya mı bakıyorsunuz?» diye sordu. Sesi K.'nın beklediğinden daha yumuşaktı. «Evet,» dedi K., «Buraların yabancısıyım. Köye dün gece geldim. «Şatoyu nasıl buldunuz?» diye sordu öğretmen. «Beğenmediniz mi?» «Anlamadım,» dedi K. bir parça şaşkın; hemen sonra da, aynı sözleri tekrarladı usulca. «Şatoyu beğenmemek mi? Bunu da nereden çıkardınız?» «Gelen hiçbir yabancı beğenmez de,» dedi öğretmen. İstemediği bir şey söylemek istemeyen K., konuyu değiştirdi. «Kont'u tanıyorsunuzdur herhalde?» dedi. «Hayır!» dedi öğretmen, başını çevirecek gibi olarak. Ama K. üsteliyordu: «Kont'u tanımıyor musunuz?» «Nereden tanıyayım?» dedi öğretmen yavaşça. Birden daha yüksek bir sesle, Fransızca sordu: «Şu günahsız çocukları düşünün!» Bunu kollayan K.: «Bir gün gelip sizi ziyaret edebilir miyim, burada uzunca bir zaman kalacağım, kendimi şimdiden tek başına hissetmeye başladım; ne köylülerin arasında, ne de şatoda kalabileceğim sanırım...» «Aralarında fazla bir fark yok,» dedi öğretmen. «Mümkün,» dedi K. «Ancak benim durumumu değiştirmez bu. Sizi ziyaret etmeme izin veriyor musunuz?» «Schwanen Sokağı'nda oturuyorum, evim kasabın bitişiğinde,» dedi öğretmen. Bu bir davet etmeye değil de, adres bildirmeye benziyordu fakat yine de: «Pekâlâ! Geleceğim!» dedi K. Öğretmen, güle güle dercesine başını eğip, yine bağırarak konuşmaya başlayan çocuklarla yürüdü gitti, bayıraşağı giden bir sokakta görünmez oldu.

Aklı karışmıştı K.'nın, bu konuşma sıkıntı vermişti. Köye adım attığından beri, ilk kez yorulduğunu hissediyordu. Buraya gelinceye kadar kilometrelerce yol almış, yorulmak nedir bilmemişti; günler boyu nasıl da yürüyüp durmuştu öylece. Fakat şu anda, olağanüstü çabalamasının yorgunluğunu elverişsiz bir zamanda yaşıyordu. Karşı konulmaz bir arzu onu yeni arkadaşlar aramaya yöneltiyor, fakat her yeni tanışma da yorgunluğunu çoğaltıyordu. Bu haliyle, en azından şatonun kapısına kadar yürüyebilirse kendini iyi hissedecekti.

Tekrar yürümeye başladı K., fakat uzunca bir yoldu önündeki; çünkü köyün anacaddesi şatonun yanına kadar gitmiyor, yakınında sonlanıyor, birden sanki özellikle dirseklenip şatodan uzaklaşmıyorsa, yaklaşmıyordu da. Yol artık şatoya çıkacak diye hep bekliyordu K., ancak kendisi bunu bekliyor diye, uzayıp gidiyordu sanki. Yorgunluktan olmalı, caddeden ayrılmaya cesaret edemiyor, beri yandan, köyün böyle sürekli uzayıp bitiş yerinin görünmeyişine hayret ediyordu. Tümü birbirinin aynısı olan küçük evler, üstleri buzlanmış pencere camları, kar, tenhalık. Nihayet zorbaca direnen bu yoldan kendini çekip aldı K., dar bir sokağa yöneldi. Kar katmanı sokakta yoğunlaşıyordu; karlara batan ayaklarını zor bela çekip çıkarıyor, her yanından terler akıtıyordu. Bir anda durup, daha ötelere gidemedi.

Kendini yalnız hissetmiyordu; orada burada köylülerin barakaları görünüyordu. Bir kartopu yapıp pencerelerden birine attı. Kapı bir anda açıldı; yol boyunca açılan ilk kapıydı bu. Kocamış bir köylü, kahverengi kürküyle, başı yana eğik, gülen yüzü, sıskalığıyla belirdi kapıda. «İçeri girebilir miyim biraz?» diye sordu K. «Epeyce yorgunum da.» Adamın karşılığını duymadı bile, uzatılan bir tahtayı minnetle tuttu; tahta karların arasından hemen kurtardı onu, bir-iki adım atıp, kendini bir odada buldu.

Loş, büyük bir odaydı burası. İlk anda hiçbir şey görünmüyordu. Sarsak adımlarla bir çamaşır teknesine yürüyen K.'yı bir kadın eli beriye çekti. Odanın bir köşesinde bir yığın çocuk bağrışıp çağrışıyor, başka bir köşede kıvrılarak yükselen bir duman loşluğu koyultuyordu. Bulutlar arasında dikilir gibiydi K. «Sarhoşun biri!» dediği geldi kulağına birinin. «Siz de kimsiniz?» diye bağırdığını duydu zorbalığı belli bir ses; sonra ihtiyar adama dönüp paylarcasına: «Kapıyı neden açtın ona? Sokaktaki her serseri içeri alınır mı?» «Kont'un yeryazımcısıyım,» dedi K., içerinin loşluğundan dolayı yüzünü seçemediği adama hesap verircesine. «Oo, yeryazımcıymış!» dedi bir kadın sesi. Bir sessizlik çöktü ortaya. «Kim olduğumu biliyorsunuz, ha?» dedi K. Aynı kadının sesi: «Tabii ki!» dedi kısaca. Anlaşılan, tanınmasının K. için pek memnun edici tarafı yoktu.

Duman nihayet biraz kalkar gibi oldu, K. da bulunduğu yeri bir parça olsun seçmeye başladı. Çamaşır yıkama günlerinden birine denk gelmiş olmalıydı, kapının yanında çamaşır yıkanıyordu. Fakat duman diğer köşeden yükseliyordu. Orada, bugüne kadar gördüğü en büyük çamaşır teknelerinden biri vardı: İki yatağı içine alacak genişlikte bir tekne. Bu teknenin içinde iki adam yıkanıyor, sulardan dumanlar yükseliyordu. Tam olarak niye olduğu anlaşılamasa da, sağ köşenin daha da şaşırtıcı yanları vardı. Burada büyücek bir oyuk vardı; odanın arka duvarındaki bu oyuktan geçerek avludan içeri sızan karın solgun parıltısı, köşedeki yüksek koltukta serilmişcesine yatan yorgun bir kadının giyitlerini ipeğimsi bir ışıltıyla kuşatıyordu. Kadının kucağında bir bebek vardı. Birkaç çocuk etrafında oyun oynuyordu. Hallerine bakılırsa, hepsi de köylü çocuğuydu; fakat kadın bir köylüye benzemiyordu: Sayrılık, bitkin düşüren işler köylüleri de inceltebilirdi elbette.

Topsakallı, palabıyıklı bir adam: «Oturun!» dedi. Hızlı hızlı soluyor, ağzını sürekli açık tutuyordu. Elini komik bir pozla tekne kenarından uzatıp, bir sandığı işaret etti. Bu arada, K.'nın yüzüne sıcak sular püskürttü. Sandığın üstünde, K.'ya kapıyı açan ihtiyar yarı uyur gibi oturarak, sürekli önüne bakıyordu. Oturacak bir yer bulduğuna şükretti K. Bunun ardından, kendisiyle kimsenin ilgilenmediğini sezinledi. Çamaşır leğeninin önünde duran tombul, sarışın kadın kısık sesle bir şarkı mırıldanıyor, teknedeki adamlar durdukları yerde tepinip dönüyor, onlara yaklaşmaya çalışan çocuklar, üzerlerine K.'ya kadar gelen sular sıçratılarak geriletiliyordu. Koltuktaki kadın ölü gibi yatıyor, emzirdiği bebesini bile görmeyerek, boşluğa bakıyordu sürekli.

K. bu hüzünlü, güzel görünümü epeydir izlemiş, dalıp gitmiş olmalıydı; çünkü bağırtılı bir davete uyarak, sıçrayıp toparlandığında, başını yanındaki kocamış adamın omzuna dayanmış buldu. Adamlar yıkanma işini yapmış, sarışın kadının gözetiminde şimdi çocukların oynayıp durduğu tekneden çıkmış, giyinmiş halde K.'nın önünde dikeliyorlardı. Anlaşılan, topsakallı şamatacı, diğer adam kadar dikkatedeğer biri değildi; çünkü boyu onunkinden uzun olmayan, sakalı da onunki kadar sık sayılamayacak öteki, yavaş yavaş düşünen sessiz, iri yapılı biriydi; yüzü yassıydı, başını sürekli yerde tutuyordu. «Bay Yeryazımcı!» dedi. «Kabalığımı affedin ama burada kalamazsınız.» «Benim de kalmaya niyetim yok zaten,» dedi K. «Yorgunluğumu birazcık atmak istemiştim, artık dinlendiğime göre, gidebilirim.» «Fazla konukseverce olmayan hallerimiz sizi şaşırtmış olabilir,» dedi adam. «Fakat konukseverlik alışkımız yoktur bizim, konuklara hiç ihtiyacımız olmaz.» Birazcık uyuduğu için kendini dinç hisseden, kulakları eskisinden daha iyi işiten K., bu yalansız sözlerden hoşnut kaldı. Artık daha serbest davranabiliyordu; asasını bir oraya, bir buraya dayadı; koltukta yatan kadına bile yaklaştı; odadakilerin hepsinden daha iri yapılıydı kadın. «Haklısınız!» dedi. «Konuğa ihtiyacınız yok! Ama kimileyin birileri gerekebilir; sözgelimi ben, yeryazımcısı.» «Ne desem bilmem ki!» dedi adam tane tane. «Çağırdılarsa, kuşkusuz size gereksinim duymuşlardır, bir ayrılacalık sayılabilir bu. Fakat bizler, biz sıradan insanlar kurallara sıkıca bağlıyızdır, bunun için gücenmeyin bize.» «Hayır, ne münasebet!» dedi K. «Sadece teşekkür etmek istiyorum, size, buradaki herkese.» Kimse böyle bir şey yapmasını beklemezken, tek hamlede arkasını dönen K., kadının önünde dikelmeye koyuldu. Yorgun, mavi gözlerle baktı kadın; ipek, şeffaf başörtüsü alnının yalnızca ortasına değin iniyor, kucağındaki bebek uyuyordu. K.: «Sen kimsin?» diye sordu. Kadın, küçümseyerek (Küçümsenenin K. mı, sorduğu soru mu olduğu anlaşılmıyordu): «Şato ahalisinden biriyim,» dedi.

Bunlar göz açıp kapayıncaya kadar olmuştu. K., birden odadaki adamların her birini, birer yanında buldu. Adamlar onu ikna etmek için başka bir yol kalmamışcasına, sessiz, olanca güçlerini harcayarak, K.'yı kapıya doğru çekelediler. Bu sırada, nedeni anlaşılamayan bir şeye sevinen ihtiyar, el çırpıyordu. Çamaşır yıkamakla uğraşan kadın da, çocukların kudurgan yaygaraları eşliğinde gülmeye koyulmuştu. K. hemen sonra sokakta buldu kendini. Kapıda dikelen adamlar kendisini izliyorlardı. Kar yağışı kesilmemişti daha, ancak ortalık biraz da olsa aydınlıktı sanki. Sabırsızca K.'ya seslendi topsakallı: «Hangi tarafa gideceksiniz? Şurası şatoya, şurası da köye çıkar.» K., karşılık vermedi, ancak topsakallıya üstün olmasına rağmen, ondan daha kibar görünen diğerine: «Siz kimsiniz?» diye sordu. «Beni içeri aldınız, kime teşekkür etmeliyim bunun için?» «Tabakçı ustası Lasemann'ım ben,» dedi adam. «Kimselere teşekkür borçlu değilsiniz.» «Dediğiniz gibi olsun,» dedi K., «Belki tekrar karşılarız.» «Sanmıyorum,» dedi adam. Topsakallı bu sırada ellerini kaldırıp: «Merhaba Artur! Merhaba Jeremias!» Arkasına döndü K.; aldanmıştı demek, burada sokakta gezinen insanlar vardı. Şato tarafından iki delikanlı geliyordu. İnce uzun boyluydu her ikisi de, bedenlerine tam oturmuş giyitleri vardı, yüzleri birbirine epeyce benziyordu. Koyu tenli, esmerdiler; yine de birinin sivri sakalı renginin koyuluğuyla ilgi çekmekteydi. Yolun o sıradaki durumu dikkate alınırsa, hayli seri adımlarla yürüyor, ince uzun bacaklarını aynı ritmik devinimlerle atıyorlardı. «Nereye gidiyorsunuz?» diye seslendi topsakallı; kendisini duymaları için bağırmaktan başka umarı yoktu, muhatapları ise epeyce hızlı yürüyor, durmaya niyetleri de var gibi görünmüyordu. «İşimiz var, işimiz!» dedi delikanlılar bağırıp, gülerek. «Nerede?» «Otelde!» Birden, hepsinden hızlı: «Ben de otele gidiyorum!» diye bağırdı K.; hızlı hızlı yürüyen delikanlılar kendisini de yanlarına alsalar çok sevinecekti. Arkadaşlıkları pek de umutvar görünmüyorsa da, insanı gayrete getirecek yapıda oldukları anlaşılıyordu. K.'nın söylediklerini duymuşlardı, yine de sadece baş sallayıp hızlarını düşürmeden geçip gitmişlerdi.

Karın içinde dikelip kalmayı sürdürüyordu K.; ayaklarını kardan çıkarmayı pek düşünmüyordu; ne de olsa bir adım atınca karlara tekrar batacaktı. Tabakçı ustasıyla arkadaşı, K.'yı sonunda kapıdışarı ettiklerine sevinmiş gibi, ayak sürüyerek, sık sık dönüp K.'ya bakarak aralı duran kapıdan içeri girdiler. K. da etrafını saran karın ortasında bir başına kaldı. «Önemsiz de olsa, umutsuzluğa kapılmak için bir gerekçe!» diye düşündü. «Gelgelelim, bir tesadüf değil bu; kendim istedim.»

Birden, sol yandaki barakanın ufak penceresi açıldı. Kapalıyken, masmavi bir görünümü vardı, karın yansıması da üstüne vurmuş olabilirdi; o kadar küçüktü ki, o sırada dışarıya bakan birinin yüzü değil, sadece gözleri, yaşlı, kahverengi seçilebiliyordu. «Aha şurada dikeliyor,» dediğini duydu ihtiyar bir kadın sesinin. Bir erkek sesi bu sözlere: «Yeryazımcı!» diye yanıt verdi. Konuşan adam daha sonra pencereye geldi, pek de kaba sayılamayacak bir sesle, ama sokakta, kendi kapısının önünde sevimsiz bir olayın çıkmasını istemeyen bir tutumla: «Kimi bekliyorsunuz?» dedi. «Bir kızak bekliyorum,» dedi K., «binip gitmek için.» «Buralarda kızak filan olmaz, taşıt yoktur burada,» dedi adam. «Anlamadım. Bu yol şatoya çıkmıyor mu?» diye karşı koydu K. Adam dediğimdedik tutumuyla: «Çıkarsa çıksın,» dedi. «Buralarda çalışan taşıt yoktur.» Sonra, ikisi de sustular. Adamın aklında bir şey vardı görünüşe göre, çünkü dumanların kıvrıla büküle dışarı çıktığı pencereyi açık tutuyordu. Adamın düşündüklerini ifade etmesi için: «Kötü bir yol ha!» dedi K. Adam sadece onaylamakla yetindi.

Fakat hemen sonra: «Arzu ederseniz, sizi kendi kızağımla götüreyim,» diye ekledi. «Çok iyi olur, sevinirim,» dedi K. «Kaça götürürsünüz?» «Para istemem,» dedi adam. K. ne diyeceğini bilemiyordu. «Aldanmıyorsam, yeryazımcıydınız siz?» diye ekledi öteki. «Şatodansınız. Nereye gitmeyi düşünüyordunuz ki?» «Şatoya,» dedi K. çarçabuk. «Öyleyse götüremem,» dedi adam. «Şatodan olduğumu söyledim, ya!» dedi K. onun sözlerini yineleyerek. «Fark etmez,» dedi beriki, reddeden bir tutumla. «Öyleyse otele götürün!» dedi K. «Emriniz olur! Otele götüreyim,» diye yanıtladı adam. «Kızağı alıp geleyim hemen.» Adamın hal ve tavırlarında, yardımseverlikten çok, K.'yı kapısının önünden hemen uzaklaştırmayı hedefleyen egoistçe, endişeli, alabildiğine gayretkeşlik hissediliyordu.

Birden, avlu kapısı açıldı, zayıf bir atın çektiği, ağır olmayan yükleri taşımada kullanılan, oturaksız, yassı bir bir kızak göründü. Kızağın ardı sıra, kambur, zayıf adam geliyordu ayağı aksayarak; başına sıkıca sardığı yün atkı, nezleli, kanı çekilmiş, kırmızı yüzünü daha da küçük gösteriyordu. Adamın hasta olduğu belliydi, sadece K.'yı götürmek için evden çıkmıştı. K. buna dair bir şeyler söylemeye çalıştıysa da, adam bir el işaretiyle susturdu onu. K.'nın öğrenebildiği şu kadarı oldu: Adamın adı Gerstacker idi; hiç de rahat denemeyecek bu kızağı alıp getirmesinin nedeni, kızağın hemen bulunmasıydı, başka bir kızağı hazırlamak epeyce vakit alacaktı. Elindeki kırbaçla kızağın arkasını işaret edip: «Geçip oturun!» dedi. «Ben sizin yanınıza oturacağım,» dedi K.; «Yürüyeceğim,» dedi Gerstacker, bir öksürük krizine yakalandı; öksürürken o kadar sarsıldı ki, ayaklarını karlara gömüp, kızağa tutunmak durumunda kaldı. Başkaca bir şey söylemeyen K., hızla kızağın arkasına geçti. Adamın öksürmesi giderek geçince, yola düştüler.

K.'nın bugün varmayı umut ettiği, ama nedense şimdiden karanlığı koyulaşmış dikmendeki şato tekrar uzaklaşmaya başlamıştı. Fakat K.'ya bunun geçici bir ayrılık olduğunu bildirir gibi, bir çan sesi geldi şatodan yana; neşeli, uçucu, bir anlığına da olsa K.'yı bir titreme aldı. O kadar ki, K.'nın hayal gibi özlediği şeyin gerçekleşmesiyle, acıklı bir tonla tehdit eder gibiydi. Hemen sonra büyük çanın sesi kesildi, onun yerine küçük bir çanın ölgün, monoton sesi başladı. Bu çan yukarılarda olabilirdi, ya da aşağıda, köyde bir yerlerde. Şu anda gelen sesler, bu aksak adım yola, zavallı fakat dediğimdedik arabacının haline daha yaraşır görünüyordu.

«Hey!» diye bağırdı K. aniden; kiliseye yaklaşmışlardı, otel artık yakınlardaydı; K. bu nedenle biraz daha cüretli olabilirdi. «Kimselere sorup araştırma gereği duymadan beni kızağına bindirip dolaştırmana hayret ettim! Bunu yapmana izin veriyorlar mı?» Gerstacker bu sözleri duymamazlıktan geldi, cılız beygirin yanı sıra yürümeye devam etti. «Hey! Baksana!» diye bir daha seslendi K., kızaktan biraz kar alıp kartopu yaparak adama fırlattı. Atılan kartopu kulağına gelen Gerstacker dönüp baktı. Fakat K. şimdi adamı, itilip aşağılanmış bu kambur bedeni, biri düz, öteki çukura kaçmış, nedense birbirinden farklı iki yanaklı, kırmızı, hastalıklı yüzü, sadece birkaç dişin olduğu bu açık, sürekli tetikte bekleyen ağzı görünce –adamın durmasıyla kızak biraz ileri gitmişti–, deminki sözlerini fenalık olsun diye söylediklerini, bu kez merhamet sonucu söylemeden edemedi. Kendisini kızağıyla götürdüğü için adamın cezalandırılıp cezalandırılmayacağını sordu. «Ne istiyorsun?» dedi Gerstacker, söyleneni anlamamıştı ama bir açıklama filan da beklemeyerek beygiri dehledi, tekrar yola düştüler.

K., otele vardıklarını bir virajdan anlamıştı ki, ortalığın koyu bir karanlığa büründüğünü şaşkınca gördü. Otelden ayrılalı bu kadar vakit geçmiş miydi? Kendi hesapladığına göre, hepi topu birkaç saat olmamış mıydı? Hem, otelden çıktığında sabahtı; karnı da acıkmamıştı; birkaç dakika öncesine kadar günışığı da vardı, ama şimdi karanlık çökmüştü, koyu karanlık. «Gündüzler kısa! Gündüzler kısa!» dedi kendi kendine; kızaktan inip otele doğru yürüdü.

Otelin önündeki küçük merdivenin başında otelci dikelmiş, elindeki fenerle ışık tutuyordu. Onu gördüğü için sevindi K. Bir an, kendisini buraya getiren Gerstacker'i hatırlayıp durakladı; karanlıkta bir yerlerden öksürme sesleri geliyordu; bu o'ydu herhalde. Adamı birazdan tekrar görecekti. Kapının her iki kanadının yanında birer adamın beklediğini, merdiveni çıkıp otelcinin yanına yanına gelince ayrımsadı. K.'nın daha önce gördüğü, Artur ve Jeramias diye çağrıldığını işittiği adamlardı bunlar. K.'yı ansızın asker gibi selamladılar. Askerliğini, o gamsız vakitleri hatırlayan K. güldü.

«Siz de kimsiniz?» diye sordu her ikisine de bakıp. «Asistanlarınız!» dedi adamlar. Otelci de: «Evet, asistanlarınız,» diyerek kısık sesle onayladı. «Anlamadım?» dedi K. «Siz, ardım sıra buraya gelmelerini söylediğim, beklediğim asistanlarım mısınız?» Başıyla onayladılar adamlar. «Pekâlâ,» dedi K. hemen sonra. «Geldiğiniz iyi oldu!» Sonra: «Ne kadar da geciktiniz, bu ne uyuşukluk böyle!» «Yolumuz hayli uzundu da,» dedi biri.

«Yol uzunmuş!» diye yineledi K. «Fakat şatodan nasıl geldiğinizi gördüm.» «Evet,» diyen asistanlar başkaca bir şey söylemediler. «Avadanlıkları ne yaptınız?» «Bizde öyle bir şey yok,» dediler. «Size teslim etmiştim onları,» dedi K. «Bizde avadanlık yok,» diye yineledi adamlar. «Ne adamlarsınız!» dedi K. «Yeryazımcılık işinden anlar mısınız, hiç değilse?» «Hayır!» dediler. «Fakat benim eski asistanlarım iseniz, anlamanız gerek!» dedi K. Adamlar sustu. «Gelin bakalım!» diyen K. onların ardı sıra otelden içeri girdi.

II

BARNABAS

Üçü birden, salondaki küçük masaya geçip oturdular; sessizce biralarını içiyorlardı. Asistanları sağlı sollu oturmuştu, K. ortalarındaydı. Salonda dün akşamki gibi, bir masa daha vardı, onda da köylüler oturuyordu. «Sizinle başım dertte!» dedi K., sık sık yaptığı gibi her ikisinin yüzlerini bir kez daha birbiriyle karşılaştırdı. «Birinizi diğerinden nasıl ayırsam ki? Aranızdaki olanca fark isimleriniz, birbirinize öyle çok benziyorsunuz ki, tıpkı...» Konuşmasının burasında sustu, sonra sürdürdü: «Birbirinize o kadar benziyorsunuz ki, yılanlar gibi.» Asistanlar gülümsedi. «Aslında birbirimizden pek de iyi ayırırlar bizi,» dediler, savunan bir sesle. «Doğrudur,» dedi K. «Bunu gördüm çünkü; fakat ben sadece kendi gözlerimle görürüm; kendi gözlerimle de sizi birbirinizden ayırt edemiyorum. Bu nedenle, ikinize bir kişiymişsiniz gibi davranıp, bir tek isimle sesleneceğim. Birinizin ismi Artur'du aldanmıyorsam, değil mi? Seninkiydi sanırım?» «Hayır!» dedi biri. «Benimki Jeremias.» «Ne fark eder ki, ikinize de Artur diyeceğim, Artur'u bir yere gönderdiğimde, ikiniz birden gideceksiniz; Artur'a bir iş verdiğimde, ikiniz birden yapacaksınız. Bunun benim için bir sakıncası yok diyemem; ama bir üstünlüğü var, buyurduğum bir işin sorumluluğunu beraber yükleneceksiniz. İşi kendi aranızda nasıl bölüştüğünüz benim sorunum değil. Ama suçu birbirinize atıp paçayı kurtarmak yok; benim için sadece bir tek kişisiniz.» Bu sözler hakkında biraz düşünen asistanlar: «Yine de bizim için sevimsiz bir şey,» dediler. «Sevimsiz olacak elbette! Ama kararımı değiştirmem.» K., bir köylünün ne zamandır masanın etrafında dönüp durduğunun ayrımındaydı. Nihayet, bir karara varmış görünen köylü, bir asistana sokulup kulağına bir şeyler fısıldamaya yeltendi. «Bağışlayın, ama,» dedi K. elini masaya vurup ayağa kalkarak: «Benim adamlarım bunlar; şurada bir şeyler konuşuyoruz; bizi kimsenin rahatsız etmesini istemiyoruz!» «Ah, affedersiniz, affedersiniz,» dedi köylü, korkusundan geri geri yürüyerek arkadaşlarının masasına döndü. K. tekrar otururken: «Dikkat edeceğiniz ilk şey,» dedi adamlarına, «benden izin almadıkça kimseyle konuşmayacaksınız! Ben buraların yabancısıyım; siz de öylesiniz. Eğer benim eski asistanlarımsanız. Bu nedenle, biz üç yabancı asla birbirimizden ayrı düşmemeye çalışmalıyız. Evet diyorsanız ellerinizi uzatın!» Adamları çoktan kabullenmişti, hemen ellerini uzattılar. «Pekâlâ, ellerinizi çekin; söylediklerimi sakın unutmayın. Ben uyumaya gidiyorum; siz de aynı şeyi yapmalısınız. Bugün bir çalışma günü yitirdik, sabahleyin erkenden işe girişmemiz gerekiyor. Şatoya gitmek için bir kızak tutup, saat altıda otelin kapısında hazır olun!» «Tamam,» dedi biri. Fakat diğeri: «Tamam diyorsun ama, bunun mümkün olmadığını sen de biliyorsun,» diye araya girdi. «Kapatın çenenizi!» diye parladı K. «Bakıyorum, şimdiden hırlaşmaya başladınız.» İlki, bu sözler üzerine: «Haklı,» dedi. «Kimse şatoya izinsiz giremez.» «İzini kimden alacağız peki?» «Bilmem, şato yanaşmasından olabilir.» «O halde, telefonla ondan izin isteyeceğiz, hemen kalkıp ikiniz de telefon edeceksiniz!» Adamlar hemen koşup şatoyla telefon bağlantısı kurdular; aletin başında bir itişip kakışmaları vardı ki! İlk bakışta, komik sayılacak biçimde uysaldılar ama. K.'nın sabahleyin kendileriyle beraber şatoya gelip gelemeyeceğini sordular. Karşıdan verilen yanıttaki «Hayır» sesini bulunduğu yerden duydu K.; aslında verilen yanıt biraz daha uzundu: «Ne yarın, ne de başka bir gün!» Bunun ardından: «Kendim telefon edeceğim,» dedi K., ayağa kalkarak. Deminki köylü hariç, K. ile adamlarına dikkat eden çıkmamışken, K.'nın son söyledikleri tümünün ilgisini kesmişti; K. ayağa kalkınca, onlar da kalktılar; otelci onları engellemeye uğraştıysa da, gidip telefonun önünde dikelen K.'nın etrafında yarım daire biçiminde sıralandılar. K.'nın karşı taraftan bir yanıt alamayacağı fikrindeydi çoğu. K. umutsuzca sakin olmalarını istedi; onların ne düşündüklerini bilmek istemiyordu. Birden, almaçtan uğultulu bir ses yükseldi, şimdiye kadar telefonla konuşurken, duymadığı bir sesti bu (tam olarak uğultu da denemezdi, uzaktan daha uzak sesler korosuydu.); uğultudan akla ziyan tizlikte bir ses, giderek güçlenip kulaklara değiyor, duyma yetisine ulaşmakla yetinmeyip, daha da içerilere işlemek ister gibi yayılıyordu. K. telefonla konuşmuyordu; kulak veriyordu sadece. Sol kolu telefonun konulduğu raftaydı.

Otelci ceketinden çekiştirip, bir elçinin geldiğini söyleyinceye kadar, bu halde kaldı. «Yıkıl karşımdan!» diye bağırdı otelciye, ansızın öfkelenerek. Almaçtan içeri bağırmış olmalıydı ki, hemen biri çıktı telefona. «Ben Oswald,» dedi, «siz kimsiniz?» diye ekledi kaba, kibirli bir sesle. K. öyle sandı ki, adamın sesinde bir konuşma eksikliği vardı, alışılmış katılığını epeyce çoğaltıp bu kusuru gidermeye çabalıyordu. K., kararsız kalıp, ismini söylemedi, telefonun önünde umutsuzdu, karşı taraf bir bağırışla onu geriletebilir, almacı fırlatıp atabilirdi elinden, kendisi de, dikkatedeğer bir olanağı böylece kaybetmiş olacaktı. K.'nın kararsızlığı, karşı tarafı sabırsızlandırmıştı. «Kimsiniz?» diye sorup, bir daha ekledi: «Oradan bunca sık telefon açılmasa daha iyi olur. Az önce telefon edilmişti.» Bu sözleri dikkate almayan K., birden tanıttı kendini: «Ben, Sayın Yeryazımcının asistanıyım.» «Hangi asistan? Kim? Ne yeryazımcısı?» Aniden dünkü telefon konuşmasını hatırlayan K.: «Bay Fritz'e sorun!» dedi sadece. Bu sözlerin işe yaradığını fark edip, kendisi de şaştı. Ama asıl şaşırdığı, şatodaki ofislerin uyumla çalışması olmuştu. Karşı tarafın yanıtı şöyleydi: «Ebedi yeryazımcı! Evet, evet. Sonra?

Adınız?» «Jozef,» dedi K. Sağında solunda duran köylülerin homurtuları bir parça tedirgin ediyordu onu; K.'nın kendisini telefonda tam olarak tanıtmamasını, uygun bulmamış olmalılardı. Fakat onlarla yitirecek vakti yoktu K.'nın, bu telefon konuşması epeyce zorluyordu. «Jozef mi?» diye sordu diğer uçtaki. «Fakat asistanların adları...» Bundan sonra bir sessizlik oldu; karşı taraftaki, oradaki birinden asistanların adlarını öğrenmeye çalışıyordu galiba. «Artur ile Jeremias.» «Onlar yeniler!» dedi K. «Hayır, eski!» «Yeni. Ben eski asistanım. Bay Yeryazımcının ardı sıra bugün geldim köye.» «Hayır!» diye bağırdı karşı uçtaki. K., sakince: «Ben kimim o halde?» dedi. Tekrar bir sessizlik. Sonra aynı konuşma hatasıyla, fakat daha alçak bir tonla, saygıdeğerce: «Sen eski asistansın!» dedi beriki.

Sesin tınısını çekti dikkatini K.'nın. «Ne istiyorsun?» sorusunu duymamış gibiydi. Almacı yerine bırakmayı düşündü bir an. Bu konuşmadan bir şey çıkacağı hiç gelmemişti aklına. Yine de, gönülsüzce sormadan edemedi: «Patron şatoya gelebilir mi?» «Olanaksız!» dedi ses. «Anlıyorum,» diyen K. almacı yerine bıraktı. Ardında duran köylüler dokunacağı kadar yakınındaydı. Asistanları sık sık kaçamak bakışlarla K.'ya bakıyor, köylülerin ona sokulmasını engellemeye çalışır gibi davranıyorlardı; fakat bu daha çok bir oyuna benziyordu. Beri taraftan, köylüler de, bu konuşmanın sonucundan hoşnut, giderek yumuşuyor gibiydiler. Birden, arka taraflardan seri adımlarla bir adam gelip kalabalığı yardı; reverans yapıp eğilerek, K.'ya bir mektup uzattı. Mektubu eline alan K., mektuptan daha çok önemsediği adamı incelemeye koyuldu. Asistanlarıyla adam birbirlerine çok benziyorlardı; bu adam da ince, uzun boyluydu, kendisine dar gelen giysiler içindeydi; o da asistanları gibi çevik biriydi, bütün bunlara karşın, farklıydı da asistanlarından. K. asistanının bu adam olmasını öyle çok isterdi ki! Adam, tabakçı ustasının evinde gördüğü bebekli kadını çağrıştırıyordu bir parçacık. Baştan ayağa beyazlar içinde gibiydi; ipek değildi elbette giydikleri, sıradan kışlık giyitlerdi; fakat ipektenmiş gibi bir izlenim bırakıyordu. Aydınlık yüzlü, içten, iri gözlüydü. İnsana cesaret aşılayan bir gülümseme vardı dudaklarında. Elini yüzünde dolaştırdı birden, gülümsemesini silmek ister gibiydi; ancak başaramadı. «Sen kimsin?» diye sordu K. «Adım Barnabas,» dedi adam. «Elçiyim.» Bu sözleri söylerken, dudakları erkeksi, ama uysal bir ifadeyle aralanıyordu. Köylüleri işaret eden K.: «Buradan hoşlandın mı?» diye sordu; köylüler için ilginç olma özelliğini koruyordu; elemli yüzler (başları üstten darbelenerek yayvanlaştırılmış, yüz çizgileri bu vuruşların acısıyla oluşmuş gibiydi), dolgun dudaklar, aralı ağızlarla bakıyorlardı kendisine. Ama bakmıyor da denebilirdi; çünkü bakışları ara sıra K.'dan ayrılıp sağı solu tarıyor, dönüp tekrar K.'ya gelmeden herhangi bir şeye takılarak oyalanıyordu. Bir de, kollarını birbirlerinin beline sarıp yanak yanağa, kibirsizce mi, alayla mı gülümsedikleri belli olmayan asistanları işaret etti elçiye. Bütün bu adamları Barnabas'a gösterdi; alışılmamış koşulların başına bela ettiği birileri gibi, onları tanıtmak istiyor (biraz içtenlik de vardı bu tavrında, çünkü K. önemsiyordu bunu), Barnabas'tan, gelecekte kendisiyle onlar arasında sürekli farklı davranışlar sergilemesini umuyordu. Fakat Barnabas (safkan bir günahsızlıkla, hemen anlaşılıyordu bu) soruyu duymamazlıktan geldi; efendisinin buyurduğu, görünürde kendisini erekleyen bir söze, görgülü bir uşak nasıl kayıtsız kalırsa, o da öylece kayıtsız kaldı; sorulan soruya uyan bir tavırla etrafını inceledi, tanıdığı köylülere işaretle selam yolladı; asistanlarla birkaç kelime konuştu, bütün bunları da, kendilerini onlardan ayrı tutarak, rahat bir ifadeyle yaptı. K. bir anda (utanmışlıktan uzak, ama reddedilmiş halde) elindeki mektubu açtı. Şunlar yazılıydı:

Sayın Bay! Sizin de bildiğiniz gibi, Sayın Kont'un buyruğunda çalışın diye işe alındınız. İlk şefiniz köy muhtarıdır; iş, maaş konularında gereken açıklamalarda bulunacak, siz de işleriniz hakkında ona hesap vermekle yükümlü olacaksınız. Yine de ben sizi gözden ırak tutmayacağım. Bu mektubu getiren Barnabas, ara ara size uğrayıp taleplerinizden beni haberdar edecek. Alabildiğine yardım etmeye sürekli hazır olduğumu bilmenizi is-

terim. Buyruğumda çalışanların hoşnut olması biricik amacımdır.

İmza tam okunamıyordu, fakat matbu bir yazıyla *X. Kalem Şefi* yazılıydı. Reverans yapıp gitmek isteyen Barnabas'a: «Dur, gitme!» dedi K. Otelciyi çağırıp, boş bir oda göstermesini istedi, bu mektupla baş başa kalmak istiyordu bir süre. Elçiye bir yakınlık hissediyordu, ama onun sadece bir elçi olduğunu düşünüp, ona bir bira vermelerini istedi. Buna nasıl tepki göstereceğini merak ediyordu; hoşnut bir halle alıp birayı yudumlamaya başladı Barnabas. Bunu izleyen K., otelciyle beraber yürüyüp gitti. Küçük otelde kendisi için tavan arasındaki odadan başka yer ayarlanamamıştı; bu oda da nice güçlüklerle elde edilmiş, orada yatıp kalkan iki hizmetçiyi başka bir yere aktarmak gerekmişti. Yapılan tek değişiklik hizmetçilerin başka bir yere aktarılmasıydı. Yatak takımları yoktu; bir gece önce nasıl bırakıldıysa, öyleydi; görünürde bir çulla iki yastık vardı, hepsi bu. Duvarlarda birkaç evliyanın, askerlerin fotoğrafları asılmıştı. Oda havalandırılmamıştı bile; yeni müşterinin fazla kalmayacağı umulmuş, odada fazla kalmasını sağlayacak herhangi bir düzenlemeye gidilmemişti. Fakat K. bütün bunlara razıydı; çulu üstüne örtüp, mum ışığında mektubu bir daha okumaya başladı.

Her satırı aynı değildi mektubun. Kimi yerlerde, istem sahibi biriymiş gibi sesleniliyordu; sözgelimi, mektubun başlığı böyleydi. Bununla birlikte, kimi yerleri de vardı ki, hem anıştırarak hem de açık açık belirterek, kalem şefinin konumundan varlığı o kadar da önemsenmeyen bir işçi gibi bahsediliyordu; kalem şefi onu «gözden ırak tutmamaya» uğraşacakmış; şefi sadece muhtarmış, K., ona hesap vermekle yükümlüymüş. Buna göre tek arkadaşı da herhalde köy bekçisi olurdu. Bunlar öyle dikkatedeğer tezatlardı ki, özellikle bulunmuş gibi görünüyordu. Bu tezatlarda kararsızlığın da bir işlevi olduğunu aklından bile geçirmiyordu K. Böyle bir makama dair böylesi bir düşünceye kapılması için insanın aklının iyi işlememesi gerekiyordu. K., daha çok bir tercihle yüz yüze bırakılmak istendiğini düşünüyordu. Bu mektubun satırlarından nasıl bir sonuç çıkarmalıydı acaba? Şatoyla onur verici, fakat sadece sözde bir ilişkisi olan köy işçisi gibi mi olacak, ya da yazgısı elçi Barnabas'ın getireceği haberlere mi bağlı olacaktı, tercih hakkı kendisinindi. K., hemen kullandı tercih hakkını, bugüne değin edindiği deneyimleri olmasa da, kararsız kalmayacaktı. Şato ilerigelenlerinden alabildiğine uzakta bir köy işçisi olarak kaldı mı, bir şeyler elde edebilirdi şatodan. Kendisine hâlâ işkillenerek bakan köyülerin dillerini de o zaman çözebilirdi; iş ki onu dost gibi görmeseler de, hemşerilerinden biri gibi görsünlerdi. Bir de, Gerstacker veya Lasemann'dan bir ayrımı kalmadığında (bunun hemen gerçekleşmesi zorunluydu, yazgısı buna bağlıydı), bütün kapıların önünde hemen açılıvereceği belliydi. Fakat iş yukarıdakilere, onların iyilik ve yüceliklerine kaldı mı, kapıların açık kalması bir yana, ortada görünmezlerdi bile. Bu durumda, tehlike yok denemezdi, bu tehlikeden de mektupta söz edilmiş, kendilerinden kaçıp kurtulmasının yolu bulunamaz gibi keyifle anlatılmıştı; bu da işçi olmak anlamına geliyordu. Hizmet, iş, maaş, hesap verme, işçi gibi sözcüklerle yüklüydü mektubun satırları. Niyeti işçi olmak mıydı? Mümkündü bu; eğer böyleyse işinden başka bir şey düşünmemesi gerekecekti. Aslında zor kullanmakla korkutulmadığının farkındaydı. Bundan, özellikle burada korkmuyordu; ama insanın gözüpekliğini kıran ortamın, kanıksaması gereken hayal kırıklıklarının, her saniye yüz yüze gelinebilecek kaynağı belirsiz unsurların gücü de korkutuyordu onu. Fakat değinilen riskleri istemese de göğüslemeye hazırdı. Hem işlerin gidişatı böyle bir seyir izlemeye başladı mı, K.'nın mücadeleye girişme cesaretini göstereceği, mektupta açıkça belirtiliyordu. Kibarca belirtilmişti bu, sadece rahatsız bir vicdan (rahatsız ama kara bir vicdan değil) değinilen durumu sezebilirdi: «Bildiğiniz gibi» sözcükleri bunu duyuruyordu. K., gelişini şatoya bildirmişti; o andan başlayarak işe alındığını da biliyordu.

Duvardaki bir resmi indirip mektubu astı oraya; ne de olsa bu odada kalacaktı, mektup da orada olmalıydı.

Sonra salona indi. Barnabas, asistanlarıyla aynı masayı paylaşıyordu. Hiç de bir nedeni yokken, sadece Barnabas'ı görmekten hoşnut: «Daha gitmedin mi?» dedi K. Barnabas hemen ayağa kalktı. K.'nın içeri girmesiyle, köylülerin de kalkıp kendisine yaklaşmaya davranmaları aynı saniyelere denk gelmişti; ara vermeden K.'nın ardı sıra koşmaları alışkanlık olmuştu. «Ne istiyorsunuz benden?» dedi K. Bu söze aldırmayan köylüler, ağır adımlarla yerlerine döndüler. Aralarından biri, giderken bir açıklama yapmak isteyerek, nasıl yorumlanacağı meçhul, diğerlerinin de bazısının katıldığı bir gülümsemeyle kayıtsızca: «İnsan her an neler işitiyor böyle!» diye karşılık verdi, değindiği şeyler yiyecek bir şeylermiş gibi, dilini dudaklarında dolaştırdı. K. birkaç kelimeyle de olsa, köylülerin gönlünü almayı istemedi. Böylesi daha iyiydi, kendisine biraz saygılı davransınlardı. Fakat Barnabas'ın yanına oturduğunda, bir köylünün nefesini boynunda hissetti. Sözde, köylü, tuzluğu almaya gelmişti; fakat K. ayağını öfkeyle yere vurunca, tuzluk muzluk almadan gitti. K.'yı haklamak aslında hiç de zor değildi; sözgelimi, köylüleri ona saldırtmak yeterdi; K. onların üsteleyen meraklarını diğerlerinin içedönüklüğünden de katlanılmaz buluyordu. Ayrıca, köylülerde de vardı aynı içedönüklük. K. masalarına oturmaya niyetlense hızla kalkıp giderlerdi. Yalnızca Barnabas'ın varlığı, K.'yı hır çıkarmaktan uzak tutuyordu. Fakat yine de korkutmak istercesine, dönüp köylülerden yana baktı. Köylülerin de gözleri ondaydı. Onları böyle yerlerinde sessizce, görünürde aralarında ortak bir yan da göremeden oturur gören K., öyle sandı ki, peşinde koşmaları art niyetten değildi; belki sahiden kendisinden bir şeyler isteyeceklerdi, ama bunu iletemiyorlardı. Eğer böyle değilse, çocuksu tavırlar sayabilirdi; böyle tavırların yatağı gibiydi burası. Gerçekten otelcinin de çocuksu bir hali yok muydu? Bir müşteriye, o anda götürdüğü birayı iki eliyle nasıl da kavramıştı? Durup bir an K.'ya bakmış, mutfak penceresine dayanmış karısının kendisini çağırdığını duymamıştı.

Sakinleşmiş bir tavırla Barnabas'a döndü K. Asistanlarını masadan uzaklaştırmayı kuruyor, ama bunun yolunu bulamıyordu. Asistanları da önlerindeki biraya bakıp sessizce oturuyorlardı. «Mektubu okudum,» diye başladı K. «Neler yazdığını biliyor musun?» «Hayır,» dedi Barnabas; gözlerindeki ifade, kelimelerden daha fazlasını söylüyor gibiydi. Barnabas'ın orada bulunmasının rahatlatıcı bir tarafı vardı hâlâ. K. köylülere dair düşüncelerinde olabileceği gibi, Barnabas'a dair düşüncelerinde de aldanıyor olabilirdi. «Senin ismin de geçiyor mektupta,» dedi, «şefle benim aramda haberleşmeyi sağlayacaksın; bundan dolayıdır ki, mektupta neler yazdığını biliyorsundur sanmıştım.» «Bana,» dedi Barnabas, «sadece mektubu verip okuyuncaya değin beklememi, gerek duyarsan, sözlü veya yazılı karşılığını alıp, onlara götürmemi buyurdular.» «Pekâlâ,» dedi K. «Yazılı karşılığa gerek yok. Sayın şefe –ismi neydi?– İmzasından anlayamadım.» «Klamm,» dedi Barnabas. «Sayın Klamm'a işe alındığım için ve yakın ilgisinden dolayı teşekkür ettiğimi söyle, buralarda değerini henüz ortaya koyamamış biri olarak, bu yakınlığın hakkını vermekten geri kalmayacağımı da bildir. Ondan gelecek buyruklara tastamam uygun hareket edeceğim. Bugünlük başkaca bir isteğim yok.» Dikkatle dinleyen Barnabas, bu sözleri K.'nın önünde de yineleme iznini istedi. K. da onayladı bunu. Söyleneni sırayla tekrar eden Barnabas, gitmek için ayağa kalktı.

Sürekli Barnabas'ın yüzünü inceleyip durmuştu, K. Bunu yeniden yaptı. Barnabas K.'dan daha uzun boylu değildi; yine de K.'ya yukarıdan bakıyordu sanki; fakat bunu da kibirsizce yapıyordu, o, kimseleri utandırmak isteyen biri değildi. Olup olacağı bir elçiydi; iletilmesine aracılık ettiği mektupların içinde neler yazılı olduğunu bilmiyordu. Yine de kendisi ayrımında olmasa bile, bakışı, yürüyüşü, gülümseyişi de bir ileti gibiydi. K.'nın elini uzatması şaşırttı Barnabas'ı; çünkü o, K.'nın önünde eğilmek istemişti.

Barnabas çıktığında –kapıyı açmazdan önce, şöyle bir durup yaslanarak, bakışlarını salonda dolaştırmıştı–, asistanlarına: «Odamdan notlarımı alıp geleceğim,» dedi K. «Sonra, yapılacak işler hakkında konuşuruz.» Asistanları da onunla gelmek istedi. «Siz burada bekleyin!» dedi K.; ancak adamları üsteleyince, buyruğunu tekrarladı. Barnabas'ı holde göremedi, ama salondan çıkalı kısa bir zaman olmuştu. Otel önünde de –kar serpiştiriyordu yine–, kimsecikler yoktu. Bağırdı: «Barnabas!» Karşılık veren çıkmadı. Otelden hâlâ çıkmamış olabilir miydi acaba? Başka türlüsü düşünülemez gibiydi. Bir daha bağırdı: «Barnabas!» Bu sesleniş gecenin karanlığında yankılandı. Bir anda, ötelerden belli belirsiz bir yanıt geldi; Barnabas otelden bu kadar uzaklaşmıştı ha! «Geri dön, Barnabas!» diye seslendi K., sesin geldiği yana doğru adımlarken; nerede karşılaşacakları otelden hesaplanacağa benzemiyordu.

Sesinin titremesini önleyemeyen K.: «Barnabas!» dedi, «sana bir şey daha söyleyecektim; düşündüm de, şatodan bir şey istemem gerektiğinde, senin gelmeni beklemem o kadar uygun değil. Sözgelimi, seni şimdi bulamasaydım (nasıl koşuyorsun böyle, otelden çıkmadığını sanıyordum daha), sen gelesiye ne kadar da bekleyecektim.» «Öyleyse şefe rica edip, senin saptayacağın saatlerde benim buraya gelmemi isteyebilirsin,» dedi Barnabas. «Fakat bu da az gelir,» dedi K. «Belki de bir yıl boyunca iletmek isteyeceğim bir şey olmaz da, sen buradan ayrıldıktan çok kısa bir süre sonra en hızlı biçimde iletmek isteyeceğim bir şey çıkar.» «O halde,» dedi Barnabas, «senin başka bir bağlantı yolu bulunmasını istediğini mi söyleyeyim şefe?» «Hayır, hayır,» dedi K. «Böyle bir şey söz konusu değil, bunu öylesine söylüyorum. Neyse ki, bu kez seni ele geçirebildim!» «Yeni haberinizi bana iletmeniz için otele dönelim mi?» diye sordu Barnabas; otele doğru bir adım atarken. «Barnabas!» dedi K., «Otele gitmemiz gerekmez, yanın sıra yürüyeyim biraz.» «Otele dönmeyi niye istemiyorsun?» diye sordu Barnabas. «Orada bana rahat vermiyorlar!» dedi K., «köylülerin ne kadar yapışkan olduğunu sen de gördün.» «Senin odana çıkabilirdik,» dedi Barnabas. «O oda hizmetçilerin odası,» dedi K., «Leş gibi, kasvetli; ben orada kalmamak için seninle yürümeyi istiyorum ya.» Sonra: «Ama,» diye sürdürdü. Barnabas'ın bocalamasını aşmak için: «izin ver de, koluna gireyim, benden daha sağlam adımlarla yürüyorsun sen.» Sonra Barnabas'ın koluna girdi. Her yer karanlıklar içindeydi; yanındakinin yüzünü seçemiyor, belli belirsiz karartısını görebiliyordu. Elçinin kolunu bile el yordamıyla bulmuştu.

Barnabas nihayet kabul etti; otelden uzaklaşmaya koyuldular. K. ne denli uğraşsa da, ayak uydurmakta zorlandığını, onun rahat devinmesine engel olduğunu, olağan şartlarda öncelikle önemi olmayan sebepler yüzünden her şeyin ister istemez başarısızlığa uğrayacağını, bir de öğleden önce kara battığı, Barnabas'ın yardımıyla çıkabildiği ara sokaklarda bunun böyle sonuçlanacağını biliyordu. Fakat böylesi kaygılar edinmemeye uğraşıyor, Barnabas'ın sessizliğiyle rahatlıyordu; böyle sessizce yürüdüklerinde yan yana bulunuşlarının gayesi elçi için de yalnızca ilerlemek oluyordu.

Nereye gittiklerini bilmeden yürüyordu K., bir şey görmeden ilerliyorlardı. Kilisenin yanından geçip geçmediklerinin bile ayrımında değildi. Yürümenin zorluğu yüzünden zihnini toparlayamıyordu, aklı karmakarışık düşüncelerle doluyordu. Doğup büyüdüğü şehri sık sık anımsıyor; düşünceleri bunlara yoğunlaşıyordu. Kendi şehrinin meydanında da bir kilise vardı; çevresini birazını mezarlık çeviriyor, mezarlıksa boylu bir duvarla kuşatılıyordu. Sadece birkaç çocuk tırmanabilmişti duvara; K., tırmanmayı başaramayanlardandı. Onları bunu yapmaya götüren merakları değildi elbette; mezarlığın keşfedilmedik tarafı kalmamış, parmaklıklı küçük kapıyı aşıp defalarca girmişlerdi içeri. Tek istedikleri, kaygan yüzeyli koca duvarı ele geçirme duygularıydı. Bir akşam üstü (boş, sessiz meydan gün ışıkları içindeydi; K.'nın meydanı bu halde ilk görüşüydü), büyük bir rahatlıkla başardı bunu; defalarca denemesine karşın, sonuç alamadığı bir yerinden, dişlerinin arasına kıstırdığı küçük bir bayrakla, davranıp duvara tırmandı. Küçük küçük taş topakları aşağı düşerken daha, yukarıda bulmuştu kendini. Bayrağını duvara astı; rüzgârla geriliyordu bayrak kumaşı. Durup aşağı baktı, çevreyi taradı gözleriyle; omuzlarının üstünden, toprakta kaybolmuş gibi görünen ıstavrozları izledi. O anda, bulunduğu yerin en tepesinde sadece kendisi vardı. Ne var ki, o sırada oradan geçen öğretmen, onu görüp kızgın bakışlarla aşağı indirdi. Duvardan aşağı atlarken dizini yaralamıştı K., eve kadar güçlükle gelebildi; olsun, duvara tırmanmayı başarmıştı ya! Yaşadığı utkunluk duygusunun bir ömür boyu ayakta kalmasına yeteceğini geçirmişti içinden; böyle düşünmekle o kadar da ahmakça bir şey yapmamıştı; çünkü şu anda, aradan yıllar geçtikten sonra, bu karlı gecede Barnabas'ın kolunda yürürken aynı duyguyu hissediyordu.

Koluna daha sıkı sarıldı Barnabas'ın; elçi kendisini çekip götürüyor, ikisi de konuşmuyordu. Yürüdükleri yola bakılırsa yan sokaklardan birine sapmamışlardı henüz; yol hakkında bildiği tek şey buydu K.'nın. Yoldan kaynaklanabilecek bir engel, otele nasıl geri döneceği kaygısı bile ilerlemesini engelleyemeyecekti; buna yeminliydi. Barnabas'ın çekip götüreceği ölçüde gücü olmalıydı. Ayrıca, yolun bitimi mutlaka gelecekti. Şato hemen erişilebilir bir hedef gibi önünde belirip durmuştu gündüzleyin. Barnabas da kuşkusuz şatoya giden yolun yabancısı değildi.

Barnabas ansızın durdu. Neredeydiler? Yol ileriye uzanmıyor muydu? Kendisini baştan savmak mıydı niyeti yol arkadaşının? Hayır, bunu yapamayacaktı! K., sıkıca tuttu elçinin kolunu; öyle sıkıca tutmuştu ki, canının acıdığını duyumsadı. Acaba o olmayacak şey mi olmuştu; şu anda şatonun içinde veya dış kapılarının birinin önünde mi duruyorlardı? Gelgelelim, K., yokuş tırmandıklarını anımsamıyordu. Barnabas acaba yokuş olduğunun ayırdında olunmayan bir yerden mi gelmişti? «Burası neresi?» diye sordu kısılı sesle, elçiye değil de kendisine sorar gibi. «Ev,» dedi öteki, aynı ses tonuyla. «Ev mi?» «Fakat artık dikkat edin, efendim, kayabilirsiniz! Burası biraz yokuşaşağıdır.» «Yokuşaşağı mı?» «Hepi topu birkaç adım,» diye ekledi elçi. Hemen ardından da, yürüyüp bir kapıyı çaldı.

Çalınan kapıyı bir kız açtı. Genişçe bir odanın kapısında, koyu karanlıklar içinde dikelmeye başladılar; solda, arkalarda bir yerde, bir masanın üstünde ışığı pinti bir kandil yanıyordu. «Yanındaki kim, Barnabas?» diye sordu kız. «Yeryazımcı,» diye yanıtladı Barnabas. Arkadaki masadan yana: «Yeryazımcıymış,» diyerek yineledi kız, yüksek sesle. İhtiyar bir erkek, bir kadın, gençten bir kız ayağa kalkarak K.'yı içeri davet ettiler. Barnabas, sırayla tanıttı K.'yı: Anne-babası, kız kardeşleri Olga ile Amalia. K., yüzlerine pek de ilgiyle bakmadı. Sonra, kurutmak için ıslak paltosunu almak istediler, K. sessizce uydu buna.

Görünüşe göre, her ikisi değil, sadece Barnabas'tı evdeki. Öyleyse burada bulunmaları niyeydi? Barnabas'ı bir kenara çekip sordu K.: «Eve neden geldin? Şato buralarda bir yerde mi?» «Buralarda mı?» diye onun sözlerini tekrarladı Barnabas, K.'nın ne dediğini anlamamış gibi. «Barnabas,» dedi K., «Otelden çıkıp şatoya gitmeyecek miydin?» «Hayır, efendim!» dedi Barnabas. «Eve gitmek istiyordum; şatoya sadece sabahları giderim, geceyi hiç geçirmem orada.» «Öyle mi?» dedi K. «Yani şatoya değil, yalnızca buraya gelmekti niyetin.» Elçinin gülümsemesi artık daha renksiz, görünüşü silikti. «Daha önce neden söylemedin ki?» «Sormadınız ki, efendim!» dedi beriki. «Bana bir iş verecektiniz, fakat bunun ne olduğunu otelde de, odanızda da söylemek istemediniz. Ben de bizim burada söyleyebilirsin diye düşündüm. Sen yeter ki iste, hepsi çıkıp gider odadan. Ayrıca, eğer beğenirsen, geceyi burada da geçirebilirsin. Nasıl, iyi yapmamış mıyım?» Söyleyecek bir şey bulamadı K. Bu halde, kepazece, çirkin bir yanlış anlaşılma vardı; K. da bu yanılgının ardı sıra sürüklenmiş, kendini elçinin pırıltılı, dar ceketinin büyüsüne kaptırmıştı. Barnabas birden ceketinin düğmelerini açmaya başladı; ceketinin altından, güçlü, kaslı bir bağırla, gri, kirli, kaba, yamanmadık yeri kalmamış bir gömlek çıktı ortaya. Çevredeki her şeyin bu gömleğe uygun olduğu hemen anlaşılıyordu; ağır hareketlerle sürüklediği sert bacaklarından fazla, el yordamıyla ilerlemeye çabalayan damla hastalığına yakalanmış baba, şişmanlıktan sadece kısa adımlar atabilen, göğsünde birleştirilmiş elleriyle anne, ikisi birden odaya giren K.'ya doğru yürümeye başlamışlardı ama ona epeyce uzaktılar daha. Birbirlerine, biraz da Barnabas'a benzeyen sadece yüz hatları kardeşlerinkinden daha katı, fidan boylu sarışın iki kız kardeş gelenlerin etrafını almış, K.'nın onları selamlamasını bekliyorlardı ama K. susmayı sürdürüyordu. O, sanmıştı ki, köydeki herkes kendisi için önemliydi, bu doğruydu da. Ne var ki, bu evdeki insanların biri bile onu ilgilendirmiyordu. Otelin yolunu bir başına çıkarabileceğini bilse, hemen gidecekti. Sabahleyin şatoya Barnabas'la beraber gitme fikri ona ilginç gelmiyordu. Şimdiyse, geceleyin, kimselere görünmeden, elçinin rehberliğinde, fakat daha önce gördüğü bir elçinin, köy sakinlerinin tümünden daha çok kendine yakın hissettiği bir elçinin rehberliğinde şatoya girmek istemişti. Gelgelelim, böyle bir ailenin çocuğuydu Barnabas; açıkça bu ailedendi ve masada diğer aile bireylerinin yanında almıştı yerini. Böyle biriyle, gariptir, şatoda geceleme izni bile verilmeyen birinin kolunda gün ışığında şatoya girmesi aklının almayacağı bir şeydi; komik, tekinsiz bir eylem.

Geçip pencere önündeki bir sedire oturdu K., burada gecelemeye evet, ama bu aileden başkaca bir yardım almama kararındaydı. Köyde onu başlarından atanları, veya ondan korkanları, bu evdekilerden daha güvenilir insanlar gibi görüyordu, çünkü onlar, K.'yı kendisinden yardım istemeye zorlamış, kendine gelmesi için asistan olmuşlardı; ancak K.'yı şatoya götüreceklerine, soytarıca davranıp, kendi aile çevrelerine götüren, gönülsüz olsa da, onu yolundan alıkoymaya çabalayan sözde asistanlar onu güçsüz düşürmeye kalkışıyordu. Masaya davet edilmesini duymamazlıktan geldi K.; başı öne eğik, sedirde oturmaya devam etti.

Sonra, kız kardeş Olga ayağa kalktı. Diğer kardeşinden ince, yumuşakbaşlı görünüyordu; biraz da genç kızların sıkılganlığı vardı üzerinde. K.'nın yanına gelip onu yemeğe buyur etti. Ekmek ile yağ hazırdı, birazdan bira da alıp gelecekti. «Nereden alacaksın?» diye sordu K. «Otelden,» diye yanıtladı. Bu, K.'nın arayıp da bulamadığı bir fırsattı; bira içmeyeceğini söyledi, otele kadar kendisiyle gelmesini rica etti ondan, otelde yapması gereken önemli işleri vardı. Ama sonradan anlaşıldı ki, kız, K.'nın oteline değil de, daha yakındaki başka bir otele, Ağalar Palas'a gidecekti. K. yine de onunla gitmek için izin istedi; Ağalar Palas'ta kalacak oda bulabilirdi. Orada bulması muhtemel bir yer, buradaki kuştüyü yataklardan bile daha tercih edilirdi. Olga, yanıt vermeyi geciktirip, masaya baktı. Kardeşi ayağa kalkmıştı; olur diyen bir tavırla baş sallayarak: «Mademki öyle istiyor!» dedi. Barnabas'ın itiraz etmediğini gören K. neredeyse isteğinden cayacaktı; çünkü onun onaylaması sadece değersiz bir şey için olasıydı! Ancak otele alınıp alınmayacağına değinilerek, hepsi alınacağı yönündeki kuşkularından söz edince, Olga ile gitmek için üsteledi K.; gelgelelim, ricası için açıklama yapmaya da kalkışmadı, kendisini olduğunca kabul etmeliydiler, bu evde utanma duygusu alabildiğine zayıflamıştı. Fakat Amalia ciddi, doğrudan, renksiz, biraz da ahmakça sayılabilecek bakışlarıyla onu afallatır gibiydi.

Otele giden kısacık yolda, K. –kızın koluna girmişti, Olga da bunu önleyecek bir şey bulamıyordu, daha önce erkek kardeşinin yaptığı gibi, çekiştirilerek götürülüyordu– otelin sadece şato ağalarına ayrıldığını, köyde yapılacak işleri olan ağaların burada yemek yediklerini, bazen geceledikleri de öğrendi. Olga, K. ile kısık sesle, teklifsizce konuşuyordu; onunla yürümek de, kardeşiyle yürümek kadar cazip bir şeydi. K., itiraz etmeyi denediyse de, aldığı zevk süregidiyordu içinde.

Otelin dışarıdan görünümü, K.'nın köydeki otelinden pek farklı değildi. Hem, dıştan bakışta o kadar da büyük farklar olduğu söylenemezdi; sadece ufak tefek farklılıklar vardı. Otelin giriş merdiveni tırabzanlıydı, kapının üzerine ince işçilik ürünü bir fener konulmuştu. İçeri adım attıklarında, tepelerinde bir kumaş parçasının dalgalandığını gördüler; kontluğun renkleri işlenmiş bir flamaydı. Holde, otel sahibiyle karşılaştılar, etrafı kolaçan etmeye çıkmış olmalıydı; ufacık gözleri mahmur, K.'yı süzdü. «Bay Yeryazımcı sadece otelin içkievine dek gidebilir!» diye ekledi sonra. Olga, K.'yı hemen sahiplenerek: «Elbette, elbette!» dedi. «Bana eşlik ediyor yalnızca.» Fakat K. kadirbilmez bir tutumla, Olga'dan kurtulup, otelciyi bir kenara götürdü. Olga, holün nihayetinde sabırla beklemeye başladı. «Geceyi burada geçirmek istiyordum,» dedi K. «Üzgünüm ama olanaksız!» dedi otelci. «Sanırım haberiniz yok; burası yalnızca şato ağalarına ayrılmıştır.» «Talimatname öyle söyleyebilir,» dedi K., «fakat bana yatacağım bir yer ayarlayabilirsiniz herhalde.» «Size böyle bir iyiliğimin olmasını isterdim,» dedi otelci. «Ancak yabancılara has bir lisanla değindiğiniz talimatnamenin katılığı dışında, başka bir şeyden dolayı da isteğinizi karşılayamayacağım: Şato ağaları alabildiğine çabuk gücenen insanlardır; en azından önceden haberleri olmadan, hazırlıksızca, tanımadıkları birini yanlarında görmeye itiraz edeceklerdir. Sizi burada yatırırım ama şansızlık sonucu –şans her zaman ağalardan yanadır– sizi bir gören olursa, sadece ben değil, siz de yanarsınız. Komik ama gerçekten söylüyorum!» Ellerinden birini kapıya dayamış, diğer eli belinde, ayaklarını çaprazlayarak, K.'ya doğru eğilmiş, onunla içlidışlı konuşan bu uzunca boylu adam, düğmeleri sıkıca iliklenmiş koyu giyimli köylülerin bayramlıklarını getirse de akla, köyden biri gibi gelmiyordu pek. «Sözlerinize inanıyorum,» dedi K., «derdimi tam olarak anlatamasam da, talimatnameyi küçümsemiyorum. Ama bir şey söylememe izin verin lütfen: Şatoyla aramda bazı önemli bağlantılar var, gelecekte de daha da önemlileri olacak; değindiğim ilişkiler, benim burada gecelememin neden olacağı sorunlara karşı mutlaka korur sizi. Üstelik, benim önemsiz bir iyiliğin karşılığını bol bol vereceğimi de ortaya çıkarır.» «Bundan eminim!» K. isteğinde üsteleyebilirdi; gelgelelim, otelciden gelen yanıt aklını karıştırmıştı biraz. Bu nedenle: «Burada geceleyecek çok ağa var mı?» diye sormakla kaldı. «Bu bakımdan bereketli bir gün,» dedi beriki, kışkırtıcı bir sesle. «Yalnızca bir tek ağa var.» K. yine de üsteleyemiyordu; bir yandan da, geceleme iznini koparacağı sanısı vardı içinde; kalacak olanın ismini sordu sadece. Sıradan bir isim verircesine: «Klamm!» dedi otelci; başını çevirip. Demode, kullanılmaktan eprimiş, dantellerle, katlarla dolmuş, şehirli cicibeylerinkine benzeyen şık giyitlerini hışırdatıp ötelerden yaklaştı kadın; kocasını almak için gelmişti, kalem şefinin bir ricası vardı kocadan. Otelci konaklamaktaki kararı kendisi değil, K. verecekmiş gibi, salondan çıkıp gitmeden, dönüp baktı. K. sessizdi, yöneticisinin burada bulunmasına şaşırmıştı. Niye olduğunu tam olarak anlayamasa da, Klamm karşısında, kendini şato karşısında olduğu gibi rahat duyumsamıyordu; otelde Klamm tarafından ele geçirilmesinin kendisi için, otelcinin düşündüğü ölçüde korkulur yanı yoktu, fakat sevimsiz bir şey olmayı sürdürüyordu, minnet borcu olan birine sersemce davranıp üzmeyi istemiş gibi hallere düşecekti. Bunun yanı sıra, bu kritik durumda, anlaşılan şimdiden kapıkulu, bir işçi olmanın çekinceleriyle karşılaşmak, olanca duruluklarıyla ortaya çıktıklarında bile bunlarla baş edememek epeyce kaygı vericiydi. Bu nedenle öylece duruyor, dudaklarını ısırıyordu sadece. Otelci bir kapıdan çıkıp gözden uzaklaşmadan önce, tekrar dönüp K.'ya baktı. K. da ona bakıyordu; Olga gelip onu götürünceye değin de öylece kaldı. «Otelciye ne söyledin?» diye sordu kız. «Burada gecelemek istediğimi.» «Bizde gecelemeyecek misin?» dedi kız şaşkınca. «Elbette!» dedi K. ve söylediğinin yorumunu kıza bıraktı.

III

FRIEDA

Ortası boş ve büyük bir yer olan içkievinde, duvar önüne konulmuş fıçılarda birkaç köylü oturuyor, ancak K.'nın kaldığı oteldeki köylülere benzemiyorlardı. Giyimleri onlardan daha halliceydi, sarımsı gri çuha giyitleriyle biraz daha uyumlu bir bütünlükleri vardı. Ceketleri bol, pontolon paçaları bacaklarına yapışıktı. İri kemikli, ama etli yanaklı yayvan yüzleriyle ilk anda birbirine benzeyen narin yapılı kişilerdi. Kendi hallerinde kımıltısızca oturuyorlardı; ağır devinilerle, kayıtsızca içeri girenleri izliyorlardı. Sayılarının kabarıklığından, içkievinin sessizliğinden etkilenmişti K. Köylülere, neden burada bulunduğunu anlatmak için, Olga'nın koluna tekrar girdi. Kızın bir köşede oturan tanıdığı biri ayağa kalkıp onlara yaklaşmak isteyince, koluyla kızın yönünü değiştirdi K., bunu kızdan başka ayrımsayan yoktu; kız gülümser bir yüzle, K.'ya kaçamakça bakarak sessizce karşılamıştı durumu.

Bankoda, biraları Frieda isimli bir kız veriyordu. Mahzun gözleri, çökük yanaklarıyla yalın, narin yapılı sarışın bir kızdı; gözlerinde kendince bir üstünlük okunuyor, insanı şaşkınlığa sürüklüyordu. Kızın gözlerini üzerinde hisseden K.'ya bir an öyle geldi ki, bu bakış ona dair her şeyi kendisi gelmeden önce halledivermiştir. Bunlar öyle işlerdi ki, K. şimdiye değin varlıklarından habersiz olmuş, ama kızın gözleri bunun varolduğuna inandırmıştı. Olga ile konuşmaya başladıktan sonra da, Frieda yan gözle onu izlemeyi sürdürdü. Olga ile Frieda arkadaş gibi görünmüyorlardı; resmi ifadelerle birkaç kelime konuşup sustular. Onların konuşmalarını isteyen K.: «Bay Klamm'ı tanıyor musunuz?» dedi bir anda. Olga hemen bir kahkaha kopardı. «Neden güldün?» diye sordu K. gücenik bir sesle. «Gülmedim ki!» dedi Olga, gülmeye devam ederek. «Olga hâlâ çocuk gibi,» dedi K., Frieda'nın kendisine bakmasını sağlamak için bankoya alabildiğine dayandı. Ancak bakışlarını yerden kaldırmayan Frieda kısık sesle: «Bay Klamm'ı mı görmek istiyorsunuz?» dedi. K. da olurlayınca, sol tarafındaki bir kapıyı gösterip: «Orada küçük bir izleme penceresi var, oradan bakabilirsiniz.» «Salondakiler ne olacak?» diye sordu K. Alt dudağını ileri çıkaran Frieda, pamuk gibi elleriyle K.'yı çekip kapıya götürdü. İçeriyi izlemek amacıyla açıldığı hemen anlaşılan küçük delikten, odanın tamamını görebiliyordu K.

Klamm ortadaki bir masada rahat bir koltuğa çökmüş, tavandaki bir ampülün beyazımsı ışığında oturuyordu. Boyu ortaydı; şişman, ağır görünümlü bir hali vardı. Yüz hatlarında göze çarpan bır kırışıklık yoktu, fakat yanak etleri, kocamışlığın ağırlığıyla sarkıyordu. Siyah bıyıklarının uçları uzuyor, ışığın aksettirdiği çapraz bir kelebek gözlük, gözlerini gizliyordu. Masadaki oturuş konumu uygun olsa, Klamm'ı sadece yandan görebilecekti K.; ancak adamın yüzü kendisine epeyce dönük duruyor, bundan dolayı tamemen görebiliyordu. Sol kolunu masaya dayamıştı adam, bir Virjinya purosu tutan sağ eli dizinin üstündeydi. Masada bir bardak göze çarpıyor, kenar yüksekliğinin fazlalılığı yüzünden önünde bir yazı olup olmadığı anlaşılamıyordu. Fakat galiba masanın üstünde bir şey yoktu. Bundan emin olmak isteyen K., delikten bakıp gördüklerini kendisine anlatmasını istedi Frieda'dan. Fakat kız odadan yeni çıkmıştı, kesin bir ifadeyle onayladı K.'yı. Masada yazı mazı yoktu. «Kapıdan çekileyim mi artık?» diye sordu K. Ama beriki istediği kadar bakabileceğini söyledi. Frieda ile yalnız kalmışlardı o sıra. Etrafına bakınan K., Olga'nın tanıdığının yanına gitmiş olduğunu fark etti; boylu bir fıçının üstüne oturmuş, bacaklarını sallıyordu. «Frieda!» dedi K., fısıltı gibi bir sesle. «Bay Klamm'ı iyi tanır mısın?» «Evet, elbette,» dedi kız. «Çok iyi tanırım!» K.'nın yanı başında kapıya dayanarak dikeliyordu. O sırada bir şey çekti dikkatini K.'nın: Gösterişsiz bedeninde ödünç alınmış gibi duran hafif, açık, krem renkli bluzunun sağını solunu oynar gibi hareketlerle çekiştirip duruyordu. «Olga demin nasıl güldü, fark ettiniz mi?» diye sordu sonra. «Evet, arsız kız,» dedi K. «Şey,» dedi Frieda, affedici bir sesle, «ama bunun için nedeni vardı; siz Klamm'ı tanıyıp tanımadığımı sormuştunuz, ama ben...» Bu sırada gayri ihtiyari doğruldu bir parça, o anda konuştuklarıyla ilgisiz bir utku tavrıyla gözlerini K.'nın üstünden aşırdı. «Ben onun yavuklusuyum.» «Onun yavuklusu mu?» Başıyla onayladı Frieda. Resmi tavırlı davranışların önüne geçmek isteyen K. gülümseyerek: «O halde,» dedi, «benim için saygıdeğer birisiniz.» «Salt sizin için değil!» dedi beriki arkadaşça bir sesle; fakat K.'nın gülümsemesine karşılık vermedi. Onun kurumlanmasına karşı kullanacağı bir çaresi vardı K.'nın: «Şatoya gittiniz mi hiç?» Ama bulduğu çare işe yaramadı, çünkü kız: «Hayır, bu içkievinde bulunmam yetmez mi?» diye karşıladı bu soruyu. Gözü yükseklerde olmalıydı, şu an da K.'nın karşısında tutkusunu doyurmak için çabalar gibiydi. «Yeter, kuşkusuz!» dedi K. «Bu içkievinde sizin gibi otelciyi aratmayan biri bulunduktan sonra...» «Doğrudur!» dedi Frieda. «İşe başladığımda, *'Zur Brücke'* otelindeki ahırlarla ilgilenen bir hizmetçiydim sadece.» Yarı sorulu bir tavırla: «Bu pamuk gibi ellerinle mi?» dedi K. Bunu söyleyerek ona kur mu yapıyordu, yoksa kız sahiden kendisini büyülemiş miydi, bilemiyordu. Ufak, narin elleri olduğu hemen anlaşılıyordu kızın; ama onlar için özelliksiz, anlamsız sözcükleri de kullanılabilirdi. «O günlerde kimsenin dikkatini çekmiyordu ellerim,» dedi Frieda. «Bugün bile...» Sorulu bakışlarla baktı K. Kız baş sallamakla yetindi sadece, başkaca bir şey söyleme gereği duymadı. «Elbette,» dedi K., «sizin de kimi sırlarınız olabilir, tanışalı yarım saat geçmemiş, kim olduğunu size anlatma olanağı bulamamış birine bunlardan söz edemezsiniz tabii.» Fakat K.'nın bu sözleri gereksizdi anlaşılan; kızı işine yarayacak utkusundan etmişti: Frieda, belindeki kemere taktığı deri keseden küçük bir tahta tıkaç alıp kapıdaki deliği kapattı, fikrini değiştirdiğini hissettirmemek için epeyce zorlanarak: «Hakkınızdaki her şeyi biliyorum!» deyip ekledi: «Yeryazımcısınız siz,» dedikten sonra, «artık işimin başına dönmeliyim!» Yürüyüp bankonun ardındaki yerine geçti. O sıra, boşalan bira bardaklarını doldurmak isteyenler çeşitli yerlerden kalkmaya başladı. Kimsenin dikkatini çekmeden kızla tekrar konuşmak isteyen K., raftan boş bir bardak alıp Frieda'nın yanına geldi. «Söylemek istediğim bir şey daha var, Bayan Frieda!» dedi. «Ahır hizmetçiliğinden böyle bir konuma yükselmek takdire değer bir şey; eşsiz bir güç gerektirir. Ama buraya kadar yükselmenin son amaç olduğu söylenebilir mi? Aptalca bir soru. Gülmeyin ancak gözlerinizde, geçmişin değil, geleceğin savaşı okunuyor. Fakat dünyanın aşılması güç engelleri vardır, varılmak istenen şey büyüdükçe, engeller de büyür. Bundan dolayı, sözü geçmeyen sıradan biri de olsa, aynı uğraşı veren bir diğerinin yardımını istemek kınanacak bir şey değildir. Belki gelecekte bir yolunu bulur, şu andaki gibi üstümüze çevrilen gözlerden ırak, aynı şeyleri daha sakince konuşabiliriz.» «Bunu bilemem. Benden istediğiniz nedir?» diye sordu Frieda. Şimdi, sesinde hayatının utkuları değil, engin hayal kırıklıkları istemese de yansıyordu sanki. «Beni Klamm'dan uzaklaştırmak mı sizin niyetiniz? Yüce Tanrım!» deyip ellerini birleştirdi. Güvensizliğin bu kadarından usanan K.: «Aklımdan neler geçirdiğimi iyi anladınız,» dedi. «Benim niyetim de buydu! Klamm'ı terk edip benim sevgilim olmanızı istiyorum. Bitti, artık gidebilirim.» Sonra: «Olga!» diye bağırdı. «Eve gidiyoruz!» Fıçıdan uysalca indi Olga; ama etrafını alan tanıdıklarından kendini hemen kurtaramadı. Bu sırada Frieda tehdit edercesine K.'yı süzüp: «Sizinle ne zaman konuşabilirim?» dedi yavaşça. «Burada gecelemem olası mı?» diye sordu K. «Evet!» dedi Frieda. «O halde, şimdi gitmeyip kalsam?» «Şimdilik Olga'yla gidin, ben de buradakileri göndereyim. Sonra tekrar gelirsiniz.» «Pekâlâ!» diyen K., Olga'yı beklemeye başladı sabırsızca. Ancak köylüler bir türlü rahat bırakmıyordu kızı; onu aralarına alıp bir dans tutturmuşlar, çember gibi dönüp duruyorlardı; kimi zaman bir ağızdan çığlıklar atıyorlar, aralarından biri sokulup eliyle kızın belinden sıkıca kavrıyor, onu birkaç kez fırdöndürüp duruyordu. Dönüşleri giderek hız kazanıyor, farklı ağızlardan dökülen hırıltılı çığlıklar tek ses haline geliyordu. Bu ablukayı önce gülerek dağıtmak isteyen Olga, artık saçları karmakarışık, bir köylüden diğerine savrulup durmaktaydı. «Böylelerini de hep benim başıma bela ederler!» dedi Frieda dudaklarını kanatırcasına ısırıp. «Bunlar kim?» diye sordu K. «Klamm'ın hizmetçileri!» dedi beriki. «Bunları sürekli yanında dolaştırır, benim de canımı çıkarırlar. Bugün sizinle neler konuştuğumu bile emin olun bilmiyorum, Sayın Yeryazımcı; istemeden aptalca bir şey söylemiş olabilirim, bağışlayın. Hep bu adamların varlığı yüzünden. Hayatımda gördüğüm en kepaze, en mide bulandırıcı herifler! Bunların bardaklarına bira koymalıyım. Defalarca bu adamları getirmemesini rica ettim Klamm'dan. Bu heriflere katlanmaya mecbur muyum? Biraz da beni düşünmesi gerekmez mi? Ama ne kadar yalvardıysam da işe yaramadı; Klamm'ın gelmesine yarım saat kala, bir bakarım bu adamlar sığır sürüsü gibi sökün eder. Ama şu hallerine bakın, yalnızca ahıra yaraşırlar. Siz burada olmasaydınız, hemen şu kapıyı açıp, Klamm'a şu herifleri kapı dışarı et, derdim.»

«Klamm seslerini duymuyor mu bunların?» diye sordu K. «Nerede!» dedi beriki. «O, uyuyor.» «Uyuyor mu» dedi bağırırcasına K. «Delikten baktığımda masada oturuyordu ve uyanıktı.» «Yine öyle,» dedi Frieda. «Siz baktığınızda da uyuyordu, öyle olmasaydı sizi baktırır mıydım? Onun uyuması böyledir. Ağalar o kadar çok uyurlar ki, inanamazsınız. Hem o uyumasa, bu adamlarla nasıl bir arada olabilirdi? Hal böyle olunca onları kovmak da bana kalıyor.» Sonra, köşeden bir kamçı alan Frieda, kuzular gibi, sarsak bir zıplayışın ardından, adamların yanına seyirtti. Adamlar önce onun dansa katılmak istediğini düşünüp, ona yöneldiler. Sahiden de kamçıyı bir an elinden atacak gibi yaptı Frieda. Sonra tekrar yukarı kaldırıp: «Klamm'ın buyruğuyla ahıra! Hepiniz ahıra!» diye bağırdı. İşin ciddiyetini kavrayan adamlar K.'nın anlam veremediği bir korkuyla itişip çekişerek gerilediler; öndekilerin yüklenmesi sonucu bir kapı açıldı, gece gibi bir hava yüklendi içeri; kalabalık Frieda ile beraber ortadan kayboldu; onları önüne katan Frieda ahıra götürüyor olmalıydı.

Ansızın ortalığa çöken sessizlikte holden gelen ayak sesleri işitti K. Kendine korunaklı bir yer bulmak amacıyla, hemen bankonun ardına geçti; tek sığınak burası gibi görünüyordu. Salonda bulunması yasaklanmamıştı, ama otelde kalmak istediği için şimdiden göze çarpmaması gerekiyordu. Bu yüzden, kapı açıldığı an, hızla bankonun altına sindi. Orada ele geçmesi de tehlikeliydi aslında; ama en azından dizgininden kurtulmuş köylülerden kaçmak amacıyla buraya sindiğini ifade edebilirdi, bu da o kadar inanılmaz bir şey değildi. Gelen sadece otelciydi. «Frieda!» diye çağırdı adam, salonda bir-iki tur atıp.

Arası çok geçmeden neyse ki döndü Frieda. K.'nın adını anmayıp, köylülerden şikayet edip, K.'yı aramak için bankonun arkasına geçti. Bankonun altından Friedanın ayaklarına dokunabiliyordu K., kendini güvende hissetmeye başlamıştı artık. Frieda K.'dan hiç söz etmediği için, bunu otelci yapmak durumunda kaldı: «Yeryazımcı nerede?» diye sordu, düzeyinden epey yukarıda olan birileriyle sürekli bağlantı içinde olmaktan dolayı, nazik birine benziyordu. Frieda ile konuşmasında saygılı bir tavır vardı. Konuşurken, emrinde çalışan cesur bir işçiye karşı patronluğu elden bırakmıyor, sesindeki saygı hissediliyordu. «Yeryazımcı iyice çıkmış aklımdan!» dedi Frieda, küçük ayaklarından birini K.'nın göğsüne bastırıp. «Çoktan çıkıp gitmiş olmalı buradan.» «Öyledir herhalde, ama benim gözüme çarpmadı,» dedi otelci. «Holden dışarı adım bile atmadım ama...» «Burada da yok!» dedi Frieda, pek de oralı olmayarak. «Bir yerlere gizlenmiş olabilir,» dedi otelci. «Bence, epey iş çıkaracak biri o.» «Fakat bu kadarına cesaret edemez,» dedi Frieda ayağını biraz daha bastırıp. K.'nın ilk kez ayrımsadığı bir şuhluk, rahatlık yüklüydü tavırları. Aniden gülüp: «Belki bankonun altına sinmiştir,» deyip onu şöyle bir öpüşü, tekrar sıçrayıp doğruluşu, kederli bir sesle: «Hayır,» deyişiyle değinilen özelliği iyice ortaya çıktı. Ancak otelcinin söyledikleri de daha az şaşkınlık uyandırıcı değildi: «Onun gidip gitmediğini tam olarak bilmeyişim sevimsiz bir şey; Klamm yüzünden değil sadece, otel talimatnamesi söz konusu. Talimatnameye ikimizin de uyması gerekiyor. İçkievinden siz sorumlusunuz; ben de otelin diğer yerlerine bakacağım. İyi geceler!» Otelci henüz salondan çıkmamıştı ki, elektrik düğmesini kapatan Frieda hemen K.'nın yanına geldi. «Canım sevgilim!» dedi fısıltıyla. Fakat K.'ya dokunmadı hiç; sevgiden sarhoş gibi, sırtüstü uzanıp kollarını açtı. Mutluluk yüklü sevgisi gözüne zaman zaman bitimsiz görünüyordu. Küçük bir şarkı söylemeye başladı. Fakat şarkı söylemekten çok, iç çekmeye benziyordu bu. K.'nın dalgınlığından sıyrılamadığını görüp korkuyla doğruldu, onu bir çocuk gibi çekiştirmeye başladı. «Buraya gelsene!» dedi. «Buracıkta boğulacak gibi oluyor insan!» Sarılıştılar; Frieda'nın narin bedeni, K.'nın kollarındaydı. K.'nın habire ayılmak istediği bir sarhoşlukla yerde biraz yuvarlanarak uğultulu bir ses çıkarıp Klamm'ın kapısına çarptılar, yerdeki diğer artıklar, bira artıkları arasında serili kaldılar. Bu halde saatler geçti, aynı anda soluyuşlar, yürek atışlarıyla dolu saatler! K.'nın kendini yitik varsaydığı, havası bile vatanındaki havanın damlasını taşımayan saatler! Yabanlıktan boğulup gittiği, delice kışkırtmalarla izlediği yolda gitmek dışında bir şey yapamayacağı, tanımadığı bir diyarda, daha önce insan ayağı değmemiş kadar uzak bir yerde bulunma sanısıyla dolu saatler! Bu nedenle, tepeden, kayıtsız bir sesin Klamm'ın odasından Frieda'yı çağırması en azından ilk anda korkutmadı K.'yı; aksine, onu kendine getirip rahatlattı. «Frieda!» dedi fısıltıyla, Klamm'ın seslenişini ona ileterek. Doğuştan yumuşakbaşlı Frieda fırlayıp kalkmak istedi; sonra nerede bulunduğunu hatırlayıp, gerinerek güldü. «Ona gideceğimi düşünmüyorsun değil mi!» dedi. «Asla gitmeyeceğim ona!» Karşı koymak, gitsin diye ısrar etmek istedi K., Frieda'nın bluzundan kalanları yan yana getirmeye başladı; ama konuşmadı da, Frieda'yı yanında hissetmekten dolayı alabildiğine mutluydu. Bir yandan da, epeyce kaygı veren bir mutluluktu bu; çünkü ona öyle geliyordu ki, kız kalkıp giderse her şeyini alıp götürecekti. Frieda sonra, K.'nın izniyle güçlenmiş, yumruk yaptığı elleriyle kapıyı çaldı: «Yeryazımcının yanındayım! Yeryazımcının yanındayım!» diye bağırdı. Klamm bu sesleniş üzerine sustu. K. yerinden doğrulup diz çökerek, gündoğumunu muştulayan solgun ışıkta etrafına bakındı. Neler olmuştu? Umutları nereye gitmişti? Ele verildiğine göre, Frieda'dan ne bekleyebilirdi ki? Düşmanın, varılacak hedefin yüceliğine uygun davranıp epey özenli adımlarla yürüyecekken, gece boyu burada, kokusu insanı sersemleştiren bira bataklığı içinde tepinip durmuştu. «Bunu niye yaptın?» diye söylendi, kendi kendine söylenir gibi. «İkimiz de bittik.» Frieda: «Hayır!» dedi, «sadece benim biten. Ama sen kazandın ya! Kaygılanma hiç. Şu ikisi nasıl da gülüyor bize.» «Hani?» diye sordu K. arkasına dönüp; asistanları bankonun üstüne kurulmuştu; uykusuz ama keyifli görünüyorlardı. Görevlerine bağlılıktan duydukları bir keyifti bu. Başına gelenlerin sorumlusu onlarmış gibi: «Ne arıyorsunuz burada?» diye bağırdı K. Etrafına bakınıp, akşam Frieda'nın elinde gördüğü kamçıyı arandı. Adamları: «Seni merak edip aramaya çıktık,» dediler. «Kaldığımız otelin salonunda göremedik seni; gidip Barnabas'ın evine baktık, nihayet burada bulabildik seni. Gece boyunca da burada oturup duruyoruz; anlayacağınız, işimiz epeyce zor.» «Geceleri değil, gündüzleri gereklisiniz bana!» dedi K. «Şimdi defolun!» «Ama şimdi gündüz,» dedi adamları, oralı olmadan. Ortalık sahiden ağarmıştı; avlu kapısı açıldı birden, K.'nın artık aklından çıkarmış olduğu köylüler yanlarında Olga ile daldılar içeri. Kılık kıyafeti, saçları epeyce örselenmiş olmasına karşın, canlılığını koruyordu Olga; kapıdan adımını atarken gözleriye K.'yı arandı. Ağlamaklı gibiydi: «Benimle eve niye gelmedin sanki?» dedi. «Böyle bir sürtük için mi?» diye ekledi sonra, birkaç kez aynı sözleri tekrarlayarak. Bir anlığına ortadan kaybolan Fireda, küçük bir çıkınla çıkagelmişti. Olga kederle yana çekildi. «Artık gidebiliriz!» dedi Frieda. Gidilecek yerle '*Zur Brücke*' otelini ereklediği belliydi. K. ile Frieda önlerinde, arkalarından asistanlar, topluluk yola düştü. Köylülerin yüzlerinde Frieda'ya karşı bir kin okunuyordu, bu da olağandı; çünkü elinden çok çekmişlerdi, aralarından biri oradan bir sopa alıp üstünden aşmadıkça Frieda'nın gitmesine izin vermeyecek gibi davrandı; fakat berikinin bir bakışı yetti, hemen kenara çekildi. Dışarının karlı havası rahat bir soluk almasını sağladı K.'nın. Açık havada bulunmak öyle büyük bir mutluluktu ki onun için, yolun zorluklarını bu kez fazla hissetmiyordu. Kendi başına olsaydı daha rahat yürüyebilirdi. Otele gelince hemen odasına çekilip yatağına uzandı. Frieda da onun yanında kendisi için bir şilte hazırlamaya başladı. Artlarından odaya dalan asistanları hemen kovuldu, ama bir çaresini bulup pencereden içeri girdiler. Otelcinin karısı Frieda'ya hoş geldin demek için çıkageldi. Frieda: «Tonton anneceğim benim!» diyerek karşıladı onu. Öpüşmeler, sarılmalarla epeyce içtenlikli bir karşılama töreni başladı. Küçük odada sessizliğin izi bile yoktu; hizmetçiler sık sık içeri dalıyor, ya bir şey getiriyor, ya da odadan aldıkları bir şeyi götürüyorlardı. Boy boy öteberilerle doluydu yatağın üstü; her istediklerini K.'nın altından kaba tavırlarla çekip alıyorlardı. Frieda'yı aileden biri gibi karşılamışlardı. Bu şamataları umursamayan K. bütün bir gün ve gece çıkmadı yatağından. İhtiyacı olan şeyleri Frieda alıp getirdi. Ertesi sabah dinlenmiş halde çıktı yatağından; köye geldiğinin dördüncü günüydü.

IV

OTELCİNİN KARISI

Frieda ile baş başa konuşmayı epeyce istiyordu, K. Fakat onun da kimi zaman gülüşüp şakalaştığı yılışık asistanlar, sadece odadaki varlıklarıyla bile bunun önüne geçiyorlardı. Rahatlarına fazla düşkün adamlar değillerdi; bir kenara iki entari yayıp, üstlerine oturmuşlardı. Frieda'ya sık sık söylediklerine bakılırsa, Sayın Yeryazımcıyı huzursuz etmeyecek, alabildiğine küçük bir yerle yetineceklerdi; onlar için bir onur sorunuydu bu. Bundan hareketle, doğal ki sürekli bir fısıldaşma, gülüşme halinde işe giriştiler; kollarını, bacaklarını birleştirip tekbedenmiş gibi yere çömeldiler; bu halleriyle loş ışıkta bakıldığında, bir kenarda büyücek bir kütleye benzer bir şey seçilebiliyordu salt. Gelgelim, bol ışıkta kazanılmış tecrübeler sonucu cin gibi kurnaz gözetleyiciler oldukları açığa çıkmıştı; çocuksu bir oyun oynar gibi, ellerini dürbün yapıp bakmak gibi zırvalıklarla uğraşsalar da, sadece göz kırpıp K. ile Frieda'dan tarafa bakıp, uzunluk ve gürlüğünü birbirleriyle sürekli kıyaslayıp, Frieda'ya da değerlendirmeye çabaladıkları sakallarının bakımıyla daha ilgili gibi görünseler de, bakışları sürekli K.'daydı.

K. sık sık, uzandığı yerden eşsiz bir kayıtsızlıkla üçünün yapıp ettiklerini seyrediyordu.

Yataktan çıkacak kadar güçlendiğini duyumsayınca, hepsi K.'ya hizmet etmek için koşturdu. Onların hizmetlerini istemeyecek ölçüde iyi hissetmiyordu kendini K.; bu nedenle onlara bağımlı hale geleceğinin, bunun olumsuz sonuçlar getireceğinin ayrımındaydı; istemese de sesini çıkaramadı. Onların hizmetlerinin; Frieda'nın pişirdiği kahveyi içmenin, yaktığı sobada ısınmanın, ahmak, girişken asistanlarının, merdivenleri koşar adım çıkarak el-yüz yıkaması için gerekenleri taşımalarının beğenilesi bir tarafı da vardı. Asistanları, K.'nın dudaklarından öyle de yorumlanabilecek belli belirsiz bir ses çıktığı an, koşakoşa gidip bir kadeh rom alıp geldiler. Bu emirler, hizmet için yarışmalar sırasında K. sözlerinin dinlenip dinlenmediğini dert etmekten değil, sadece keyifli olduğundan: «İkiniz de çekilin!» diye seslendi. «Artık bir şeye ihtiyacım yok, Frieda ile baş başa kalmak istiyorum.» Adamların yüzlerinde yadsıyan bir ifadeye rastlamayınca, incinip gücenmesinler diye: «Daha sonra üçümüz muhtara gideceğiz; aşağı salonda bekleyin beni!» Niyedir bilinmez, buyruğa uydu asistanlar, ancak çıkmadan: «Burada da bekleyebilirdik,» dediler. «Bunu biliyorum,» dedi K. «istemiyorum.»

Gelgelelim, asistanlar çıkar çıkmaz, gelip kucağına yerleşen Frieda: «Bu adamlardan ne istiyorsun, sevgilim? Onlardan gizli bir şeyimiz olmamalı; her ikisi de bize sadık!» dediğinde sıkıldı K. Biraz memnun da oldu. «Sadık mı?» dedi. «Sindikleri yerden ara vermeden beni izliyorlar; önemsiz, fakat mide bulandırıcı!»

«Anlıyor gibiyim,» dedi Frieda; boynuna sarılarak, diyeceği bir şey daha var gibiydi, nedense söylemedi; iskemle yatağın hemen yanında durduğu için, yataklarına devrildiler. Öylece uzandılar, fakat geceki gibi esriyerek değil; her ikisi de öfkeyle bir şey aranır gibiydi; somurtarak, başlarını birbirlerinin göğüslerine gömerek, sarılmaları, azan bedenleri unutuşa olanak tanımıyor, sürekli bir arayışı dayatıyordu. Köpeklerin yerlerde umutsuzca debelenmesi gibi, onlar da birbirlerinin bedenlerinde, ne aradığını bilemeden eşiniyor, son da olsa bir parça mutluluk bulmak için, dudaklarını birbirlerinin yüzlerinde gezdiriyorlardı. Sadece yorgunluk, onların yatışmalarını sağlayıp birbirlerine borçlu kıldı. Çıkıp gelen hizmetçiler: «Şunlara da bak; nasıl da debeleniyorlar!» dediler, aralarından biri bir örtüyle ikisinin üstünü örttü.

Örtüden başını çıkarıp bakınan K, asistanlarını (zerrece şaşırmamıştı) eski yerlerinde oturur halde buldu; parmaklarıyla kendisini gösterip birbirlerini ağırbaşlı olmaya davet ediyor, askerce selama duruyorlardı. Yatağın yanı başında ise, otelcinin karısı oturmuş, çorap örüyordu; bütün odayı karartan iri kıyım bedenine hiç de yakışmayan önemsiz bir işti yaptığı. «Ne zamandır bekliyorum burada,» deyip kocamışlık buruşukluklarının göründüğü, fakat geniş ölçüde bozulmamışlığını koruyan, bir vakitler güzel sayılabilecek enli yüzünü kaldırdı. Söyledikleri yakınış yüklüydü; o kadar gerekli değildi bu yakınış; K. onun gelip beklemesini istememişti ki. Bundan hareketle, baş sallayarak onayladı sadece, doğrulup yatağında oturdu. Frieda da aynı şeyi yaptı; fakat K.'yı öylece bırakıp, gidip kadının oturduğu iskemleye dayandı. «Hanımefendi,» dedi dalgınca K., «Söyleyeceğinizi ben muhtardan döndükten sonraya bırakabilir misiniz? Muhtarla konuşmam gerek de.» «Benim söyleyeceklerim bundan daha önemli, emin olun, Sayın Yeryazımcı,» dedi otelcinin karısı. «Muhtarla sadece iş hakkında konuşacaksınız, sanırım; benim diyeceklerim canım kızım Frieda hakkında.» «Sahi mi?» dedi K. «Öyleyse sorun değil; anlamadığım, bu işin neden Frieda ile bana bırakıldığı.» «Kaygının, sevginin sonucu bu,» dedi kadın. Frieda ayakta dikiliyor, bu durumda bile, boyu kadının sadece omzuna geliyordu. Kadın, bir anda, Frieda'nın başını tutup kendisine çekti. «O, size bunca güvendikten sonra,» dedi K., «elbette ben de farklı davranamam. Üstelik, Frieda da demin asistanlarım için sadık kişiler demişti; bundan hareketle, birbirimizle arkadaş sayılırız. O yüzden şu kadarını söyleyebilirim: Yapacağımız en iyi şey ikimizin evlenmesi; hiç oyalanmadan hem de. Ama bu evlilikte, onun benim yüzümden kaybettiklerini; oteldeki işiyle, Klamm'ın dostluğunu veremeyeceğim.» Gözleri yaş dolan Frieda başını kaldırdı, ama bir utku ifadesi görünmüyordu yüzünde. «Niye ben?» dedi, «bir başkası değil de ben seçildim?» «Anlamadım,» dedi K. ile otelcinin karısı bir ağızdan. Kadın: «Zavallının aklı başında değil!» diye ekledi. «Bunca acıyı ve mutluluğu aynı anda yaşamaktan aptallaştı. Onun söylediklerini onaylar bir tavır takınan Frieda, K.'nın üzerine atıldı; odada baş başaymışlar gibi çılgın öpücüklere boğdu K.'yı, ağlamaya ara vermeden, bir sarılışla önünde diz çöktü K.'nın. Kızın saçlarını okşayan K. otelcinin karısına: «Söylediklerimi onaylıyorsunuzdur, sanırım?» dedi. «Siz güvenilir birisiniz,» dedi otelcinin karısı; o da ağlamaklı olmuştu; güçlükle nefes alıyor, yıkılmış görünüyordu, ama şu sözleri bulup söyleyebildi: «Frida'ya vereceğiniz kimi güvenceler hakkında konuşmak gerek; sizden ne denli emin olsam da, bir yabancısınız, kimin nesi olduğunuzu bilen yok; hal böyle olunca, siz de kabul edersiniz ki, güvence koşulu gerekli, Sayın Yeryazımcı. Hem kendiniz de, evlenmekle Frieda'nın bazı yitikleri olacağını söylediniz.» «Evet, güvenceler, elbette!» dedi K. «Bu güvenceler noter huzurunda verilir, ancak Kontluk yetkilileri de karışabilir işe. Kaldı ki, benim de evlilik öncesi yapmam gereken ertelenemez işler var. Klamm ile konuşmalıyım.» «Mümkün değil!» dedi Frieda; azıcık doğrulup K.'ya sokularak. «Aklından neler geçiyor böyle!» «Yolunu bulmalı!» dedi K. «Ben halledemezsem, sen yardım edeceksin.» «Yapamam!» dedi Frieda. «Klamm seninle asla konuşmaz. Onun seninle konuşacağını nereden çıkardın?» «Peki, seninle konuşur mu?» diye sordu K. «Hayır, benimle de konuşmaz,» dedi Frieda. «İkimizle de konuşması olmayacak bir şey!» deyip, kollarını açarak otelcinin karısına döndü: «Ne dediğini duyuyor musunuz, hanımcığım?» «Çok tuhafsınız yani, Sayın Yeryazımcı!» dedi o da; aralanmış bacakları büyücek dizlerinin eteklerinin altından dışarı çıkmasını sağlamıştı; demin oturduğundan daha dik oturuyor, görünüşüyle korku veriyordu. «Gerçekleşmesi olanaksız bir şey istiyorsunuz!» «Niye ki?» diye sordu K. «Anlatayım!» dedi kadın; açıklamayı bir iyilik gibi değil de, verilecek cezalara başlangıç gibi görüyordu sanki. «Ben şato mensubu değilim; buradaki üçüncü sınıf bir oteli işleten bir adamın karısıyım. Üçüncü sınıf değilse de onun gibi bir şey işte; belki bu yüzden, söylediklerimi dikkatedeğer bulmayabilirsiniz; ancak yaşam boyu uyanık kalmaya çalıştım, sayısız insanla karşılaştım, otelin her işinin üstesinden kendi başıma gelmeye uğraştım. Kocam iyi biri ama otelciliğin ne olduğunu bilmez; sorumluluğun ne anlama geldiğini asla öğrenmeyecek de. Sözgelimi siz, köyde bulunmanızı, keyifle yatağa kurulmanızı sadece –geldiğiniz akşam yorgunluktan uyuyakalmıştım– kocamın ihmalciliğine borçlusunuz.» Dalgınlığından çıkıp öfke değil de, bilme isteğiyle: «Nasıl?» diye sordu K.

«Salt onun ihmalciliğine borçlusunuz,» diye yüksek sesle yineledi kadın, işaret parmağını K.'ya uzatıp. Frieda onu sakinleştirmeye uğraştı. «Sen ne istiyorsun?» dedi kadın, bütün gövdesiyle ona dönerek: «Sayın Yeryazımcı bana bir şey sordu, ben de yanıtlıyorum işte. Başka türlü nasıl anlasın. Bay Klamm ile asla konuşamayacağını.

Sözlerimi iyi dinleyin, Sayın Yeryazımcı! Bay Klamm şatodan biri; konumu bir yana, bu kadarı bile epey yüksek bir şey. Siz ise, evlenmesi için ikna etmeye çabaladığımız siz nesiniz? Ne şatodan biri, ne de köyden; sadece bir hiç. Yine de bir şeysiniz işte; olmayacak yerlerde karşılaşılan gereksiz biri, ara vermeden insanın başına dert açan, isteğinin ne olduğunu bilinmeyen, canım Frieda'yı ayartan, zorunlu olarak da eş diye verilmesi gereken biri. Bunlar yüzünden sizi suçladığımı düşünmeyin. Neyseniz o'sunuz. Çok şey görüp geçirdim ben, sizin bu halinizi görmeye mi katlanamayacağım! Ama ne istediğinizi bir daha düşünün: Klamm düzeyindeki biri tutup sizinle konuşacak! Frieda'nın sizi izleme deliğinden baktırması içimi sızlattı; bunu ona yaptırmakla baştan çıkardınız. Söyler misiniz, onu görmeyi yüreğiniz nasıl kaldırdı! Onu görecek gücünüzün olduğunu mu sanıyorsunuz! Bunları söylerken gururlandığımı düşünmeyin, çünkü o güce ben de sahip değilim. O kalkıp sizinle konuşacak ha! Peki ama o, köydekilerle bile konuşmaz ki! Böyle bir şeyi ne duydum, ne gördüm. Fakat Frieda için eşsiz bir onurdu, yaşadıkça ortak olacağım bir onur: Klamm en azından 'Frieda' diye seslenir, Frieda da onunla gönlünce konuşabilirdi; delikten izleme hakkını bile almıştı ondan. Konuşmaya gelince, Frieda ile de konuşmamıştır Klamm. Sonra kimi zaman Frieda'yı çağırmasının, siz ne denli içtenlikle dileseniz de, önemli bulunması gerekmez; Klamm sadece 'Frieda' diye seslenirdi ancak asıl niyetinin ne olduğu bilinmez! Frieda'nın hemen yanına koşması olağan elbette; onun odasına girebilmesi Klamm'ın yüceliğindendi. Ama onun Frieda'yı resmen çağırması söz konusu olamaz. Artık bu kadarcığından da oldu. Belki bir gün yine aynı biçimde seslenecek ama, Frieda'nın yanına gitmesine izin verilmeyecektir. Sizinle yatıp kalkmış bir kız o artık. Benim biçare aklımın almadığı bir şey var yine de: Klamm'ın yavuklusu denen biri –bence abartılı bir deyiş– sizin dokunmanıza nasıl izin verir?»

«Kuşkusuz, garip bir şey,» dedi K., Frieda'yı dizlerine oturtarak; başını öne eğen Frieda buna itiraz etmedi. «Görünüşe göre bu, diğer bakımlardan da işlerin sandığınız gibi olmadığını gösteriyor. Klamm'a karşı suçlu olduğunu söylemeniz yerinde, elbette; ama ben yine de onunla konuşmakta üsteliyorum; açıklamalarınızdan sonra bile, bunda üsteliyorsam, arada bir kapı olmadan Klamm'ı görmeye dayanacak gücüm var; Klamm görünür görünmez kendimi dışarı atacağım filan yok. Gelgelelim, bu tür bir kaygı gerekli de olsa, bunu düşünmeme yetmez. Klamm karşısında direnmem de olası, o durumda benimle konuşmasının gereği olmaz, sözlerimin etkisini izlemekle yetinirim. Eğer bu dileğime de kavuşamazsam, erki olan birinin huzurunda sözümü söylemiş olurum. Size gelince, hanımefendi; hayat, insanlar hakkındaki engin birikiminizle, daha dün Klamm'ın yavuklusu olan (bu sözleri rahatça kullanabilirim) Frieda'ya gelince, bana Klamm ile bir konuşma yapma fırsatını kuşkusuz rahatça sağlayabilirsiniz. Başkaca çare yoksa, Ağalar Palas'ta da konuşabilirim onunla; şu anda orada olabilir.»

«Olanaksız!» dedi otelcinin karısı. «Hem, anladığım kadarıyla bunu kavrayacak akıl yok sizde. Fakat söyler misiniz, onunla ne hakkında konuşmak istiyorsunuz?» «Frieda hakkında,» dedi K.

Bu karşılığa aklı yatmamış halde: «Frieda hakkında mı?» diye sordu kadın, Frieda'ya dönüp: «Duydun mu, o... Klamm'la... senin hakkında konuşacakmış.» «Çok üzücü!» dedi K. Böyle kavrayışlı, saygıdeğer bir kadınsınız; buna karşın, en önemsiz şey bile korkutuyor sizi. Ne olacak yani; onunla Frieda hakkında konuşacağım, bu da öyle dehşet verici bir şey olmamalı; epey sıradan bir şey; ben ortaya çıkalı beri, Frida'nın onun gözünden düştüğünü düşünüyorsunuz; bu bir yanılgı. Buna kapılarak, Klamm'ın değerini azımsıyorsunuz. Size bu konuda akıl vermenin kibirlice olacağını biliyorum, fakat gönülsüzce de olsa bunu yapmalıyım. Benim yüzümden ikisi arasında bir şey değişmiş olamaz. İlişkileri pek de önemsenecek türde değildi –bunu söyleyenler 'yavuklu' payesini fazla bulanlardır–, hal böyle olunca, söylediğiniz türde bir ilişki bugün de olamaz. Böyle şeylere insan ilk korkuda inanabilir sadece; azıcık düşünüldüğünde, bunun gerçeği yansıtmadığını görebilir. Bir de Frieda söylesin fikrini.»

Gözleriyle uzakları tarayarak, yanağı K.'nın bağrında: «Annemin sözleri kuşkusuz doğru,» dedi Frieda. «Klamm yüzümü bile görmek istemiyor artık, ama nedeni sen değilsin, sevgilim; böyle şeyleri umursamaz o. Fakat bence bankonun altındaki buluşmamız da onun işi, bence hiç de kınanacak bir buluşma değil, mutluluk verici.» «Eğer öyleyse,» dedi K.; tane tane; Frieda'nın sözlerinden hoşlanmıştı, bunun hazzına varmak için gözlerini kapattı birkaç saniyeliğine; «eğer öyleyse, Klamm'la konuşmaktan korkmak için bir neden daha eksildi.»

«Emin olun,» dedi otelcinin karısı, K.'ya tepeden bakıp: «Kocamı hatırlatıyorsunuz bana; siz de inatçı, çocuksunuz. Köye geleli birkaç gün olmasına rağmen, her şeyi buralılardan daha iyi bilen benim gibi güngörmüş bir kadından, Frieda gibi Ağalar Palas'ta bunca şey görüp işitmiş bir kızdan daha iyi bileceksiniz. Yadsımıyorum: kanunlara, töre ve geleneklere açıkça zıt kimi şeyler sağlanabilir; ben böyle bir şeyi ne duydum, ne gördüm; bazı örneklerinin varolması mümkün; ama sizin yaptığınız gibi sürekli 'hayır, hayır' demeler, bildiğinden şaşmamalar, tertemiz önerilere kayıtsız kalmalarla olmaz. Sizin adınıza kaygılandığımı mı düşünüyorsunuz? Kaygılansaydım iyi olurdu elbette, kimi şeylerin önünü alabilirdim. O günlerde hakkınızda kocama şu kadarını söyledim: 'Ondan uzak dur!' Frieda kaderinize ortak olmasaydı, bugün de dediğimden şaşmazdım. Hem, beğenin beğenmeyin; benim yakınlığımı ona borçlusunuz. Beni başınızdan o kadar kolay atamazsınız; çünkü Frieda'yı bir anne sevecenliğiyle koruyan bana hesap vermeye mecbursunuz. Frieda haklıdır belki; bütün bu olanlar Klamm'ın rızasıyla yaşanmıştır; fakat benim Klamm hakkında bildiğim bir şey yok şimdi, gelecekte de onunla konuşmayacağım; benim için bu dünyada erişilmesi olanaksız biri o. Sizse, burada oturuyor, Frieda'ya sahip çıkıyorsunuz. Ama ben de –söylemekte sakınca yok– size sahip çıkıyorum; bir düşünün bakalım, sizi buradan kovarsam başınızı sokacak bir köpek kulübesi bulacak mısınız!»

«Minnetarım,» dedi K. «İçtenlikli sözler bunlar, size inanıyorum. Bu halde, benim buradaki konumum, bundan hareketle Frieda'nın durumu da hayli nazik.» «Hayır!» diye haykırdı kadın. «Onun durumunun sizinki kadar nazik olduğu yok. O benim evimin kızıdır, onun durumunu kimse nazik diye niteleyemez.»

«Peki,» dedi K., «Siz haklı olun yine; değil mi ki o da, benim anlayamadığım bazı şeylerden dolayı sizden çekiniyor... Bundan hareketle, şimdilik salt benim üzerimde duralım. Benim durumum epeyce nazik; bunu inkâr etmiyor, açığa çıkması için ter döküyorsunuz. Ne var ki, her konuda olduğu gibi bende de sözlerinizin bir kısmı doğru. Mesela, başımı sokacağım sağlam, güzel bir yer biliyorum.»

«Neresiymiş orası?» diye bağırdı Frieda ile kadın. İkisi de aynı merak sonucu sorar gibiydiler. «Barnabaslar,» dedi K. «Aşağılık yaratıklar!» diye bağırdı otelcinin karısı. «Kepazeler! Barnabaslar ha!» Asistanların durduğu yere bakıp: «Duydunuz, değil mi?» dedi. Ama onlar oldukları yerden çıkmış, otelcinin karısının arkasında durmuşlardı. Kadın, bir dayanak aranır gibi onlardan birinin elinden tutup: «Duydunuz, değil mi?» diye yineledi. «Beyefendinin nerelerde ayak sürüdüğünü gördünüz mü! Barnabasların evinde. Tabii ki başını sokacak bir yer bulur orada kendine; Ağalar Palas'ta konaklayacağına orada konaklasaydı keşke! Siz ne cehennemdeydiniz o zaman?» «Hanımefendi,» dedi K. asistanlara yanıtlayacak vakit bırakmadan. «Onlar benim asistanlarım. Sizin onlara öyle bir davranışınız var ki, sizin asistanlarınız da, benim takipçilerim gibi. Bunun dışında, söyleyeceksiniz hakkında tartışmaya varım ama adamlarım hakkında hayır; meselem yeterince açık değil mi? Bu nedenle rica ediyorum, adamlarımla konuşmayın! Rica etmemi yeterli bulmuyorsanız, onları konuşmaktan alıkoyacağım.»

«Yani sizlerle konuşmayacağım, öyle mi?» dedi otelcinin karısı, K.'nın adamlarına dönüp. Üçü bir ağızdan güldü; otelcinin karısı alaylı, asistanlar manidar, anlamsız, sorumsuz.

«Ne olur bize kızma!» diye araya girdi Frieda. «Telaşımıza gücenme! Şimdi birlikteysek, bunu bir bakıma Barnabas'a borçluyuz. Seni içkievinde ilk gördüğümde –Olga'nın kolundaydım–, hakkında bazı şeyler biliyordum; ama zerrece umursadığımı söyleyemem. Sadece sen değil, dünya umurumda değildi. O zamanlarda hoşnutsuzdum, olup biten kimi şeyler öfkelenmeme neden oluyordu; ne öfke ama: Müşterilerden biri beni aşağıladı diyelim, çünkü yakamdan düşmüyorlardı –onları kendin de gördün, daha beterleri de var–, evet, diyelim ki aşağıladı beni, dert miydi benim için? Hiç de değil. Fakat Klamm beni terk edeli her şey öyle değişti ki! Düşünmesi bile zor geliyor.»

Frieda konuşmasına ara verdi birden; başını hüzünle öne eğdi; ellerini kucağında birleştirmişti. «Gördünüz mü?» diye bağırdı otelcinin karısı; konuşan o değil de, Frieda'ydı sanki. Kıza biraz daha sokulmuştu. «Başımıza neler getirdiğinizi gördünüz mü, Sayın Yeryazımcı! Benimle konuşmaktan alıkoyduğunuz adamlarınız da kendilerine ders çıkarabilir. En büyük mutluluğumu aldınız Frieda'dan; bunu da onun uysallığına, çocuksuluğuna borçlusunuz. Sizi, Barnabasların eline düşmüş görmeyi, olga ile kolkola olmanızı içi kaldırmadı. Sizi çekip kurtardı, ama kendisi araya gitti. Siz ise, hiçbir şey olmamış gibi, Barnabaslarda kalabileceğinizi söylüyorsunuz. Bana borçlu olmadağınızı söylüyorsunuz yani! Evet, orada sahiden geceleseydiniz, kendinizi bana öyle borçlu hissedecektiniz ki, hiç oyalanmadan burayı terk etmek zorunda kalacaktınız.»

«Barnabasların kabahatinin ne olduğunu bilmiyorum,» dedi K.; cansız bir yumak gibi Frieda'yı yavaşça kaldırıp yatağa oturttu, kendise de ayağa alktı.

«Haklı olabilirsiniz ama Frieda ile beni ilgilendiren bir konuyu bize bırakın deyip üstelediğimde haklıydım. Siz ne yaptınız?

Sevgiden, sevecenlikten söz ettiniz; ama payıma düşen bir şey olmadı bunlardan; aksine, kin, nefret, alay ve kovulmaların hedefi oldum. Amacınız bizi ayırmaksa, işinizi iyi yaptınız; bence yine de başaramayacaksınız. Eğer başarırsanız, bu kez de ben korkutayım sizi, bedelini pahalıya ödeyeceksiniz. İhsan ettiğiniz barınağa gelince, bu mide bulandırıcı izbeden söz ediyorsunuz sanırım, acaba bu sizin iyiliğiniz mi, kontluğun emirleri mi söz konusu bilinmez. Hemen oraya haber verip, benim otelden ayrılmamı istediğinizi bildireceğim. Eğer kalacağım başka bir yer bulurlarsa, benden kurtulursunuz, ben de rahatlarım. Şimdi bu ve diğer bazı işlerim için muhtara gideceğim siz de bu arada, şefkatli sözlerinizle epeyce incittiğiniz Frieda'yla azıcık ilgilenirsiniz.» «Haydi gidelim,» dedi K. asistanlarına dönüp. Klamm'ın mektubunu astığı çividen alıp gitmeye niyetlendi: Otelcinin karısı sessizce izliyordu onu. K. kapı kolunu tutar tutmaz, «Sayın Yeryazımcı!» diye seslendi. «Gitmeden bir diyeceğim daha var size; nasıl konuşursanız konuşun, benim gibi kocamış bir kadını istediğinizce aşağılayın. Mademki gelecekte Frieda'nın kocası olacaksınız, şunu söylemesem olmaz: Burada neler olup bittiğini zerrece bilmiyorsunuz; sizin söylediklerinizi buradaki hayatla karşılaştırmak insanın aklını durduruyor. Bilisizliğiniz bir anda giderilecek türde değil; sanırım hep de öyle kalacak. Ancak bana az da olsa inanır, bilisiz olduğunuzu dikkate alırsanız, kimi şeyleri düzeltme şansımız olabilir. O zaman bana daha merhametli davranır; canım çocuğumun bir beladan diğerine bulaştığını anladığımda yaşadığım korkuyu –izleri hâlâ duruyor bunun– sezmeye başlarsınız. Fakat gerçek durum sözünü ettiğimden daha kötü, benim sürekli unutmaya çalışmam gerekiyor bunu, yoksa sizinle bu kadar konuşamazdım. Ne o, yine kızdınız! Hayır, gitmeyin; unutmayın ki, buradakilerin tümünden daha bilinçsizsiniz. Hem burada, size bir zarar verilmesinin önüne geçen Frieda dururken, gevezelik edip içinizi dökebilirsiniz. Sözgelimi, bizim karşımızda Klamm ile nasıl konuşacağınızı söyleyebilirsiniz. Ama bunu sakın gerçekten yapmayın!»

Otelcinin karısı ayağa kalktı, heyecan sonucu sallanır gibiydi. K.'ya yaklaşıp elini tuttu, merhamet isteyen bakışlarla ona bakmaya başladı. «Hanımefendi!» dedi K. «Böyle bir konuda rica ederek kendinizi niye aşağıladığınızı bilmiyorum. Belirttiğiniz gibi Klamm ile konuşmam olmayacak bir şeyse, siz isteyin istemeyin konuşamayacağım anlamına gelir. Eğer konuşmam olasıysa niye konuşmayayım! Bu yolla sizin karşı koymanız geçersizleşip, diğer kaygılarınızın da yersizliği belli olur. Doğru; bilisizim; bu durum varlığını sürekli duyuracak; benim için de üzücü bu. Gelgelim iyi bir yanı da var: Cesaret aşılıyor. Bundan hareketle, buna ve sonuçlarına dayanmak sevindirecek beni. Değindiğiniz kötü sonuçlara gelirsek; bunlar sadece beni ilgilendirir. Bunun için, ne diye rica ettiğinizi anlamıyorum. Frieda ile sürekli ilgileneceğinize eminim. Ondan tamamen uzaklaşmama gelirsek; size mutluluk verecektir bu. Korkmanız neden o halde? Yoksa (bilisiz biri için olanaksız yoktur),» Konuşmanın burasında kapıyı açtı K. «Yoksa Klamm için mi korkunuz?» Otelcinin karısı sessizdi, merdivenleri hızla inmeye başlayan K. ile asistanlarının ardı sıra bakakaldı sadece.

V

MUHTARDA

Muhtarla görüşmesinden kaygı duymamasına şaşırdı K. Bu durumu kendince açıklamaya çalıştı. Şimdiye değin edindiği deneyime göre, kontluğun ofisleriyle bağlantı kurmakta zorlanmamıştı. Bunun nedenlerinden biri, işlerin yapılması konusunda, ofislerin olumlu bir prensibi benimsemeleri ve uyumlu çalışmalarıydı. Ofis çalışmasının her yerinde bu uyumu görebiliyordu insan. Salt bu durumu düşündükçe, K. memnun oluyor, hemen ardından, asıl uğursuzluğun bu memnuyette saklı olduğunu kabul ediyordu.

Ofislerle doğrudan bağlantı kırmak pek de zor değildi; çünkü örgütlenmeleri ne kadar düzenli olsa da, ofisler sadece uzak, görülmez ağaların çıkarlarını koruyor, K. ise, canlı, yakınındaki bir şey için uğraşıyordu; hem, hiç değilse ilk zamanlarda bu uğraşı kendi arzusuyla sürdürüyordu, çünkü savaşı başlatan kendisiydi. Ama tek savaşan kendisi değildi; alınan önemlere bakarak, varolduğunu hissettiği başka güçler de K. ile birlikte savaşım veriyordu. Bu güçler sıradan şeylerde –daha fazlasını görememişti– epeyce hayırsever davranıyor, K.'yı küçük altınlar kazanmanın vereceği sevinçten mahrum bırakıyordu. K.'nın köyde, istediği yere gitmesine izin veriyor; şımartıp halsiz düşürüyordu; özetle, mücadele etme olasılığını ortadan kaldırıp, K.'yı ne zaman biteceği belli olmayan sıkıntılı bir hayatın içine atıyorlardı. Bir an dikkatsizce davrandığında, ilgililerin iyilikseverliğine, pek ağırlığı olmayan sorumluluklarını harfiyen yerine getirmesine karşın, gösterilen yakınlığa aldanır, gündelik hayatını dikkatsizce sürdürür, yıkılır giderdi; değinilen makamlar da dostça ve yumuşak biçimde, K.'nın bihaber olduğu kamu düzeni için defterini dürerlerdi. İyi ama, buradaki gündelik hayat neydi? Hayat ile görevin buradaki kadar kaynaştığını görmemişti hiç; öyle ki kimi zaman bu iki şeyin yer değiştirdiğine bile şahit oluyordu. Sözgelimi, K.'nın işiyle ilgili olanak Klamm'ın kâğıt üstünde kalan yetkisi, K.'nın yatak odasında Klamm'nın olanca sahiciliğiyle boy veren yetkisine göre neydi ki! Tam da bu noktada, onlarla ilişkiyi hafife alan bir davranış, az da olsa yerinde olacak, ama bunun dışında sürekli tetikte bulunması şart olacaktı. Bu düşüncelerini muhtarın da ilk başlarda doğruladığını gördü K. Güleç yüzlü, tombul, bıyıksız biri olan muhtar hastaydı; ciddi bir damla hastalığı geçiriyordu; K.'yı yatakta kabul etti. «Bizim Sayın Yeryazımcımız bu ha!» dedi. K.'yı karşılamak için doğrulmak istedi ama başaramadı, bağışlanma diler gibi, bacaklarını gösterip, kendini yatağının üstüne tekrar bıraktı. Küçük pencereli odanın loşluğunda perdelerin çekili olması içeriyi iyice karartmıştı, bir gölge gibi devinen bir kadın, oturması için bir iskemle getirdi K.'ya, yatağın yanı başına bırakıp. «Buyrun, oturun Sayın Yeryazımcı! Ne istediğinizi anlatın,» dedi muhtar. Klamm'ın mektubunu çıkarıp okuyan K., mektuba dair birkaç şey daha söyledi. İlgililerin, işini kolaylaştırdığını düşündü tekrar; bütün yükleri taşıyordu onlar, her şey onlara yıkılabilir, kişi işin içinden sıyrılabilirdi. Bunu muhtar da hissetmiş gibi, sıkıntıyla öbür yanına döndü. «Benim,» dedi, «Sayın Yeryazımcı, olup bitenlerden haberim var,» dedi sonunda. «Şimdiye dek bir şey yapmadıysam; ilki, hastayım, sonra, ne zamandır ilgilenmediğinize göre, vazgeçmiş olabileceğinizi düşündüm. Mademki şimdi geldiniz, hiç hoşlanmayacağınız bir gerçeği olanca yalınlığıyla açıklamak isterim. Belirttiğiniz gibi, yeryazımcı olarak işe alındığınız doğru; ama üzülerek belirteyim ki, bizim bir yeryazımcıya ihtiyacımız yok. Küçük arazilerimizin sınırları belli, hepsi tastamam kayda geçirilmiştir. Bu arazilerin el değiştirdiği görülmez pek, önemsiz kimi sınır uyuşmazlıklarını aramızda hallederiz. Durum böyle olunca bir yeryazımcıya da ihtiyacımız kalmıyor!» K. bu durumu bilince çıkarmamış, sadece belli belirsiz geçirmişti içinden. Bundan dolayı, ilk anda verecek bir yanıt bulmakta zorlanmadı. «Buna çok şaşırdım,» dedi. «Düşündüğüm her şeyi altüst etti bu. Dilerim, bir yanlış anlama vardır, demekten başka söyleyecek bir şey bulamıyorum.» «Üzülerek belirteyim ki, yanlış anlama filan yok,» dedi muhtar. «Anlattığım gibi her şey.» «Bu nasıl olur!» diye yüksek sesle sordu K. «Bunca yolu geri çevrileyim diye tepmedim herhalde.» «Bunu bilemem,» dedi muhtar. «Fakat bu yanlış anlamanın kaynağını size açıklayabilirim. Bu büyüklükte bir yönetsel örgütte karşılaşılabilinir böyle şeylerle; ofisin biri karar alır, diğeri başka bir karar; birbirlerinden haberleri olmaz. Hoş, tümünün üstünde özenle çalışan bir kontrol düzeneği vardır; ancak yapısı gereği geç çalışmaya başlar; bundan dolayı, sizde olduğu gibi, kimi karışıklıklar çıkar ortaya. Önemli işlerde bir hata yapıldığına rastlamadım, ama küçük de olsa, böylesi şeyler üzer insanı. Sizin işe gelirsek: Değindiğim yanlışlığın nasıl oluştuğunu, meslek sırrı filan demeden –kendimi buna yükümlü sayacak ölçüde memur değilim, sadece bir köylüyüm, öyle de kalacağım– size açık açık söylemek isterim. Uzun zaman önce, henüz bir iki aylık bir muhtarken ben, yukarıdan bir emir geldi, hangi ofisten geldiğini unutmuşum. Gelen emirde, tepedeki ağalara has bir dille, köye bir yeryazımcının çağrılacağı bildiriliyor, gelenin çalışması için gerekli plan ve taslakların köy ahalisinden, el altında bulundurulması isteniyordu. Gelecek yeryazımcının siz olduğu söylenemez, çünkü benim sözünü ettiğim çok zaman önceydi; ben de sayrılanmayıp yatakta böyle komik şeyler hakkında düşünecek fırsatı bulmasaydım, benim de aklıma gelmeyecekti.» Birden sustu muhtar, becerikli bir tutumla, bir gölge gibi odada oraya buraya gidip gelen kadına: «Mizzi!» diye seslendi. «Şu dolaba bakıver bir, gelen emir orada olabilir,» deyip K.'ya dönerek: «Çünkü,» diye başladı, «benim muhtar oluşumun ilk zamanlarına rastlar o emir, o günlerde her şeyi saklardım.» Kadın dolabı hemen açtı; muhtarla K.'nın bakışları üstündeydi. Dolap tepeleme belge doluydu. Balya yapılmış büyücek iki belge tomarı, kapak açıldığında yuvarlandı, korkuyla kenara sıçradı kadın. Arama işini uzandığı yerden yönlendiren muhtar: «Dipte bir yerlerde olmalı.» dedi. Kadın bunun üzerine, en diplere ulaşabilmek için iki eliyle belgeleri kucaklayıp, dolaptan dışarı çıkardı. Oda çıkarılan evraklarla doldu. «Az iş yapmadık,» dedi muhtar, başını sallayıp. «Gördükleriniz belgelerin sadece bir bölümü. Asıl bölümü samanlıkta; birazı da yitik. Bunca belgeye kim sahip çıkabilir ki!» Karısına tekrar dönüp: «Bulabilecek misin?» diye sordu. «Dosyanın üstü mavi kalemle işaretli, 'yeryazımcı' diye bir ibare olmalı üstünde.» «Çok karanlık burası,» dedi kadın. «Bir mum getireyim.» Belgelerin üstünden aşıp çıktı. «Karım,» dedi muhtar, «diğer işlerle beraber, zorlu resmi işlerde de epeyce yardım ediyor bana. Kaleme alınacak yazılar için bir kâtibim de var: Öğretmen. Bunlara karşın, başedilir gibi değil, bir dolu iş daha var yapılacak; dolapta birikip duran.» Başka bir dolabı gösterip: «Bir de bu hastalık geldi ya, yığılıp duruyor,» diye ekledi; yorgun, gururlu; yatağına uzandı. Aldığı mumla dönen kadın, dolabın önüne diz çöküp, aramaya tekrar başladığında: «Şu arama işinde karınıza yardım edebilir miyim?» diye sordu K. Gülümseyen muhtar başını salladı: «Değindiğim gibi, saklanacak resmi sırlarım yok; fakat belgeleri karıştırmanıza göz yumacak ölçüde ileri gidemem.» Bir anda, kâğıtların hışırtısı dışında ses duyulmaz oldu. Muhtar bile uyuklar gibiydi. Kapı usulca çalınır çalınmaz, arkasına döndü K.; gelenler asistanlarıydı! Ama görünüşlerinde az da olsa bir beyefendilik vardı; hemen içeri girmeyip eşikte fısıldadılar: «Dışarıda buza kestik!» muhtar: «Gelenler kim?» diye sordu, korkulu bir sıçrayışla. «Yabancı değil, asistanlarım,» dedi K. «Beni nerede bekleyeceklerini bilmiyorum! Dışarısı soğuk; buradaysa bizi rahatsız ederler.» «Hayır, beni rahatsız etmezler,» dedi muhtar kibarca. «İzin verin, gelsinler! Onlar benim eski tanıdıklarım zaten.» «Ama beni rahatsız ederler!» dedi K. sakınmasız. Bakışları her üçünün yüzlerinde dolaştı; gülümsemeleri birbirinden ayrımsızdı. «Yine de geldiğinize göre,» dedi yoklar gibi, «muhtarın hanımı, üstü mavi kalemle işaretlenmiş 'Yeryazımcı' başlıklı bir belge arıyor, ona asistan olun bari.» Buna sesini çıkarmadı muhtar; K.'ya verilmeyen izin onlara veriliyordu. Hızla belgelere doğru atak yaptı asistanlar, ancak arıyor gibi değil, karıştırıyor gibi yapıyorlardı. Birinin sökmeye çalıştığı yazıyı, diğeri kapıyordu elinden. Boş dolabın önünde diz çökmüş kadın, arama işini hepten bırakmış gibiydi, ya da mum ışığının hayli uzağındaydı.

Bir hoşnutluk gülümsemesi takınan muhtar: «Asistanlar,» dedi, her şey onun iki dudağının arasındaymış gibi, «demek sizi rahatsız ediyorlar; fakat sizin asistanlarınız onlar!» «Hayır!» dedi K. «Ben buraya geldikten sonra ardıma takıldılar.» «O da ne demek öyle! Yanınıza verildiler demek istediniz herhalde.» «Dediğiniz gibi olsun; yanıma verildiler,» dedi K. «Ama öyle üstünkörü bir verilme ki bu, yerden bittiler.» «Burada hiçbir şey üstünkörü yapılmaz,» dedi muhtar; bacağındaki ağrıyı bile unutmuş gibi, dimdik oturdu. «Hiçbir şey mi?» dedi K. «Ya benim çağrılmam?» «O da iyice düşünülmüştür; ne var ki ikincil ölçüde önem taşıyan bazı nedenler bunu karıştırdı; belgeleri dayanak alıp kanıtlayacağım bunu.» «O belgelerin bulunacağı olası mı?» dedi K. «Olası mı?» diye bağırdı muhtar. «Mizzi! Haydi canım biraz hızlan! Ben size olup biteni belgesiz de anlatabilirim. değindiğim o buyruğa teşekkür edip yanıt verdik: Bizim bir yeryazımcıya ihtiyacımız yok, dedik. Fakat bu yanıt, herhalde buyruğu veren asıl ofisin, buna (A) diyelim, eline ulaşmamış, yanlışlık sonucu, başka bir ofise, (B) ofisine gitmiş. böylece ilk ofis yanıtsız kalmış, ancak (B) ofisi de yanıtımızı alamamış; fakat (B) de yanıtsız kalmış. Dosyayla beraber de gitmemiş, burada kalmış veya yolda kaybolmuş, çünkü burada kaybolmadığı kesin. Uzatmayayım, (B) ofisine tümü bir dosyayla geldi; içinde bulunması gereken, ama bulunamayan belgenin üstünde, 'Bir yeryazımcının görevlendirilmesine dair' yazıyordu olancası bu. (A) ofisi de bizden yanıt bekliyordu; elinde buna dair bir yazı varsa da, genelde olduğu gibi, bu işle ilgili memur, bizim bir yanıt yollayacağımızdan emindi; bizden yanıt aldıktan sonra yeryazımcıyı çağıracak, gerekli bulursa, değindiğimiz iş hakkında yazışmaya devam edecekti. Bundan hareketle notlara göz atmayı ihmal etti, iş de onun ofisinde öylece kaldı. (B) ofisinde ise belgenin konulduğu dosya özenli çalışmasıyla tanınan bir memurun eline geçti; İtalyan bir memur olan Sordini'nin eline. Onun gibi yetenekli birinin böyle alt düzeyde bırakılması benim anlayamadığım bir şey. Aynı memur, boş dosyayı doldurulması için bize iade etti. Fakat (B) ofisinin ilk yazısından beri, yıl değilse de aylar geçti; bu da olağandı elbet, çünkü çoğunlukla bir belge dosdoğru gitti mi, ait olduğu ofise en çok bir günde ulaşır, aynı gün işleme konup çıkışı sağlanır; fakat bir de yanlış yere gitmeyegörsün –bu kadar iyi işleyen bir yönetim örgütünün bunu gidermesi gerek– o zaman hayli uzun sürer elbette. Bundan ötürü, Sordini'nin yazısı bize ulaştığında, bu dosyayı belli belirsiz hatırlıyorduk; sadece iki çalışandık o günlerde; Mizzi, ben; öğretmen henüz yanımıza verilmemişti. Yine de önemli işlerde belgelerin bir örneğini çıkarıyorduk; özetle, kesin sayılamayacak bir yanıt yollayabildik salt; bir yeryazımcının çağrıldığından haberimiz olmadığını, gereksinim de duymadığımızı bildirdik.» Kendi sözünü kesen muhtar, «Ancak,» diyerek anlatma heyecanını epey abartmış gibi: «Sizi sıkmıyorum, değil mi?» diye sordu. «Hayır, hayır!» dedi K. «Eğleniyorum.» «Eğlenin diye anlatmıyorum,» dedi beriki. «Eğlenmem, kimi zaman bir insan için yaşamsal işlevi olabilen bunca komik bir kargaşanın içyüzünü anlamamamdan,» dedi K. «Bunu henüz anlamadınız,» dedi muhtar, ağırbaşlı bir ifadeyle. «Anlatmayı sürdüreyim. Verdiğimiz karşılık Sordini gibi birine yetmemişti. Aslında, benim içinde pek sevilir biri değildir; ama yine de hayranlık beslerim. Kimseye güvenmez çünkü, birini güvenilir bulmak için sayısız fırsat da bulsa, yine de güvenmez. Bu doğru bir şey bence, memurlar böyle davranmalı; fakat ben bu prensibe pek sadık kalmıyorum; kişiliğim buna uygun değil. Gördüğünüz gibi, yabancı birinin, sizin önünüzde her şeyi nasıl da açıkça anlatıyorum. Başka türlü davranmak gelmiyor elimden. Sordini ise, verdiğimiz yanıtı, şüpheyle karşılamıştı. Hemen yazışmalar başladı. O, durup dururken, bir yeryazımcıyı getirtmenin nereden estiğini sordu; ben de Mizzi'nin kusursuz belleği yardımıyla buna yanıt verdim, bu önerinin yukarıdan geldiğini söyledim (başka bir ofisin söz konusu olduğunu unutmuştuk). Sordini: Bu resmi yazıdan neden şimdi söz ettiğimi sordu. Şimdi aklıma geldi, dedim. O, çok garip! dedi. Ben, bunca zaman sürüncemede kalmış bir iş için tuhaf değil, dedim. O, tuhaf olduğunu, değindiğim türde bir yazı olmadığını söyledi. Olmaz dedim ben, belgenin kaybolduğunu ekleyerek. O, en azından ilk yazı hakkında bir not olmalı dedi, ama böyle bir şey de yokmuş. Tam da bu sırada kararsız kalmıştım; Sordini'nin yanında bunu söylemeye cesaret edememiştim. İçinizden, savımı göz önüne alıp, diğer ofislerden soruşturduğu için eleştirebilirsiniz Sordini'yi. Böyle davranmak asıl yanlışlık olurdu, içinizden bile olsa onda bir kusur bulmanızı istemem. Resmi ofislerin çalışma prensibi yanılgı ihtimalini hesaba almamaktır. Yönetsel örgütün bütününün kusursuzluğu, söylediğimi kanıtlar, işlerin çarçabuk görülmesi istendiğinde bundan vazgeçilmez. Demem o ki, Sordini diğer ofislerde bunu soruşturmaya girişemezdi, onlar da karşılık vermezlerdi de, çünkü bir yanılmama araştırıldığını hemen anlarlardı.»

«Sözünüzü kesip, bir soru soracağım,» dedi K. «Daha önce, bir kontrol ofisinden bahsetmemiş miydiniz? Sizin sözlerinizden yola çıkarsak, bunun işlevsiz kalabileceğini görmekle kaygılanıyor insan.»

«Ne de zalimsiziniz,» dedi muhtar. «Ama bunu biraz daha katlayın; kontrol ofisinin kendi kendine uyguladığı baskının yanında önemsizdir. Tamamen yabancı biri olmalı ki, sizin sorduğunuzu sorsun. Bizim işlerde böyle bir kontrol ofisi olsa bile, asla hata yapılmaz. Sizin işteki gibi bir hata yapılsa bile, bunun hata olduğunu kim söyleyebilir?»

«Benim için çok yeni bir şey bu,» dedi K. «Benim için değil,» dedi muhtar. «Ben de bir hata olduğu fikrindeyim. Bunun üzüntüsüyle hastalandı Sordini. Kontrol ofisinde bir hata olduğu fikrindeyim. Bunun üzüntüsüyle hastalandı Sordini. Kontrol ofisi de bir hata olduğu fikrinde. Fakat ikinci, üçüncü ve diğer ofislerin de aynı fikirde olduğu söylenemez» «Mümkün» dedi K. «Benim yapacağım, böylesi fikirlerden uzak durmak. Kaldı ki, böylesi kontrol ofislerinin varlığını yeni duyuyorum, hemen anlamam kolay değil. İnancım şu ki, iki şeyi birbirinden ayırmak gerek. İlki, yetkililerin kendi aralarında olup bitenleri, ikincisi, böylesi şeylerin dışında olup, hangi haklarının kısıtlanacağını bilmeyen benim. Sayın Muhtar, anlattıklarınız sanırım ilkiyle ilgili. Ne var ki, kendimle ilgili birkaç söz de duymak isterdim sizden.»

«Ona da gelecek sıra,» dedi muhtar. «Birkaç şey daha söylemeden, onları anlayamazsınız. Kontrol ofisleri bahsinde aceleci davrandım. Bu nedenle, yine Sordini'ye döneceğim. Değindiğim gibi, direncim giderek zayıflıyordu. Ama Sordini birine karşı küçük de olsa bir üstünlük kazanmayagörsün, utku kazandı demektir; dikkati, zekâsı keskinleşir; saldırılan için korkunç, düşmanları için eşsiz bir şeydir! Daha önceden böylesi şeylere tanık olduğum için, rahatça konuşabiliyorum. Ayrıca, onu hiç görmediğimi de söyleyebilirim; aşağı inmez, sürekli yoğun işleri vardır, anlatılanlara göre, odası belge tomarlarından geçilmiyormuş; bunlar da; sadece o gün üstünde çalıştığı şeylermiş. İşler hızlı yürüdüğü için habire azalır, çoğalırmış belgeler. O, en önemsiz işte bile, en çok özeni gösterir.»

«Benim işime, Sayın Muhtar, hâlâ küçük bir iş diyorsunuz;

ama sayısız memuru uğraştırdı. Önceleri belki küçüktü, Sordini gibi memurlar sayesinde koca bir iş olup çıktı. Aslında böyle olmasını istemezdim; dağ gibi belge yığınları oluşturmaya niyetim yoktu; açgözlü biri değilim; önemsiz bir yeryazımcı olmak, ufacık bir kroki masasında esenlikle çalışmak dışında dileğim yok!»

«Hayır!» dedi muhtar. «Büyük bir iş sayılmaz, bu açıdan yakınmanız gerekmez; küçükten de küçük bir iş. İşin büyüklüğü, işin seyrini belirlemez; böyle düşünüyorsanız, resmi ofisleri anlamaktan epey uzaksınız demektir. Mesele, işin büyüklüğünde bile olsa, sizinki sıradan bir iş sayılır; sıradan, hata payı olmayan işler daha hacimli, daha verimli çalışmayı sağlar. Kaldı ki, sizin işin neden olduğu asıl çalışmalara dair bir şey bilmiyorsunuz! Onlardan şimdi söz edeceğim. Derken, önce beni safdışı etti Sordini, ama memurları gidip gelmeyi sürdürdüler; köy sözügeçerleri Ağalar Palas'ta sorgulanıp, tutanaklar hazırlandı. Çoğunluk benden yana çıktı, salt bir kişi kuşkulandı. Yeryazımı bir köylüyü epeyce ilgilendiriyordu; sizin işteki gibi gizli saklı bazı uzlaşma ve haksızlıklar sezer gibi olmuşlardı, bir de rehber buldular kendilerine. Sordini de onların bilgileri ışığında zorunlu olarak şu kanıya vardı: Ben eğer sorunu köy meclisine taşımasaymışım, bir yeryazımcının gelmesine karşı olmayanlar çıkacakmış; ancak benim yaptığımın sonucu olarak olağan bir şey, yeryazımcının gerekliliği hiç değilse kesinlikten uzak bir duruma gelebilirmiş. Bu sıralarda en çok, Brunswick isimli biri sivrildi. Tanışmıyorsunuz, sanırım. Kötü biri değil belki ama ahmak ve hayalci; Lasemann'ın kaynı olur.»

«Tabakçı ustası Lasemann'ın mı?» diye sordu. K. Onun yanında gördüğü topsakallının eşkalini verip.

«Ta kendisi!» dedi muhtar.

K.: «Karısını da tanıyorum,» dedi bir anda.

«Mümkün,» dedi muhtar.

«Hoş bir kadın,» dedi K. «Ama yüzü solgun, sayrılı. Sanırım şatodan biri?» Son sözleri biraz soruluydu.

Saatine bakan muhtar, bir kaşığa ilaç koyup hızla içti.

Kaba bir sesle: «Şato hakkında, içindeki ofisler dışında bilginiz yok, herhalde,» dedi. K. «Doğru,» dedi muhtar alaylı bir sesle fakat borçlu bir gülümsemeyle. «Asıl önemli olan da ofislerdir. Brunswick'e dönersek: Aramızdan atabilsek, hepimiz sevinirdik; Lasemann da bizim kadar sevinirdi. Ancak o günlerde etrafındakileri etkilemişti Brunswick. Konuşmayı iyi bildiğini söyleyemem, sadece şamatacıdır. Ben de meseleyi köy meclisine taşımak zorunda kaldım. Ama onun başarısı bu kadarla kaldı. Köy meclisi yeryazımcı filan istemedi. Aradan geçen yıllara karşın mesele kapanmadı; çoğunluğun ve karşıtların gerekçelerini özenle araştıran Sordini'nin titizliği ve diğer ilişkileri olup, hayalciliğiyle bunları sık sık öne getiren Brunswick'in sersemliği ve tutkusu yüzünden kapanmadı. Burnswick'e elbette kanmadı Sordini; onu nasıl kandırabilir ki? Fakat bu da yeni araştırmaları gerektirdi, çünkü Brunswick habire yeni şeyler yumurtluyordu. Şimdi de size yönetsel düzeneğimizin başka bir özelliğinden söz edeceğim. Alabildiğine hassastır bu düzenek. kimi çözümleri kendiliğinden bulup çıkarır. Sanki bu düzenek, gerilimlere, sürekli aynı kalan, belki de önemsiz bir meselenin kendisini yıpratmasına daha fazla katlanamamış, memurların yardımını istemeden kesin karara varmıştır. Bir tansık değildir elbette bu; memurun biri, hal yolunu kaleme alıp yazmaya gerek görmeden ne yapacağını bulmuştur. Her neyse, buranın memurlarının neyi esas alıp karar verdikleri bilinemez. Kontrol ofisleri biraz zaman geçtikten sonra bulabilir bunu; bizler neler olduğunu öğrenemeyiz, öğrensek de ilgileneni kalmamıştır artık. Değindiğim gibi, kararlar genellikle kusursuzdur. Aksayan bir yanları varsa, geç haberdar oluştandır. Bilmem ki, sizin işinizde de böyle olmuş mudur? Bazı işaretlere göre evet; bazılarına göre hayır. Eğer böyle bir karar alındıysa, siz buraya çağrılarak epeyce yol tepmiş, aradan da vakit geçmiştir; Sordini bitkinleşinceye kadar bu işin üzerinde çalışmış, Brunswick entrikalarını çevirmiş, ben de onların acısına katlanmış olurum. Sözünü ettiğim yalnızca olasılık, tam olarak söyleyebileceğim şu: Bir kontrol ofisi, (A) biriminden uzun yıllar önce, köy meclisine yeryazımıyla ilgili bir soru sormuş, yanıt alamamış; şimdilerde ortaya çıktı bu. Geçtiğimiz günlerde bana sordular da mesele aydınlandı: (A) birimi, bir yeryazımcının gerekmediğini içeren yanıtımla yetindi. Sordini ise, bu işte yetkili olmadığını, kuşkusuz boş yere bunca anlamsızca ter döktüğünü anladı. Hep olduğu gibi yeni işler yığılmasaydı, küçükten de küçük bir mesele sayılmasaydı hepimiz rahat bir nefes alacaktık, Sordini dahil. Homurdanan yalnızca Brunswick olacaktı gülünç de sayılsa. Şimdiyse mesele olumlu bir sonuca bağlanmışken –sözünü ettiğim şeylerin üstünden epey zaman geçti–, ortaya siz çıkıverdiniz, bu durumda her şeye silbaştan el atmak gerekecek; Sayın Yeryazımcı; yaşadığım hayal kırıklığını düşünün! Ne yapıp edip buna izin vermeyeceğim, buna kararlı olduğumu anlamışsınızdır herhalde?» «Ona ne şüphe!» dedi K. «Anladığım şu kadar ki, burada benimle, kanunlarla korkunç bir oyun oynanıyor. Kendi adıma, buna direnecek güçte olduğumu söyleyebilirim.»

«Ne yapmayı düşünüyorsunuz?»

«Söyleyemem,» dedi K.

«Hayır, bunu kesinlikle isteyemem,» dedi muhtar.

«Yine de şunu unutmayın ki, ben sizin –iyi diyemem, çünkü birbirimizi iyi tanımıyoruz; iş arkadaşınız sayılırım. Ama yeryazımcı olarak çalışmanıza göz yumamam; bunun dışındaki işlerde yardıma hazırım; tabii gücüm yettiğince.»

«Siz,» dedi K., «yeryazımcı olarak görev almamdan söz ediyorsunuz sürekli, fakat ben çoktan aldım görevi. İşte, Klamm'ın mektubu.»

«Klamm'ın mektubu,» dedi muhtar, «altında gerçek imzası varsa, benim için çok değerlidir. Fakat bunun dışında –kendi başıma bir şey söyleyecek cesaretim yok–,» Konuşmasının burasında: «Mizzi!» diye seslendi ve «siz ne yapıyorsunuz öyle?» diye sordu.

Uzun zamandır göz önünde olmayan asistanlar aradıklarını bulamayıp, yere düşen belgeleri dolaba tekrar tıkıştırmak istemiş, fakat belge bolluğu yüzünden bunu beceremeyip, dolabı yere yatırarak her şeyi içine tıkıştırıp, Mizzi ile dolabın kapağının üstüne oturup kapağın kapanmasını sağlamaya uğraşıyorlardı. «Belgeyi bulamadılar, anlaşılan,» dedi muhtar. «Üzüldüm. Fakat olup bitenleri biliyorsunuz artık, bence belgeye ihtiyacımız kalmadı. Bir gün buluruz nasıl olsa. Öğretmende olabilir; onda da böyle bir yığın belge var. Fakat Mizzi, mumu getir de şu mektubu okuyalım!»

Gelip yatağın kıyısına oturan Mizzi, güçlü, hayat dolu muhtara yaslandı, muhtar da kolunu onun beline doladı; artık daha solgun, yalın bir hali vardı Mizzi'nin. Mumun ışığında sadece ufacık yüzü dikkat çekiyor, kocamışlıktan gelen çöküntüsünün katılığını giderdiği duru, sert yüz hatları belirginleşiyordu. Mektuba baktığı an, ellerini birleştirdi usulca. «Klamm'dan,» dedi. Sonra kocasıyla beraber mektubu okuyup fısıldaştılar ve asistanlar tam «Oldu!» diye bağırırken –dolabı nihayet kapatmışlardı–; Mizzi de borçlu gözlerle onlara bakıyordu: «Mizzi de benimle hemfikir,» dedi muhtar. «Artık rahatça söyleyebilirim; resmi bir yazı değil bu, özel bir mektup. 'Çok sayın Beyefendi' sözcüklerinden de anlaşılıyor bu. Sizin yeryazımcılığına getirildiğinize dair tek sözcük yok, kontlluk hizmetlerine şöyle bir değiniliyor yalnızca; hem pek de bağlayıcı ifadelerle değil; siz 'bildiğiniz gibi' görevlendirilmişsiniz; yani, işe alındığınızı kendiniz kanıtlayacaksınız. En sonda, resmi olarak sadece bana, en yakın amiriniz olan bana bırakılıyorsunuz, kalan şeyleri benim açıklayacağım belirtiliyor ki, bu işin de büyük kısmını yaptım. Belge okumayı bilen biri için her şey açık ve net. Sizin gibi bir yabancının bunu fark edemeyişi beni şaşırtıyor. Mektup özü itibarıyla, Kont'un hizmetine alınırsanız, Klamm'ın sizinle ilgilenebileceğine değiniyor; olancası bu.» «Siz,» dedi K., «bu mektubu öyle bir yorumluyorsunuz ki, boş bir kâğıda atılmış imza dışında bir şey kalmıyor. Böyle davranarak, sözde, saygı duyduğunuzu söylediğiniz Klamm'ın itibarını yok ettiğinizin ayrımında değil misiniz?»

«Sözlerimi yanlış anladınız,» dedi muhtar, «mektubun önemini yoksaymıyorum, yorumlama biçimimle onu değersizleştirmeye çalışmıyorum. Klamm'ın kişisel mektubu elbette resmi belgelerden daha değerlidir. Şu var ki, sandığınız kadar önemli değil.»

«Bay Schwarzer'i tanır mısınız?» diye sordu K.

«Hayır,» dedi muhtar. «Peki sen, Mizzi, sen tanıyor musun? Tanımıyorsun ha? Hayır.» «Nasıl olur!» dedi K. «Şatonun yanaşmalarından birinin oğlu o.»

«Sayın Yeryazımcı,» dedi muhtar, «Bütün yanaşma yardımcılarının oğlunu tanımam olası mı?»

«Pekâlâ,» dedi K. «Öyleyse, sözünü ettiğim adam olduğuna inanırsınız. Köye geldiğim gün, Schwarzer ile aramda sevimsiz bir şey oldu. Schwarzer, şatoya telefon açıp, Fritz isimli yanaşma yardımcısına sorup bilgi aldı; benim yeryazımcılığına alındığımı öğrendi. Buna ne diyeceksiniz?»

«Açıklaması kolay,» dedi muhtar. «Buradaki yetkililerle henüz bir ilişkiniz olmadı. Değindiğiniz ilişkiler sadece sözde; durumu bilmediğiniz için bunları gerçek sanıyorsunuz. Telefon açma işine gelince: dinleyin, herhalde ilgililerle konuşacağım, işi başından aşkın olan benim bir telefonum yok burada. Telefon, otel benzeri yerlerde işe yarayabilir; müzik kutusuna benzer bu yanıyla; başkaca bir değeri yoktur. Buralarda hiç telefon ettiniz mi? Evet mi; öyleyse beni anlarsınız. Şatodaki telefonların kusursuz çalıştığı belli; söylenenlere göre bol bol telefon ediliyormuş orada, böylece işler daha hızlı yapılıyor. O telefon görüşmeleri, buranın telefonlarında hışırtı ve müzik gibi gelir kulağımıza, bunu siz de fark etmişsinizdir. Gelgelelim, değindiğim hışırtı ve müzik bura telefonlarının bize ilettiği en güvenilir şeylerdir, bunun dışında kalanlar yanıltıcıdır. Sürekli bir telefon bağlantımız da yoktur şatoyla. Konuşmalarımızı daha uzağa iletecek bir şebekemiz de. Buradan şatoya telefon edildi mi, şatonun alt birimlerindeki cihazların tümünün zilleri çalar. Tabii bunun zil düzeneğiyle ilgisi vardır. Daha doğrusu, tam olarak bildiğime göre neredeyse tamamındaki zil düzeni çalışmaz hale getirilmemişse, tümünün zili çalardı. Fakat yorgun memurların biri, hele de gece vakti biraz vakit geçirme ihtiyacı duyup zil sistemini işler hale getirirse bir karşılık alırız; şakaya benzer bir karşılık elbette. Bu da anlaşılır bir şey; çünkü kim tutar da önemsiz özel sorunları yüzünden, bunca acil, delice bir ritimle yürüyen işler arasında telefonun zilini çaldırma yetkisini elinde bulundurabilir. Hem, diyelim ki Sordini'ye telefon açtığında yanıt verenin sahiden Sordini olduğuna, bir de yabancıysa nasıl inanabilir, aklım almıyor. Yanıt veren belki de apayrı bir ofisin memurudur. Bu mümkün; yıldızın güldüğü anlarda önemsiz bir kayıt memuruna telefon edilip, Sordini'yle karşılaşıldığı da olur. Öylesi zamanlarda yapılacak en doğru şey, hemen telefonun önünden uzaklaşmaktır.»

«Soruna bu açıdan bakmamıştım hiç,» dedi K. «Değindiğiniz detayları bilemezdim. Fakat yine de telefon görüşmelerinden pek hoşlanmamış, yalnızca şatonun kendisinden alınacak bilgilerin sahiden önemli olacağını hep aklımda tutmuştum.»

«Hayır,» dedi muhtar, K.'nın söylediği bir söze takılıp: «telefon yanıtlarının elbette bir önemi vardır, niye olmasın? Şatodan bir memurun verdiği bilgi niye önemli olmasın? Klamm'ın mektubundan söz ederken de değindim, şatodan verilen yanıtların hiçbiri resmi değerde değildir; öyle değerlendirirseniz hataya düşersiniz. Bununla beraber, dostluk ya da düşmanlıktan yana taşıdıkları özel önem yoğun, resmi bir yanıtın erişemeyeceği ölçüde büyüktür.»

«Varsayalım ki,» dedi K., «her şey sizin söylediğiniz gibi; öyleyse şatoda sayısız iyi dostum var demektir. Yıllar önce de olsa, ofisin bir yeryazımcıyı buraya getirtebileceğini akletmesi dostça bir tavırdı; bu tavırla gelecekte de, ben elbette kandırılarak buraya getirtilip, kötü bir sonla karşılaşıncaya değin kesilmedi. Şu andaysa kovulma tehditiyle yüz yüzeyim.»

«Bu düşüncenin de gerçeklik payı var,» dedi muhtar. «Şatodan söylenenleri harfiyen doğru saymanın yanlış olacağını söylemekte haklısınız. Ancak önemli olmak salt burada değil, her yerde işe yarar sanırım; hem o sözler ne denli önem taşırsa, önemli olmaya duyulan ihtiyaç da aynı ölçüde artar. Ne var ki, buraya kandırılıp getirildiğinize dair sözleriniz aklıma yatmıyor. Açıklamalarımı iyi dinleseydiniz, buraya getirtilmenizin kısa bir konuşmayla açıklayamayacağımız bir mesele olduğunu anlardınız.»

«Öyleyse şu kalıyor geriye,» dedi K., «kovulmaya gelinceye değin, her şey bir sis perdesi ve çözülmezlik içeriyor.»

«Sizi kovmaya kim yeltenebilir, Sayın Yeryazımcı!» dedi muhtar. «Asıl bu ilk aşamalardaki bulanıklık, size kibar davranıldığının güvencesidir. Gelgelelim, anladığım kadarıyla, çabuk gücenen birisiniz. Evet, sizin kalmanızı kimse istemiyor burada; bu yine de, kovulmanız demek midir?»

«Sayın Muhtar,» dedi K., «bazı şeyleri hayli belirgince gören, yine siz oluyorsunuz. Burada kalmamı sağlayan nedenlerin bir-ikisini söyleyeyim: Evden ayrılmak için bulunduğum özveriler, yaptığım uzun, yorucu yolculuk, işe alınacağım konusundaki umutlanmalarım, parasızlığım ve eski yerimde bir iş bulamayacak oluşum, son olarak da, saydıklarım ölçüsünde önemli bir şey de buradan bir kızla nişanlanmam...»

«Ha, Frieda ile,» dedi muhtar sakince. «Haberim var, ama siz nereye giderseniz gidin koşar arkanızdan o. Diğer saydıklarınıza gelince: Hakkında düşünmek gerek; buna dair bir rapor sunacağım şatoya. Bir karar çıktığında, sizi çağırtıp, sorgularım; oldu mu?»

«Hayır,» dedi K. «Şatodan iyilik değil, hakkımı istiyorum.»

«Mizzi!» dedi karısına muhtar; karısı hâlâ kendisine dayanmış duruyor, hayaller içinde, Klamm'ın mektubuyla oynuyordu; mektubun kâğıdını kayık yapmıştı. Ansızın korkan K., onun elinden çekip aldı kayığı. «Mizzi!» dedi muhtar. «Bacağım sancımaya başladı yine, sargıyı değiştirelim mi?»

K. ayağa kalktı. «Bana da gitmek düşüyor,» dedi. «Evet, değiştirelim,» dedi Mizzi, hemen merhem hazırlamaya başlayıp. «Çok kötü bir esinti var burada,» diye ekledi muhtar. K. arkasına döndü; K.'nın gitme sözünü duyan asistanları her zamanki hızlarıyla kapıyı ardına dek açmışlardı. K., olanca gücüyle içeri saldıran soğuktan sayrılı adamı korumak için, şöyle bir eğilip selamladı muhtarı, asistanlarını da yanı sıra götürüp hemen odadan çıktı, kapıyı arkasından kapattı.

VI

OTELCİNİN KARISIYLA İKİNCİ KONUŞMA

Otelin kapısında, K.'yı bekliyordu otelci. Kendisine sorulmadan konuşmaya cesareti yok gibiydi; ne istediğini sordu K. «Kalacak bir yer buldun mu?» diye sordu öteki, bakışları yere çevrik. «Karın sormanı istedi, değil mi?» diye sordu K., «onun sözünden dışarı çıkmıyorsun herhalde?» «Hayır,» dedi beriki. «Sormamı isteyen o değil. Ama çok kaygılı ve telaşlı. Seni merak ediyor; çalışacak halde değil; yatakta, sürekli inleyip yakınıyor.» «Gidip bir bakayım mı?» dedi K. «Çok iyi olur,» dedi otelci. «Az önce seni muhtarın yanından alacaktım; kapıya kadar gelip dinledim; konuşuyordunuz, bölmek istemedim; karım için de kaygılandığımdan, tekrar buraya döndüm, ama karım yanına gitmemi istemedi; ben de oturup seni bekledim.» «Hemen gel benimle,» dedi K. «Ben onu sakinleştiririm.» «Dilerim başaribilirsin bunu!» dedi otelci.

Mutfağın aydınlığında yürüdüler; birbirlerinden aralı duruyorlardı, işleriyle ilgilenen üç-dört kız, K.'yı görünce donakalır gibi oldu. Otelcinin karısının sızlanmaları mutfaktan bile duyuluyordu. Mutfakla iğreti bir bölmeyle ayrılmış, penceresiz bir yerde yatıyordu kadın. Bölme, yalnızca karı-kocaya yetecek, bir yatak ile bir dolap alacak büyüklükteydi. Ama mutfaktan bakıldığında, pek bir şey seçilmiyordu. Zindan gibi karanlıktı, sadece; kırmızı-beyaz yorgan biraz parıldayarak beliriyor, içerinin ayrıntıları içeri girip, gözler karanlığa alıştıktan sonra seçilebiliyordu.

«Sonunda gelebildiniz!» dedi otelcinin karısı, güçsüzce. Yatağa boylu boyunca uzanmış, güç bela soluyordu. Yorganı üstünden atmıştı. Böyle yatarken, gündelik giyitlerinden daha genç gösteriyor, saçlarının dağılmasını umursamayarak başına taktığı ince dantelli küçük hotozu yüzündeki bitkinliği acınası bir görünüme sokuyordu. «Nasıl gelebilirdim? Beni çağırmadınız ki!» dedi K. uysalca. «Ama bu kadar gecikmemeliydiniz,» dedi kadın sayrılı inadıyla. Yatağın kenarını işaretle: «Gelin, şöyle oturun,» diye ekledi sonra. «Ama siz, hepiniz dışarı çıkın!» Asistanları dışında, bölmeye mutfaktaki kızlar da sökün etmişti o sıra. «Ben de çıkıyorum, Gardena,» dedi kocası. Kadının adını ilk kez işitiyordu K. «Evet,» dedi kadın usulca. Aklı başka yerdeymiş gibi dalgınca: «Herkes çıksın dedim, sen niye kalacaksın ki!» diye ekledi. Bölmeye doluşanlar çekildiler. Bu kez, asistanlar da buna uymuştu; bir kızın peşine takılmalarının da rolü vardı bunda. Ancak buradaki konuşmaların mutfaktan duyulacağını anlayacak ölçüde kavrayışlıydı otelcinin karısı; bölme kapısızdı, bu nedenle mutfağın da boşaltılmasını istedi. Mutfaktakiler bu isteğe uydular.

«Zahmet olacak, Sayın Yeryazımcı, ama,» diye ekledi Gardena, «şuradaki dolabın içinde, önde bir şal asılı, onu bana verir misiniz, üzerime örteyim; soluk alıp vermekte çok zorlanıyorum, yorgan ağır geliyor da.» K. şalı alıp geldiğinde: «Ne güzel bir şal, değil mi?» K.'ya göre herhangi bir özelliği olmayan yün bir şaldı; sadece kadının gönlünü almak için eliyle bir yokladı, ama herhangi bir yorum yapmadı. «Güzel bir şaldır,» dedi Gardena şala sarınarak. Birazcık daha rahatlamış gibiydi şimdi. Karmakarışık saçlarını bile unutup, doğrulup oturdu yatağında, hotozdan taşan saçlarını düzeltti. Epeyce gür saçları vardı.

K., sabırsızlanarak: «Kalacak bir yer bulup bulmadığımı merak etmişsiniz, Bayan Gardena,» dedi. «Merak mı etmişim?» dedi kadın. «Hayır, bir yanlışlık olmalı.» «Ama az önce, kocanız bunu öğrenmek istedi.» «Doğrudur,» dedi beriki. «Biraz atıştık. Ben istemezken, burada kalmanızı istedi. Şimdiyse burada kalmanız beni hoşnut ettiği için, sizi buradan atmak istiyor. Sürekli aynı şeyi yapar o.» «Öyleyse,» dedi K., «bana ilişkin düşüncenizi kökten değiştirdiniz mi? Üstelik iki saatte?» «Hayır,» dedi kadın, aynı ölgün sesle: «Verin elinizi bakayım! Tamam. Şimdi, benden hiçbir şey gizlemeyeceğinize söz verin; ben de aynı şeyi yapacağım.» «Tamam,» dedi K., «kim başlayacak önce?» «Ben,» dedi kadın. Bu tutumuyla K.'ya bir iyilik etmek değil de, kendisi konuşmaya can atar gibiydi.

Birden, yastığın altından bir fotoğraf çıkarıp, uzattı K.'ya.

«Şu fotoğrafa bakın!» dedi ricacı bir sesle. K. fotoğrafı daha iyi görebilmek için mutfağa doğru bir adım attı; fakat orada da tam olarak görmesi olası değildi; çünkü fotoğraf epeyce yıpranmıştı. «Hiç de bakılır yanı kalmamış,» dedi K. «Maalesef öyle!» dedi kadın. «İnsan yıllar boyunca yanında taşırsa. Yine de iyi bakın; gerekli ayrıntıları seçebilirsiniz. Bunun için ben de yardım ederim size. Bu fotoğrafta neler gördüğünüzü söyleyin! Bundan söz etmeniz beni sevindirir. Evet, neler görüyorsunuz?» «Bir delikanlı,» dedi K. «Evet,» dedi kadın. «Ne yapıyor?» «Bir sedire uzanmış, gerinip esniyor.» Güldü otelcinin karısı. «Daha neler!» dedi. «Ama bakın sedirde, yatıyor,» diye üsteledi K. «Biraz daha dikkatli bakın!» dedi kadın, gücenik. «Sahiden yatıyor mu?» «Hayır,» dedi K., «Yatmıyor, boşlukta uçuyor, sanırım sedir filan yok; ortada bir ip var, adam ipin üstünden sıçrayarak atlıyor.» «Evet, oluyor!» dedi kadın sevinçli. «Resmi elçiler böyle egzersiz yapar. Bunu anlayacağınıza emindim. Yüzünü de seçebiliyor musunuz?» «Çok az bir kısmını,» dedi K.; «Sanırım dişi tırnağında, ağzı açık, gözleri kısılı, saçları tepesinde uçuşuyor.» «Mükemmel!» dedi kadın beğenmiş bir sesle. «Onun kendisini görmemiş biri zaten daha fazlasını seçemez. Fakat alımlı bir delikanlıydı, bir kez şöyle bir görmüştüm, hiç unutmayacağım.» «Kimdi?» diye sordu K. «Klamm'ın beni ilk kez çağırtmakla görevlendirdiği elçi.» dedi kadın.

K. bir anda, söylenenlere kulak vermez oldu, bir cam şıngırtısı çekmişti ilgisini. Nedenini de hemen buldu bu sesin: dışarıda, avluda vakit geçiren asistanlar karın üstünde sürekli ayak değiştirip duruyorlardı. K.'yı bir daha görmekten hoşnutlarmış gibi, sevinçle onu birbirlerine gösterip mutfak penceresini tıklatıyorlardı. K.'nın korkutma amaçlı bir işaret vermesiyle hemen vazgeçtiler yaptıklarından, birbirlerini pencere önünden itip uzaklaştırmaya davrandılar; ancak birbirlerinden tekrar kurtulup, pencere önünde tekrar dikelmeye başladılar. K., onların kendisini, kendisinin onları görmeyeceği bölmeden içeri bir adım yürüdü. Fakat pencere camının yavaşça, yalvarış yüklü şıngırtısından bir süre daha kurtulamadı.

«Ah, şu asistanlar!» dedi özür diler gibi, otelcinin karısına, dışarıyı işaret edip. Fakat kadının bu sözleri umursadığı söylenemezdi; K.'nın elinden aldığı fotoğrafı eliyle düzleyerek yastığın altına koymuştu tekrar. Devinimleri biraz yavaşlamıştı, ama bunun nedeni bitkinlik değil, anılarıydı. K.'ya bir şeyler anlatmak isterken, dalıp gitmişti. Şalının püsküllerini çekiştirip duruyordu şimdi. Hemen sonra başını kaldırdı, elini gözlerinde dolaştırıp. «Bu şal da Klamm'dan,» dedi. «Bu küçük hotoz da. Fotoğraf, şal, hotoz; ondan kaldı bana. Evet, Frieda gibi genç değilim, onun kadar duyarlı da sayılmam. Özetle, hayata uyum sağlayabilirim; ama belirteyim ki, bu üç şey olmasa, burada bir gün bile durmazdım. Bu üç şey size onca önemli gelmeyebilir. Ama Frieda uzun zaman Klamm'la olmuşluğuna karşın, elinde hiçbir şey yoktur; bunu kendisine sorduğum için biliyorum. O, çok duygusal, azla yetinmeyen bir kızdır. Bense hepi topu üç kez birlikte oldum Klamm'la; nedense bir daha çağırmadı beni, bana ayıracağı sürenin kısalığını sezmişim gibi, bu üç şeyi aldım ondan. Bu doğru, bunun için ter dökmek gerek, Klamm hiçbir şey vermez kimseye; ama elverişli bir şey gördün mü, rica edip alabilirsin.»

K., anlatılanlarla pek de ilgilenmeden, hoşnutsuzca iç çekip: «Kaç yıl önceydi bu?» diye sordu.

«Yirmi yıldan fazla oluyor,» dedi kadın.

«Klamm'a bunca yıl bağlı kalınabiliniyor, ha?» dedi K. «Ama hanımefendi; bu tür kaygılarınızı dile getirerek, beni kendi evliliğim açısından daha ciddi düşünmeye yönelttiğinizi biliyor musunuz?»

Beriki, sözün burasında, kendi dertlerinin araya sokulmak istenmesini kaba bulup, K.'ya baktı aksine.

«Gücenmeyin, hanımefendi!» dedi K., «Klamm'a karşı kötü bir şey söylemedim ki ben! Ama olup bitenler Klamm ile aramda kimi bağlantılara neden oldu. Onun en fanatik hayranları bile bunu yok sayamaz. Bu yüzden, onun ismi ne zaman anılsa, kendimi düşünmem gerekiyor. Bir de, hanımefendi...» Burada, kadının nazlanan elini tuttu, «son konuşmamızın ne denli olumsuz geçtiğini düşünün; hiç değilse bu kez birbirimizden iyilikle ayrılalım.» «Hakkınız var,» dedi kadın başını eğerek. «Yine de üstüme varmayın. Herkes kadar alınganım ben de; belki de tersine. Herkesin çeşitli alınganlıkları olabilir, benimki de bu.»

«Ne eylersiniz ki, bu da benim alınganlığım,» dedi K. «Ben kendimi elbette tutacağım; fakat şimdi söyleyin, hanımefendi; evliliğimde, Klamm'a duyulan bu bağlılığı nasıl göğüsleyeceğim; eğer Frieda da sizin gibiyse elbette.»

«Fanatik bağlılık mı?» diye yineledi kadın öfkeyle. «Bağlılık mı bu? Ben kocama bağlıyım, ama Klamm'a karşı? Klamm bir kez beni kendisine yavuklu yaptı, bu onuru yitirebilir miyim? Fakat Sayın Yeryazımcı; siz kim oluyorsunuz da, böyle sorular sorabiliyorsunuz?» «Hanımefendi!» dedi K., uyarırcasına.

«Anlıyorum,» dedi kadın uysalca. «Fakat bana kocam böyle sorular sormamıştı. Kimi bahtsız bulmalı? Bir zamanların beni mi, şimdinin Frieda'sını mı? Klamm'ı kendi arzusuyla terk eden Frieda'yı mı, bir daha çağrılmayan beni mi? Kendisi ne denli bilmezden gelse de, belki de Frieda'dır bahtsız olan. Gelgelelim, bir süre aklımda bahtsız olduğum düşüncesi vardı; çünkü kendime sürekli soruyordum, hâlâ da soruyorum: Neden böyle oldu, diyorum. Klamm üç kez çağırttı da, dördüncü kez neden çağırtmadı? Aklımı bir zamanlar bundan daha çok yoran bir şey yoktu. Arası çok geçmeden, kocamla başka ne konuşabiliyordum ki? Gündüzleri vaktimiz olmuyordu; ya geceleri? Yıllar boyu, gece söyleşilerimiz, Klamm ve ondaki fikir değişikliği üzerinde durdu hep. Bir de baktım ki, konuşurken kocamın içi geçiyor, hemen uyandırıyordum, konuşmamıza kaldığımız yerden devam ediyorduk.»

«İzniniz olursa, biraz kaba bir sorum olacak,» dedi K.

Otelcinin karısı bunu sessizlikle karşıladı.

«Sormama izin vermiyor musunuz?» dedi K. «Olsun, bu kadarıyla da yetinirim.»

«Biliyorum,» dedi kadın. «Size bu kadarı da yeter. Her şeye olumsuz bir anlam yüklemekte üstünüze yok; susmamam da dahil. Başka türlü davranamıyorsunuz çünkü. Hadi sorun bakalım!»

«Her şeye olumsuz bir anlam yüklediğime göre,» dedi K.,

«kendi soruma da aynı şeyi yapıyorumdur, hiç de kaba değildi belki sorum. Öğrenmek istediğim tek şey şu: Kocânızı nasıl tanıdınız? Bir de bu oteli nasıl aldınız?»

Kadın somurtuk ama sakin bir yüzle: «Çok basit bir öyküsü var bunun,» dedi. «Babam bir nalbanttı, geniş arazileri olan bir çiftçinin yanında seyislik eden şimdiki kocam Hans ise, sık sık babamı ziyarete gelirdi. Klamm'la son buluşmamızdan sonraydı; ben alabildiğine mutsuzdum, aslında öyle hissetmem için nedenlerim yoktu; her şey kendi seyrinde gelişiyordu ve benim Klamm'ın yanına bir daha gidemeyeşim, Klamm'ın istediği bir şeydi; anlayacağınız bunun da olumsuz bir yanı yoktu; ancak gerekçeleri karanlıktı; bunları araştırıp öğrenmeye uğraşabilirdim, fakat kendimi bedbaht hissetmem gerekmezdi. Yine de mutsuzdum; elimi bir işe süremiyor, gün boyu evimizin küçük bahçesinde uyuşuk uyuşuk oturuyordum. Beni işte bu bahçede gördü Hans, ara sıra gelip yanıma otururdu, ona sıkıntılarımdan söz etmezdim ama nelere üzüldüğümü biliyordu. İyi kalpli biriydi, bazen oturup ağlaşırdık. Günün birinde, karısı ölüp, işi bırakmak durumunda kalan otelin sahibi –epeyce kocamıştı– evimizin önünden geçiyordu, ikimizi öylece oturur gördüğünde durup, sözü hiç uzatmadan, size otelimi kiralayayım, dedi. Bize güvendiği için peşin para istemedi; otele biçtiği değer de epey düşüktü. Artık babama yük olmak istemiyordum, üst yanını dert etmiyordum; ben de acılarımı unutur, avunurum diye düşünüp Hans ile evliliğe de evet dedim. Olup bitenler bunlar.»

Kısa bir sessizliğin ardından: «Otelci iyi davranmış fakat önlemsiz biriymiş,» dedi K., «acaba size güvenmesi için özel nedenleri mi vardı?»

«Hans'ı yakından tanıyordu,» dedi otelcinin karısı. «Onun amcasıydı.» «O halde iş başka,» dedi K. «Sizinle bir bağlantı kurmak, Hans'ın ailesi için hayli önemli olmalı.»

«Mümkün,» dedi kadın. «Bunu hiç merak etmedim.»

«Bence öyledir,» dedi K. «Madem Hans'ın ailesi değindiğiniz özverili davranışı sergiledi ve oteli hiçbir güvence istemeden size teslim etti...»

«Bunun önlemsizce bir davranış olmadığı anlaşıldı sonradan,» dedi otelcinin karısı. «Çünkü derhal işe koyuldum; gücüm kuvvetim yerindeydi, ne de olsa bir nalbantın kızıydım, hizmetçiye de uşağa da ihtiyacım yoktu; her işe kendim koşturuyordum; içkievine, salona, avluya, mutfağa... Lezzetli yemekler de pişiriyordum; Ağalar Palas'ın bazı müşterilerini bile çalmıştım. Siz öğlen saatlerinde içkievinde bulunmadınız hiç, o saatin müşterilerini bilmezsiniz; o günlerde daha kalabalıklardı, şimdilerde pek çok kişi uğramaz oldu. Uzatmayayım, kirayı tam olarak ödemenin yanı sıra, bir iki yılda oteli satın aldık ve bugün borçlarımızı sıfırlamış haldeyiz. O günlerin yorucu çalışmaları sonucu sayrılandım elbette. Şimdi kalbimden rahatsızım; şu anda gördüğün gibi, ihtiyar bir kadınım. Beni Hans'tan daha ihtiyar sanabilirsiniz ama aslında o, benden hepi topu iki yaş küçük. Ne var ki, onun ihtiyarlamaya niyeti yok; tek yaptığı piposunu tüttürmek, müşterilerinin gevezeliklerini dinlemek, ara sıra da gidip bira almak; bunca çalışmayla insan ihtiyarlar mı?»

«Hayranlık uyandıracak işler yapmışsınız,» dedi K. «Bu kesin. Ama evlilik öncesi günlerden söz ediyorduk sizinle, o zamanlar Hans'ın ailesinin parasal özverilerde bulunması, ya da en azından, oteli size vermenin sakıncalarına göğüs gerip, bu evliliği gerçekleştirmek istemesi, bunun yanı sıra, sadece sizin açığa çıkmamış emeğinize ve Hans'ın aslında bilinen uyuşukluğuna bağlanmaları garip geliyor bana.»

«Öyle,» dedi kadın yorgunca. «Aslında neyi konuşmak istediğinizi, bunda da ne denli yanıldığınızın ayrımındayım. Fakat şimdi anlattıklarında Klamm'ın hiç suçu yok. Klamm beni niye düşünsün, niye uğraşsın. Benimle? Bana dair bildiği böylesi bir şey yok ki. Beni artık çağırtmayışı, unutulduğum anlamına geliyordu. Kimi çağırtmamışsa, onu unutmuştur Klamm. Frieda'nın yanında bunlardan söz etmek istemedim. Ancak bu sadece bir unutma değil, daha da ileri bir şey. Çünkü unuttuğu biriyle gelecekte bir gün tekrar tanışabilir kişi; fakat bu Klamm için söz konusu edilemez; eğer Klamm birini çağırtmıyorsa, geçmişte de, gelecekte de unutmuş demektir. Birazcık gayret etmeme bakar aslında; size burası aptalca gelebilir, geldiğiniz yere uygun düşüncelerinizi anlayabilirim. Gelecekte beni tekrar çağırttı mı, ona gitmemi önleyecek bir şey olmaması için, Klamm'ın koca diye bana Hans'ı verdiğine inanmak gibi delice şeyler düşünebilirsiniz. Eh, bundan daha çılgınca bir şey olamaz. O bir işaret versin de, benim ona gitmemi engelleyecek biri çıksın! Aptalca, pek aptalca! Böyle saçma düşüncelerin sahibi olmak, kafa karıştırmaya yarar sadece.»

«Hayır,» dedi K. «Kafa karıştırmayalım. Ben, buna dair düşünmeyi değindiğiniz ölçüde abartmamıştım; ama oraya doğru gittiğimi söyleyebilirim. Beni asıl şaşırtan, eşin dostun bu evliliğe fazlasıyla bel bağlamaları ve bunun da gerçekleşmesidir, bu da kalbiniz, sağlığınız pahasına olacak bir şey. Söylediklerimin Klamm'a ilişkin olduğu da geçti aklımdan fakat değindiğiniz ölçüde kaba değil, hiç değilse henüz değil, herhalde beni bir daha azarlamak için böyle yaptınız; bundan keyif alıyorsunuz. Varsın olsun! Ben şöyle düşünmüştüm: Klamm bu evliliğin nedeni. O olmasaydı kendinizi bedbaht hissetmez, evinizin önündeki bahçede miskince oturmazdınız. Hans da sizi bahçede görmez, kederli halinizden etkilenip sizinle konuşmazdı. Bundan dolayı da bu evlilik, otelin size verilmesi gerçekleşmezdi. Bütün bu söylediklerimde Klamm var. Ama ekleyeyim: Siz unutmaya çalışmasaydınız, ölesiye yorulmasaydınız oteli de hale yola koyamazdınız. Bunlarda Klamm'ın parmağı var. Hastalığınız bile Klamm yüzünden; çünkü kalbiniz evlilik öncesi de onun aşkıyla bitap düşmüştü. Bunların sonucu, bir tek soru kalıyor geriye: Bu evliliğin cazip yanı neydi ki, Hans'ın akrabaları bunca istedi. Kendiniz bile bir ara, Klamm'ın sevgilisi olmak kaybedilemez bir onurdur, demiştiniz; belki de onlar bundan etkilenmiştir. Fakat bununla birlikte, bence, sizi Klamm'ın önüne çıkaran talihin –bunun bir talih olduğunu söylemiştiniz– sizin talihiniz olduğu, sizden ayrılmaması gerektiği, Klamm'ın yaptığı gibi hızlı ve zamansız sizi bırakmayacağı beklentisinin işlevi var bunda.»

«Bu sözlerinizde ciddi misiniz?»

«Kesinlikle,» dedi K., «ama sanırım, Hans'ın akrabaları beklentilerinde büsbütün ne haklı, ne de haksız. Hem, onların nerede hata yaptığını da sezer gibiyim: Dışarıdan bakıldığında başarılı görünüyorlar, Hans yanaşacağı bir kapı bulmuştur, karısı mükemmel, kendisi onurludur; otelin borcu filan da yoktur. Ama gerçekte, başarıya ulaştıkları söylenemez; ilk göz ağrısı kendisi olacak sıradan bir kızla, elbette daha mutlu olurdu Hans; eğer yerdiğiniz gibi, kimi zaman içkievinde bir kaybetmişlik duygusu içinde pinekleyip duruyorsa, sahiden öyle hissettiğindendir. Bunun Hans'ı mutsuz etmediği belli; onu tanıdığımı söyleyebilirim artık. Şu da kesin ki, bu alımlı, akıllı genç başka bir kadınla daha mutlu, daha özgür, çalışkan ve erkeksi biri olurdu. Ayrıca, siz de mutlu sayılmazsınız, üç yadigâr olmasa yaşayamazdım dememiş miydiniz? Bir de kalbiniz rahatsız. Öyleyse, Hans'ın akrabaları beklentilerinde haksız mıydı? Sanmıyorum. Mutluluk yanınızda yörenizdeydi fakat onu tutmayı beceremediniz.»

«Boşladığım şeyin ne olduğunu söyler misiniz?» diye sordu kadın; yatakta sırtüstü uzanmış, tavana bakıyordu.

«Klamm'a sormak,» dedi K.

«Tekrar sizin meseleye geldik,» dedi kadın.

«Belki de sizin,» dedi K. «Birbirine yakın meselelerimiz.»

«Klamm'dan istediğiniz nedir?» diye sordu kadın. Yatağında oturuyor, arkasına koyacağı yastıkları kabartıyordu. Gözleri K.'daydı.

«Bir şeyler öğrenebilmeniz için kendi yaşadıklarımı anlattım açıkça. Siz de Klamm'dan öğrenmek istediğinizin ne olduğunu söyleyin. Odasına çıkıp beklemesi için Frieda'yı güçlükle ikna edebildim; onun yanında rahat konuşamazsınız diye düşündüm.» «Gizleyecek bir şeyim yok,» dedi K. «Fakat önce dikkatinizi çekmek istediğim bir şey var: Klamm çabuk unutur demiştiniz, bana pek de akıllıca gelmiyor bu; sonra, bu kanıtlanacak gibi değil; daha dün onun elinin altındayken, şimdi istenmeyen kızların palavrası bu. Buna nasıl inandığınızı aklım almıyor.»

«Palavra değil bu,» dedi kadın. «Herkesin başından geçmiş bir şey.»

«Öyleyse farklı yaşanmışlıklarla çürütülebilir bu,» dedi K. «Üstelik, sizin ve Frieda'nın durumları da birbirinden ayrı. Klamm'ın Frieda'yı çağırmaması diye bir şey söz konusu değil; Frieda'yı çağırdı Klamm, Frieda çağrıyı yanıtlamadı. Frieda'yı bekliyor bile olabilir.»

Otelcinin karısı bu sözlere yanıt vermedi; meraklı bakışlarını K.'da denemekle kaldı. «Her sözünüzü sakince dinleyeceğim,» dedi sonra. «Beni incelemeyi bırakın ve açıkça konuşun; bu daha iyi. Sadece bir tek isteğim var: Klamm ismini kullanmayın.»

«Pekâlâ,» dedi K. «Fakat benim ondan istediğimin ne olduğunu söylemem zor. İlkin, onu yakından görmek istiyorum; sesini duymak, evliliğim hakkında ne düşündüğünü öğrenmek de istiyorum. Ondan ne tür bir ricam olabileceğini şimdiden söyleyemem. Kimi şeyler söz konusu olabilir; ama asıl önemsediğim yüz yüze gelmek. Çünkü gerçek bir memurla henüz konuşamadım. Bu, sandığımdan da zor olacak gibi. Klamm'la şahsen görüşmek daha kolay gibi görünüyor. Onunla ofisinde konuşabilirim sadece, şato veya Ağalar Palas'ta. Her ikisi de kuşkulu görünüyor ama şahsen her yerde konuşabilirim; ev, sokak, nereyi bulursam. O durumda özel kişi kimi zaman memur Klamm'a dönüşürmüş; varsın olsun. Fakat ilk niyetim bu değil.»

«Peki,» diyen kadın utançlı bir şey söylemiş gibi, yüzünü yastıklara gömdü. «Görüşme talebinizi tanıdıklar yardımıyla Klamm'a iletebilirim, ondan yanıt gelinceye dek, kendi başınıza bir girişimde bulunmama sözü verir misiniz?»

«Ricanız ya da kaprisinize peki demeyi çok istesem de, yapamam,» dedi K. «Bu sorunda elimi çabuk tutmalıyım; bir de muhtarla konuşmamızın kötü geçtiği düşünülürse!»

«Bu, hayır anlamına gelmez,» dedi kadın. «Muhtar önemsiz biri. Bunu fark etmediniz mi? Her şeyi karısı yapmasa, bir gün bile görevde kalamazdı.»

«Mizzi mi?» diye sordu K., kadın baş işaretiyle onayladı.

«Biz konuşurken yanımızdaydı,» dedi K.

«Bir şeyler söyledi mi?»

«Hayır. Bunu yapacak birine benzemiyor,» dedi K.

«Her şeyi olumsuz yanından görüyorsunuz burada,» dedi Kadın. «Muhtarın kararı önemsiz; karısıyla ben konuşurum. Klamm'ın yanıtının bir haftada geleceğini söyledim mi, herhalde dediğinizi yapmamanız için neden kalmaz.» «Bunlar o kadar önemli değil,» dedi K. «Kararım karar, ondan ret yanıtı gelse de, yapardım. Fakat daha şimdiden böyle bir amacım olduğuna göre, niye aracı kullanayım? Ricacılar olmadan da iyi niyetli girişimlerde bulunmak, ret yanıtından sonra bir meydan okuma sayılacaktır. Bu, elbette daha kötü bir şey.»

«Kötü mü? Meydan okuma olduğu doğru. Varın bildiğinizi yapın. Eteğimi uzatır mısınız bana?»

Kadın, K. orada değilmiş gibi, eteği giyip mutfağa gitti. Ne zamandır kimi sesler geliyordu içkievi tarafından. Mutfak kapısındaki pencereye vurulmuştu; asistanlar da bir seferinde kapıyı aralamış, biz acıktık diye bağırmışlardı. Başka yüzler de belirmişti pencerede; usul sesli bir şarkı bile işitilmişti.

Otelcinin karısıyla, K.'nın konuşması öğlen yemeğinin hazırlanmasını geciktirmişti, ama müşteriler bekleşiyorlardı. Otelcinin karısının yasaklamasına aldırmayıp mutfaktan içeriye girmeye cesaretleri yoktu. Bir anda, mutfak penceresinden içeriyi izleyenler otelcinin karısının geldiğini söylediklerinde, hizmetçiler hızla mutfağa seyirtti. K. içeri girer girmez, kadınlı erkekli bekleşen yaklaşık yirmi kişi pencere önünden ayrılıp yer kapmak için masalara koşturdu. Sadece köşedeki ufak masaya birkaç çocuklu bir karı-koca daha önceden yerleşmişti. Güler yüzlü, mavi gözlü, ağarmış saçlı sakallı bir adam çocuklara doğru eğilmiş, ayakta bekliyor, elindeki bıçakla tempo tutup, çocukların sesini kısmaya uğraşıyordu; şarkıyla çocukların açlığını yatıştırmak ister gibiydi. Otelcinin karısı ezberden söylediği bir-iki sözle salondakilerden özür diledi. Kimse de onu suçlamadı zaten. Kadın etrafına bakınıp kocasını aradı, ancak adam bu nazik durumu görüp sıvışıvermiş olmalıydı. Otelcinin karısı usul adım yürüyerek mutfağa girdi; o sırada, yukarıdaki odasına, Frieda'nın yanına çıkan K.'ya dönüp bakmaya fırsat bulamamıştı.

VII

ÖĞRETMEN

K. yukarıda öğretmenle karşılaştı. Odayı tanıyamayacağı halde bulunca, sevindi, Frieda o kadar becerikliydi ki! İçerisi havalandırılmış, soba yakılmış, yerler temizlenmiş, hizmetçilerin eşyaları, o iğrenç pılı pırtılar ortadan kaldırılmıştı. Masaya tertemiz bir örtü serilmişti. Oda bu haliyle konuk çağrılabilir haldeydi. Frieda'nın yıkayıp, kurusun diye sobanın yanına astığı K.'ya ait hepi topu üç parça beyaz çamaşır, göreni pek de rahatsız etmiyordu. Masada oturan öğretmen ile Frieda K. girdiğinde ayağa kalktılar. Frieda, K.'yı bir öpüşle karşıladı, öğretmen bir reverans yaptı.. K. otelcinin karısıyla konuştuklarının etkisiyle dalgın ve huzursuz, şimdiye dek gelemediği için öğretmenden özür diledi; öğretmenin ondan haber alamamaktan dolayı, kendisini görmeye geldiğini sanıyordu. Öğretmen ise o ağırbaşlılığıyla, K. ile bir görüşme kararlaştırdığını henüz anımsar gibiydi. «Evet, siz yeryazımcısınız!» dedi tane tane. «Kilise meydanında bir-iki gün önce konuştuğum yabancısınız.» «Evet!» dedi K., hiç uzatmadan; ne zamandır çektiği bir başınalık ve kimsesizlik ağrısına, burada, kendi odasında göğüs germeye niyeti yok gibiydi. Frieda'ya dönüp, vakit geçirmeden bir görüşmeye gideceğini, alabildiğine iyi giyinmesini gerektiren bu görüşme hakkında konuşmaya koyuldu. Friede bir şey sormadı; o sırada, yeni masa örtüsünü inceleyen asistanları çağırdı; K.'nın hemen çıkarmaya başladığı giyitleriyle çizmeleri avluya götürüp iyice temizlemelerini istedi. İpe serili gömleklerinden birini alıp, ütülemek için mutfağa koştu. Frieda.

K., tekrar susmuş, masada oturan öğretmenle baş başa kalmıştı; onu biraz bekletme kararı verip, gömleğini çıkarmaya başladı ve leğende el yüz yıkamaya girişti. Arkası dönük halde, öğretmenin ziyaret nedenini sordu. Öğretmen, «Muhtar gönderdi,» dedi. K., muhtarın ne istediğini dinlemeye hazırdı. Su şıpırtıları K.'nın söylediklerini duymayı zorlaştırdığı için, öğretmen yanaşıp, K.'nın yanı başında durarak, duvara dayandı. K. gideceği görüşmenin biraz acele etmesini gerektirdiğini söyleyip, durumdan dolayı af diledi. Öğretmen pek oralı olmayıp, «Muhtara, o ihtiyar, takdire değer, güngörmüş adama kaba davrandınız,» dedi. «Kaba davrandığımın farkında değilim,» dedi K., elini yüzünü kurularken. «Fakat nezaket dışı davranmaktan farklı şeyler düşünmeye zorunlu olduğum da doğru, çünkü resmi bir birimin utanç verici işleriyle varlığım tehlikeye atılmak istenmiştir. Bunun ne olduğunu söylemeye gerek görmüyorum, çünkü siz de aynı ofisin üyesisiniz. Benden mi şikâyet etti muhtar?» «Kime edecek ki? Öyle biri olsa bile bunu yapar mı? Fakat o söyledi, ben yazdım, görüşmenizi kaleme aldım; bu tutanaktan hareketle, sizin sorduklarınızı, onun yanıtlarını öğrendim.»

Frieda'nın bir yerlere kaldırdığı tarağını ararken: «Anlamadım,» dedi K. «tutanak mı? Görüşmede bulunmayan birinin sonradan yazdığı bir tutanak ha? Buna bayıldım! Ama bu da ne anlama geliyor? Görüşmenin resmi bir yanı var mıydı ki?» «Yok!» dedi beriki. «Yarı resmi; tutanak da öyle. Burada, her şeyde bir disiplin istenir; başkaca bir nedeni yok. Fakat böyle bir tutanak var ve sizin için hiç de iyi değil.»

Yatağın içinde bir yerlere düşmüş olan tarağı bulan K., sakince, «Ne olacak varsa!» dedi. «Bunu söylemek için mi geldiniz?» «Hayır,» dedi öğretmen. «Fakat ben de bir robot değilim, fikrimi söylemeden edemedim. Sayın muhtarın iletmemi istediği şeye gelince, o da yüceliğinin farklı bir göstergesi. Hemen belirteyim ki onun bu yüceliğini aklım almıyor; salt ona duyduğunu saygıdan, görev icabı aldım bu işi.» K. elini yüzünü yıkayıp, saçlarını taramış, masada oturuyor, giyitlerinin gelmesini bekliyordu; öğretmenin ne diyeceğiyle pek ilgilenmiyordu; otelcinin karısının muhtara dair sözlerinin de bu tavrına katkısı vardı. Otelden çıkıp alacağı yolu düşünerek:

«Öğleni geçti vakit herhalde?» dedi, sonra, sorusunu gereksiz bularak: «Muhtarın iletmek istediği bir şeyi olduğunu söylemiştiniz?» dedi. «Evet,» dedi beriki, sorumluluktan sıyrılır gibi omuz silkti. «Muhtar, kendi başınıza bir şeylere kalkışacağınızdan korkuyor,» dedi. «Onun böyle bir şeyden niye çekindiğini anlayamadım aslında; fikrimce, en iyisi istediğinizi yapmanız. Sizin koruyucu melekleriniz değiliz biz; gittiğiniz her yerde sizi izleyecek halimiz yok. Fakat sayın muhtar böyle düşünmüyor. Evet, kontluk ofisleri bir işi hızlandıramaz; yine de kendi otoritesi sınırlarında geçici ve bonkör bir karar almak istiyor; kabul edip etmemek sizin bileceğiniz bir şey: Şimdilik okulda bir odacılık teklif ediyor.» Bu öneriyi pek önemsemedi K., ama bir öneride bulunulması da, azımsanacak bir şey değildi. Bu halde, muhtara karşı kendisini savunabilecekti demek ve köylülerden zor bela da olsa korunabileceği kimi işlere kalkışabilecekti. Hele de sorunun bunca önemsenmesi! Odada ne zamandır bekleyen ve tutanağı yazan öğretmen, muhtarca hemen buraya gönderilmiş olmalıydı. Öğretmen her şeye karşın, K.'yı düşündürdüğünü fark edip: «Ben, karşı çıkmadığımı söyleyemem. Bugüne değin, okulun bir odacıya ihtiyacı olmadığına değindim. Zangocun karısı ara sıra gelip ortalığa çekidüzen verir; öğretmen Bayan Gisa da o iş görürken, başında durur. Çocuklar beni yeterince yoruyor, bir de odasıyla mı uğraşayım? Sayın Muhtar: 'Peki ama okulu leş götürüyor' dedi. Ben de gerçeğe uygun bir yanıtla 'o kadar da değil!' dedim, ve ekledim: 'Onu odacı olarak alsak düzelecek mi sanki?' dedim. Nerede? Bu işi bilmemesi bir yana, okulda sadece iki sınıf var, bu durumda, gelecek odacı mecburen, ailesiyle sınıflardan birine yerleşecek, orada yatıp kalkarak, yemeğini bile orada pişirecek. Bu da okulun temizliğini sağlayacak bir şey değil! Gelgelelim, Sayın Muhtar, bir işin sizin için hayati önemde olacağını, hevesle işe girişeceğinizi anımsattı. Sizin işgücünüzle birlikte, karınız ve asistanlarınızın da işgücünü alacağımızı, okulun tertemiz olacağını belirtti. Bu söylediklerini hemen geçersizleştirdim elbette. Nihayet muhtar, lehinize olacak bir şey bulup söylemeyerek gülüp, ne de olsa bir yeryazımcı olduğunuzu, ölçüp biçerek okul bahçesine de bir çekidüzen vereceğinizi söyledi. Eh, bunu bir şaka gibi aldım, onun sözlerini iletmek için yollara düştüm.» «Yok yere yoruluyorsunuz sayın öğretmen!» dedi K. «Bu görevi kabul etmeyi düşünmüyorum.» «İyi,» dedi öğretmen. «Bu teklifi reddediyorsunuz yani.» Şapkasını alıp, K.'nın önünde bir reverans yaptı ve çıkıp gitti:

Hemen sonra, telaşla Frieda çıkageldi; ütüsüz gömleği getirdi, soruları yanıtsız bıraktı. Onu oyalamak isteyen K., öğretmenden ve onun teklifinden söz etti. Frieda anlatılanları dinlemeyip, gömleği yatağa attı, koşaradım çıktı. Hemen sonra tekrar geldi, yanında öğretmen de vardı; yüzü sıkıntılıydı öğretmenin; selam vermeye gerek görmedi. Frieda, öğretmenden sabırlı olmasını istedi; buraya gelirken de aynı şeyi yapmış olmalıydı. K.'yı hiç bilmediği bir kapıdan, geçirip yandaki tavan arasına götürdü; burada, soluğu tıkanmış halde, başından geçenleri anlatmaya başladı. K.'ya tavizler verip, daha da beteri onu Klamm ile buluşturmayı kabullenecek ölçüde, küçülüp de, kendi sözlerine göre, soğuk ve içten olmayan bir «hayır» dışında bir şey sağlayamamasından öfkelenen otelcinin karısı karar vermiş, K.'yı asla otelinde görmek istemiyormuş. Şatoyla bağlantıları mı varmış, K. hemencecik bundan faydalanmaya baksınmış, bugünden erkeni olmadan otelden ayrılması gerekiyormuş, bundan sonra da, ancak –yazılı bir emir ve yetkililerin onayıyla– otele gelebilecekmiş. Buna da olasılık vermiyormuş; çünkü kendisinin de şatoyla bağlantıları varmış, bunu kullanmayı da bilecekmiş. Zaten otele gelmesini de kocasının ihmalciliğine borçluymuş. K. da zor durumda kalmayacakmış; çünkü kalacağı bir yeri olduğunu söyleyip şişiniyormuş. Kuşkusuz, Frieda bir yere gitmeyecekmiş; o da K. ile giderse, derin bir çaresizliğe düşermiş; bunu düşünmek bile ağlayarak ocağın önüne yuvarlanmasına yetermiş zavallı kalp hastası kadının. Ancak başka türlü de hareket edemezmiş! Şimdi, hatırada bile, Klamm'ın onuru söz konusuymuş. Bu haldeymiş biçare kadın. K. nereye giderse, Frieda da ardı sıra gidesiymiş; bunu konuşmak bile yersizmiş, ama ikisinin de durumu nazikmiş; bundandır ki Sayın Muhtarın teklifini minnetle karşılamış. Bu iş pek de iyi olmasa da, geçiciymiş daha iyi bir yere gelmesi olasıymış. «Olmazsa,» diye sesini yükseltti Frieda; kolları K.'nın boynundaydı, «buralardan çeker gideriz, bağlanacak neyimiz var ki? Fakat şimdilik, değil mi sevgilim, teklife evet diyebiliriz. Öğretmeni geri getirdim; ona 'olur' de, okula taşınalım.» «Çok kötü!» dedi K., ciddi olmayan bir sesle; nerede kalacağını hiç de merak etmiyordu. Hem burada, ayazın kol gezdiği duvarsız penceresiz tavan arasında çok üşüyordu. «Odamızı böyle düzenlemişken çekip gidecek miyiz? Bu işi hiç istemiyorum. Bu öğretmen bozuntusunun önünde küçük düşmek zoruma gidiyor, bir de şefim olacak, değil mi? Az daha kalabilseydik burada keşke; belki de bu öğleden sonra durumumuz değişecek. En azından sen burada kalabilsen, sonucu bekler ve öğretmene de muğlak bir yanıt verebilirdik. Kendim için, darda kalınca barınacak bir yer bulabilirdim, sahiden Bar...» Eliyle hemen ağzını kapattı Frieda K.'nın. «Aman!» dedi korkuyla. «Yalvarırım o adı söyleme bir daha. Başka her istediğini yaparım. İstersen burada kalırım, ne denli üzücü olsa da. Eğer istersen, teklifi de reddederiz; bence yanlış ama ne yapalım! Dinle:

«Başka bir olanak bulabilirsen, okuldaki işi hemen bırakırız, bunu yapmaktan kimseler alıkoyamaz bizi. Öğretmenin önünde küçük düşme meselesine gelince, o işi bana bırak, değindiğin şeyin sözü bile edilemez, onunla konuşurum ben; sen yanımızda durur, hiç konuşmazsın, aslında benim şefim olacak o, benim bile değil, onun bütün zaaflarını biliyorum çünkü. Kısaca, bu işe evet demekle hiçbir şey yitirmeyiz; fakat reddedersek pek çok şey kaybetmiş oluruz; öncelikle de sen; çünkü şu ana değin, şatodan bir şey elde edebilmiş değilsin; bunun sonucu, köyün hiçbir yerinde başını sokacağın bir yer bulamazsın; öyle de bir yer ki, müstakbel karın olarak yüzüm kızarmasın. Öylesi bir yer bulamadın mı, senin gece vakti evsiz barksızlar gibi dolanıp durduğunu bilen benim gibi birinden burada, sıcak odada yatmasını nasıl isteyebilirsin ki?» Bu konuşma boyunca kollarını birleştirip azıcık ısınmak için ellerini sırtına vuran K.: «Bu durumda teklife evet demek dışında yapacak bir şey kalmıyor. Öyleyse hadi!» dedi.

Odada hızla sobaya doğru yöneldi K.; öğretmeni görmezden

geldi. Adam masada oturuyordu, saatine göz atıp: «Geç oldu ama artık anlaştık, Sayın Öğretmen,» dedi Frieda. «Teklifinize evet diyoruz.» «Çok iyi!» dedi beriki. «Fakat bu iş Sayın Yeryazımcıya önerildi, o bir şeyler söylemeli.» Frieda, K.'nın imdadına yetişti. «Kuşkusuz!» dedi. «Kabul, diyor değil mi, K.?» Bunun sonucu K.'ya sadece evet demek düşmüş, bu söz bile, öğretmene değil, Frieda'ya söylenmişti. «Öyleyse,» dedi öğretmen, «okulda neler yapacağınızı söylemekten başka yapacak bir şey kalmadı, öncelikle bu konuda anlaşalım: Sayın Yeryazımcı her gün iki dersliği de temizleyip sobaları yakacak, binada, okul gereçlerinde tamir gerektiren bir malzeme oldu mu, tamir edeceksiniz; bahçe yolundaki karlar kürenecek, benim ve Bayan Gisa'nın getir götür işleriyle ilgilenecek, yılın uygun dönemlerinde bahçe işlerini yapacaksınız. Bunun karşılığında, dersliklerden birinde barınma hakkını kazanacaksınız; ama her iki derslikte ders yapılmıyor ve siz o sırada ders yapılan sınıfta kalıyorsanız, elbette diğer sınıfa taşınacaksınız. Okulda yemek pişirmek yasak; ama ikiniz de köy bütçesinden karşılanarak, otelde yiyip içebileceksiniz. Okulun ciddiyetine yaraşır biçimde hareket etmenizin mecburi olduğuna şöyle bir değinip, özellikle çocukların ders sırasında ailevi hayatınızın görülmemesi gereken sahnelerine kesinlikle şahit olmaması gerektiği hususunun üzerinde durmayacağım, siz eğitimli birisiniz, bunu bildiğinize eminim. Eklemeliyim ki, Bayan Frieda ile olan ilişkinize de yasal bir kimlik kazandıracaksınız. Bunlar ve diğer kimi detaylar hakkında bir anlaşma imzalanacak; okula geldiğinizde bunu imzanıza sunacağız.» Bu sözler K.'ya kendisini hiç ilgilendirmez, veya bağlamaz sözler gibi geliyor, salt öğretmenin kibirli tavrına içerliyordu. Aldırmaz bir tutumla: «Evet,» dedi, «Olağan formaliteler.» Frieda bu olumsuz tutumun katılığını bir parça gidermek için alacakları ücretin tutarını sordu. «Bunu bir aylık deneme döneminden sonra söyleyebileceğiz,» dedi öğretmen. «Neredeyse beş parasız evlenmemiz için, her şeyi yoktan varetmemiz gerekecek. Bir dilekçeyle köy meclisine gidip, önemsiz de olsa bir para verilmesini isteyemez miyiz acaba?» diye sordu.

«Mümkün değil,» dedi beriki sözlerini sürekli K.'ya söyleyen öğretmen. «Öyle bir dilekçenin işlemleri, sadece ben gerekli bulursam uygulamaya alınır; ben de bunu yapmam. Size bu işin verilmesi, size edilen büyük bir iyilik; insan görevinin gereklerine uygun davranıyorsa, iyilikleri de sınırlı tutmalı.» Sözün burasında gönülsüzce araya girdi K.: «İyilik konusunda aldanıyorsunuz bence, Sayın Öğretmen, iyilik edenin ben olduğumu düşünüyorum.» «Hayır!» dedi beriki gülümseyerek, K.'yı sonunda konuşmak zorunda bırakmıştı. «Değindiğim konuda bilgilerim tamdır. Ayrıca, odacıya da, yeryazımcı gibi gereksinimimiz yok. Her ikisi de bizim için yüktür. Sizin bu işe alınmanızla okul bütçesinde oluşacak açığı köy bütçesinde anlaşılır göstermek için alabildiğine terlemem gerekecek. En doğrusu istek belgesini masaya atıp, bunu gerekçelendirme yolunu kullanmamak.» «Ben de bunu anlatmak istiyorum ya!» dedi K., «beni bu işe gönülsüzce almak zorundasınız. Sizi ne denli ter dökmek zorunda bıraksa da, beni işe almak durumundasınız. Biri ki, bir insanı işe almak durumunda kalır, bu insan da buna sesini çıkarmazsa, iyilik eden ikincisidir bence.» «Garip,» dedi beriki. «Sizi işe almaya bizi ne zorlayabilir ki? Sayın Muhtarın yüceliği zorluyor buna. Anladığım kadarıyla, sizin iyi bir odacı olabilmek için evhamlarınızdan arınmanız gerekecek. Hem, bir miktar paranın verilmesini sağlayacak sözler değil söyledikleriniz. Bir de görüyorum ki, bu tutumlarınız epeyce yoracak beni –gözlerime inanamıyorum–, ne zamandır don gömlek konuşuyorsunuz benimle.» «Evet!» diye yükseltti sesini K., gülerek el çırpıp. «Şu uğursuz asistanlar! Nerelerdeler?» Frieda kapıya yöneldi; K. ile artık konuşamayacağını anlayan öğretmen, Frieda'ya okula ne zaman taşınacaklarını sordu. O da: «Bugün,» dedi. «O halde, yarın gelir, durumu yerinde görürüm,» dedi beriki; bir el hareketiyle selamlayıp Frieda'nın araladığı kapıdan çıkmak için hazırlandı; fakat tam o sırada odaya yeniden yerleşmeye gelen hizmetçilerle çarpıştı, hiç kimsenin önünde gerilemeye niyetli görünmeyen kızların arasından kayar gibi geçti. Ardı sıra da Frieda. K., bu kez hizmetçilerden hoşnut: «Bu ne telaş?» diye sordu. «Henüz buradayız biz, yine de taşınacak mısınız?» Kızlar bu soruyu yanıtlamadı; sersemlemiş gibi bohçalarını çekiştirip durdular. Yakından tanıdığı o pılı pırtıların bohçalarından dışarı sarktığını gören K.: «Tanrı şahit ya, şu döküntüleriniz su yüzü görmemiştir,» dedi. Kötü bir niyetle değil, yürekten sözlerdi bunlar. Bunu anlayan hizmetçiler bayramlık ağızlarını açıp, güçlü, sivri dişleriyle güldüler. «Gelin hadi,» dedi K.,«Öteberinizi yerleştirin, ne de olsa kendi odanız.» Ama kızlar kararsız kalınca –odalarını epeyce değişmiş görüyorlardı–, birinin kolunu çekiştirmeye başladı K., hemen sonra bıraktı; hizmetçilerin yüzlerinde bir hayret ifadesi vardı. Aralarında sözleşip bakışlarını K.'dan ayırmadılar. Sevimsiz bir hisse karşı korunur gibi: «Bana bu kadar bakmanız yetişir artık!» diye homurdandı K.

Ardında korkak ve huylanmış adamları, Frieda'nın getirdiği elbise ve çizmeyi giyinmeye koyuldu. Asistanlarına karşı Frieda'nın bunca sabırlı davranmasına bir anlam veremiyordu. Frieda aşağıda giysileri temizleyecek adamları uzun uzun aradıktan sonra, kucaklarında el bile sürülmemiş giyeceklerle, yemek yerken bulmuş, her şeyi kendisi temizlemek durumunda kalmıştı. Fakat baldırıçıplakların dilinden anlayan Frieda, bu halde bile, onları azarlamamış, tembelliklerinden bile şaka gibi söz etmiş, övercesine birinin yanağını bile okşar gibi dövmüştu. K., fırsatını bulduğu an, bunun hesabını mutlaka soracaktı Frieda'dan. Fakat gitme vakti gelmişti, gecikecekti. «Asistanlar seninle kalsın, toparlanmana yardım etsinler!» dedi. Gelgelelim, onlar hemen karşı çıktılar buna; karınları tok, keyifleri gıcırken, biraz hareket etmek iyi gelecekmiş. Fakat Frieda'nın: «Tabii ki burada kalacaksınız!» demesiyle, kabul ettiler. «Nereye gittiğimi biliyor musun?» diye sordu K. «Evet!» dedi Frieda. «Beni alıkoymaya uğraşmayacak mısın?» «Yoluna o kadar engel çıkacak ki, benim yapacaklarımın sözü bile edilmez,» dedi beriki. K. gitmeden önce sarılıp öptü Frieda; öğlen öğünü için aşağıdan getirdiği ekmek-sucuk dürümünü eline tutuşturdu; dönüşte buraya değil, okula geleceğini anımsattı; elini omuzuna atıp K.'yı kapıya dek uğurladı.

VIII

KLAMM'I BEKLEYİŞ

K., ilk anda odadaki hizmetçi ve asistan topluluğundan kurtulduğu için seviniyordu. Hava da biraz dona dönmüştü; karlar katılmış, adım atmak kolaylaşmıştı. Fakat ortalık kararmaya başlamıştı; çabuk çabuk adımlar atmaya başladı.

Çevre çizgileri silikleşmeye başlamış şato, her zamanki gibi sessiz görünüyordu; herhangi bir canlılık belirtisine henüz rastlayamamıştı K.; belki de aradaki mesafeden dolayı fazla bir şey görülecek gibi değildi; ancak yine de gözler böylesi bir şey görmeyi diliyor, sessizlik dayanılmaz geliyordu. K., şatoya bakarken kimileyin, karşıdan biri tarafından gözetlendiği hissine kapılıyor, sakince önüne bakıyordu gözetleyen. Gözetleyenin bakışları nesnesinin üstünde durmayıp aşağılara iniveriyordu. Ortalığın erken kararması da bu izlenimi güçlendiriyordu. K.'nın bakışları giderek hiçbir şey seçmez oluyor, her şey giderek daha fazla karanlığa gömülüyordu.

Işıkları henüz yakılmamış Ağalar Palas'a varmıştı ki, birinci kattaki bir pencere açılıp gençten, tombul, sakalsız bıyıksız, kürklü biri dışarı sarktı ve öylece kaldı, K.'nın verdiği selamı usul bir işaretle bile yanıtlamaya niyetlenen bir hali yoktu. Holde ve içkievinde kimselere rastlamadı K.; ekşimiş biranın kokusu geçen seferkinden daha yoğundu, böylesi bir şey *Zur Brücke* otelinde olmazdı kuşkusuz. K., önceki gelişinde Klamm'ı gözetlediği kapıya doğru yöneldi hemen, kolu dikkatle aşağı itti fakat kilitliydi kapı. Elini üstünkörü gezdirip, gözetleme deliğini arandı. Fakat tıkaç deliğe o kadar sıkıca uyuyor olmalıydı ki, bulamayıp bir kibrit yaktı. Ansız bir çığlık sesi geldi, ürperdi K. Kapıyla banko arasındaki köşeye bir genç kız tünemişti; kibritin ışığında binbir güçlükle açtığı mahmur gözleriyle K.'ya bakıyordu. Frida'dan boşalan yere geçmiş olmalıydı; hemen sonra kendine gelen kız toparlanarak elektrik düğmesini çevirdi; yüz ifadesi hâlâ korkuluydu, birden K.'yı seçti kız. «O o, Bay Yeryazımcıymış!» dedi gülümseyerek, elini uzatıp kendini tanıttı: «Ben Pepi.» Kısacık boylu, pembe tenli gürbüz bir kızdı; gümrah kızılımsı saçlarını iri bir örgü halinde aşağı sarkıtmıştı, gri parlak çuhadan, kendisine tam olmayan bir elbisesi vardı, kemeri beceriksizce büzülmüştü. Frieda'yı sordu kız, K.'ya. Bugünlerde dönüp dönmeyeceğini bilmek istiyordu. Sorusunda az da olsa kötü niyet var gibiydi. «Onun gidişiyle hemen buraya çağrıldım,» dedi. «Burada herhangi biri işe yaramaz çünkü. Daha önce oda hizmetçisiydim ben; benim için iyi bir değiş tokuş olmadığını söyleyebilirim. Akşamları ve geceleri burası epeyce kalabalık oluyor, buranın işleri çok yoruyor insanı. Fazla dayanabileceğimi sanmıyorum. Frieda'nın bu işten ayrılması beni şaşırtmıyor aslında.» K., Frieda ile arasındaki farkı işaret etmek için: «O, buradan epeyce memnundu,» dedi. «Bu sözlere inanmayın,» dedi Pepi. «Başkasının üstesinden hemen gelemeyeceği ölçüde kendini tutabilir, itiraflarını gizler o. Burada ne de olsa kaç yıldır beraber çalışıyoruz, aynı yatakta bile yattık; yine de pek içlidışlı sayılmayız, beni unutmuş olmasına hiç şaşırmam. Onun tek arkadaşı belki de *Zur Brücke* otelini işleten adamın kocamış karısıdır; üst yanını sen anla.» «Frieda benim nişanlım,» dedi K., kapıdaki izleme deliğini de aranarak. «Haberim var,» dedi Pepi. «Bütün bunları ben de ondan anlatıyorum ya. Aksi halde bu sözlerin sizin için hiç önemi olmazdı.» «Evet,» dedi K., «Hiç de dışarlıklı olmayan bir kızın gönlünü çeldiğim için kendimle gurur duyabileceğimi söylemek istiyorsunuz sanırım.» «Evet,» dedi Pepi ve Frieda hakkında gizli bir sözleşmeye onu ikna etmiş gibi hoşnut, gülümsedi.

Ancak K.'nın aklını karıştıran, onu aramaktan alıkoyan aslında Pepi'nin söyledikleri değil, onun görünümü ve burada olmasıydı. Yapı olarak Frieda'dan daha ufaraktı, çocuksu görünüşlüydü, giyim kuşamı da acayipti, anlaşılan, içkievinde çalışan bir kızın önemine dair tasarımladıklarına uygun giyinmişti. Böyle olması da yersiz değildi kuşkusuz; çünkü hiç uygun olmadığı bu iş anlaşılan, hiç düşünülmeden ve sadece bir süreliğine verilmiş, Frieda'nın sürekli kemerinde taşıdığı küçük deri çıkın bile ona emanet edilmemişti. Yaptığı işten güya hoşnut olmamasına gelince, kibirlilikten başka bir şey olamazdı. Fakat yine de, o ahmaklık ve çocuksuluğuna karşın, belki onun da şatoyla bağlantıları vardı. Eğer söyledikleri yalan değilse, oda hizmetçiliği yaptığını söylemişti, çünkü, değindiği bağlantılara sahipse, otel günlerini yan gelip yatarak geçiriyordu. Bu kısa boylu ve tombul balıksırtı bedene sarılmak, değindiği ilişkileri koparıyor olamazdı kızın elinden; fakat K., onlarla bağlantıya geçmesini sağlayabilir, önündeki zorlu yol için devindirebilirdi. Pepi'de de belki Frieda'nınkinden ayrımlı olmayacaktı. Fakat hayır, ayrımlı olacaktı. Bunu kestirmek için Frieda'nın nasıl baktığını anlamak yeterliydi. Pepi'ye asla ilişmeyecekti K. Fakat yine de bir anlığına gözlerini kapamadan edemedi, Pepi'ye bakışı o kadar doymazlıkla yüklüydü ki!

«Işığı yakmak yasak,» dedi Pepi, elektrik düğmesini kapatıp. «Az önce çok korktuğum için yakmıştım. Burada ne işiniz var sizin? Frieda bir şeyini unuttu mu acaba?» «Evet,» dedi K., kapıyı işaret ederek. «İçeride, odada, örme, beyaz bir örtü,» dedi. «Ha, evet, anımsadım, ince işçilikli bir şey. Örerken ona yardım etmiştim ama orada olacağını sanmam.» «Fakat Frieda sanıyor. Orada kimin kaldığını biliyor musunuz?» «Hiç kimse,» dedi Pepi. «Burası erkekler bölümü. Onlar burada yiyip içer, diyesim, onlara ayrılmıştır. Fakat ağaların çoğu yukarıda, kendi odalarındalar.» «Eğer içeride kimsenin olmadığına emin olsam,» dedi K., «girip rahat rahat arardım örtüyü. Ama bilinmez ki, Klamm sık sık burada uyur.» «Klamm'ın şu anda içeride olmadığına eminim,» dedi kız, «çünkü hemen yola çıkacak, kızağı dışarıda onu bekliyor.» Nereye gittiğini söylemeden içkievinden ayrıldı K.; holde kapıya doğru sapacakken, otelin daha da içerilerine yönelip, birkaç adımdan sonra avluya vardı. Ne de ıssız ve hoş bir yerdi burası. Dörtgen bir avluydu; üç tarafını otel çevreliyor, yoldan da –K.'nın bilmediği bir sokaktı–, beyaz bir duvarla ayrımlanıyordu. Duvar devasa, beyaz bir kapıyla süslüydü. Avlu yanından otel, ön kısma kıyasla hayli boylu görünüyordu; en azından ilk kat sonradan epeyce genişletilmişti ve muhteşemdi, gözseviyesindeki küçük bir aralık dikkate alınmadı mı, tekparça bir tahta dehlizle kuşatılmıştı. K.'nın tam karşısında, az kenarda, ama ortada, önyüz kanadının ortayla birleştiği yerde bina girişi vardı, açık ve kapısızdı burası. Girişin önünde siyah, üstü kapalı bir kızak vardı, iki at koşulmuştu önüne. K.'nın loş ışıkta seçebildiğince, aradaki mesafeden dolayı varsaydığı sürücü dışında kimseler yoktu.

Elleri cebinde, dikkatle bakındı K., duvardan pek uzaklaşmadan avlunun iki tarafını dolanıp kızağın durduğu yere vardı. Geçen sefer içkievinde gördüğü köylülerden biriydi sürücü; kürküne sarınmış, kayıtsızca, bir kediyi izler gibi yakınlaşan K.'yı izledi. Sürücünün yanına gelen K., selamladı adamı; karanlıktan bir adamın çıkması atları huylandırmıştı; fakat sürücü ilgisizdi, bu da K.'nın arayıp bulamadığı bir fırsattı; duvara dayanıp yiyecek dürümünü açtı, borçluluk duygularıyla Frieda'yı anımsadı; otelden çıkarken eline tutuşturmuştu bunu. Yemeğini yerken, otelin içerisini de izlemeye başladı; bir merdiven dirseklenerek iniyor, aşağıda, basık uzunca bir koridorla birleşiyordu; her şey tertemiz beyaz boyalıydı ve düz çizgilerle çevrelenmişti.

K.'nın bekleyişi hesapladığından da uzun sürdü. Yemeğini yiyip bitirmişti çoktan. İnsanın iliğine işleyen bir soğuk vardı, loş ışık yerini koyu karanlıkla değiştirmişti, Klamm görünürlerde yoktu. «Daha da uzun sürebilir,» dedi aniden, kaba bir ses, kulağının dibinde; K. hemen sıçradı; gelen sürücüydü; uykudan uyanmış gibi gerinip esnedi. «Uzun sürecek olan da nedir?» diye sordu K.; tedirgin edilişine öfkelenmiş sayılmazdı, çünkü sessizlik ve merak duygusuyla sıkıntılar çökmüştü üstüne. «Siz gitmeden,» diye aldı sürücü. Anlamadı K., bir şey sormadı da; bu tavrının sürücüyü konuşturmaya yarayacağını düşünüyordu. Bu koyu karanlıkta yanıt vermeye zahmet etmemesi sinir bozucuydu. Nitekim, hemen sonra sordu sürücü: «Biraz konyak ister misiniz?» «Evet,» dedi K., düşünmeden, teklifin cazibesine dayanamayarak; epeyce üşüyordu. «Öyleyse kızağın kapısını açın!» dedi beriki. «Yan gözlerde bir-iki şişe var; birini alın; içeceğiniz kadarını için, sonra da bana verirsiniz. Üstümdeki kürkten dolayı benim aşağı inmem çok zor. Böylesi işlerin buyurulmasından pek hoşlanmazdı K., n'eylesin ki adamla konuşmuştu bir kez; kızakta, Klamm'a hazırlıksız yakalanma riskini de göze alıp, istenene uydu. Büyük kızağın kapısını açtı, kapının iç kısmındaki gözlerden bir şişeyi rahatça çekip alabilirdi ama kızağın kapısını açınca, içeri girmek için o kadar büyük bir istek duydu ki, direnemeyip, birazcık oturmak isteyerek yavaşça içeri süzüldü. Sarıp sarmalayan bir sıcaklık vardı kızağın içinde. Kapıyı tam kapatamasa da, içerinin sıcaklığı bozulmuyordu. Oturulan yerin bir sıra olup olmadığı bile anlaşılamıyordu; battaniyelere kürklere gömülekalıyordu insan. Kolları iki yanına açık, başı sürekli hazır bekleyen yastıklara yaslanmış, karanlık otelden içeri baktı K. Klamm ne diye bunca gecikiyordu? Karda uzun uzun dikeldikten sonra, şimdi sıcaklığın etkisiyle mayışmış, 'Artık çıkagelse ya, Klamm' diye söylendi içinden. Fakat bu halde ona görünme düşüncesinin sevimsizliği belli belirsiz uç verdi içinde. Kızakta olduğunu bilen ve konyak filan istemeyen sürücünün tavrı da bu düşüncesini destekliyordu. Adam nazik davranmıştı, K. da istediğini verecekti ona. Uyuşuk bir tavırla elini göze uzattı; fakat uzağında olan kapıdakine değil de, arkasındaki kapalıya; fark eder miydi ki; bunda da şişeler vardı. Birini aldı şişelerin, kapağını çıkarıp kokladı, bir gülümseme kapladı yüzünü; yükselen koku öyle hoştu ki, çok sevilen birinin dudağından dökülen şirin sözler işitiliyor, övgü nedeni anlaşılamasa da, sevilen birine aidiyet duygusuyla dolu olduğu hissediliyordu. Kendinden şüphelenerek: «Konyak mı bu?» diye sordu, bir yudum alıp tadına baktı. Garip, ama konyaktı; insanın içini yakıyor, ısıtıyordu. Ağızda esriten bir koku olmaktan çıkıp, nasıl da sürücü içeceğine dönüşüyordu. «Olur şey değil!» dedi kendini azarlar gibi, bir yudum daha aldı.

Büyükçe bir yudum daha almaya davranıyordu ki,her yer aydınlandı birden; bir yığın lamba yandı. Merdiven inen ayak sesleri geldi, şişe elinden kayıp içindeki bir kürke döküldü. Kendini kızaktan dışarı attı K.; kapıyı kapatacak vakti zor bulabilmiş; bu sırada epeyce gürültü çıkarmıştı; bir erkek usul adımlarla çıktı otelden. Asıl rahatlatıcı ya da tedirgin edici olan gelenin Klamm olmasıydı. K.'nın birinci kat penceresinde gördüğü adamdı bu. Gençten biriydi, alımlıydı, kırmızı-beyaz giyitler içindeydi, ağırbaşlı bir görünümü vardı. K. da sıkıntılı, ciddi bakışlarla süzdü onu; daha çok da kendine bakar gibiydi. Buraya keşke asistanlarını gönderseydi; onun tutumlarını asistanları da takınabilirdi. K.'nın karşısında dikelen adam suskundu, geniş bağrında konuşacak gücü bulamaz haldeydi. «Ne kepazelik!» dedi nihayet, başındaki şapkayı arkaya iterek. Nasıl? K.'nın kızakta olduğundan haberi yoktu. Kepazelik dediği başka bir şey miydi acaba? Veya K. avluya değin sokulduğu için mi söylemişti? Daha kısık sesle, genişçe solur gibi: «Buraya nasıl gelebildiniz?» dedi, durumu kabullenerek. Nasıl sorulardı bunlar! Nasıl yanıtlar! K. acaba nice beklentiyle taban tepip buralara dek yorulmasının bir işe yaramadığını ağaya karşı daha anlaşılır, açık biçimde söylese miydi? Yanıt vermek yerine kızağa döndü, kapıyı açıp, unuttuğu şapkasını aldı. Konyağın kızağın merdivenine damladığını görünce rahatsız oldu.

Adama tekrar döndü; kızakta oturduğunun anlaşılmasından huzursuz olmuyordu artık; o denli de kötü bir şey değildi bu. Sadece sorulursa, en azından kızağın kapısını açmaya kendisini yöneltenin sürücü olduğunu söyleyecekti. Meselenin kötü tarafı, adama hazırlıksız yakalanıp, Klamm'ı rahatça beklemek için adamdan saklanma fırsatı bulamaması veya kızakta durup kapıyı kapatarak kürklerin üstünde Klamm'ı beklemeyi, en azından bu adam yakında olduğu sürece kızakta kalmayı düşünememesiydi. Evet, gelenin Klamm olmadığını nereden bilebilirdi? Onu kızak dışında karşılamak elbette daha yerindeydi. Evet, pek çok şey hakkında düşünmesi gerekti fakat buna vakit kalmamıştı, her şey için geçti artık.

«Gelin benimle!» dedi adam, buyurgan değildi sesi ama buyruk sesinde değil, buna eşlik eden kayıtsız el işaretinde gizliydi. «Beklediğim biri var,» dedi K., elde edeceği bir şey olduğunu düşündüğünden değil de, rastgele. «Gelin,» dedi aynı ses, kayıtsızca. K.'nın birini beklediğinden emin. «Eğer gelirsem, belki de buluşamam beklediğimle,» dedi K. gövdesinde bir titremeyle. Öyle bir duyguya kapılmıştı ki, bugüne kadarki edinimleri bir taşınmaza dönüşmüştü, bunu elinde yitirmeden tutma konusunda sıkı değildi, fakat gelişigüzel bir buyruğa uyup bırakması da gerekmiyordu. «Bekleyin veya beklemeyin, her iki halde de buluşamayacaksınız,» dedi adam, kendince kaba ama K.'ya göre uysal bir sesle. «Eğer öyleyse kalıp buluşamamayı tercih ediyorum,» dedi K., üsteleyerek; bu adama papuç bırakmaya niyeti yoktu. Adam başını arkaya attı birden; yüz hatlarındaki buyurganlık, K.'nın laf anlamazlığından, kendi mantığına yönelmek istercesine yumdu gözlerini bir an, dilini dudaklarında gezdirip sürücüye: «Koşumları çözün!» dedi. Adamın buyruğunu derhal yerine getirmeye çalışan sürücü, K.'ya kaçamak bakıp, üstündeki kürkle arabadan indi. Adamın az öncekine göre karşıt bir emir değil de, K.'dan fikrini değiştirmesini istercesine kararsız kalarak, atları kızakla beraber geri sürüp otelin yan kanadına yaklaştırdı; oradaki kapının gerisinde üstü örtülü bir ahır olmalıydı. K. da avluda bir başına kaldığını gördü. Bir tarafta kızak, beri tarafta kendi geldiği yolda adam uzaklaşıyordu; giderek gözden kayboluyorlar, eğer isterse onları döndürebileceğini K. da görsün istiyorlardı.

K. da bu güç belki de sahiden vardı, fakat bunu yapması bir işe yaramayacaktı; onları geri döndürmek kendisini buradan kovdurması demekti. Böylece meydan sahibi olarak öylece kalakaldı; sevimsiz bir utkuydu bu. Her ikisinin de ardından baktı. Onun daha önce geçip avluya vardığı kapıdalardı. Adam başını çevirip K.'ya bir daha baktı. İnadı yüzünden adamın ona baş salladığını görür gibi oldu. Adam birden, kararlı bir tutumla dönerek hole girdi ve ortadan kayboldu. Sürücü bir süre daha kaldı avluda; kızağın epeyce işi vardı daha; ahır kapısının açılması, kızağı eski yerine yerleştirmesi, koşumları çözüp yem torbalarını takması... Bütün bunları ağırbaşlı, sakin, yakında çıkılacak bir yolculuk olmaması gibi tavırlarla yapıyordu. Yan gözle kendisine bakmayı bile düşünmeyen sürücünün bu uğraşı, K.

için deminki adamınkinden daha acımasız bir azardı. Adamın aynı tavırlarla çekip gitmesi, K. da kendisiyle bütün bağların koparılmış olduğu izlenimini bıraktı; artık her zamankinden daha özgürdü; didinerek kazanılmış bu özgürlüğü elinden kimse alamazdı; bununla birlikte, öyle bir sanı vardı ki içinde, bu duygulanımlardan daha anlamsız, daha zavallı bir şey olamazdı.

IX

KOVUŞTURULMAYA KARŞI MÜCADELE

Birden kendine gelip otele döndü K., bu defa duvarların önünden değil, karların ortasından. Holde otelciyle karşılaştı. Sessiz bir selam veren otelci, içkievinin kapısını gösterdi. Bir yandan üşüyen, bir yandan da yanında yöresinde insanlar görmek isteyen K., adamın işaret ettiği tarafa yöneldi; ama salona bilerek getirilip konulduğu belli küçük masanın önünde –genelde fıçılar yetiyordu– az önceki adamın adamın oturduğu, önünde ise –K. için ne dehşet görünüm– *Zur Brücke* otelcisinin karısının dikeldiğini fark edince derin bir hayal kırıklığına uğradı. Pepi gururlu başını arkaya atıp, dudaklarındaki sürekli gülümsemeyle, eşsiz değerinden emin, o yana bu yana döndükçe saç örgüsünü de oynatıp bira, mürekkep, kalem getirdi; çünkü önüne bazı kâğıtlar açan adam masayı dolduran kâğıtlardaki rakamları birbiriyle karşılaştırmış, sonuçları yazıya geçirmekle uğraşıyordu. Otelcinin karısı dudaklarını büzmüş, dinlenir bir ifadeyle sessizce, adamı ve kâğıtları izliyordu; gereken sözleri söylemiş, söyledikleri de iyi karşılanmış gibiydi. K. içeri girdiği an, bakışlarını birazcık kaldırıp: «Sayın Yeryazımcı nihayet teşrif ettiler,» dedi ve önündeki kâğıtlara gömüldü. Beri yandan, otelcinin karısının da kayıtsız ve sakin bakışları K.'yı tarayıp geçti. Pepi ise, K.'nın bankoya yürüyüp bir konyak siparişi vermesiyle onu görmüş gibiydi.

Bankoya dayanıp elini gözlerine bastırdı K., olup bitenlere izleyici konumunda kaldı. Konyağından bir yudum çekti ve içilecek gibi olmadığını söyleyip itti. Pepi: «Ağaların hepsi bunu içiyor ama!» dedi özetle; konyağı döküp, bardağı yıkayarak rafa kaldırdı. «Ağalar daha lezzetlisini de içiyor!» dedi K., «Doğrudur,» dedi Pepi. «Fakat ben içmiyorum,» deyip, adamın hizmetine koştu tekrar; halbuki adamın bir şeye ihtiyacı yoktu; saygılı bir ifadeyle omuzları üzerinden sık sık kâğıtlarına bakmaya çalışarak adamın arkasında gezinip durmaya başladı. Gelgelelim, nafile bir meraktan ve boyuna şişinip durmaktan başka bir şey değildi yaptığı; otelci de sonunda kaş çatıp Pepi'nin tutumundan hoşlanmadığını belirtti. Ancak otelcinin karısı bütün bunlarla ilgilenmeyip, boşluğa çevirdi gözlerini. K. arkasını döndü; ona göre olağanüstü bir şey yoktu. Yine de, otelcinin karısı sessizce, avluya açılan arka kapıya yanaştı, gözünü anahtar deliğine uydurup dışarıyı izlemeye başladı; birden gözlerini açtı, rengi atmış bir yüzle oradakileri yanına çağırdı. Çağrılanlanlar sırayla delikten dışarıya bakmaya başladı; asıl öne çıkan otelcinin karısı olduysa da, Pepi unutulmadı. Ağa aralarında en kayıtsız görünendi; kısa süre sonra dönüp Pepi'yle beraber geldi fakat otelcinin karısı iki kat olmuş, diz çökerek, delikten bakacağım diye çırpınıp duruyordu; bu haliyle anahtar deliğine, kendisini dışarı salsın diye yalvarıp duruyor gibi görünüyordu; çünkü artık izlenecek bir şey kalmamıştı. Kadının nihayet doğrularak ellerini yüzünde gezdirdiğini, saçlarına çekidüzen verip derin derin nefes aldığı ve gözlerini salona tekrar alışıtırır gibi gönülsüzce baktığını gören K., bildiği bir şeyi doğrular gibi değil de, korktuğu bir saldırıyı –artık bu kadar kolay incinir haldeydi– karşılamak için: «Klamm gitti mi artık?» diye sordu. Otelcinin karısı hiç konuşmadan K.'nın önünden geçip gitti; ama adam oturmayı sürdürüyordu, olduğu yerden: «Gitti elbette,» dedi. «Siz izlemeyi bırakınca ona da çekip gitmek kaldı. Ne mükemmel bir hassasiyeti olduğunu fark ettiniz mi, hanımefendi, etrafına nasıl da bakınıyordu, Klamm huzursuzca?» Otelcinin karısı bunun ayrımında değil gibiydi; adam sürdürdü: «Neyse ki, görünecek bir şey yoktu ortada, kızağın sürücüsü ayak izlerini bile silip karı düzleştirmişti.» «Hanımefendi bir şey fark etmemiş,» dedi K.; bununla herhangi bir şey umduğundan değil de, adamın itiraz götürmez bir ifadeyle kestirip atması sonucu söylemişti. «Ben belki de o sırada anahtar deliğinden izlemiyordum,» dedi otelcinin karısı, adamı kollamak için; fakat haktanır olmak için ekledi: «Onun bu denli hassas olduğuna da inanmıyorum. Fakat onun başına bir şey gelecek diye korkuyor, ona dikkat etmeye çalışıyor, bu nedenle de onun hassas olduğu düşüncesinden yola çıkıyoruz. Böylesi iyi ve Klamm'ın arzusuna da uygun. Ama aslında nasıldır bildiğimiz söylenemez. Klamm biriyle konuşmak istemedi mi, bu kişi ne denli ter dökse de, yine de konuşamaz; ama Klamm'ın hiç konuşmayacağı, onun kimsenin karşına çıkmasına rıza göstermemesi yeter. Biriyle görüşmeye niye katlanmasın Klamm? Hiç değilse bunun böyle olduğu ispat edilemez, çünkü hiçlenemeyecek bir şey bu.» Adam hızla baş salladı. «Kesinlikle aynı fikirdeyim,» dedi. «Bunu farklı ifade ettiysem, Bay Yeryazımcı anlasın diye yaptım, ama şu da gerçek ki, Klamm dışarı çıkınca bakışlarını defalarca yarım daire biçiminde çevresinde gezdirdi.» «Belki de beni aranmıştır,» dedi K. «Mümkün,» dedi adam. «Aklıma gelmemişti bu.» Bu sözler üzerine herkes güldü, en sesli kahkahalar atan da, olup bitenlerden hiçbir şey anlamayan Pepi'ydi.

«Burada neşe içindeyken,» dedi adam, «vereceğiniz kimi bilgilerle elimdeki belgelerin eksiklerini tamamlamama izin vermenizi rica edeceğim, Bay Yeryazımcı.» «Burada da ne çok yazı işi var böyle!» dedi K. Belgelere uzaktan bir göz atıp. «Haklısınız, kötü bir alışkı,» dedi adam tekrar gülerek. «Fakat benim kim olduğumu bilmiyorsunuz: Ben Momus, Klamm'ın köy yazmanıyım.» Bu sözlerin ardından, bütün salona bir ağırlık çöker gibi oldu; Pepi ile otelcinin karısı adamı kesinlikle tanıyorlardı, yine de ismini ve yüce konumunu öğrenir öğrenmez, afalladılar. Adam bile bunun farkına varır gibi önündeki kâğıtlara gömüldü; odada kalem ve kâğıdın hışırtısı dışında ses çıkmaz oldu. Bir süre geçtikten sonra: «Köy yazmanlığı da nedir?» diye sordu K.

Kimliğini açıkladıktan sonra, tutup böylesi açıklamalar yapmayı yakışıksız bulan Momus'un yerine otelcinin karısı: «Bay Momus da diğerleri gibi Klamm'ın yazmanıdır, ama çalışma yeri ya da alanı...» Momus'un o sırada başını sallaması üzerine yanlışını düzeltti. «Alanı değil de, yeri bu köydür. Bay Momus, Klamm'ın köyle ilgili yazıişlerine bakar, köyden gelen başvuruları önce o kabul eder.» Bu sözlerin etkisinde olan K.'nın anlamamış bakışlarla kendisine bakması üzerine şaşkınlaşan kadın: «Düzen böyle; şatodaki büyüklerin köy yazmanları vardır,» diye ekledi. Bu sözleri K.'dan daha büyük bir ilgiyle dinleyen adam, bu bilgileri bütünlemek amacıyla, kadına: «Köy yazmanlarının çoğu,» dedi, «bir tek ağaya çalışır ama ben ikisi, Klamm ve Vallabane adına çalışıyorum.» «Doğru,» dedi kadın; o da hatırlamıştı, K.'ya dönüp: «Bay Momus onlar için çalışır, bu yüzden iki kez yazmandır.» «İki kez ha,» dedi K., o sırada masaya dayanıp gözlerini kendisine çevirmiş olan Momus'a, takdir sözleri edilmişcesine baş salladı. Bu hareketinde bir küçümseme varsa, fark edilmedi ya da beklenen bir şeydi. Klamm'ın şans eseri de olsa görüşmeye uygun bulmadığı K.'nın önünde, Klamm'a epey yakın birinin özellikleri, K. beğensin diye ayrıntılarıyla anlatılıyordu. Bununla ilgilendiği söylenemezdi K.'nın; Klamm'ın tek bir bakışını hak etmek için ter döken K., onun elinin altında yaşayan bir Momus'un konumuna o kadar da erişilmez bir yer gibi bakmıyordu. Beğeni ve haset duygularının uzağındaydı; kendisinin erişilmeye değer bulduğu, Klamm'a yakınlık değil, onun, yani kendisinin sadece kendi arzusuyla Klamm'a yaklaşması, yanına gelip durmaya değil, daha da ötelere, şatonun içerilerine uzanmak istemesiydi.

Birden saatini çıkarıp: «Gitme vaktim geldi,» dedi K. Durum bir anda Momus yararına değişti. «Elbette!» dedi Momus. «Odacı olarak okulda yapacağınız işler bekliyor sizi. Ancak bana bir dakika ayırmanızı istiyorum. Sadece bir iki soru için.» «Bunu istemiyorum,» dedi K., kapıya yönelecekken. Momus belgelerin birini masaya vurup ayağa kalkarak: «Klamm adına sorularımı yanıtlamaya davet ediyorum sizi!» dedi. «Klamm adına?» diye yineledi K., «Hakkımdaki şeylerle ilgileniyor ha?» «Bu konuda konuşamam,» dedi beriki. «Özellikle siz de konuşamazsınız. Bu halde, bunu ikimiz de rahatça ona bırakabiliriz. Ne var ki, Klamm'ın bana verdiği yetkilere dayanarak, sizi alıkoyup soruları yanıtlamaya davet ediyorum.» Otelcinin karısı o sırada: «Sayın Yeryazımcı!» diyerek araya girdi. «Size başka tavsiyelerde bulunmaya çekiniyorum, çünkü şimdiye değin söylediklerim tarafınızca olmayacak biçimde reddedildi. Şimdi buraya –yalanım yok–, Yazmanın yanına geldim ki, tavırlarınız ve planlarınızla ilgili bilgileri vereyim ve otelimize tekrar yerleştirilmenize engel olayım. Sizinle ilişkimiz böyle, artık değişeceği de yok; şimdi kendi düşüncemi açıklarsam, bunu size yardım niyetine yapmayı tasarladığım söylenemez. Niyetim, Yazmanın zorlu görevini, sizin gibi birine laf dinletmeyi kolaylaştırmak. Bu içtenliğimden dilerseniz siz de yararlanabilirsiniz. Bu girişimimle şuna dikkatinizi çekmek isterim ki, sizi Klamm'a götürecek biricik yol buradan, Yazmanın tutanaklarından geçer. Fakat abartılı olmadan belirteyim ki, yol Klamm'a gitmez de, belki uzağından geçer; artık Bay Yazman nasıl uygun bulursa. Fakat bilin ki, tek yolu budur. Bu halde, bu yolu tepmek mi niyetiniz? Üstelik, sadece dikbaşlılıktan ha?» «Fakat hanımefendi!» dedi K. «Bu yol ne beni Klamm'a götürür, ne de başkalarınca değerlidir. Size gelince, Sayın Yazman, burada söylediklerimin Klamm'a dek ulaşıp ulaşmamasına siz mi karar veriyorsunuz?» «Kuşkusuz!» dedi adam kibirli bakışlarını boşluğa çevirip. «Aksi takdirde yazmanlığım nerede kalır?» «Gördünüz mü, hanımefendi!» dedi K. «Klamm'dan önce Sayın Yazman'a ulaşacak bir yol bulmam gerekiyor.» «Ben de bu yolu açmak istiyordum,» dedi otelcinin karısı. «Ricanızı öğleden önce Klamm'a iletmeyi ben teklif etmemiş miydim? Bu da Yazmanın aracılığıyla olacaktı. Siz ne yaptınız, teklifimi reddetiniz, artık başka çareniz kalmadı. Bugünkü girişiminizle başarı umudunuzu sıfırladınız. Bu, artık son umudunuz.»

«Hanımefendi, nasıl oluyor da,» dedi K., «beni Klamm'a yaklaşmaktan alıkoymak için onca ter dökmüşken, şimdi ricamı ciddiye alıyor, planlarınızın suya düşmesi üzerine, bana bitmiş bir adam gözüyle bakıyorsunuz? Önce beni Klamm'la görüşme fikrinden vazgeçirmek için uğraştıktan sonra, aynı içtenlikle, Klamm'a götürmeyecek bir yolda gitmeye özendirirsiniz? Sizin yapıp etmelerinizden yarar gelmeyeceğini söylemek, özendirmek midir? Böyle davranarak kendi sorumluluğunuzu bana yıkmaya çalışıyorsunuz; cesaretin buncasına da diyecek söz bulamıyorum! Acaba Bay Yazman'ın burada bulunması mı size bunu yaptırıyor? Hayır, Bay Yeryazımcı, sizi hiçbir şeye özendirmiyorum. Fakat bir şeyi söyleyebilirim, o da ilk görüşümde size epeyce değer vermek. Bir anda Frieda'ya karşı kazandığınız utkudan korkmuştum da, neleri yapmaya muktedir olduğunuzu bilmiyordum; gelecekte ortaya çıkacak yıkımların önüne geçmek istemiş, sanmıştım ki, bunu başarmanın başka yolu yok. Ancak giderek olanı biteni sakince düşünmeyi öğrendim. Siz istediğinizi yapın; kardaki ayak izleri gibi olacak yapacaklarınız, olancası bu.» «Değindiğiniz çelişki tam olarak açığa çıkmış değil,» dedi K. «Buna işaret ettim ya, yeter. Ama şimdi rica ediyorum, Bay Yazman! Söyler misiniz, hanımefendinin söyledikleri doğru mu? Bana dair rapor yazmanız, Klamm ile konuşmamı sağlayabilir mi? Yanıtınız evetse, bütün sorularınızı yanıtlamaya hazırım. Bunun için her şeyi yaparım.» «Hayır,» dedi Momus. «Bunun söz konusu olduğunu söyleyemem. Klamm'ın kayıt defterine bugünün öğleden sonrasının dökümü aktarılacak, olancası bu. Şimdi döküm işi bitti de, boş iki yer kaldı; bunları da yöntemimiz gereği siz doldurmalısınız, başkaca bir gaye yok bunda.» K., sessizce otelcinin karısına baktı. «Bana ne diye bakıyorsunuz?» diye sordu kadın. «Ben başka bir şey mi söyledim? Bay Yeryazımcı hep böyle yapar zaten. Sayın Yazman, hep böyledir. Bilgilendirirsiniz, bilgilerinizi çarpıtır, bir de yanlış bilgi aldığını savlar. Ne zamandır söyler dururum, bugün de söyledim; Klamm tarafından kabul edilmeniz için zerrece umut yok. Bu durumda, tutanak da böyle bir umudu veremez. Daha açık anlatılabilir mi bu? Hem, şunu da dedim: bu tutanak Klamm ile kendisi arasında sağlanabilecek tek gerçek ve resmi bağlantı kurma yoludur; bunun da tartışılacak tarafı yok. Eğer sözlerimin doğruluğuna inanmazsa, varsaydığı gibi bu tutanağın kendisine yardımcı olması gerekir. Sadece bu kadarını söyledim ben. Kim başkaca bir şey söylediğimi söylerse, sözlerimi çarpıtıyor demektir.» «Öyleyse, hanımefendi,» dedi K., «sizi yanlış anladığım için bağışlayın; çünkü önceki sözlerinizden –anlaşılan hatalıyım– benim için tırnak ucu kadar da olsa bir umudun varlığını sezinler gibi olmuştum.» «Evet, böyle düşünüyorum,» dedi kadın. «Ne var ki, sözlerimi yine çarpıtıyorsunuz; bu defa deminkine ters yönde. Bu umut kanımca var ve gücünü tutanaktan almakta. Fakat sizin 'sorularınızı yanıtlarsam Klamm ile görüşebilir miyim?' gibi bir soruyla Sayın Yazman'a yüklenmenizi gerektirecek ölçüde değil. Bunu soran çocuk olsa, ciddiye almaz insan; fakat yetişkin biri sordu mu, resmi makamı aşağılama anlamına gelir. Yazman Bey, yanıtındaki nezaketle bu durumu görünmez kıldı. Değindiğim umuda gelince: tutanak yardımıyla bir tür ilişkiye kavuşmanızdır. Bu da küçümsenecek bir şey değil. Bunu hak etmek için ne yaptığınız sorulsa, söyleyecek bir şeyiniz olur mu? Evet, bu umuda dair başka açıklama beklenemez, Yazman Bey de buna dair bir anıştırmada bulunamaz. Kendisi de belirtti bunu. Onun görevi bugünün öğleden sonrasının bir dökümünü çıkarmak. Ona kendiniz de sorsanız başkaca bir şey söyleyemeyecektir.» «Sayın Yazman, Klamm bu tutanağı okuyacak mı peki?» diye sordu K. «Hayır!» dedi yazman. «Niye okusun ki? O bütün tutanakları okuyamaz herhalde; hiçbirini okumaz ki. 'Bunlarla başımı ağrıtmayın!' deyip durur sürekli.» Otelcinin karısı: «Bay Yeryazımcı!» diye atıldı sızlanan bir sesle. «Bu tür sorularınızla elaman dedirtiyorsunuz. Klamm'ın bunu okuması, sizin hayatınıza dair anlamsız şeyleri harfiyen öğrenmesi o kadar gerekli mi? Ayrıca, istenmeye değer bir şey mi bu? Aksine, tutanak Klamm'dan gizlensin diye boyun büküp yalvarsanız daha iyi olmaz mı? Zaten bu da eski ricanız gibi akılsızca bir rica olur –ondan kim neyi saklayabilir ki!– fakat yine de insanın centilmenliğini gösterir. Kavuşmayı istediğiniz şeye yarar mı ki bu? Kendiniz demediniz mi, yüzüme bakmasın ve sözümü dinlemesin, önemi yok diye, iş ki bir yolunu bulup huzurunda konuşayım diye. Bu tutanakla bunu, belki de daha fazlasını sağlamayacak mısınız?» «Daha fazlası mı?» dedi K., «Nasıl olacak bu?» «Çocuk gibi her şeyin önünüze konulmasını istemeyi bir bıraksanız! Bunu kim yanıtlayabilir ki? Tutanak Klamm'ın köy kayıt defterine girecek, size söylendi bu; daha fazlası yok bunun. Peki siz, Yazman Bey'in ve kayıt defterinin ne denli önemli olduğundan haberdar mısınız? Belki bunu o da bilmiyordur, sakince görevini yapıyor burada. Bu göreve Klamm tarafından atandığını da dikkate alın. Bunları söylemekteki amacım Sayın Yazman'a yaranmak değil, kendisi de böyle şeyleri iyi karşılamaz zaten. O, Klamm'ın bir aracıdır, ona uymayan yandı!»

Bu tehditleri hiç de umursamıyordu K. Kendisini bir yere tıkmaya çalışmasından usanmıştı. Klamm uzaklardaydı. Otelcinin karısı bir ara Klamm'ı bir kartala benzetmişti fakat artık öyle düşünmüyordu K., bu benzetme komik bile geliyordu. Hem, şu tutanakla hiç ilgisi olmayan şeylerdi bunlar; Momus o sıra, tuzlu bir pastayı tutanağın üstünden kopararak yiyor, kâğıtların üstüne susamlar ve tuz dökülüyordu.

«İyi geceler!» dedi K. «Kovuşturulmalardan hoşlanmam.» Bu kez kapıya sahiden yöneldi. Momus telaşla otelcinin karısına: «Vay canına, yine gidiyor,» dedi. «Cesaret edemez,» dedi otelcinin karısı. K. sonraki sözlerini duymadı onların, hole gelmişti. Ayaz vardı, rüzgâr donduruyordu. Karşıdaki bir kapıdan otelci çıktı; oradaki bir izleme yerinden hole bakıyordu herhalde. Ceketinin eteklerini elleriyle tutmak zorunda kaldı; rüzgâr burada da şiddetliydi. «Hayrola, Bay Yeryazımcı, gidiyor musunuz?» diye sordu otelci. «Şaşırttım mı?» dedi K. «Kovuşturulmuyor musunuz?» diye ekledi. «Hayır,» dedi K. «Buna izin vermedim.» «Neden?» diye sordu otelci. «Kendimi niye sorgulatayım ki?» dedi K. «Bir şakaya veya resmi bir kaprise uyup belki yaparım bunu, fakat bugün değil.» «Eh, haklısınız!» dedi otelci; nezaketen verilmiş bir yanıttı bu. «Uşakları salona almam gerek,» dedi sonra. «Bunun vakti geldi. Kovuşturmada rahatsız edilmenizi istememiştim.» «Buna o kadar çok mu önem veriyorsunuz?» diye sordu K. «Ah, evet,» dedi otelci. «O halde, buna karşı çıkmamam gerekiyordu?» «Hayır!» dedi otelci. «Bunu yapmamalıydınız!» K. susunca, onu sakinleştirmek için: «Şey,» diye ekledi, «öyledir, dünyanın sonu değil ya!» «Hayır,» dedi K. «Öyle bir şey yok.» Gülerek ayrıldılar birbirlerinden.

X

SOKAKTA

Rüzgârın uğuldayıp durduğu merdivenleri indiğinde, kendini sokakta buldu K. Gözleriyle koyu karanlığı taradı. Ne de kötü bir hava! Ve otelcinin karısını anımsadı; tutanak konusunda ikna etmek için epeyce ter dökmüş, kendisi itiraz etmişti. Bunun açık açık yapıldığı söylenemezdi; ama kadın belli belirsiz biçimde onun aklını çelmeye uğraşmıştı; o kadar ki, onaylanıp onaylanmadığı bilinmiyordu. Madrabaz bir yaratık; rüzgârın çabalaması gibi anlamsız, aslı astarı bilinemeyen uzak, yadırgı emirlere uyarcasına.

Anayolda bir-iki adım atan K., ötede asılı iki fener fark etti; bu canlılık belirtisine sevinip fenerlere doğru yürümeye başladı. Fenerler de ona yaklaşır gibiydi. Bir anda, asistanlarını görünce, yaşadığı hayal kırıklığının neden bunca büyük olduğunu anlayamadı. Onları Frieda göndermiş olabilirdi; kendisine doğru yürüyorlardı. Etrafını çepeçevre saran karanlıktan onu çekip çıkaran fenerler de kendisinindi herhalde. Yine de hayal kırıklığına uğramış, kendisine ayakbağı olan bu adamlarla değil, tanımadığı birileriyle karşılaşmayı kurmuştu. Fakat asistanları yalnız değildi; aralarında Barnabas da vardı. «Barnabas!» diye çağırdı K. ve elini uzattı. «Bana mı geliyordun?» Beklemediği bir zamanda karşılaşmaları, Barnabas'ın bir süre önce neden olduğu sevimsizlikleri unutturur gibiydi. Eskiden yaptığı gibi arkadaşça bir sesle: «Sana geliyordum,» dedi Barnabas. «Klamm'ın bir mektubunu getirdim.» «Klamm'dan mektup mu?» dedi K., başını arkaya atıp; mektubu hızla aldı elinden. «Feneri yaklaştırın!» dedi adamlarına; adamları her iki yanından yanaşıp feneri yukarı kaldırdılar. K., mektubu sağından solundan katlayıp, rüzgârın uçurmayacağı hale getirince, okumaya başladı: *Brückenhof'daki Sayın Yeryazımcıya! Şimdiye kadar yaptığınız yeryazım işleriniz beni memnun etti. Adamlarınız da dikkatedeğer çalışıyorlar. Onları verimlice çalıştırabiliyorsunuz. İşlerinizi bir an bile boşlamayın ve tezelden sonuçlandırma yoluna gidin. Buna ara verirseniz, öfkelenirim. Para meselesi için kaygılanmayın. Gözüm sürekli üzerinizde.*

Ama kendisinden daha yavaş okuyan asistanların bu sevindirici haberi kutlamak için üç kez «Bravo!» diye bağırmalarıyla, başını mektuptan kaldırdı K. «Kapatın çenenizi!» diye bağırdı ve Barnabas'a: «Bir hata var bu işte!» dedi. Günün bütün yorgunluğu üzerindeydi ve okula hiç yetişemeyecek gibiydi. Barnabas'ın arkasında ailenin bütün bireyleri dikiliyordu sanki; adamları onu iki yanından sıkıştırır gibiydi; ikisini de dirsekleyip kendinden uzaklaştırdı. Frieda'nın onları kendisine göndermesine inanamaz gibiydi; çünkü onlardan Frieda'yı yalnız bırakmamalarını üsteleyerek istemişti. Eve kendi başına da gidebilirdi ve tek başına gitmesi zor olmayacaktı. Ayrıca, adamlarından biri boynuna bir fular sarmış, fuların boştaki ucu rüzgârla dalgalanıp K.'nın yüzüne çarpmış; diğer asistan bunu uzaklaştırmaya çalışmış ama başaramamıştı. Adamları bu işten hoşlanmış bile denebilirdi; rüzgâr ve gecenin huzursuzluğu ikisini de efsunlamış gibiydi. «Gidin başımdan!» diye azarladı K. «Beni karşılamaya çıktığınız halde, sopamı neden getirmediniz? Sizi nasıl önüme katıp eve götüreceğim?» Adamları hemen Barnabas'ın arkasına gizlendiler ama pek de korkmuş bir halleri yoktu. Bir yandan da Barnabas'ın omuzlarına fenerlerini koydular; beriki de omuz silkip fenerleri omuzlarından uzaklaştırıyordu. «Barnabas!» dedi K., onu kendisini anlamamazlıktan gelmesi ağırına gidiyordu. Olağan zamanlarda ceketi parıldıyordu Barnabas'ın ama mesele kendisine yardım etmeye geldi mi, oralı olmuyor, sessiz bir üstelemeyle öylece bakıp duruyor; ona karşı koymak mümkün olmuyordu, çünkü onun da yapacak bir şeyi yoktu; sadece gülümseyebiliyor, bu gülümseme de yukarıdaki yıldızlar aşağıdaki fırtınayı ne kadar etkileyebiliyorsa, o kadar etkileyebiliyordu. «Bay Klamm ne yazmış, bak?» dedi K., mektubu Barnabas'ın yüzüne tutup. «Onu doğru bilgilendirmemişler; benim yeryazım işiyle filan uğraştığım yok ki! Adamlarımın ne mene şeyler olduklarını görüyorsun. Yapmadığım bir işe ara filan vermem mümkün değil. Hem, yaptıklarımı nasıl beğenecek? Para için kaygılanmamaya gelince, olacak şey mi bu?» «Ona söylerim,» dedi Barnabas; sürekli mektuptan başka yerlere bakmıştı, baksa da okuyacak halde değildi, hemen burnunun ucundaydı çünkü. «Oh,» dedi K., «söylerim diyorsun ama acaba sana inanabilir miyim? Güveneceğim bir elçiye öyle ihtiyacım var ki!»

Sabırsızca dudaklarını ısırdı K. «Efendim,» dedi Barnabas, usulca baş eğerek (bu harekete hemen kanıp Barnabas'a inanabilirdi K.) «Kesinlikle söyleyeceğim. Son söylediklerini de ileteceğim.» «Anlamadım!» diye bağırdı K. «Henüz söylemedin mi? Ertesi sabah şatoya gitmiştin ama?» «Hayır,» dedi beriki. «Babam, Tanrı uzun ömürler versin, ihtiyar biri. Onu kendin de gördün. Bugünlerde bir sürü işi var; ona yardım ettim; ama bugünlerde yine uğrarım şatoya.» Elini alnına vurup: «Sen ne yaptığını biliyor musun! Ne garip adamsın sen!» diye bağırdı K. «Klamm'ın işleri en öncelikli işler değil mi? O yüce elçilik görevini almana karşın neden böyle savsakladın? Babanın işleriymiş, kimi ilgilendirir ki? Klamm haber bekliyor, sen ona koşacağına, ahırdan gübre kürüyorsun.» «Babam kunduracıdır,» dedi Barnabas, oralı olmadan, «Brunswick'ten siparişi vardı, ben de onun kalfasıyım.» «Kunduraymış, siparişmiş, Brunwick'miş!» diye bağırdı K., kendini zapt etmeye çalışarak ve Barnabas'ın söylediklerini çürütmek ister gibi. «Bu bomboş yollarda ayakkabıyı ne yapacaklar? Hem, bana ne bunlardan! Ben bir haber iletme görevi verdim sana!» Konuşmasının burasında, Klamm'ın belki de hep şatoda değil, Ağalar Palas'ta bulunabileceğini düşündü ve sakinleşti; ama Barnabas'ın ileteceği haberi unutmadığını göstermek için, ilk haberi ezberden okumaya başlamasıyla tekrar öfkelendi: «Sus artık, tek kelime bile duymak istemiyorum!» dedi. «Kızmayın, efendim!» dedi Barnabas, K.'ya ceza vermek ister fakat bunu ayrımında olmadan yapar gibi, bakışlarını yere eğdi, ancak sanki K.'nın azarlamasına afalladığı için böyle davranıyordu. «Kızmıyorum,» dedi K., ve düşünceleri kendisine yöneldi. «Kızdığım yok ama acil işler için elimde sadece senin gibi bir elçinin bulunması fena.»

«Dinleyin, efendim,» dedi Barnabas; elçilik onurunu savunur ve bunu abartır gibiydi. «Klamm'ın haber filan beklediği yok; üstelik ben yanına ne zaman gitsem huzursuzlanır. 'Yine mi haber!' bile demişti bir gün. Benim öteden yaklaştığımı gördüğünde, genellikle kalkıp yan odaya gider, benimle konuşmaktan kaçar. Hem, aldığım her haberle Klamm'a gitmemi buyuran bir emir de verilmedi; verilseydi hemen giderdim elbette! Kaldı ki, gitmesem de, gelip kimse sormaz. Ben haber götürdüğümde, gönüllü götürürüm.»

«Öyle olsun,» dedi K., onu gözetimine alıp, adamlarına bakmamaya çalıştı. Adamları Barnabas'ın arkasında bir kuyudan çıkar gibi boy gösterip, K.'yı görünce korkmuşcasına, rüzgâr sesini andıran bir ıslıkla hemen geri çekiliyorlardı; bu halde uzun zaman eğlendiler. «Klamm'ın barınağı nasıldır bilmiyorum, senin orada bütün olup bitenleri görebileceğinden de kuşkuluyum. Diyelim ki bunu başardın, oranın işlerini yoluna koymaya gücümüz yetmez. Ancak iş elçiliğe gelince, işte bunu yapabilirsin ve bunu rica ediyorum. Kısacık bir haber. Yarın iletip, karşılığını getirebilir misin? En azından, orada nasıl karşılandığını anlatırsın bana. Bunu yapabilir misin? Benim için çok değerli olurdu bu. İlerde, çaresini bulursam, yaptığının karşılığını veririm; ya da şimdi yapmamı istediğin bir şey var mı?» «Dileğinizi mutlaka yerine getiririm,» dedi Barnabas. «Yeterince iyi yapmak için de biraz çabalar mısın?» dedi K. «Haberi Klamm'ın kendisine iletip, yanıtını alacak ve bütün bunları yarın öğleden önce halledebilecek misin? Söyle?»

«Emin olabilirsiniz. Bu benim sürekli yaptığım bir şey,» dedi

Barnabas. «Tamam, bunu artık tartışmayalım,» dedi K. «İleteceğin haber şu: Yeryazımcı K., Sayın Şef'ten gelip görüşmesine izin vermesini istiyor. Bunun için gerekli koşullara uymaya hazır. Bunu istemek zorunda kalmış; çünkü kimi aracılar kullanmak işe yaramamış ve bunun göstergesi de, şimdiye dek hiçbir yeryazım çalışmasında bulunamaması; hem, muhtarın sözlerine bakılırsa, bundan sonra da bulunamayacakmış; bundan hareketle, beyefendilerinin mektubunu yüzü kızararak okumuş; sadece kendisiyle bir görüşebilirse meseleyi hale yola koyabilecekmiş. Yeryazımcı ne istediğinin ayrımındaymış, fakat bu ziyaretten kaynaklanacak rahatsızlığı beyefendilerine hissettirmemek için elinden geleni yapacakmış. Ziyaret süresinin kısıtlanmasına da itirazı yokmuş; ayrıca, kullanılacak sözcükleri bile sınırlamaya hazırmış; on kelimenin yetebileceğini umuyor, saygıyla, verilecek karşılığı bekliyormuş.» K., coşup kendini konuşmaya kaptırmıştı; sanki Klamm'ın eşiğinde, kapıcısıyla görüşüyordu. «Sandığımdan da uzun oldu,» diye ekledi. «Fakat sen ne de olsa, sesli ileteceksin; mektup yazmak istemiyorum, çünkü bu bitmek bilmez yazışmalara neden olacaktır.» K., böylece, adamlarının biri elçinin sırtında, diğeri feneri tutarken, bir kâğıda yazmaya başladı; söylediklerini ezberlemeye çalışan Barnabas'ın bu işi yapabileceğini anladı. «Belleğin zehir gibi!» diyerek elindeki kâğıdı Barnabas'a uzattı. «Bu kusursuz tarafını başka yerlerde de göster, olur mu? Senin benden istediğin bir şey var mı? Yok mu? Olmalı ama, ilettiğim haberin geleceği için belirtiyorum ki, bir şey istemen beni rahatlatacaktır.» Barnabas önce sustu, sonra: «Kız kardeşlerim selam söyledi,» dedi. «Kız kardeşlerin!» dedi K. «Evet, fidan gibi, güçlü kızlar. İkisi de selamlarını iletti, özellikle de Amalia,» diye ekledi Barnabas. «Şatodan bu mektubu sana vermem için getirdi.» K., buna dayanarak: «Benim haberimi de şatoya götüremez mi? Ya da ikiniz de şansınızı deneyemez misiniz?» «Amalia'nın ofislere girmesi yasak,» dedi Barnabas. «Olmasaydı seve seve yerine getirirdi.» «Yarın size uğrayabilirim,» dedi K. «Sen önce yanıt getir de. Okulda bekliyor olacağım. Benim de selamımı ilet kız kardeşlerine.» K.'nın geleceğini söylemesi Barnabas'ı hayli mutlu etmiş gibiydi; ayrılmadan önce, K. ile tokalaşırken, şöyle bir omzuna dokundu. Hiçbir şey değişmemiş gibiydi; K. bu dokunuşu bir beğeni işareti gibi taşıyordu; yatışmıştı, yolda yürürlerken adamlarının soytarılıklarına aldırmadı.

XI

İliklerine kadar üşümüş halde okula geldi K. Ortalık karanlıklar içindeydi, fenerlerin mumları bitti bitecekti; okulu tanıyan adamlarının yardımıyla, bir sınıfa girdi K. Aklına Klamm'ın mektubu geldi: «İlk başardığınız bu işi beğendim,» dedi adamlarına. Frieda uyku mahmurluğuyla seslendi: «Bırakın da uyusun, K.; onu rahat bırakın!» Uykuya teslim olduğu belliydi ama aklı da herhalde K.'da kalmıştı. Fenerler hemen yakıldı ancak alevleri kısıldı; içindeki gazyağı azalmaya başlamıştı. Yeni evin eksiği çoktu; içerisi ısıtılmıştı fakat spor salonu olarak da kullanılan bu derslik (her yerde spor aletleri çarpıyordu göze) bütün odunları tüketmişti. K. da önce iyice ısınmış, sonra üşümeye başlamıştı. Üstü kapalı avlulardan biri odunluk haline getirilmişti fakat kapısı kilitliydi; anahtarı öğretmendeydi; dersliğin sobasının yakılmasına sadece öğrenciler geldiğinde izin veriliyordu. Orada soğuktan korunmak için bir yatak olsaydı, idare edilirdi ama içine ot doldurulmuş bir yataktan başka bir şey görünmüyordu ve onun üzerine de Frieda'nın tertemiz şalı örtülmüştü; yorgan olarak da iyi ısıtmayan kaba kumaştan iki battaniye vardı. Bu rezil yatağa da adamları tutkuyla bakıyordu, ancak onda yatmayı filan akıllarından geçirdikleri yoktu. Ürkek bir bakışla K.'ya baktı Frieda; ne denli döküntü olursa olsun, bir odayı yaşanacak hale getirebileceğini Ağalar Palas'tayken bile göstermişti. Fakat bu derslikte ve bu parasızlıkla bundan fazlasına gücü yetmiyordu. Ağlaması, gülmesini zorlaştırıyordu: «Yuvamızın tek süsü spor malzemeleri,» dedi ve en acil gereksinim olarak gördüğü yatak ve ısınma meselesini hemen yarın sabah ele alacağına söz verip, K.'dan biraz sabırlı olmasını istedi. Yüzünde K.'ya karşı herhangi bir güceniklik ifadesi yoktu. Ama K., kendine bile itiraf etmekten çekinmeden, hem Ağalar Palas'tan, hem de Brückenhof'tan koparmıştı Frieda'yı. Bundan hareketle, olup biteni anlayışla karşılamaya çalıştı; bunu yapması da zor olmadı; Barnabas'la şatoya gittiğini düşlüyor, ileteceklerini harfiyen yineliyordu; fakat ulağa söyler gibi değil, Klamm'a söyler gibiydi. Bir yandan da, Frieda'nın ustaca devinimlerle kürsüye kar gibi bir örtü serişini, çiçekli bir kahve fincanıyla, sardalya, ekmek ve tereyağı koyuşunu izliyordu. Sonra, hazırlıklar tamamlandı; Frieda da yemeğini yemeyip, K.'yı beklemişti. Sadece iki iskemle vardı burada. İskemlelerini çekip kürsünün etrafına oturdular; adamları da onların ayak uçlarına, yükseltinin önüne oturdular; ama haşarılık yapmayı orada da sürdürdüler; bulunan yiyeceklerden paylarına düşeni fazlasıyla alıp, bunları yemeyi de bitirmemişken, başka yiyecek var mı diye açgözlüce ayağa kalkıp, kürsüye bakıyorlardı. K.'nın onları umursadığı yoktu ama Frieda güldüğünde ayrımsadı bunu. Frieda'nın masadaki elini okşayarak, onlara neden bu kadar iyi davrandığını sordu. Böyle davranmayı sürdürürse onlardan hiç kurtulamayacaklardı, fakat onlara yaraşır bir katılıkla davranılacak olursa, en azından onları kontrol edebilir veya (bu daha anlaşılır bir şeydi) yardımcılığı onlar için cehenneme çevirebilir; onlar da sıvışıp gidebilirdi. Burada onları rahat günlerin beklemediği belliydi. Ama kendileri de burada sürgit kalmayı düşünmüyorlardı. Gelgelelim, adamları gidip de kendileri yalnız kalacak olursa, eksikliklerinin ne olduğunu ayrımsamayacaklardı. Nasıl oluyor da görmüyordu onların giderek azıttıklarını. Hem, Frieda'nın onlara sevecen davranması da onları küstahlaştırıyordu. Kaldı ki, asistanları tezelden savmanın yolları da vardı ve bunları Frieda da biliyordu; çünkü onların nasıl yaşadıklarından haberdardı. Baştan savulmaları onların da iyiliğine olabilirdi, çünkü burada çok mükemmel bir hayat yaşadıkları söylenemezdi; üstelik, bugüne değin sürdürüp durdukları avareliğe bile, biraz olsun uzak duracak, son günlerde yaşadıklarının verdiği huzursuzluktan dolayı, Frieda'nın kendini kollaması gerekecekti; K. bu açmazdan kurtulmanın çarelerini arayacak, adamları da mecburen işe girişecekti. Onlar çekip gittiklerinde, K. o kadar rahat bir nefes alacaktı ki, diğer işlerle beraber, bir okul hademesinin bütün işlerini yapabilecekti.

Söylenenleri dinleyen Frieda, K.'nın kolunu okşadı yavaşça, aynı fikirde olduğunu söyledi. Yine de K. adamlarının haylazlıklarını abartıyordu herhalde; yeniyetmelerdi, şen ve saf; ilk kez, tanımadıkları birinin yanında çalışıyorlardı ve şatonun sıkıdüzeniyle biraz alıklaşmışlardı hepsi bu. Evet, öfkesini anlıyordu ama aldırmazsa daha iyi olurdu. Kendisi de bazen gülmeden edemese de K. ile hemfikirdi. Yapılacak en doğru şey, onları defedip, baş başa kalmalarıydı. Frieda birden K.'ya daha çok sokuldu; başını omuzuna yaslayıp konuşmaya devam etti; anlaşılan, bu adamlarla nasıl baş edeceğini kendisi de bilmiyordu ve K.'nın bulduğu çarelerin işlevsiz kalacağından korkuyordu. Hem, asistan isteyen K. değil miydi? E, istediği de olmuştu işte ve bir daha ayrılmayacaklardı. Onlara sadece kayıtsız kalırlarsa dayanabilirlerdi.

Verilen yanıtı beğenmedi K.; yarı alaylı bir sesle, adamlarının işbirlikçisiymiş ve onlara kendini yakın hissediyormuş gibi hissettiğini söyledi; ne de olsa alımlı gençlerdi. Yine de birazcık iyi niyetle savılmayacak bela yoktu ve bunu da adamların üstünde kendisi kanıtlayacaktı. K. eğer bunu başarırsa epeyce hoşnut kalacağını söyledi Frieda. Artık kendisi de onlara gülmeyecek; gerekmedikçe onlarla konuşmayacaktı. Zaten pek gülünecek yanlarını da bulamıyordu; iki erkeğin gözlerinin sürekli kendisinde olduğunu bilmek de kayıtsız kalınacak bir şey değildi; adamlara K.'nın baktığı gibi bakmayı öğrenmişti artık. asistanlar bir anda, hem kileri kontrol etmek, hem onların fısıltılarının nedenini bulabilmek için tekrar doğrulunca, Frieda ürperdi.

Adamları onun gözünden düşürmek isteyen K. hemen Frieda'yı kendine çekti, yemeklerini kucak kucağa yediler. Artık uyku vakti de gelmişti; hepsi yorgundu. asistanlardan birinin yemekte uyuklaması, diğerini epeyce eğlendiriyordu; K. ile Frieda onun bön yüzünü görmek için çabaladılar ama göremediler. K. ile Frieda aldırışsız bir tavırla, masada oturuyorlardı; iliklerine işleyen soğuk yüzünden gidip uyumaya cesaretleri yoktu; K. soba yakılmazsa uyuyamayacağını söyledi. Bir balta bulabilip bulamayacağını sordu. Adamlar gidip bir balta getirdiler; odunluğa gidildi. İğreti kapıyı kırdılar; adamlar neşeyle sınıfa odun taşımaya başladılar. Kısa sürede pek çok odun taşınmıştı; soba hemen yakıldı ve hepsi etrafına dizildiler. Bir battaniyeyi asistanlardan biri almıştı, kalan battaniye de kendilerinindi. Asistanlardan biri soba başında nöbet tutacaktı. Hemen sonra, ortalık öyle ısındı ki, battaniyeye gerek kalmadı; lamba söndürüldü; K. ile Fride, ısınmış ve mutlu bir halle şiltelerine uzandılar.

Geceleyin bir ses uyandırdı K.'yı. Hemen el yordamıyla, Frieda'yı arandıysa da, yatakta onun değil, asistanlardan birinin yattığını fark etti. Bu, bir anda uyandırıldığı için yaşadığı ilk büyük korkuydu. Çığlık atıp, yatağında doğruldu ve öfkeyle yanındaki adama öyle bir şamar attı ki, adam ağlamaya başladı. Durum kısa sürede aydınlandı: Frieda, göğsüne bir hayvanın (öyle de sanmış olabilirdi) atlamasıyla sıçramış, bir mum yakıp ne olduğunu anlamak için sınıfın her yerini aramış, asistan da bu fırsatı değerlendirmişti. Şimdi de bunun bedelini ödüyordu. Frieda'nın aramaları sonuçsuz kalmıştı; K.'nın yanına döndüğünde, akşam söylediklerini unutmuşcasına, inleyip duran adamı yatıştırmak için, saçlarını okşadı. Buna sesini çıkarmadı K.; diğer asistana sobaya artık odun atmamasını söyledi; derslikteki odunlar azalmış, içerisi epeyce ısınmıştı.

Sabahleyin erkenci öğrenciler geldiğinde uyandılar. Epeyce sevimsiz bir durumdu bu; geceleyin içerinin fazla ısınması sonucu, hepsi üzerindekilerin birazını çıkarmış, don gömlek kalmışlardı; tam giyinecekleri zaman, boylu boslu, sarışın, kibirli bir kız olan öğretmen Gisa belirdi kapıda. Görünüşe göre, yeni odacıya nasıl davranacağı konusunda talimatlar almıştı; daha kapıdan içeri adım atarken: «Buna izin veremem! Oh, ne ala! Size sadece derslikte uyuma izni verildi. Sizin yatak odanızda ders anlatmaya mecbur değilim. Bu saate kadar yatan bir odacı ve ailesi!» Buna karşı diyecek bir sözüm yok sanıyor, diye düşündü K., aile ve yatak ha! Bir yandan da, Frieda'ya bakıyordu (asistanlar pek işe yarar gibi görünmüyordu; ikisi de uzandığı yerden, spor malzemelerini ve öğrencileri izliyordu); Frieda hemen bir spor gerecine battaniye gerip, rahat giyinecekleri bir yer hazırladı. Ama bu da işe yaramadı. Öğretmen hanım, leğene temiz su konmamış diye bağırmaya başladı. Tam da o sıra leğeni alıp, el yüz yıkamaları için getirmeyi düşünen K., öğretmen öfkelenmesin diye bundan vazgeçti. Bu da işe yaramadı; çünkü hemen sonra büyük bir şamata koptu; aksilik bu ya; akşam yediklerinin kalıntıları kürsüde öylece duruyordu; öğretmen de cetveliyle süpürüyordu orasını. Sardalya yağı ve kahve artığı her yere akmış, demlik kırılmıştı; öğretmen için ne gam! Hademe ne işe yarıyordu, temizlesindi. Giyinmesini henüz bitirmemiş K. ile Frieda, paralel'e yaslanıp, zaten yetersiz olan eşyalarının kırılıp dökülmesini izledi. Görünüşe göre, giyinmeleri gerektiğini düşünmeyen adamları, battaniyenin altından alık alık bakıp duruyor, bu görünüşleriyle öğrencileri eğlendiriyorlardı. Frieda en çok demliğin kırılmasına yanıyordu; ama K.'nın hemen muhtara gidip zarar-ziyanının karşılanmasını isteyeceğini söyleyince yatışır gibi oldu; hiç değilse, masa örtüsünü kurtarmak için, sadece gömlek ve eteğiyle bölmeden dışarı koştu. Onu korkutup yanına yaklaştırmak istemeyen öğretmen, elindeki cetvelle masaya sert sert vurup duruyordu ama Frieda yine başardı örtüyü kurtarmayı. K. ile giyinmelerini tamamlayınca, yarı emir, yarı ite kaka, izlediklerinden ahmaklaşmış asistanların da giyinmelerini sağlamak, neredeyse kendileri giydirmek zorunda kaldılar. Bu iş de bitince hemen işbölümü yaptı K.; asistanlar odun taşıyıp sobayı yakacaktı ama diğer sınıfınkini. Orada onları daha büyük bir bela bekliyordu; öğretmen sınıfa gireli çok olmuştu. Frieda yerleri temizleyecek, K. da su taşıyacak ve ortalığa çekidüzen verecekti. Şimdilik kahvaltı filan düşünülemezdi. Yine de öğretmen Gisa'nın keyfinin nasıl olduğunu anlamak için, dışarı önce K. çıkacak, diğerleri ardından gelecekti. Adamlarının aptallık edip durumu daha da kötüleştirmemeleri için K. bu yola başvuruyor, böylece Frieda'yı da kollamak istiyordu; onun gözü yükseklerdeydi, kendisinin değil. Hassas olan Frieda'ydı, kendisi değil. Frieda o anın aksiliklerini düşünüyordu, kendisiyse Barnabas'ı ve geleceği. Frieda onun talimatlarına uyuyor; gözünü bir an olsun kendisinden ayırmıyordu. Bölmenin ardından çıktığı an, çocukların boşalan kahkahaları eşliğinde öğretmen Gisa'nın: «İyi uyuyabildiniz mi?» dediği duyuldu. K. soru saymadığı bu sözleri umursamayıp, yıkanma masasına doğru gidince, «Mizzi'me ne yapmışsınız öyle?» dedi Gisa. Büyücek, semiz bir kedi, masaya miskince uzanmıştı. Öğretmen herhalde kedinin biraz hırpalanmış patilerini inceliyordu. Anlaşılan, Frieda sahiden haklıydı; uyurken, bir kedi her ne kadar göğsüne atlamadıysa da (kedinin bu işleri yapacak gücü var gibi görünmüyordu artık) üstünden sürünerek geçmiş, sürekli boş olan derslikte, birden insanlar görerek korkup, hemen bir köşeye saklanmak istemişti; böyle telaşlara da alışık olmadığından patilerini incitmişti. Bu durumu sakince anlatmaya çalıştı K; beriki, sadece sonuçla ilgilenip: «Evet, kedimin canını yaktınız!» dedi. «Hem de gelir gelmez! Bakın şuna!» K.'yı yanına çağırıp, kedinin patilerini gösterdi. K. bakınırken, kedi elini tırmaladı. Tırnakları keskin değildi artık ama öğretmen hanım, kediyi korumayı boşlayıp, tırnaklarını öyle bastırdı ki, K.'nın elinde kanlı çizikler oluştu. «Şimdi işinizin başına!» dedi sabırsızca ve kediyle ilgilenmeyi sürdürdü. Bölmenin arkasından olanı biteni asistanlarla izleyen Frieda, kanı gördüğünde bir çığlık kopardı. K.'nın elini çocuklara gösterip, «Bakın!» dedi. «Kötü kedi yaptı bunu!» Çocuklar için söylememişti bunu; onların bağırıp çağırmaları o kadar doğallaşmıştı ki, artık uyarı ve sözler işe yaramaz olmuştu. Fakat öğretmen hanım, onun bu aşağılayıcı sözlerini, kaçamakça bakıp yanıtlayarak, kediyle ilgilenmeyi sürdürüp, öfkesi geçer gibi olunca, Frieda ile adamları çağırdı K. ve işe girişti.

Kirli su dolu kovayı dışarı götüren K., getirdiği temiz suyla dersliği yıkamaya başlayınca, on ikisinde gösteren bir oğlan çocuğu bir sıradan kalkıp yanına geldi ve K.'nın eline dokunup, o şamatada pek de anlaşılmayan bir şeyler söyledi. Sesler bir anda kesildi ve K. dönüp arkasına baktı. Günün ilk saatlerinden beri olmasından korkulan şey nihayet olmuştu: Öğretmen bey ufarak bedeniyle, kapıda dikeliyor, her bir eli asistanlardan birinin yakasındaydı. Anlaşılan odunluktan odun taşırlarken görmüştü onları; habire azarlıyor, bir süre durup tekrar başlıyordu: «Odunluk kapısını kırmaya kalkışan kim? Nerede o? Gösterin de iyice bir ıslatayım onu!» Öğretmen hanımın ayakları önünde yerleri temizlemeye uğraşan Frieda, doğrulup K.'ya baktı, ondan cesaret almak istiyordu sanki. Birden üstün bir tavır takınıp: «Ben kırdım, Bay Öğretmen!» dedi. «Mecbur kaldım. Mademki sabahleyin sobaların yakılması gerekiyordu, odunluk kapısı da kilitli olunca, gelip sizden anahtarı istemeye vakit bulamadım; nişanlım da Ağalar Palas'taydı, geceyi orada geçirebilirdi, ben de kendi başıma karar aldım. Hatalı davrandıysam, cahilliğime bağışlayın; zaten nişanlım da bunu görünce, bana soba yakmayı yasak etti. Dediğine göre, odunluk kapısını kilitleyerek siz gelmeden sobanın yakılmasını istemediğinizi belli etmişsiniz. Sobaların yakılmaması nişanlımın, kapının kırılması benim suçum.» Yakalarını kurtarmak için çırpınıp duran adamlara: «Kapıyı kim kırdı?» diye sordu öğretmen. «Patron!» dedi asistanlar bir ağızdan ve bu bilgiyi kesinlemek için K.'yı işaret ettiler. Frieda güldü, bu gülüşü sözlerinden daha etkiliydi; yeri sildiği bezi kovanın içinde sıkmaya başladı; kendisi durumu açıklamıştı, adamların sözleriyse şaka gibiydi. «Asistanlarımız çocuk gibidirler,» diye ekledi. «Yaşları sizi yanıltmasın; yerleri şu okul sıralaradır onların. Çünkü akşamüstü kapıyı baltayla ben kırdım; hiç zorlanmadım. Zaten ikisinin de ayakbağı olmaktan başka bir işe yaradıkları yok. Fakat geceleyin nişanlım gelince, kapının durumuna bakıp, onarılacak gibiyse onarmak için çıkınca, bunlar da ardından gitti; galiba burada tek başlarına kalmaya korkuyorlardı. Böylece nişanlımı kapıyı onarırken gördüler, bu nedenle öyle konuşuyorlar. Ne yaparsınız, çocuklar işte.» Frieda bunları söylerken, asistanlar, kaş göz oynatıp, Fridea'yı kendilerine dair bu sözlerinden vazgeçirmeye çalıştılar ama bir sonuca varamadılar. Frieda'nın açıklamasını emir bilip, öğretmenin yeni bir sorusunu yanıtlamaktan kaçındılar. Asistanlara: «Vay canına!» dedi öğretmen. «Yalan söylediniz ha? Okul hademesini suçlama cüretinde bulundunuz!» Adamlar susmayı sürdürüyordu ama ürpermeleri ve korkulu bakışları kabahatlerini bildiklerini belli ediyordu. «İkinize de bir dayak atayım da ders olsun!» dedi öğretmen ve sopa alıp gelmesi için çocuklardan birini diğer sınıfa gönderdi. Sopayı yukarı kaldırdığında, Frieda: «Onlar doğruyu söyledi!» diye bağırdı; umutsuzca, elindeki bezi kovaya attı, etrafa sular sıçrattı; koşup spor gereçlerinden kuzu'nun arkasına gizlendi. «Yalancılar!» dedi öğretmen hanım; kedinin pansumanını bitirmiş, kucağına almıştı; kucağına büyük gelecek kadar iriceydi kedi.

«Bu durumda sadece odacı kalıyor,» dedi öğretmen, asistanları itti ve bunlar olurken, süpürgeye dayanmış, konuşulanlara kulak veren K.'ya döndü: «Rezilin biri olduğu için, kendi suçunun başkalarının üzerine yıkılmasına ses çıkarmayan sayın korkak odacı!» «Şey,» dedi K.; Frieda'nın araya girmesiyle, öğretmenin ilk öfkesinin geçtiğinin ayrımındaydı. «Onları iyice döverseniz, hiç üzülmem. Kaç kez iyi bir dayağı hak edip bağışlandılar; bir kez de haksız yere dövülüp ödesinler karşılığını. Fakat sizinle aramızda bir tartışma çıkmasa sevinirim; dahası, bu, sizin de istediğiniz bir şey olurdu. Ama değil mi ki, Frieda onları düşünüp beni harcadı...» Bir an sustu K.; Frieda'nın hıçkırıkları duyuluyordu battaniye altından. «Artık bu meselenin bir çözüme bağlanması gerekiyor.» «Olmayacak şey!» dedi öğretmen hanım. «Ben de aynı fikirdeyim, Bayan Gisa,» dedi Bay öğretmen. «Size gelince sayın odacı, bu bağışlanmaz suçunuzdan dolayı, işinize hemen son veriyorum; sonra alacağınız cezayı da düşüneceğim. Şimdi döküntülerinizi toplayıp gidin buradan! Gittiğinizde rahat bir soluk alacağız ve ders de başlayacak. Elinizi çabuk tutun!» «Buradan bir yere ayrılmam,» dedi K.

«Benim amirimsiniz, fakat bu görevi bana siz değil, Sayın Muhtar verdi. Sadece o bana bu işi bıraktırabilir. Sayın Muhtar da, bu işi bana, adamlarımla soğuktan takırdayayım diye değil, değindiğiniz gibi, benim çaresizliğe düşüp aptalca bazı şeylere kalkışmamı önlemek için verdi. Beni şimdi öylece işten atmak, Sayın Muhtarın amacına terstir; o kendisi söylemedikçe, bu düşüncemde üstelerim. Hem buna rıza göstermeyişim belki sizin için de iyi olacaktır.» «Rıza göstermiyorsunuz ha?» dedi öğretmen. K., hayır dercesine baş salladı. «Bir daha düşünün!» dedi öğretmen. «Kimileyin doğru kararlar veremiyorsunuz; dün öğleden sonra neler olduğunu anımsayın; sorgulanmaya da yanaşmamıştınız.» «Bunu neden söylediniz şimdi?» diye sordu K. «Hoşuma gittiği için!» dedi öğretmen. «Son kez söylüyorum; defolun!» Gelgelelim, bunun da para etmediğini gören öğretmen, kürsüye gidip öğretmen hanımla konuşmaya başladı. Öğretmen hanım, polis molis diyecek oldu fakat öğretmen bunu onaylamadı; nihayet bir karara vardılar: Öğretmen kendi sınıfına gitmelerini söyledi çocuklara, kendi sınıfındaki çocuklarla ders yapacaklardı. Çocuklar buna çok sevindi; gülmeler ve bağırmalar eşliğinde derslik hemen boşaltıldı; en son öğretmen ve Bayan Gisa çıktılar. Yoklama defteri Bayan Gisa'nın elindeydi; defterin üstüne, olup biten her şeyin uzağındaki besili kedi kurulmuştu. Öğretmen beye kalsa, kediyi seve seve burada bırakacaktı fakat bunu anıştıracak olduğunda, zalimce reddedilmişti. K. böylece olup bitenler yetmez gibi, bir de kediyi musallat etmişti öğretmenin başına. Öğretmenin kapıda durup K.'ya bakışında buna dair bir şeyler vardı. «Bayan Gisa, öğrencilerle beraber mecburen ayrılıyor buradan; çünkü inat edip, kovulmanıza aldırmıyorsunuz; hem hiç kimse Bayan Gisa'dan, bunca genç bir kızdan sizin o berbat aile hayatınızın ortasında ders vermesini isteyemez. Burada yalnız kalıyorsunuz; sizi görecek ahlaklı insanların nefretlerinden uzak, gönlünüzce pinekleyebilirsiniz artık. Fakat unutmayın, uzun sürmeyecek bu!» Kapıyı sertçe kapattı Bay Öğretmen.

XII

ASİSTANLAR

«Siz de dışarı!» dedi K., adamlarına. Asistanlar bu zamansız buyrukla şaşırıp, istenene uydular ama K. arkalarından kapıyı kilitlemeye davrandığında, tekrar içeri girmeye uğraşıp, ağlayıp sızlayarak kapıyı çalmaya başladılar. «Sizi işten attım!» diye bağırdı K. «Yanımda bir daha asla çalışmayacaksınız.» Bunu sindiremeyen adamları kapıyı tekmelemeye giriştiler bu kez. Suda boğuluyorlar da, K. da bir kara parçasıymış gibi, bağırıyorlardı: «Seninle olmak istiyoruz, efendim!» Bu sözler K.'yı yumuşatmıyor, öğretmenin bu gürültülere katlanamayıp, işe karışmasını sabırsızca bekliyordu. Beklediği de oldu. «İzin verin de, girsin adamlarınız içeri!» diye bağırdı öğretmen. «Onları işten attım!» diye bağırarak yanıt verdi K.; sadece işten atmak değil, bunun nasıl kararlıca uygulanabileceğini de göstermek ister gibiydi bu yanıtı verirken. Öğretmen gönül alıcı sözler söyleyerek adamları yatıştırmaya çabaladı: Oldukları yerde uslu uslu beklemeliydiler, K. ne de olsa, çaresiz kalıp onların içeri girmesine izin verecekti. Bu sözleri söyleyen öğretmen çıkıp gitti. K. adamlarına bir daha seslenip, onları işten attığını, umuda kapılmamalarını istemese, ortalık durulacaktı. Fakat K.'nın bu sözleriyle, gürültü yapmaya tekrar başladı adamları. Öğretmen, bir daha geldi fakat bu defa asistanlar hakkında pazarlık yapmayıp, o korkunç sopasıyla her ikisini de önüne katıp okuldan dışarı çıkardı.

Kısa süre sonra, asistanlar spor salonunun pencerelerinin önüne gelip, camları tıklatmaya, içeriye bağırmaya başladılar; bu kez ne söyledikleri anlaşılmıyordu. Fakat orada uzun zaman kalmadılar; yerdeki kar, atlayıp sıçramalarını engelliyordu. Okul bahçesinin parmaklığına gittiler, parmaklığın üstüne sıçradılar; buradan sınıfın içi daha iyi görünüyordu. Parmaklığa tutunup koşturuyor, arada bir yalvaran bir tavırla ellerini K.ya uzatıyorlardı. Bunun da işe yaramadığına aldırmayıp epeyce sürdürdüler bu işi; büyülenmiş gibiydiler. Onların bu halini görmeye katlanamayan K.'nın perdeleri çekmesinden sonra da orada koşturup durmaya devam ettiler.

Loş odada Frieda'ya bakmak için paralel'e yürüdü K. Onun gözlerini üzerinde hisseden Frieda doğrulup, saçlarını düzeltti, yüzünü silip, sessizce kahve pişirmeye başladı. Olanı biteni biliyordu Frieda. K. yine de adamları işten attığını söyledi. Beriki başını salladı sadece. Bir sıraya oturan K. onun her yaptığını izliyordu. Frieda'nın gösterişsiz bedenini her daim süsleyen zindelik ve kararlılık silinip gitmişti. K. ile birkaç gün kalmak böyle bir şey olmasına yetmişti. İçkievindeki işi de rahat değildi Frieda'nın fakat herhalde ona daha uygun bir işti. Bunca çökmesinin nedeni Klamm'dan ayrı kalması olabilir miydi? Klamm'a yakın olmak onu hayli cazibeli yapmış, bu cazibeyle de K.'yı kendine çekmişti; ama şimdi K.'nın yanı başında sessizce soluyordu.

«Frieda!» diye seslendi K. Beriki elindeki kahve öğütücüsünü hemen bırakıp, gelip K.'nın yanına oturdu. «Bana gücendin mi?» diye sordu K.'ya. «Hayır!» dedi K. «Elinden başka ne gelirdi ki! Ağalar Palas'taki hayatından memnundun, keşke seni orada bıraksaydım.» Acılı bakışlarla önüne bakan Frieda: «Keşke,» dedi. «Beni öylece bırakmalıydın. Sana layık biri değilim. Benden kurtulsaydın istediğin her şeye kavuşabilirdin. Ben varım diye bu acımasız öğretmene boyun eğiyor, bu berbat odacılık işini yükleniyor, Klamm'la konuşacağım diye bunca çile çekiyorsun. Bunların hepsini benim için yapıyorsun ama ben ne kadar nankörce davranıyorum. K. acısını almak istercesine ona sarılıp: «O kadar da değil,» dedi. «Beni sandığın kadar üzen şeyler değil bunlar. Hem Klamm'a sadece senin için gitmek istediğim yok ki. Sen de benim için zorluklara katlandın. Sensiz doğru yolu bulamazdım ben. Bana kimseler kapısını açmıyor, kime yanaşsam hemen başından atıyordu. Yanlarında birazcık soluk alabileceğim insanlarsa öyle insanlardı ki, hemen yanlarından uzaklaşmak istiyordum; sözgelimi Barnabaslar.» «Sen onlardan kaçtın, değil mi, sevgilim?» diyerek heyecanlı bir sesle araya girdi Frieda ve K.'nın usançla onaylaması üzerine eski haline döndü. K. da, ona bağlanmasından dolayı her şeyin nasıl da iyi bir yola girdiğini söyleyecek gücü bulamadı kendinde. Kolunu Frieda'nın bedeninden usulca çözdü, bir süre sessizce durdu. Frieda nihayet K.'nın kolu kendisini ısıtmış da, bunsuz yapamazmış gibi: «Bu hayata daha fazla dayanamayacağım,» dedi. «Beni yitirmek istemiyorsan, kaçıp gidelim buralardan; Fransa'nın güneyi mi olur, İspanya mı? İstediğin yere gidelim.» «Hayır!» dedi K. «Buralara kalmak için geldim ve öyle de yapacağım.» Açıklama gereği duymadığı bir çelişkiyle, kendi kendine söylenir gibi: «Kalma isteğinden başka ne getirebilirdi ki beni buralara?» deyip sürdürdü: «Fikrimce, sen de buralarda kalmak istiyorsun; ne de olsa doğup büyüdüğün yer; ama Klamm'ı da arıyorsun ve bu seni umutsuzlaştırıyor.» «Klamm'ı arıyorum, ha?» dedi beriki. «Burada ondan çok ne var ki? İstemediğin kadar Klamm; asıl ondan kurtulmak için çekip gitmek istiyorum buralardan. Onu değil seni arıyorum ve bu nedenle çekip gitmek istiyorum. Beni paylaşamıyorlar diye; ben de sana doyamıyorum diye. Keşke bu güzellik maskesi çekilip atılsa, bedenim yoksul ve gösterişsiz kalsa da, seninle rahat rahat yaşasam!» Bu sözlerden birini duyan K.: «Klamm'ın seninle hâlâ ilişkisi var mı?» diye sordu. «Seni çağırtıyor mu?» «Ondan haberim yok,» dedi Frieda. «Şimdi başkalarından söz ediyorum; asistanlardan.» «Asistanlardan mı?» Bunu hiç ummayan K.: «Seni rahat bırakmıyorlar mı?» «Sen de farkında değil misin?» diye sordu Frieda. «Değilim,» dedi K., bazı detayları hatırlamak istedi ama başaramadı. «Yılışık, kösnül adamlar fakat sana sokulmak istediklerinin hiç ayrımında olmadım.» «Olmadın ha?» dedi Frieda. «Ağalar Palas'taki odamızdan onları bir türlü kapı dışarı edemediğimizi, bizi nasıl da kıskanç bakışlarla izlediklerini, sonra da, birinin yatağa, yanıma uzandığını, seni buralardan kovdurmak, defterini dürüp benimle baş başa kalmak için şimdi sana nasıl cephe aldıklarını fark etmedin mi?» Yanıtsız kalan K., ona baktı. Adamlar hakkındaki bu suçlamalar doğruydu fakat o çocuksuz, komik, ahmak yapıları dikkate alındığında, yaptıkları masumca bulunabilirdi. Hem, adamların her yere K. ile gitmek istemeleri, Frieda'nın yanında kalmamamak için çırpınmaları da bu sözlerde bir haksızlık olduğunu göstermiyor muydu? Bundan söz etmeye kalkan K.: «Riyakârlıktan!» yanıtını aldı. «Sen fark etmedin mi? Eğer öyleyse, onları neden kovdun peki?» diyen Frieda, pencereye yürüdü, perdeyi aralayıp baktı, K.'yı yanına çağırdı. Hâlâ dışarıdaydı asistanlar; epeyce yorulmalarına karşın, kimi zaman olanca güçlerini topluyor, yalvaran ifadelerle kollarını uzatıyorlardı. Biri, parmaklığa sürekli tutunmaktan kurtulmak için paltosunu demir çubuklardan birine bağlamıştı.

«Biçareler!» dedi Frieda.

«Onları niye mi kovdum?» dedi K. «Sadece senin için.» «Benim için mi?» diye sordu Frieda, dışarıyı izlemeyi sürdürürken. «Senin onlara o sevimli davranışların yok mu!» dedi K. «Onların yüzsüzlüklerini bağışlaman, saçlarını okşaman, sürekli acıman! Şimdi bile biçareler deyip durmaktasın. Bir de demin olanları düşün; onları dövülmekten kurtarmak için, beni bile gözden çıkarmıştın!» «İşte!» dedi Frieda. «Anlatmaya çalıştığım buydu; beni mutsuz eden ve senden uzak tutan da bu. Ama bildiğim tek mutluluk seninle olmak sadece. Bir yandan da aklımdan sürekli, dünyada sevgimizi yaşayacağımız bir yer yok, düşüncesi geçer. Aklımda bir mezar canlandırırım; derince bir mezar; içinde birbirimize kenetleniriz ve bizi kimsecikler görmez. Fakat burada –şu adamlara bak–! Ellerini öyle birleştirmeleri senin için değil, benim için.» «Ama onlara bakan sensin, ben değil!» «Tabii ki benim!» dedi Frieda, gücenik gibi. «Ben neden söz ediyorum ki bunca zamandır! Yoksa ne diye şu adamlar peşime düşsün! Klamm'ın aracıları bile olsalar, bunu niye yapsınlar ki!» «Klamm'ın aracıları mı?» dedi K. doğal gibi görünen bu sözlerle afallamıştı. «Aracıları elbette!» dedi Frieda. «Böyle bile olsa, yine de çocuk gibiler, hale yola koyulmaları için bir araba sopa yemeleri gerek. Ne suratsızlar ama! Hele de yetişkin, üniversite öğrencisi yüzleriyle çocuksulukları arasındaki karşıtlıkları ne de kusturucu! Farkında olmadığımı mı sanıyorsun? Olmasam utanır mıydım? Sorunun en önemli yanı da bu: Onlardan iğrenmiyor, utanıyorum. Onlara bakmadan edemiyorum. Biri onlara kızdığında, yüzlerine gülmeden duramıyor, dövüldüklerinde saçlarını okşuyorum. Geceleri, yanında yatarken uyuyamıyor, başımı çevirip onlara bakıyorum: Battaniyeye sıkıca sarılmış uyuyor biri; diğeri, açık kapağının önünde diz çöktüğü sobayı besliyor; onları izlemek için mecburen öne doğru uzanıyor, seni uyandıracak gibi oluyorum. Kedinin filan da beni korkuttuğu yok (kedileri bilirim; içkievinde sürekli bölünen uykularım aklımda), korktuğum şey kedi değil, ben kendiliğinden korkuyorum. Canavar bir kediye ihtiyaç yok bunun için; en küçük ses uyandırıyor beni. Bir yandan da, sen uyanacaksın ve beni koruyacaksın diye beklerken, kalkıp mum yakıyorum.» «Bunlardan haberim yoktu,» dedi K. «Belli belirsiz hisseder gibi olmuştum; bu nedenle kovdum asistanları; artık çekip gittiler; belki her şey yoluna girer.» «Belki; neyse ki gittiler,» dedi Frieda; sesi neşeli değil, kederli gibiydi. «Fakat neyin nesi olduklarını bilmiyoruz. Klamm'ın aracıları; ben içimden böyle niteliyorum onları; şaka niyetine, belli mi olur, belki de öyledirler. O bön ve alevli gözleri her nedense Klamm'ın gözlerini anımsatıyor bana. Bazen onlara baktığımda, Klamm'a bakmış gibi oluyorum. Bundan dolayı, adamlar beni utandırıyor derken, söylediğim gerçek değildi; öyle olmasını istedim. Başkaları öyle davrandığında kişide aptalca ve uygunsuz bir etki bırakır; ama onların böyle bir etki bıraktığı yok; ahmaklıklarını saygıyla izliyorum onların. Fakat eğer Klamm'ın aracılarıysalar, bizi ellerinden kim kurtarır; ellerinden kurtulmak tercih edilecek bir şey midir ki? Bu nedenle onları hemen içeri çağırman ve geldiklerinde kendini hoşnut hissetmen gerekmez mi?» «Onları içeri almamı mı istiyorsun?» dedi K. «Hayır, hayır,» dedi Frieda. «Tanrı esirgesin! İçeri geldiklerinde yaşayacakları sevinç ifadesini görmeye katlanamam. Bir yandan da, onlara kötü davranmakla, Klamm'a giden yolu kullanılamaz hale getirmekten seni nasıl korusam diyorum. Bu durumda, onları içeri almanı istiyorum demektir. Sen hemen içeri al onları! Beni düşünme. Olabildiğince korurum kendimi.» «Onlar hakkındaki fikirlerimi olgunlaştırmaya yarıyor sözlerin sadece,» dedi K. «Onları tekrar içeri almak mı? Tanrı korusun! Onları kovmam, gerektiğinde söz geçirebildiğimi, Klamm'la ilgileri olmadığını gösterir. Daha dün akşam bir mektup geldi Klamm'dan; anladığım kadarıyla, onun bu adamlar hakkındaki bilgileri tepeden tırnağa yanlış. Bundan da şunu çıkarmak gerekiyor: Adamlar Klamm'ın zerrece umurunda değil; öyle olmasaydı, Klamm'ın bilgileri daha doğru olabilirdi. Onlara baktığında, Klamm'ı görmene gelince: Neye yarar ki bu? Anlaşılan, hâlâ otelcinin karısının etkisindesin, baktığın her yerde Klamm'ı görüyorsun. Hâlâ Klamm'ın sevgilisisin; aradan geçen zamana rağmen, benim karım değilsin. Kimileyin epeyce üzüyor beni bu; her şeyimi yitirmiş gibi hissediyorum ve köye yeni gelmişim gibi bir duygu beliriyor içimde; büyük düş kırıklığına uğrayacağımı sezinleyen bir duygu.» Frieda'nın bu sözlerle yığılır gibi olduğunu görüp: «Ama bir an geliyor, bu, benim gözümdeki değerini de belirliyor. Tutup, asistanlarla benim aramda seçim yap desen, asistanlar yitirir. Bir yandan da ne düşünce ama! Aranızda seçim yapmak! Ne olursa olsun, onlardan kurtulmak istiyorum. Hem ne dersin, şu andaki güçsüzlüğümüz belki de kahvaltı etmediğimiz içindir.» «Olabilir,» dedi Frieda gülümser; tekrar işine döndü. K. da süpürgeyi kavradı.

XIII

HANS

Kapı usulca çalındı. K., elindeki süpürgeyi bırakıp: «Barnabas!» diye seslendi ve hemen kapıya yürüdü. Bu isim, dünyada kendisini en fazla korkutan isimmiş gibi baktı K.'ya Frieda. Elleri titreyen K. kapıyı ilk anda açamadı. Kapıyı çalanın kim olduğunu soracağına, «Hemen açıyorum,» deyip duruyordu. Nihayet açmayı başardığı kapıdan Barnabas değil, kendisiyle daha önce konuşmak isteyen öğrenci girdi. Onu anımsamak istemeyen K.: «Neden buraya geldin?» diye sordu. «Ders yandaki sınıfta değil mi!» «Oradan geliyorum,» dedi beriki; büyük kahverengi gözleriyle dosdoğru K.'ya bakıyordu; kollarını bedenine yapıştırmış, dimdik bekliyordu. «Ne istediğini söyle hemen!» dedi K., öne doğru azıcık eğildi; çocuk yarım sesle konuşuyordu. «Yardımcı olabilir miyim?» diye sordu beriki. «Bize yardım edecekmiş,» dedi Frieda'ya, çocuğa dönüp: «İsmini söyler misin?» «Hans Brunswick,» dedi çocuk. «Dördüncü sınıftayım. Madeleine Sokağı'ndaki kunduracı Otto Brunswick babam olur.» «Vay canına! İsmin Brunswick ha?» dedi K.; çocuğa daha güler yüzlü davranıyordu artık. Mesele sonra anlaşıldı: Kedisinin patileriyle Bayan Gisa'nın K.'nın eline bastırdığı kanlı tırmıklara çok öfkelenen Hans, ceza almayı da umursamayıp, sınıftan kaçarak, K.'ya yardım etmeye gelmişti. Halinde tavrında, çocukların imgelemlerinde yaşattığı şeylerin baskısı altında olduğunu belli eden bir ağırbaşlılık vardı. Önceleri birazcık ürkekti ama, kısa sürede K. ile Frieda'ya ısındı, eline sıcak ve lezzetli bir fincan kahve tutuşturulduğunda, canlandı; üsteleyerek bir şeyler sormaya başladı; hemencecik öğrenmek istediği bir şeyler varmış gibi, ikisine dair bir karara varmak niyetini duyuruyordu. Tepeden bir bakış da vardı halinde; ama bu yarı çocuk, yarı büyüklenen havası, insanı onun sorularını yanıtlamaktan keyif alır hale getiriyordu; ikisinin de ilgisi çocuğa yönelmiş, işlerine ara vermişlerdi; kahvaltıları daha da gecikiyordu. Çocuğun öyle bir tavrı vardı ki, K. ile Frieda'ya ders verir gibiydi. Dudaklarının uysal ifadesi ve gülümsemesi, «Bütün bunların bir oyun olduğunun ayrımındayım» der gibiydi. Fakat bir yandan da alabildiğine vakur bir tavırla kendini bu işe vermişti sanki. Aradan hayli zaman geçtikten sonra, K.'yı daha önceden, Lasemann'ın evine geldiği günden beri tanıdığını söyledi: K. bunu duyduğuna çok sevindi. «Sen oradaki kadının ayakları önünde oynuyordun, değil mi?» diye sordu. «Evet,» dedi çocuk. «O kadın annemdi,» deyip annesinden söz etmeye başladı; ama bunun için hayli ısrar etmeleri gerekti. Yine de küçük bir çocuktu o. Ama zaman zaman, geleceği sezen (belki de bir duyu aldanışı) zeki biri konuşuyor gibi geliyordu; hemen sonraysa, kimi soruları hiç anlamayan, bazılarını yanlış yorumlayan, buna sık sık dikkati çekilse de, çocuksu bir kayıtsızlıkla ve alabildiğine kısık sesle konuşan, önemli sorularla karşılaştığında, meydan okurcasına susan, çözemeyeceğini bilen ama bu durum karşısında bozulmayan bir okul çocuğuna dönüşüyordu. Sanki soru sormaya onun hakkı varmış da, başkaları bir şey sorduğunda bir yasağı dinlemeyeceklermiş, bu vakit kaybıymış gibi davranıyordu. Böyle yaptığı zamanlarda, bedeni dimdik, alt dudağını ileri uzatıp, sessizce durabiliyordu. Onun bu görünümünden çok hoşlanan Frieda, sık sık çocuğun susacağını bildiği sorular soruyordu. Bazı bazı yanıt aldığı da oluyordu fakat K. bundan hoşlanmıyordu. Çok az şey öğrenebilmişti çocuktan: Annesi sayrıydı ve ne tür bir sayrılık olduğu belli değildi; Bayan Brunswick'in kucağındaki çocuk kendisinin küçüğü olan bir kızdı ve ismi Frieda'ydı (kendisini sorgulayan kadının da isminin Frieda olduğunu duyunca, yüzünü buruşturdu çocuk), köyde yaşıyorlardı, fakat Lasemann'ın evinde değil. Oraya çamaşır yıkamak için gitmişlerdi, çünkü Lasemannların teknesi büyüktü; küçükler bu teknede yıkanmaya ve oynamaya bayılıyorlardı, Hans değil. Babasından da saygılı veya ürkek bir ifadeyle söz ediyordu; fakat annesinden söz ettiğinde bu durum değişiyordu; annesiyle kıyaslanınca babasını fazla değerli bulmadığı anlaşılıyordu; bununla birlikte, ailevi hayatlarına dair bütün soruları yanıtsız bırakmanın bir çaresini buluyordu. Babasının ne iş yaptığına ilişkin öğrenebildiği sadece şuydu: Yörenin en usta kunduracısıydı. Başka sorular sorulduysa da, bundan fazlası öğrenilemedi; dahası, babası, diğer kunduracılara, mesela, Barnabas'ın babasına bile iş veriyordu; bu eşsiz bir iyilikti, en azından Hans'ın göğsünü kabartıyordu; bu, Frieda'nın gelip çocuğun yanağına bir öpücük kondurmasıyla sonuçlandı. Şatoda bulunup bulunmadığı sorusuna, üsteleyerek sorulduktan sonra, «Hayır,» diye yanıt verdi. Aynı şey annesi için de sorulduğunda, yanıt vermedi. Nihayet bıktı bundan K. Bu sorgulamayı kendisi de faydasız buluyor, çocuğu anlayışla karşılıyordu. Üstelik, böyle dolaylı yollarla günahsız bir çocuğu soru yağmuruna tutup, aile sırlarını açıklamaya zorlamak yüz kızartıcıydı; hele de bunca uğraşıp hiçbir bilgi alınamaması daha da utanç vericiydi. Sonunda çocuğa, kendisine nasıl yardım edeceğini sordu K. Ondan, Bay ve Bayan Öğretmenin gelecek günlerde K.'yı eleştirmemesi için, buradaki işlerde onlara yardım etmek istediğini söylediğinde, hiç şaşırmadı K. Çocuğa böyle yardıma ihtiyacı olmadığını söyledi; kavgalaşmak öğretmenin huyuydu herhalde; insan işini ne denli iyi yaparsa yapsın, onun eleştirilerinden kurtulamazdı; iş o kadar da zor değildi; sadece hesapta olmayan bazı şeyler yüzünden biraz gecikmişti bugün, olancası bu. Bu tartışmaların etkisi K.'da, bir öğrencideki gibi belirmiyordu; o bu etkiyi kendinden uzaklaştırabilirdi; kaldı ki, yakında öğretmenden tam olarak kurtulacaktı; bu durumda, salt öğretmene karşı bir yardım söz konusu olduğuna göre, K. teşekkür ediyordu, Hans sınıfına dönebilirdi. İnşallah ceza filan almazdı. K. öğretmene karşı yardımına ihtiyaç duymadığını anıştırmış, farklı bir yardıma değinmemişti; Hans bunu sezip, başka bir konuda yardımı dokunup dokunmayacağını sordu; yardıma hazırdı; kendisinin gücü yetmezse annesinden yardım isteyebilirdi. Babasının bir derdi olduğunda, annesinden yardım istermiş; üstelik, annesi K.'yı sormuş bir kez. Annesi evden pek çıkmazmış; Lasemannlarda bulunması özel bir şeymiş, Hans oraya oynamak için sık sık gidermiş. Annesi K.'yı merak ettiği için, ona haber götürebilirmiş; çünkü annesi onunla konuşmak istediğini ima ediyormuş... Çocuğun sözleri üzerine, biraz düşünen K., herhangi bir yardıma ihtiyacı olmadığını söyledi; ama çocuğun yardım etme isteğine sevindiğini belirtti. Belki kendisinin ona bir yardımı dokunabilirdi; annesinin sayrılığını buralarda anlayanın çıkmamasına üzülmüştü; böylesi durumlarda sayrılık giderek ağırlaşabilirdi. Kendisinin de tıp ilmine dair birazcık bilgisi vardı. Doktorların deva bulamadığı pek çok sayrılığı iyileştirmişti. K. özetle, annesini ziyarete gelmekten sevinç duyacaktı; belki de işe yarar bir şeyler söyleyebilirdi; Hans'ın hatırına bunu seve seve yapmak isterdi. Bunu duyan Hans'ın gözleri parladı; bunu fark eden K. da üsteledi; ama sonuç tatmin edici değildi; çünkü çocuk gelen sorular üzerine, annesinin özenle kollanması gerektiğini (kederli bir yüzle söylemiyordu bunları), bu nedenle de yabancı birinin annesini ziyarete gelemeyeceğini söyledi; K., Lasemannlarda annesiyle pek konuşmamışken, annesi yine de yatağından birkaç gün çıkamamış, bu sayrılığı da nüksediyormuş. Babası K.'ya bundan dolayı epeyce içerlemiş ve bu nedenle ziyaret mümkün değilmiş. Hatta babası gelip K.'yı cezalandıracakmış da, annesi engel olmuş. Zaten annesi kural olarak kimseyle konuşmuyormuş; K. da istisna değilmiş. Annesinin niyeti sadece K.'dan haber almakmış, niyeti konuşmak olsaymış, söylermiş. Annesinin sayrılığı bilinen sayrılıklardan değilmiş; annesi nedenini biliyormuş ve sayrılığının buranın havasından olduğunu söylüyormuş; hem evini de bırakıp gidemiyor, çocuklarını düşünüyormuş; zaten durumu da daha iyiceymiş. K. aşağı yukarı bunları öğrenebildi. Hans, annesini, güya kendisine karşı kollamak istediğinden, düşünme gücünü çoğaltmış, K.'yı annesinden uzak tutmak istediği için, sözgelimi, sayrılığı ve kendisini görmek istediği konusunda çelişkili sözler etmişti. Yine de, çocuğun kendisine dostluk beslediğinin farkındaydı K.; ama iş gelip de annesine dayandığında, her şeyi unutuyor, annesinin karşısına çıkan kim olursa olsun, yitiriyordu; şu anda yitiren K. idi fakat bu, Hans'ın babası da olabilirdi. Bunu kavramaya çalışan K., annesini her türlü rahatsızlıktan korumak istemesinin zekice olduğunu söyledi; K. böylesi bir şeyi sadece sezmiş bile olsaydı, kuşkusuz annesiyle Lasemannlarda konuşmaya kalkmazdı. Hans'tan, eve gidince, kendisi adına annesinden özür dilemesini istedi. Bununla birlikte, çocuğun anlattıklarına bakılırsa, annesinin sayrılık nedeni belliydi; babası neden onu alıp, havası daha farklı bir yere götürmüyordu? Çünkü annesi sadece çocukları var diye bir yere gidemiyordu; fakat çocukları da yanlarında götürebilirlerdi; çünkü kısa süreli bir gidiş olacaktı bu; zaten o kadar uzağa gitmeleri de gerekmiyordu; hemen yukarıda, şato tepesinde köydekinden epeyce farklı bir hava vardı ve bu taşınmanın getireceği harcamalardan da korkmamalıydı babası; değil mi ki, buraların en iyi kunduracısıydı. Kaldı ki, ana-babasının kimi tanıdıkları da bulunabilirdi şatoda ve onlar kapılarını seve seve açabilirlerdi onlara. Acaba babası neden annesinin gitmesine izin vermiyordu? Babası, annenin rahatsızlığını ciddiye almalıydı; K. şöyle bir görmüştü annesini; yine de yüzünün solgunluğunu fark edip konuşmadan edememişti. O gün bile, babasının hangi akla uyup, sayrılı kadıncağızı, herkesin banyo yaptığı odanın kötü kokulu havasında kalmasına izin verdiğine ve bağırarak konuştuğuna hayret etmişti. Olup bitenin farkında değil miydi babası? Annesi belki son günlerde biraz toparlanmıştı ama böylesi sayrılıkların nasıl bir seyir izleyeceği bilinmezdi; tedavi edilmedi mi, daha da ağırlaşarak tekrarlardı ve artık bir şey yapılamazdı. K., anneyle konuşmadığına göre, en azından babasıyla görüşüp bunları söylese iyi olmaz mıydı?

Çocuk anlatılanları merakla dinleyip birazını anlamış, anlamadığı kısmındaysa kimi risklerin varolduğunu hissetmişti. Yine de K.'nın babasıyla da görüşemeyeceğini söyledi; babanın K.'ya karşı tutumu soğuktu ve o da öğretmen gibi davranabilirdi. Bu sözleri, K.'dan bahsederken gülümser ve utangaç, babasından bahsederken öfkesini dizginleyip kederle söylemişti. Fakat yine de K.'nın annesiyle belki görüşebileceğini, ama babanın bundan haberi olmaması gerektiğine değinmişti. Ardından, bakışlarını bir noktaya sabitleyip, yakalanmadan yasak bir şey yapmayı düşünen bir kadın ifadesiyle bir süre durup, yarın değil öbür gün bunun yapılabileceğini söyledi: Babası o akşam Ağalar Palas'a gidecekmiş; orada birileriyle konuşması gerekiyormuş; babası gittiğinde, gelip K.'yı annesine götürecekmiş ama annesinin de istemesi koşuluyla; bu da pek olası değilmiş, çünkü babasının istemediği şeyleri annesi artık yapmıyormuş; en aptalca konularda bile, babasının dediğinden çıkmıyormuş. Sahiden de Hans babasına karşı K.'dan medet ummaya başlamıştı; K.'ya yardım etmek istediğini sanıp yanılmış, çevrelerinde kimse yardım etmediği için, annesinin bir ara adını ettiği bir yabancı olan K.'dan yardım istemeye karar vermişti. Yine de bir ağzısıkılık, sinsilik vardı bu çocukta; kendisinin ayrımında olmadığı bir şey. Şu ana değin söylediklerinden iyi anlaşılmamıştı bu; sadece belli belirsiz sezinlenmişti. Şimdiyse bu işin zorluklarını K. ile tartışmaya başlamıştı; zorluklar yenilecek türde görünmüyordu. Dalgınlaşmış, ama yardım aranan bakışlarını K.'ya çevirmişti. Babası evde olduğu sürece annesine bir şey söyleyemeyecekti; aksi takdirde babası meseleyi öğrenir, planları bozulurdu; bu nedenle bu işi daha sonra yapması gerekiyordu; tabii bu durumda da annesine durumu yavaş yavaş açıklayıp onayını alması gerekecekti. Bunlar olup bittikten sonra gelip K.'yı alabilirdi. Peki o zaman da geç kalınmaz, babasının eve dönme tehlikesiyle karşılaşılmaz mıydı? Hayır, hayır, başarılacak gibi değildi. K. başarılabileceğini kanıtlamaya çalıştı: Zaman az gelir diye korkmamalıydı; kısacık bir konuşma yeterdi; ayrıca, gelip kendisini alması da gerekmezdi, Ev çevresinde bir yerlere saklanıp bekleyebilirdi K., Hans işaret verir vermez de ortaya çıkardı. «Olmaz,» dedi Hans (aklına annesi gelince yine gücenikleşmişti), annesinin iznini almadan bunu yapamazdı; sadece annesi isterse olurdu bu. Peki, dedi K. fakat bu kez de bir tehlike olmayacak mıydı? O zaman da babası evde onları basabilirdi; bu olmasa bile, annesi bunun olacağından korkabilir, yine başarısızlığa uğrarlardı. Hans yine karşı çıkınca, tartışmaları uzayıp durdu.

K., sırada oturan Hans'ı kürsünün yanına çekip, dizleri arasına alarak, okşayıp seviyordu. Bu yakınlık çocuğun kimileyin karşı çıkmasına karşın uzlaşma umudu verir gibiydi. Nihayet kararbirliği ettiler: Hans, annesine gerçeği anlatacak, fakat annesinin bunu benimsemesine yardımcı olmak için K.'nın Brunswick'le konuşmak istediğini, fakat bunu annesi için değil de, kendi işleri nedeniyle yapacağını belirtecekti. Bu isabetli bir fikirdi ve K.'nın aklına gelmişti: Brunswick tehlikeli ve kötü biri olarak tanınsa da, K.'ya düşman olduğu söylenemezdi; o bir vakitler, köye bir yeryazımcı gelmesi için muhtara başvurmuştu. K.'nın köye gelmiş olmasından hoşnut kalması gerekiyordu. Fakat o zaman da K.'yı ilk karşılayışındaki katı tutumu niyeydi? Belki de bunun nedeni, K.'nın yardım istemek için ona gitmemesiydi; ya da başka bir yanlış anlama vardı ve bu da çözülebilirdi. Bu da yapıldığında, Brunswick'in yardımıyla K., öğretmene ve muhtara karşı bir destek bulabilir; ikisinin onu şatodan uzak tutup, bir odacılık görevine hapsetmelerine izin vermez, bütün yalan dolanları açığa çıkardı. Muhtarla Brunswick arasında başka bir tartışma çıktığında, Brunswick'in K.'yı kendi safına çekmesi ve evinde misafir etmesi gerekecek, muhtara inat Brunswick'in kozları K.'nın eline verilecekti ve K. da bu meseleyi gidebildiği yere kadar götürecek, kadının yanında daha sık kalabilecekti. K. böylece hayalleriyle, hayalleri kendisiyle oynayıp duruyordu. Hans da bu arada aklı annesinde, onulmaz bir sayrılığı nasıl sağaltabileceğini düşünen bir doktorun karşısındaymış gibi K.'ya bakıyordu. K.'nın babasıyla konuşmak istemesini kabul etmişti; bunun nedeni de annesini korumaktı; zaten zor duruma düştüklerinde bu çareye başvuracaklardı. Fakat bunca geç vakitte evlerine gelecek olmasını nasıl açıklayacağını sordu K.'ya; K. bu berbat odacılık işi ve öğretmenin kaba tavırlarıyla kapıldığı çaresizlik sonucu bütün görgü kurallarını unuttuğunu söyleyecekti; Hans sıkıntılı bir yüzle de olsa, bu kadarcık bilgiyle kaldı.

Her şey alabildiğince planlanıp, başarılı olmak en azından imkânsızlıktan uzaklaşınca, düşünmenin ağırlığından kurtulan Hans iyice keyiflendi; ikisiyle de çocuksu konuşmalarını sürdürdü. Aklı başka yerdeymiş gibi sessiz duran Frieda, tekrar konuşmaya başlamıştı. Büyüdüğünde ne olmak istediğini sordu Hans'a; beriki hemen K. gibi olmak istediğini söyledi. Fakat niye olduğunu söyleyemedi. K. gibi bir odacı mı olmak istediği sorulunca, kararlı bir sesle hayır dedi. Onun deminki isteğe nasıl kapıldığı, daha sonraki sorularla belli oldu: K.'nın şu andaki hali imrenilesi değildi; bunun ayrımındaydı ve bu durumu anlamak için başkalarının düşüncelerini öğrenmesi gerekmiyordu; ona kalsa, annesini K.'nın söz ve bakışlarından korumayı çok isterdi; yine de gelip K.'dan yardım istemiş, K.'dan onay alınca da sevinmişti; eğer yanılmıyorsa, diğerlerinde de aynı duyguları uyandırmıştı K. Bu çelişki Hans'da şöylesi bir düşünceye neden olmuştu: K. şimdilik kötü durumda ve geri plandaydı ama gün gelecek herkesin önüne geçecekti; ama bu günün ne zaman olduğu bilinemezdi. Kendisini çeken işte bu gelişmeydi; bunun hatırına, K.'ya elini uzatıyor, geleceği kendi geleceğinden çok daha ilerilere yayılan küçük bir çocuk gözüyle, kendinden yaşça büyük biri gibi K.'ya tepeden bakması da, Hans'ın isteğine çocuksu bir bilgiçlik ekliyordu. Frieda'nın sorularıyla sık sık böylesi şeylerden söz edilirken, görünümünde ağırbaşlılığın sıkıntısı okunuyordu. Fakat K., onun kendisine neden imrendiğini bildiğinden dem vurup, onu yine keyiflendirdi. Masada duran ve çocuk dalgınca konuşurken sürekli oynayıp durduğu yol sopasıydı bu; K. böyle sopaları nasıl yapacağını biliyordu ve planları başarıya ulaştığında, ona kendisininkinden daha güzel bir sopa yapacaktı. Gerekçesi sadece sopa mıydı, bilinmez ama K.'nın söz vermesine çok sevinmişti. Bütün gücüyle K.'nın elini sıkan Hans: «Yarın değil, öbür gün görüşürüz,» deyip çıktı.

XIV

FRIEDA SUÇLUYOR

Hans çıkma zamanını iyi ayarlamıştı, çünkü hemen sonra öğretmen aniden kapıyı açtı ve Frieda'yı rahat, kayıtsız, masada oturur görünce, bağırıp çağırmaya başladı: «Bağışlayın, rahatsız ettim sanırım! Fakat buraları ne zaman temizlemeyi düşünüyorsunuz? Biz öbür derslikte tıklım tıkış oturalım, doğru düzgün ders yapamayalım, siz bu koca spor salonunda yan gelip yatın; bunlar yetmez gibi, asistanları da kovdunuz. Hiç değilse elinizi biraz çabuk tutun!» Sadece K.'ya dönüp: «Sen hemen gidip, Ağalar Palas'tan kahvaltımı getir!» Bu sözler bağrılarak söylenmişti fakat o kaba «sen« sözcüğü biraz yumuşak sesle söylenmişti. K. buyruğa uymaya hazırdı ama öğretmenin ne diyeceğini merak ederek: «İşime son vermiştiniz hani?» dedi. «Verilse ne olur. Senden istediğimi yap sadece.» «İşime son verilip verilmediğini bilmek istiyorum.» «Ne diye gevezelik ediyorsun o halde?» dedi öğretmen. «İşine son verilmesini kabul etmedin ya!» «Kabul etmemem yeterli mi ki?» diye sordu K. «Benim için değil,» dedi öğretmen. «Bunu kesin olarak söyleyebilirim. Fakat Sayın Muhtara nedense yetiyor. Hadi durma, yoksa bu kez sahiden işten atılırsın.» K. hoşnuttu; demek bir ara gidip muhtarla konuşmuştu belki de konuşmayıp, muhtarın tavrının ne olacağını hesaplamıştı ve bu da K.'nın iyiliğineydi. Kahvaltı alıp gelmek üzere hızla davranan K.'yı ardı sıra seslenen öğretmen durdurdu. K.'daki görev sevgisini bu emirle ölçmek ve ona nasıl davranacağını öğrenmek ister gibiydi. Belki de emretme isteğini yaşamak istemişti. K.'yı önce koşturup, sonra durdurmak da olabilirdi bunun nedeni. K., iplerini onun eline verirse, soytarıya döneceğini biliyordu, gelgelelim, şu sıra onun bu nazlarını göğüslemek zorundaydı. Anlaşıldığı kadarıyla, öğretmenin onu işten atmaya yetkisi yoktu fakat hayatını çekilmez hale getirebilirdi. Fakat şu andaki görev de K. için farklı anlamlar kazanmıştı. Hans ile konuşması onu kimi beklentilere hazırlamış, Barnabas'ı bile arka plana atmıştı. Umutlanmaktan kendini alamıyor; yemekmiş, evmiş, resmi görevlilermiş, dahası Frieda'ymış, her şeyi boşluyordu. Aslında sadece Frieda'ydı söz konusu olan, çünkü bütün bunları sadece onunla olan ilişkisi yüzünden önemsiyordu. Bu nedenle Frieda'ya biraz güven aşılayan bu işini elinde tutması, bunun için de öğretmenin, olağan koşullarda sineye çekmesi mümkün olmayan kaprislerine yanıt vermekten dolayı pişmanlık duymaması gerekiyordu. Eh, bunlar da o denli sıkıcı şeyler değildi, hayatın art arda gelen acı ve zorluklarıydı. K.'nın sağlamaya çalıştığı şeyler sıfırdı ve kendisi de buralara şan-şöhret ve rahat koşulları yüzünden gelmemişti.

Bu nedenle K., otele doğru nasıl hemen koştuysa, buyruğun değiştirilmesiyle tekrar dönüp işe girişip, önce odaya bir çekidüzen vermek ve Bayan Gisa'nın sınıfını alıp, asıl yerlerine taşınmalarını sağlamaya hazır olduğunu gösterdi. Ama bu işi çarçabuk yapması gerekiyordu; çünkü hemen sonra gidip kahvaltıyı getirecekti, öğretmen acıkmış ve susamıştı. K., her şeyin buyurduğu gibi yapılacağını belirtti; öğretmen, K.'nın yatakları hemen toplayıp, spor gereçlerini yerlerine yerleştirmesini, Frieda'nın setüstünü silerken, K.'nın ortalığı süpürmesini izledi biraz. Bu eliçabukluktan hoşnut kalmışa benziyordu öğretmen, soba için kapının yanında bir kucak odunun hazır olduğunu gösterdi K.'ya (herhalde onun odunluğa girmesini istemiyordu artık), sonra, gelip birazdan ortalığa bakacağını söyleyip, çocukların yanına döndü.

Sessizce çalıştı biraz Frieda; K.'ya neden öğretmenin her buyruğuna kuzu gibi boyun eğdiğini sordu sonra. Kaygılı bir merhamet vardı sorusunda. Fakat ilkin verdiği sözün aksine, öğretmenin buyruk ve tiranlıklarından Frieda'nın kendisini ne denli az koruduğunu düşünen K., odacılığı kabullendiği için işe uygun davranacağını söyledi sadece. Tekrar bir sessizlik başladı. K. (özellikle bu kısa konuşma Frieda'nın ne zamandır, hele de Hans ile konuşması boyunca endişeyle düşündüğünü hatırlamıştı) odunları içeri yığarken, derdinin ne olduğunu sordu Frieda'ya. Beriki, gözlerini K.'ya doğru kaldırıp, bilmem, dedi sadece; otelcinin karısını ve kadının bazı sözlerindeki gizli gerçekleri düşünüyordu; olancası bu. Fakat K. ısrar edince, biraz direndikten sonra uzunca bir yanıt verdi, fakat yaptığı işe ara vermedi. Çalışkanlığından değildi bu, çünkü işin ilerlediği söylenemezdi, sadece K.'nın yüzüne bakmamak için böyle davranıyordu. Derken, Hans ile söyleşirken, önceleri sakince konuşmalara kulak verdiğini, sonra K.'nın söylediği birkaç sözden korkup, konuşulanların anlamını iyice kavramaya çalıştığını ve K.'nın söylediklerinde, otelcinin karısından duyduğu ama doğruluğuna inanması mümkün olmayan bir uyarının hayat bulduğunu düşünmeden edemediğini söyledi. Frieda'nın böylesi genelgeçer sözler etmesi K.'yı öfkelendirmişti; dahası bu gözü yaşlı, sızlanan ses onu duygulandırmak bir yana, alabildiğine gücendirmişti: Bugüne değin başarılı olamayan otelcinin karısının, şimdi salt anılarla bile onun hayatına karışmasına içerliyordu; kucağındaki odunları yere bırakıp üstüne oturdu ve ağırbaşlı bir ifadeyle Frieda'dan olanı biteni açıklamasını istedi. «En başlarda bile, güvenimi kaybedeyim diye uğraşıp durdu o kadın,» diyerek söze başladı Frieda. «Yalan söylediğini filan söylemedi, aksine, toyca açıkyürekli davrandığımdan dem vurdu; fakat senin alışkanlıkların bizimkilerden öyle ayrımlıymış ki, sen açık konuşsan bile sana inanmazmışız biz ve iyi kalpli bir tanıdık gelip bizi kurtarmadığında, sadece acı tecrübeler pahasına öğrenirmişiz bunu. İnsanın ciğerini okuyan onun gibi bir kadının bile görüp geçirdikleri pek farklı sayılmazmış. Fakat seninle Ağalar Palas'taki son konuşmasından sonra (sadece onun sözlerini yineliyorum), senin oyunlarını anlar gibi olmuş, sen niyetini her ne kadar belli etmesen de, onu kandıramazmışsın. Fakat senin gizlin saklın yok ki; bunu da söyleyip durdu. Bir de dedi ki: Çaresini bulup onu sahiden can kulağıyla dinlemeye zorla kendini de bak! Rastgele değil, sahiden dinleyeceksin. Kendisi bundan başka bir şey yapmamış ve benimle ilgili yaklaşık olarak şunlar gelmiş kulağına: Senin bana asılmanın nedeni –bu adice kelimeydi kullandığı– ben tesadüfen senin karşına çıkıp da senin hoşuna gitmişim ve sen içkievinde çalışan bir kıza, elini uzatacak her müşterinin bir kurbanı gözüyle bakma hatasını işliyormuşsun sadece. Bir de, söylediğine göre, o zaman her nedense Ağalar Palas'ta konaklamak istemişsin, bu sadece benim yardımımla gerçekleşebilirmiş. Bunlar beni o gece senin sevgilin yapmış. Fakat böylesi gecelerin tekrarlanması için başka şeyler de gerekiyormuş; bu da Klamm imiş. O kadının sözlerine göre, senin Klamm'dan istediğinin ne olduğu belli değil; fakat şu kadarcığını söylüyor ki, sen beni tanımadan önce de, tanıdıktan sonra da, Klamm'a aynı tutkuyla ulaşmaya çalışıyormuşsun. Bir tek farkla ki: Sen önceleri bu açıdan umutsuzken, şimdi sahiden ve kısa zamanda, Klamm'a giden yolu benim yardımımla bulmuşsun. Kendin de bugün söyledin ya; beni tanımasaydın yolunu şaşıracağını; bunun beni ne kadar etkilediğini bilsen... Fakat hepsi gelgeç korkulardı, derinlerde değildi nedeni. Otelcinin karısının söyledikleri de senin sözlerine benziyordu. Bir de diyor ki: sen beni tanıdıktan sonra ne istediğini bilen biri olmuşsun. Bunun nedeni de şuymuş: Sen benimle sevgili olarak, Klamm karşısında yüksek fidye ödeyeceği bir rehine bulduğunu sanıyormuşsun. Bütün çabalaman da Klamm ile verilecek fiyatı saptamak içinmiş. Ben senin için hiç; verilecek ücret ise her şeymiş. Mesele ben olduğumda sen her türlü ödüne hazırmışsın ancak para işinde dediğinden dönmezmişsin. Bu nedenle, Ağalar Palas'taki işimden olmuşum ben, senin umurun değil. Bir de, Ağalar Palas'ı terk etmem mi zorunluymuş, sonra ne olacak; o bezdirici odacılık işlerini yapmak zorundaymışım, senin için önemli mi! Beni sevmiyorsun artık; bana ayıracak vaktin yok; beni adamlarının eline bırakıyor, kıskançlık nedir bilmiyorsun; senin nazarında tek değerim, bir zamanlar Klamm'ın sevgilisi olmam; cehaletimden dolayı da Klamm'ı unutmayayım diye ter döküyorsun; öyle ki o kritik an geldiğinde karşı koyacak gücüm olmasın. Yine de otelcinin karısıyla uğraşmayı bırakmıyorsun; sanıyorsun ki, beni senden sadece o ayırabilir. Bundan dolayı değil mi, benimle Ağalar Palas'tan ayrılmaya mecbur kalsın diye, o kadınla tartışmanı bu kadar büyüttün. Her şey bende bitse, benim her koşulda senin malın olacağıma eminsin. Klamm'la görüşmeyi çok kolay sanıyorsun. Her ihtimali göz önünde bulunduruyorsun; her şeye razısın, yeter ki istediğin bedeli versinler. Klamm beni istediğinde hemen vereceksin. Seninle kalmamı isterse kabul edeceksin. Beni kovmanı isterse, dediğine uyacaksın. Oyna derlerse oynayacaksın. Eğer gerekli görürsen, hiçliğine Klamm'ın dikkatini çeker, yerine geçtiğin için onu utandırmaya çalışır ya da Klamm'a dair benim söylediğim beğenili sözleri ona aktarır, elbette ücretini ödemek koşuluyla bana kapısını açmasını rica eder, böyle yaparak onun bana olan ilgisizliğini altetmeye çalışırsın. Bunlar da işe yaramazsa, karı-koca el açarsın. Fakat,» diye tamamladı sözlerini otelci kadın, «bunların tümünde, varsanı ve beklentilerinde, Klamm ve bana olan tavırları hakkında aldandığını anlarsan, işte o zaman hayat cehennem olacak bana; çünkü tam da o zaman senin malın olacağım, benden ayrılamayacaksın fakat metelik etmez bir mal özelliğim olacak ve aramızda sadece mal sahibi ile mal ilişkisi kalacak.»

Anlatılanları, dudaklarını birbirine bastırarak dinlemişti K. Üstüne oturduğu odunlar yuvarlanmış, neredeyse kayıp düşecek olduğunun ayrımında olmamıştı. Nihayet doğrulup yükseltiye oturdu, Frieda'nın geri çekecek gibi yaptığı elini tutup: «Anlattıklarının ne kadarı senin, ne kadarı otelci karısının anlayamadım,» dedi. «Tümü otelci karısınındı,» dedi Frieda. «Ona saygı duyduğum için bütün anlattıklarını dinledim fakat ilk kez onun düşüncelerinden hoşlanmadım. Anlattıkları o kadar zavallı ve bizim durumumuzu anlatmaktan o kadar uzaktı ki! Bütün sözlerinin tersinin doğru olduğunu düşündüm. İlk gecemizin o sıkıntılı sabahı geldi aklıma; her şeyin bittiğini anlatan bir ifadeyle yanıma oturmuştun. Öyle bir haldi ki, sana destek olmak için çırpınmış, ama başaramamıştım; destek bir yana, köstek olmuştum. Otelcinin karısı benim yüzümden düşman kesilmişti sana; senin küçümsemeyi sürdürdüğün azılı bir düşman; beni düşündüğün için, işini yitirmemek için uğraşman gerekiyordu; muhtarın karşısında yenik düşmüştün, gönülsüzce de olsa öğretmene boyun eğip, asistanlarına bıraktın kendini; en kötü yanı da, benim yüzümden Klamm karşısında kabahatli oldun. Şimdiyse bütün çareleri deneyip Klamm'a ulaşmaya çalışman boşuna yorgunluk. Ben de kendi kendime dedim ki, benden daha akıllı olan otelcinin karısı bana işlemeye çalışıp, daha sonra kendimi suçlamamın önüne geçmek istiyor. İyi niyetli fakat nafile uğraşıyor. Sana duyduğum sevgi beni daha kötü şeylerden bile korumaya yeter; burada değilse bile, başka bir yerde feraha çıkarır; çünkü sevgim gücünü daha önce Barnabas'tan kurtarmıştı.» «Bu halde, senin o günlerde aklında olan çelişik düşünce buydu,» dedi K. «O günden beri değişen ne peki?» «Bilmiyorum,» dedi Frieda ve elini tutan K.'nın eline baktı. «Değişen bir şey yoktur belki de; sen benim yanımda bunca kalıp, sakince sorduğunda, sanıyorum ki, değişen bir yok. Fakat aslında...» Frieda, K.'dan çekti elini; K.'nın karşısında dimdik oturup ellerini yüzüne atmadan ağlamaya başladı, gözyaşları içindeki yüzünü K.'dan gizlemiyordu. Ağlamasını gerektiren bir şey yoktu aslında ama K.'nın kendisine ihanet etmesine ağlar gibiydi. «Senin çocukla konuşmanı dinlememden sonra her şey değişti. İşe girişirken ne denli hevesliydin; eve ve diğer şeylere dair sorular sormuştun; öyle sanmıştım ki, o anda sokulgan ve içten, otelin içkievine girmiştin de, oradaki gibi masum ve çalışkan, gözlerinle beni aranıyorsun. O zamanki durumla bugünkü arasında bir fark yoktu çünkü; otelcinin karısının orada bulunup, seni dinlemesini çok isterdim; bakalım o zaman da fikrinde üsteleyecek miydi? Fakat nasıl olduysa, çocukla konuşmaktan neyi amaçladığını sezinledim. İlgili tavırlarla çocuğun sağlanması kolay olmayan güvenini kazanmaya çalışıyordun; bunun ardından, benim artık iyiden iyiye tanımaya başladığım avına daha cüretle atılacaktın. Av, o kadındı. Kadını sorar gibi davranıyordun ama sadece kendini düşündüğün belliydi. Daha elde etmeden kandırdın onu. Sen konuşurken sadece geçmişimi değil, geleceğimi de okur gibiydim. Yanımda otelcinin karısı var ve bana gerçeği fısıldıyor gibi hissettim; ben de bütün gücümle onu yanımdan uzaklaştırmaya çalışıyor, başarılı olamıyordum; kandırılan ben değildim aslında –kandırılmıyordum artık–, tanımadığım bir kadındı o. Sonra, ansızın, Hans'a büyüyünce ne olmak istediğini sorup, o da senin gibi olmak istediğini söyleyince, yani artık sana ait biri olduğu belli olunca, onunla, kötüye alet edilmek istenen o çocukla bir zamanlar içkievinde çalışan benim aramda fark mı kalmıştı ki?»

«Bunlarda,» diye başladı K.; kendisine yöneltilen suçlamaları kanıksamış, toparlanmıştı, «biraz da olsa doğruluk payı var; ama yine de düşmanca. Sen ne kadar kendi düşüncelerin olduğunu söylesen de, hepsi otelcinin karısının, yani benim düşmanımın sözleri ve bu nedenle içimi rahatlatıyor. Fakat kişinin bunlardan bir ders çıkarması mümkün; o kadından bir şeyler öğrenebilirim. Beni koruduğunu söyleyemem ama yüzüme karşı da böyle şeyler söylemedi; benim zorda kalacağımı varsanıp bu silahı kullanmak isteyebileceğimi umup, silahı sana emanet etti anlaşılan. Eğer ben seni alet ediyorsam, o da benim gibi seni alet ediyor. Bir düşün Frieda! Olup bitenler otelcinin karısını doğrulasa da, sadece bir koşulla kötü sayılabilirdi; beni sevmemenle. Fakat böyle bir halde, sahiden her şeyi önceden kestirip oyuna başvurarak seni elde etmiş, böylece yeni çıkarlar kazanmaya uğraşmış olabilirim. Bu halde bile, senin acımanı sağlamak için Olga ile kolkola karşına çıkmam, planım gereği olabilir. Otelcinin karısı, benim suçlarıma bunu eklemeyi unutmuş. Fakat ya böyle şey yoksa ve kurnaz bir vahşi hayvan seni kendi yanına almayıp da, benim sana koşup geldiğim gibi, sen de bana koşup geldiysen ve ikimiz birbirimizi bulduysak, söyle bakalım, Frieda, öyleyse? O zaman kendi işim için ter dökmem, senin için de ter döküyor olduğum anlamına gelir; arada fark yok; görenlerde bir düşmanlık var demektir. Ayrıca, Hans'la konuşmam hakkındaki sözlerin ise, abartılı; çünkü çocukla amaçbirliğimiz yoksa da, bu bir zıtlık oluşturacak kadar değil: Hem, uzlaşmazlığımız çocuğun dikkatinden kaçmadı; böyle düşünüyorsan, bu önlemli küçüğü epeyce hafife almış olursun; bir şeyin farkına varmadığını bile söylesek, bundan zarar görecek kimse yok ki! En azından öyle sanıyorum.»

«Doğru bir karara varmak çok zor,» dedi Frieda göğüs geçirip. «Sana karşı bir güvensizliğim yok. Böyle bir şey otelcinin karısından bana geçtiyse, bundan hemen kurtulmayı borç bilip, önünde diz çöküp özür dilerim. Kötü şeyler söylüyorsam da, genellikle yaptığım bu. Ancak şurası gerçek ki, benden bir şeyler gizliyorsun; gelip gidiyorsun ama nerelere gidip geldiğinden haberim yok. Hans kapıyı vurduğunda bile, Barnabas diye çağırdın. Ne olurdu bu iğrenç ismi sevgiyle çağırdığın gibi, benim ismimi de sevgiyle çağırsaydın. Sen bana güvenmezken, benim sana güvenmemi nasıl istersin? Bu durumda, otelcinin karısının eline iyice bırakılmış olacağım; yaptıklarınla kendini aklıyorsun işte. Her şeyde değil tabii, onu haklı çıkarıyorsun demek istiyorum; hem benim için asistanlarını da kovmadın mı? Ne olursa olsun, bütün bunlarda kendi iyiliğime bir şey arandığımı bilsen!»

«Frieda,» diye başladı K., «senden gizlim saklım yok. Bu otelcinin karısı bana ne kadar kin tutuyor; ayrılmamız için nasıl da her çareye başvuruyor! Ve ona nasıl da sesini çıkarmıyorsun! Senden neyi sakladığımı söyler misin? Klamm'a ulaşmak istediğimi biliyorsun; bunda bana yardımın dokunmayacağını, bunu kendi başıma yapmam gerektiğini ama yapamadığımı görüyorsun. İşe yaramamış girişimlerimi anlatıp, kendimi karşında iyice rezil mi edeyim? Klamm'ın kızağında uzun bir öğlen sonrası yok yere beklediğimi söyleyip şişineyim mi? Bütün bunları düşünmeye mecbur kalmayacağım için sevinçle koşup sana geliyorum, ne görüyorum; bütün bu sözleri beni tehdit eder gibi sen söylüyorsun. Barnabas'a gelince: Onu elbette bekliyorum. O Klamm'ın elçisi ve ona bu görevi veren ben değilim.» «Yine mi Barnabas!» diye yükseltti sesini Frieda. «İyi bir elçi olduğunu sanmıyorum.» «Haklı olabilirsin,» dedi K. «N'eylersin ki, bana yollanan tek elçi o.» «Bu daha da kötü ya!» dedi Frieda. «Kendini ondan uzak tutmalısın.» «Ama şimdiye kadar böyle davranmamı gerektirecek biçimde bir zararı olmadı,» dedi K., gülümser. «Zaten sık gelmiyor, getirdiği haberler de sıradan; fakat geldiği yerin Klamm olması haberine değer katıyor.» «İşte!» dedi Frieda, «amacın Klamm bile değil artık, benim asıl endişe kaynağım da bu; senin sürekli benim aracılığımla Klamm'a yanaşmaya çalışman yeterince kötüydü; ama şimdi Klamm'dan da yüz çevirir görünmen daha da kötü. Bu, otelcinin karısının bile hesaplayamadığı bir şey. Ona göre benim sarsak fakat sahici mutluluğum, Klamm'a yok yere umut bağladığını artık anladığında bitecekti. Şimdiyse, o günün gelmesini bile beklemiyorum; küçük bir çocuk geliyor, elinden annesini almak için uğraşmaya koyuluyorsun; nefes almak için boğuşur gibi bir halin var.» «Çocukla konuşmamı doğru anlamışsın,» dedi K. «Gerçekten öyle. Evet ama geçmişin bunca karanlığa mı gömüldü ki –diğer şeylerin yanı sıra, otelcinin karısının her şeye karşı çıkması dikkate alınmazsa–, yükselme adına, bir de epeyce diplerden geliyorsa kişi, nasıl mücadele etmesi, umutvar görünen her şeyden nasıl faydalanması gerektiğini bilmemezlikten geliyorsun artık? O kadın da şatodan; köye ilk geldiğim gün yolumu şaşırıp, kendimi Lasemannlarda bulduğum gün bunu kendisi söylemişti. Bu durumda ona fikir danışılmaz veya yardımı istenmez de ne yapılır? Otelcinin karısı, Klamm'a giden yolun bütün engellerini biliyorsa, o da Klamm'a giden yolu biliyor olabilir; kendisi de o yoldan geldiğine göre...» «Klamm'a giden yol mu?» diye sordu Frieda. «Elbette; nereye olacak ki?» dedi K. Fırlayıp ayağa kalktı: «Gidip kahvaltı getireyim artık; sonra geç olur. Alabildiğine gereksizken, kalması için üsteledi Frieda; eğer kalırsa, söylediği rahatlatıcı sözleri doğrulayacaktı sanki. Ancak K. öğretmeni hatırlayıp her an gürültüyle açılabilecek kapıyı gösterdi, kısa sürede döneceğine söz verdi; sobayı yakması bile gerekmezdi Frieda'nın, kendisi geldiğinde yapacaktı. Susup boyun eğdi Frieda. K. da dışarı çıkıp karlara bata çıka yürümeye başladı –karların çoktan kürenip atılması gerekiyordu, işlerin bunca ağır ilerlemesi şaşkınlık vericiydi–; adamlarından birini, kıyasıya yorgun, parmaklığa tutunduğunu gördü. Acaba diğeri neredeydi? En azından onlardan birinin direncini kırabilmiş miydi? Fakat diğeri direnmeyi hâlâ bırakmamıştı: K.'yı gördüğünde canlanmasından, taşkın bir özlemle kollarını uzatıp, özlem yüklü gözlerini yuvarlamasından anlaşılıyordu bu. «İnatçılığına da söz yok!» dedi K., kendi kendine; fakat eklemeden duramadı: «Bu inatla orada donup gidersin!» Gelgelelim, asistanı yumruğuyla korkutmaktan başka bir şey yapmadı, çünkü bu, adamı uzaklaştırmaya yetmişti. O sırada bir pencereyi açtı Frieda; K. ile kararlaştırdıkları gibi, soba yakılmadan önce içeriyi havalandıracaktı. Asistan K.'dan hemen uzaklaştı; karşı çıkılmaz bir albeniye kapılmış gibi pencereye doğru sokulmaya başladı. Frieda, yüzü bu asistana karşı bir içtenlik, K.'ya ise yalvaran bir umutsuzlukla gerilmiş, pencereden el salladı ama bunun bir selam mı, istemezlik mi olduğu anlaşılmıyordu. Asistan da bu el işaretiyle yolundan vazgeçmedi. Frieda pencereyi hemen kapattı; fakat eli pencere kolunda, başı önde, gözleri iyice açılmış, yüzünde solgun bir gülümseme, öylece bekledi. Böyle davranarak adamı korkutup uzaklaştırmak bir yana, onu cezbettiğinin ayrımında değil miydi? K., dönüp arkasına bakmıyordu artık; elini çabuk tutup hemen Frieda'nın yanına dönmek istiyordu.

XV

AMALIA İLE K.

K. nihayet (karanlık çökmüştü, akşamüstüydü), bahçe yolundaki karları küremiş, yolun iki tarafına yığarak küreğiyle vura vura sertleştirmiş ve günlük işini bitirmişti. Şu anda bahçe kapısında dikeliyordu, görünürlerde ondan başka kimse yoktu. asistanı saatler önce kovalamıştı; sonra adam barakalar ve küçük bahçeler arasında bir yerlere saklanmış, bir daha da görünmemişti. Frieda evdeydi; ya çamaşır, ya da Bayan Gisa'nın kedisini yıkıyordu şimdi; kedisini yıkama işini ona vermesi, Bayan Gisa'nın Frieda'ya duyduğu güvenin ifadesiydi. Tiksindirici ve aşağılayıcı bir görev olduğu tartışılmazdı; işlerdeki kimi aksamalar nedeniyle Gisa'yı kendilerine bağlamak zorunda olmasalardı, K. bu işin yapılmasına rıza göstermezdi. K.'nın tavan arasından küçük bir küvet alıp gelmesi, suyun ısıtılıp, kedinin dikkatle küvete konulmasını keyifle seyretti Bayan Gisa. Dahası, kediyi bir ara açıkça Frieda'nın ellerine bıraktı; çünkü K.'nın köye ayak bastığı gece tanıştığı Schwarzer okula uğramış, ilk geceden kaynaklanan bir tür gerilim ve bir odacıyla konuşuyor olmasının kibirli tutumuyla K.'yı selamlayıp, Bayan Gisa ile diğer sınıfa geçmişti; hâlâ oradaydılar. Ağalar Palas'ta K.'ya anlatılanlara göre, Schwarzer bir yanaşmanın oğluydu fakat Gisa'ya olan sevgisi nedeniyle uzun zamandır köyde yaşıyordu; hısım akraba aracılığıyla köy meclisi tarafından yardımcı öğretmenlik görevi verilmişti kendisine; fakat bu görevi öyle bir yapıyordu ki, Bayan Gisa'nın bütün derslerine giriyor, gelip çocuklarla bir sıraya, Bayan Gisa'nın ayaklarının önüne oturuyordu. Bunu yapmasının kimseyi rahatsız ettiği yoktu artık, çocuklar bu durumu kanıksamıştı. Schwarzer'in çocuklara yakınlık filan duyduğu yoktu; sadece spor dersleri almıştı Bayan Gisa'dan. Ona yakın olup aynı havayı solumak yetiyordu; bu nedenle çocuklar ona kısa zamanda alışmıştı. Schwarzer'in yapmayı en çok sevdiği şey, Bayan Gisa'nın yanında oturup defterlere bakmaktı. Bugün de aynı şeyle uğraşıyorlardı; Schwarzer beraberinde bir öbek defter getirmişti ve Bay Öğretmen de kendi defterlerini bakmaları için onlara veriyordu. K. ortalık henüz aydınlanmadan ikisini de pencere önünde, küçük bir masada çalışırken görmüştü; yan yana ve hareketsiz; şu an, aynı yerde sadece iki mumun titrek ışığı seçiliyordu. Ciddi ve sessiz bir sevgiyle birbirlerine bağlanmış, dizginleri Gisa almıştı. Devingen bir adam olan Schwarzer de mecburen boyun eğiyor, ağır yürüyüp ağır hareket ederek, genellikle susuyordu. Bunların yanı sıra, anlaşılan oydu ki, Bayan Gisa'nın yalnızca yanı başında durmasına bile izin vermesi, Schawerzer'e verilmiş bir tavizdi. Ama Gisa'nın adamı sevdiği söylenemezdi; daha çok, yuvarlak, gri ve pek kırpıştırılmayan gözbebekleriyle dönüyor gibi görünen gözleri bu soruya anlaşılır bir yanıt veremiyordu. Görünen tek şey, sadece adama sessizce katlanmasıydı fakat bir yanaşmanın oğlu tarafından sevilmenin vereceği gururun hakkını vermeye hazır olduğu söylenemezdi; Schwarzer arkasından baksın ya da bakmasın, toplu ve hantal bedenini sabit ve sakin taşıyıp duruyordu. Schwarzer ise, Bayan Gisa için sürekli özverili davranıp köyde kalıyordu. Kendisini alması için babasının yolladığı adamları öfkeyle başından bir savışı vardı ki, bu adamları görüp, şatoyu anımsaması bile, mutluluğuna indirilen bir darbe etkisi yapıyordu. Aslında vakitten yana rahat sayılırdı; çünkü çoğunlukla sadece ders zamanlarında ve defterlere baktığında karşılaşıyordu Gisa ile. Bunu hesapladığı için yapmıyordu; rahattı, yalnızlığa düşkün bir kızdı; yanında sadece kedisi varken, evinde uzanmak onu çok mutlu etmeye yetiyordu. Bundan hareketle, vaktinin çoğunu tembellik ederek geçiriyordu Schwarzer. Bundan da hoşlanıyordu; çünkü böylece Gisa'nın oturduğu, Löwengasse Sokağı'na gitme fırsatı buluyor ve bunu alabildiğine kullanıyordu: Gisa'nın tavan arasındaki küçük odasına çıkıyor, sürekli kilitli olan kapıya kulağını dayayıp, odanın sessizliğini dinleyip, oradan hemen uzaklaşıyordu. Fakat kimileyin de (Gisa evdeyken olmuyordu bu), bu tür bir hayatın olumsuzlukları, şu andaki görevine uymayan o şişinmenin içinde uyanır gibi olduğunda, gülünesi kimi patlamalarla kendini açığa vuruyordu. Bu hallerde, olup bitenler iyi sonuçlanmıyordu; zaten bunu K. da yaşamıştı.

Yine de ne hikmetse, en azından Ağalar Palas'ta hakkında daha komik sözler edilmesine rağmen, saygılı bir ifadeyle söz ediliyordu Schwarzer'den; Bayan Gisa da bu saygıyı besliyordu. Fakat yine de Schwarzer, kendini yardımcı öğretmen olarak K.'dan hayli yukarıda sanıyorsa yanılıyordu; bunu gösteren bir şey yoktu ortada; bir hademe, öğretmenler için, dahası Schwarzer soyundan gelme biri için epeyce önemli biridir; onu küçümseyen ceza alır; eğer meslek çıkarları yüzünden bundan vazgeçmiyorsa, bunu başka davranışlarla kabullenilir yapmak gerekir. K., ilk olanakta anımsayacaktı bunu; Schwarzer geldiği ilk gece de kendisine borçlanmıştı; onu ilk geceki karşılama biçimini sonraki günlerin aklaması da, azaltmıyordu. Çünkü unutulmamalıydı ki, sonraki günlerde olup bitenlerin doğrultusunu belki de bu karşılama biçimi göstermişti; K. köyde tanıdığı kimse yokken, barınaksız, bir şiltede yetkilillerin elinin altında yatarken, ilgililerin olanca dikkati Schwarzer nedeniyle daha ilk anda en sersemce halde kendisine çevrilmişti. Fakat bir gece sonra yatışmış, sakin bir doğrultudayken, hiç değilse kimse K.'ya dair bir şey bilmez, ondan kuşkulanmaz, en azından bir gezginci diye görüp, evinde konuk etmekten çekinmezdi; işe yarayacağı ve güvenilir olduğu anlaşılır, bu haber çevreye yayılır ve bir uşak olarak evlerden birinde işe bile girebilirdi. Kuşusuz, bu da ilgililerin dikkatinden kaçmazdı. Fakat gece yarısı onun yüzünden merkez ofisten bir memurun, telefonu açan kimse artık hemen bir karar vermesinin istenmesi, sözde, kibirsiz fakat aslında kaba bir zorlamayla bunun istenmesi, bir de, şatodan hoşlanılmayan biri olarak görülen Schwarzer'in bunu istemesi başka, K.'nın sabahleyin mesai saatleri içinde gidip muhtarın kapısını çalarak, kendini en uygun dille, bir gezgin diye tanıtması ve köyden birinin yanında bir yatak bulduğunu söylemesi başkaydı. Belki buralarda bir gün kalıp gidecek gezgin bir yabancıydı; yeter ki o olmayacak şey gerçekleşip burada bir iş bulsundu, o da sadece bir-iki günlüğüne elbette, çünkü burada uzun süre kalmaya niyeti yoktu. İşte bu halde, Schwarzer işe karışmadan da olup biterdi her şey. İlgililer o zaman da bu işe karışacaklardı fakat sakince ve farklı kanallardan, onun hiç katlanamadığı sabırsızlığıyla tedirgin edilmeden. Olup bitenlerde kabahatli değildi K., kabahat Schwarzer'indi ve o bir yanaşmanın oğluydu; dışarıdan bakıldığında hatalı görünmüyordu; bunların fatura edileceği bir K. vardı sadece. Olup biten bu komik işlerin nedeni neydi peki? Gisa belki de o gün, Schwarzer'e kötü davranmıştı; huzursuzca oradan oraya dolanıp duran adam da hıncını K.'dan çıkarmıştı. Yine de bir bakıma onun davranışına K.'nın borçlandığı da ortadaydı, çünkü K. sadece bu yolla resmi makamlarla açık açık görüşebilmişti; bu ne kadar başarılabilirse elbette. Fakat bu da kötü bir hediyeydi aslında; K.'yı yalanlardan, gizli kapaklı işlerden koruyordu. Bir yandan da onu neredeyse kendini savunamaz hale getiriyor; verdiği savaşımdan zararlı çıkıyordu. K. her iki tarafın güç dengesindeki uçurumu görmese kendini çaresiz bile hissedebilirdi; ama bu sadece K.'nın avuntusuydu; her şeye rağmen Schwarzer ona borçluydu; bugünlerde zarar veriyordu ama gelecekte faydalı olabilirdi; gelecekte kimi önkoşulların yerine getirilmesinde yardıma ihtiyaç duyacaktı; çünkü sözgelimi Barnabas'tan hayır gelecek gibi değildi.

Barnabas'ın evine gidip olanı biteni öğrenmekten K.'yı alıkoyan Frieda düşüncesiydi; onu Frieda'nın yanında karşılamaktan çekinerek, dışarıda çalışmış, işi bittikten sonra Barnabas'ı düşünüp dışarıda oyalanmayı sürdürmüştü ama gelen giden olmamıştı. Fakat Barnabas'ın kız kardeşlerinin yanına gitmeye mecburdu; hemen sonra dönüp gelirdi. Elindeki küreği kara gömüp koştu. Barnabaslara vardığında soluk soluğaydı; kapıyı çalıp, kendisi açtı, evde kimin olduğuna bile bakmadan: «Barnabas gelmedi mi?» diye sordu. Sadece o zaman Olga'nın evde olmadığını, iki yaşlının epeyce ilerdeki masada uyuklar gibi durduğunu gördü; onlar ne olduğunu anlamamışlardı daha; yine de başlarını kapıya doğru çevirdiler. K., nihayet bir battaniyeye sarılı halde yatan Amalia'yı gördü; onu kapıda gördüğü an, kız korkuyla yerinden fırlamıştı. Eğer Olga burada olsaydı hemen yanıt verir, K. da çıkar giderdi ama şu an, yürüyüp kıza yaklaşmak ve elini uzatmak zorunda kaldı. Kız da uzatılan eli sessizce sıktı. «Gelişim anne-babanızı korkuttu; dikkat edin de bir yerlere gitmesinler,» dedi K. Kız da bir-iki sözle bu isteğe uydu. K.'nın öğrendiği kadarıyla Olga avluda odun yarıyordu. Amalia ise (nedenini söylemedi) olduğu yere uzanıvermişti; Barnabas ise henüz gelmemişti ama neredeyse gelirdi; çünkü şatoda kalmazdı hiç. Bu bilgiler için teşekkür etti K., artık gidebilirdi. Ansızın: «Olga'nın gelmesini beklemeyecek misin?» diye sordu Amalia; fakat K.'nın vakti yoktu. Amalia bunun üzerine Olga ile görüşüp görüşmediğini sordu K.'ya. Beriki şaşkınca hayır dedi ve onun vereceği bir haber olup olmadığını sordu. Kız, biraz gücenik, dudak büktü, sessizce başını eğip (güle güle anlamına geliyordu bu), tekrar şöminenin yanındaki sıraya uzandı. Olduğu yerden K.'yı inceliyordu; K.'nın hâlâ orada bulunmasına hayret eden bir hali vardı sanki. Göz ifadesi her zamanki gibi kayıtsız, sakindi; baktığı şeye doğrudan bakmıyor da, yanından kayıp gidiyordu; bunun nedeni zayıflık veya utanç değildi; süregiden bir yalnızlık isteğiydi sanki ve kendisi de bunu böyle bakarak ayrımsıyordu. İlk akşam bile bu bakışın aklına takıldığını hatırladı K.; dahası bu ailenin onda bıraktığı çirkin etki, Olga'nın çirkin olmayan, gurur ve kapalılığındaki içten bakışından kaynaklanmış olabilirdi. «Sürekli kederlisin, Amalia,» dedi K. «Canını sıkan nedir? Senin gibi bir köylü kızıyla ilk kez karşılaşıyorum. Bu da şimdi çekti dikkatimi. Sen de bu köyden misin?» «Evet,» dedi kız. Sadece son soruyu yanıtlar gibiydi. Sonra: «Olga'yı bekleyeceksin herhalde?» diye ekledi. «Bunu neden sürekli soruyorsun?» dedi K. «Daha uzun kalamayacağım, evde nişanlım bekliyor.» Amalia dirseğine dayanıp doğruldu; nişanlandığını bile bilmiyordu. K. nişanlısının ismini söyledi. Amalia tanımıyordu pek: «Olga'nın haberi var mı bundan?» diye sordu. K., olduğunu sanıyordu; çünkü Frieda ile kendisini birlikte görmüştü; ayrıca, bu tür haberler çabuk yayılırdı. Gelgelelim, Olga'nın bundan haberi olmadığını söyledi Amalia; Olga buna çok üzülecekti, çünkü K.'yı seviyordu; aslında bundan açıkça söz etmemişti çekingenliğinden ama sevgi denen şey kendini er geç ele verirdi. Kızın yanıldığından emindi K. Ama gülümsedi Amalia; bu gülümseme yüzünü aydınlattı, dilini çözdü ve bir sırrı ele verdirdi; bu sır onca zaman üzerine titrenmiş bir sırrı. Geri alınabilse bile, bir parçası yine de gizli kalırdı. Amalia yanılmadığını söyledi; hem bildikleri bu kadarla sınırlı değildi; anladığı kadarıyla K. da Olga'ya bir yakınlık duyuyor, Barnabas'ın getirdiği haberleri merak ettiğini söyleyip, Olga'yı görmeye geliyordu; ama kendisi artık bunu bildiğine göre, K. bahane filan bulmadan gelebilirdi; söylemek istedikleri sadece bunlardı. K. bu sözlerin ardından, baş sallayıp nişanlı olduğunu tekrarladı. Amalia bu nişanı pek de önemser görünmüyordu, o anda tek önemsediği şey, K.'da nasıl bir etki bıraktığıydı; K.'ya nişanlısıyla ne zaman tanıştığını sordu; değil mi ki köye geleli sadece birkaç gün olmuştu. K. Ağalar Palas'tan söz edince, kendisinin oraya götürülmesine karşı çıktığını söyledi ve tanık olarak da o sırada içeri giren Olga'yı gösterdi; Olga'nın kucağında odunlar vardı; dışarıdaki soğukla dinçleşmiş, teni kızarmış, odadaki sürekli uyuşukluğuna karşın, bu iş onu farklı biri haline getirmişti. Odunları yere bırakıp, uçarı bir ifadeyle selamladı K.'yı ve hemen Frieda'yı sordu. Bu soru üzerine hemen Amalia'ya baktı K., fakat öteki oralı olmaz görünüyordu; buna biraz gücenen K., istediğinden daha ayrıntılı biçimde Frieda'dan söz etti; onun nice yoksunluk pahasına okuldaki evlerini nasıl idare ettiğine değindi ve hızlı hızlı konuşurken (çarçabuk eve dönmek istiyordu) kendini öyle kaptırdı ki, veda ederken, ikisinin de kendisini bir ara ziyarete gelmelerini istedi. Fakat hemen ürperip, durakladı; gelgelelim, onun konuşmasına fırsat bırakmadan, davete uyacağını söyledi Amalia, Olga da ona katıldı. K. ise, hemen gitmesi gerektiğini sürekli düşünerek, Amalia'nın bakışıyla tedirgin, daha fazla nazik davranmaktan çekinerek: Bu davetin hiç düşünmeden ve sadece nezaketen yapıldığını, bundan dolayı geri almak zorunda olduğunu söyledi; çünkü Frieda ile Barnabaslar arasında kendisinin anlayamadığı bir geçimsizlik vardı. «Geçimsizlik değil,» dedi Amalia; şöminenin oturağından doğrulup, battaniyeyi arkasına sardı. «O kadar önemli bir şey değil, herkesin düşündüğüne uymak sadece. Haydi git artık; nişanlına dönmek için acelen olduğunun farkındayım. Geliriz filan diye de korkma; şakacıktan söyledim geleceğimizi. Fakat sen istediğin zaman uğrayabilirsin bize. Hem, Barnabas'ın haber getirip getirmediğini de bahane edebilirsin. Barnabas haber filan getirdiğinde, okula gelip sana söylememesini de sağlarım. Zavallı çocuk görevini yapacak diye yorulup duruyor; bundan dolayı haberi almaya kendin geleceksin. K. Amalia'nın bunca tutarlı biçimde ve uzun konuştuğunu ilk kez görüyordu; sesinde bir tür yücelik de vardı ve bunu Olga da sezmişti. Olga birazcık açıkta duruyordu; elleri dizlerinde, bacaklarını aralayıp oturmuş, gözlerini Amalia'ya çevirmişti. Amalia'nın ise K.'dan başka yere baktığı yoktu. «Barnabas'ı beklediğimi söylerken içten olmadığımı mı düşünüyorsun?» dedi K., «büyük bir hata bu. İlgilerle işlerimi bir düzene koymak en çok istediğim şey. Barnabas'ın da bana bu konuda yardımı olacak; ondan epeyce umutluyum. Beni bir keresinde hayal kırıklığına da uğrattı fakat benim yüzümdendi; gelişimin ilk saatlerinde olmuştu bu, küçük bir akşam gezmesiyle amacıma ulaşacağımı sanıyordum ve bu da olmayınca ona öfkelendim. Aileniz hakkında bir yargıya varırken de bunun etkisinde kaldım. Ancak bunlar geride kaldı artık, sizleri daha iyi anladığımı düşünüyorum, sizler...» Aradığı sözcüğü bulamadı K. «Sizler, bence köy sakinleri arasında en iyi kalpli olanlarsınız. Fakat şu an, kardeşin Barnabas'ın yaptığı işi değilse de ona verdiğim önemi azaltarak beni şaşırtıyorsun, Amalia! Belki de onun yaptığı işin içyüzünden habersizsindir; öyleyse mesele yok ve bunu öylece bırakacağım; fakat belki de biliyorsun (ben bu kanıdayım), o zaman fena; çünkü o zaman kardeşin beni kandırıyor anlamına gelir bu.» «Kaygılanma, bildiğim yok,» dedi Amalia. «Kardeşimin işlerini bilmeye hiçbir güç zorlayamaz beni; sana duyduğum saygı bile; sen ki kimi özverilerde bulunabileceğim birisin; çünkü dediğin gibi biz iyi kalpli insanlarız. Fakat kardeşimin işleri sadece onu ilgilendirir. Ama Olga belki sana bir şeyler söyleyebilir; çünkü onun sırlarını bilir.» Amalia bunları söyleyip, anne ve babasının yanına gidip onlarla biraz fısıldaştıktan sonra mutfağa girdi. K.'ya veda filan etmemişti, onun daha uzun süre kalacağını bildiğinden bunu yapmıyordu sanki.

XVI

Şaşkınca kalakalmıştı K.; gülen Olga şömine oturağına doğru çekti onu; artık baş başa kaldıkları için mutlu gibiydi ancak tedirgin bir mutluluktu bu ve kıskançlığın izi bile yoktu bu tavrında. Bu durum tam da K.'nın sevdiği şeydi; bu cazip sayılamayacak zorbalıktan uzak, aksine çekingen sessizlik, ürkekçe dayatan gözlere bakmaktan zevk alıyordu. Frieda ile otelcinin karısının tembihleri, şu an burada olup bitenler için kendisini daha dikkatli hale getirmişti. Amalia için iyi kalpli demesine şaşıran Olga'yla beraber güldü; Olga'ya göre Amalia'da bulunmayan şeylerden biriydi iyi kalplilik. K. bunun üzerine o sözleri kendisi için söylediğini belirtti; ama Amalia'nın öyle baskıcı bir hali vardı ki, yalnızca kendi yanında konuşulanları kendinin kılmakla yetinmiyor, insanın her şeyi kendi isteğiyle ona bağışlamasını istiyordu. «Bu doğru,» dedi Olga ağırbaşlıca. «Düşündüğünden daha doğru; o benden küçük, Barnabas'tan da; fakat evde sürekli onun sözü geçer.» Bunu biraz abartılı buldu K.; demin kendisi Barnabas'ın işleriyle ilgilenmediğini, Olga'nın daha iyi bildiğini söylememiş miydi? «Nasıl anlatsam ki?» dedi Olga. «O, ikimizle de ilgilenmez; sadece anne-babamla ilgilenir. Şimdi bile onlara yemek hazırlamaya gitti. Aslında öğleden beri hastaydı. Fakat o bizimle ilgilenmese de biz ona bağlıyız; evin reisi gibidir o. Bize dair konularda yol gösterse, söylediğine uyardık ama göstermez; onun için yabancıyız sanki. Sen insanlar konusunda daha deneyimlisindir; onu zeki buluyor musun?» «Sadece mutsuz olduğunu düşünüyorum,» dedi K. «Peki, Barnabas'ın Amalia tarafından iyi karşılanmayan, neredeyse aşağılanan elçilik görevini yapması ona duyduğunuz saygıyla nasıl birleşiyor?» «Onun elinden başka bir iş gelse, hoşnut olmadığı bu elçiliği hemen bırakırdı.» «O, kunduracılıktan gelme değil mi?» diye sordu K. «Evet!» dedi Olga. «Zaten arada Brunswick için de çalışıyor; kendi isterse sürekli iş bulup, bol para kazanabilir.» «Ne güzel,» dedi K., «elçilik dışında da iş bulup çalışabilir.» «Elçiliği para için yaptığını mı sanıyorsun?» diye sordu Olga şaşkın. «Parası için bu işi almamış olabilir,» dedi K., «yine de bu işten hoşnut olmadığını söylememiş miydin!» «Hoşlanmadığı doğru fakat bunun için nedenleri var,» dedi Olga. «Neylersin ki şato görevi bu, en azından buna inanmak gerek.» «Anlamadım,» dedi K. «Bundan da mı emin değilsiniz?» «Aslında...» dedi Olga, «yo; Barnabas ofislere girip çıkıyor, odacılarla rahat rahat konuşuyor, ayrıca, birkaç memurla uzaktan görüştüğü de oluyor; önemli kimi mektuplar, sözlü iletilecek bazı haberler ona bırakılıyor; bu da küçümsenecek türde değil herhalde, bu yaşında geldiği konuma bakıp gururlanabiliriz.» Bu sözleri başıyla onayladı K., eve gitmekten vazgeçmişti. «Bir iş giyiti var mı?» diye sordu. «Pelerin mi?» dedi Olga. «Hayır, pelerini henüz elçi olmamışken Amalia dikti ona. Fakat esaslı bir nokta da yakaladın; çünkü şatoda üniforma giyilmez, şimdiye dek resmi giyitleri olması gerekirdi ve vereceklerini de söylemişlerdi ama anlaşılan, orada işler yavaş gidiyor ve bunun ne anlama geldiğini bilen de yok. Bu bir sınama da olabilir; hâlâ resmi kanallarda dolanan bir karar da. Belki de Barnabas asla öyle bir giyite kavuşamayacak. Yani her ne oluyorsa, sonradan öğrenilecek. Burada nasıl denir, bilirsin: Resmi kararlar genç kız ürkekliği taşırlar.» «İşte bu yerinde bir gözlem!» dedi K.; Olga'yı değil de, bu sözleri dikkate almıştı. «Belki genç kızlarla resmi kararların ortak yanları bu kadar değildir.» «Belki de öyledir,» dedi Olga. «Bu sözleri neden söylediğini bilmiyorum, beğendiğin için söylüyor olabilirsin. Fakat resmi işlere gelince: Barnabas'ın sıkıntılarından biri de bu; aynı aileden olduğumuza göre, benim de sıkıntım. Sürekli biz de sorup dururuz: Resmi giyitlerini neden vermezler diye. Fakat mesele o kadar kolay değil. Sözgelimi, memurların resmi giyitleri yok bildiğim kadarıyla ve Barnabas'ın da anlattığına göre, memurlar şık ama gündelik giyitlerle dolaşır. Sen Klamm'ı da gördün; onun gibi bir memur, alt düzeyden değil elbette Barnabas, olmaya da niyeti yok; fakat köyde, ortalıkta hiç görünmeyen üst düzey uşakların da –Barnabas söylemişti– resmi giyitleri yoktur. İnsan bir bakıma kendini bununla teselli edebilir, fakat yapay bir teselli; Barnabas üst düzey bir uşak mıdır? Hayır, ona ne denli yakınlık duyarsak duyalım, bunu söyleyemeyiz; köye gelip gidişi ve bizimle kalması da bunu kanıtlar. Değindiğim uşaklar daha az iş yaparlar ve Barnabas'a göre, bunca alımlı adamların koridorlardan caka satarak geçişini izlemek çok güzeldir. Özetle, Barnabas'ın üst düzey bir görevli olduğu söylenemez. Bundan hareketle, alt düzey adamlardan biri olabilir salt; fakat onlar da resmi giyitlidir veya köye o giyitlerle gelirler. Sıradan şeyler de değildir giydikleri; birbirinden farklıdır; sadece giysilerinden tanınırlar. Sen de Ağalar Palas'ta görmüştün öylelerini. Giyitlerin en dikkat çekici yanı bedene sımsıkı oturmalarıdır; köylünün biri veya bir zanaatkâr öylesini giyemez. Evet, Barnabas'ın böyle bir giyiti yoktur. Bunun sadece utanç verici ya da onur kırıcı olduğu söylenemez; o kadarına ne de olsa katlanırdık fakat özellikle sıkıntılı anlarda, sık sık oluyor bu, her şeyden kuşkulanır oluyoruz Barnabas'la. Acaba Barnabas'ın görevi şatoda mı diye soruyoruz. Tabii, ofislere girip çıkıyor o; fakat oralar gerçek şatonun ofisleri mi ya da onun girip çıkmasına izin verilen yerler mi? Acaba bütün ofislerin sadece bir bölümü mü? Bu ofislerin korkulukları var, onların da arkasında da başka ofisler. Onu gittiği yerden daha ötelere gitmesine izin veren yok; fakat kendi şefini bulup, şefi de onun işini yapıp, başından savarsa, kuşkusuz daha ötelere gidemez. Bir de, gittiği yerde sürekli gözetim altında bulunduğu, ya da bu hisse kapıldığı oluyormuş insanın. Kaldı ki, daha ötelere uzansa da, resmi bir yetkisi olmadan gelmiş bir ziyaretçi olarak görünse ne işe yarar ki? Korkuluklar bir sınırı işaretliyor, diye düşünme; sık sık bunu söyler Barnabas. Bunlardan onun gittiği ofislerde de vardır, demek istediğim onun gittiği yerlerde de vardır ve onun ötesine geçemediği korkuluklardan ayrımsızdır. Ayrıca, onun girip çıktığı ofislerden epeyce ayrımlı ofisler bulunduğu düşünülemez. Sadece sıkıntılı anlarımızda böyle olduğuna inanırız. Böyle kuşkulu başlarız ve böyle düşünmeyi sürdürürüz. Fakat ne haberler verir Barnabas! Şimdi kendisini Klamm'ın yanına vermişler, Klamm'ın kendisi buyuruyormuş ona vereceği işleri. Bu, kesinlikle çok şeydir, üst düzeydeki memurlar bile bunca yükselemez. Asıl korkutucu yanı da bu aslında: Doğruca Klamm'ın emrine verilmek! Acaba gerçekten öyle mi? Evet; fakat Barnabas Klamm olduğu söylenen adamın gerçek Klamm olduğundan niye kuşkulu ki?» «Olga!» dedi K. «Şaka mı bu? Onun dış görünüşü hakkında insan nasıl kuşkuya kapılabilir? Nasıl biri olduğunu biliyorum; ben de gördüm kendisini.» «Şaka yapmıyorum,» dedi Olga, «bunlar benim gerçek kaygılarım. Kendimi rahatlatıp, seni sıkıntıya sokmak için anlatmıyorum bunları; sen Barnabas'ı sordun, Amalia da anlatmamı istedi. Bu konuda bilgi almak senin de istediğin bir şey. Hem, bunları biraz da Barnabas için anlatıyorum; sen hayal kırıklığına uğrama; onun da içi içini yemesin diye. O çok hassas biridir; sözgelimi bu gece hiç uyumadı; dün ondan hoşnutsuz ayrılmışsın; onun gibi birinin elçi olmasından yakınmışsın. Bu nedenle gece gözünü bile kırpmadı. Sen bile onun üzüldüğünün farkına varmamışsındır; çünkü elçiler duygularını bastırmak zorundadırlar. Fakat sana yaranabilmesi de zor. Aslında sen kendi adına fazla bir şey istemiyorsun ondan; buralara elçilik işine dair kendince fikirlerle geldin, şu an da isteklerini değerlendirme kriterin bu. Ancak şatodakilerin elçilikten anladıkları farklı; Barnabas kendini bu uğurda harcasa bile, onların düşünceleriyle seninkiler uyuşmuyor. Boyun eğip, ses çıkarmamak olası ama onun yaptığı sahiden elçilik mi sorusu akla gelmese tabii... Sana bu konudaki şüphelerinden söz etmez; bu, görevini çiğnemek anlamına gelir. O, benimle bile açık açık konuşmaz; onu öpüp okşayarak kuşkularını silmek durumunda kalırım hep; öylesi anlarda bile kuşkulu olduğunu gizlemeye çalışır sürekli. Onda da Amaila'dan geçmiş bir şeyler vardır. Hem, tek dert ortağı benim ama bana bile anlatmaz kimi şeyleri. Kimileyin Klamm'a dair konuştuğumuz olur, ben henüz onu görmedim (Frieda'nın beni sevmediğini biliyorsun; bundan dolayı Klamm'ı görmemi hiç istememiştir), fakat Klamm'ın nasıl biri olduğu köy tarafından biliniyor; onu gören birkaç kişi var ve ondan söz edildiğini duymayan yoktur; bunun sonucu görenlerin, söylentilerin ve gerçeğin harmanlanması sonucu ya da gerçeği bilerek bozan bazı kötü niyetler sonucu Klamm'a ilişkin bir tablo belirmiştir; aslına uygun bir tablo. Fakat sadece anahatlarıyla. Bunun dışında değişkenlik gösteren bir tablodur ve bu değişkenlik onun asıl görünümü ölçüsünde bile değildir. Anlatılan bazı şeylere göre, köye geldiğinde farklı, bira içmeden önce farklı; içtikten sonra farklıymış; uyurken veya konuşurken de öyle... bu sözler ışığında düşündüğümüzde, şatoda daha da farklı. Ayrıca, saç-bıyık, boy bos bakımından da farklar varmış; sadece giyitleri nedense bir bütünlük içindeymiş; sürekli aynı, siyah uzun etekli bir ceket. Bütün bunların büyücülükle ilgisi yokmuş tabii ki. Onu görenlerin ruh hallerine göre farklı şeyler görülebiliyormuş. Bütün bunları Barnabas'ın bana anlattığı gibi anlatıyorum sana. Konuştuğu adamın Klamm olup olmadığı Barnabas için çok önemli bir mesele.» «Benim için de öyle,» dedi K. Şöminenin önünde birbirlerine biraz daha sokuldular.

Bütün bu anlatılanlar K.'yı epeyce etkilemişti; fakat en azından dışarıdan bakıldığında, kendisinin yaşadığı gibi yaşayan, bu nedenle kendilerine eşlik edebileceği, Frieda'daki gibi kimi konularda değil de sayısız konuda sohbet edebileceği birilerini bulmasını kendisini dengeleyecek bir olgu olarak değerlendiriyordu. Aslında Barnabas'a verdiği işte başarı kazanma umudu zayıflıyordu fakat onun şatodaki durumu kötüledikçe, kendisine yakınlaştığını hissediyordu; bu köyden Barnabas ile kız kardeşininki gibi sonuca varmayan çabaların çıkacağını hiç düşünmemişti. Bunlara karşın, durumun tam olarak açıklandığı söylenemezdi, her şey tersine de dönebilirdi; Olga'nın o günahsız haline bakıp, Barnabas'ın anlattıklarının doğru olduğunu da düşünmemek gerekiyordu. «Klamm'ın dış görüntüsüne dair haberleri en iyi Barnabas bilir,» diye ekledi Olga. «Bu tür pek çok bilgi toplayıp kıyasladı. Birinde, Klamm'ı bir arabada gördü veya görür gibi oldu, yani onu tanımasına yetecek kadar zamanı vardı. Peki (buna ne buyrulur?), şatoda bir ofise gitmiş, kendisine oradaki pek çok görevli arasından biri gösterilip, 'İşte Klamm o' denildiğinde, tanıyamamış ve uzun zaman, işaret edilen adamın Klamm olduğu gerçeğine inanamamış. Zaten kendisine de sorsan, gördüğü adamla, herkesin aklındaki adamın farkının ne olduğunu açıklayamaz. Aslında, bir yanıt verir, verdiği yanıt gördüğü adamı doğrular ama neden kuşkuya kapıldığını açıklayamaz. Sonra, şatodaki memurun dış görünüşüne dair kimi şeyler sıralar. Ancak değindiği şeyleri iletiyor gibi değil de, uyduruyor gibidir ve öyle sıradan şeylerdir ki, sözgelimi, özel bir baş eğme biçimi veya düğmeleri açık bir yeleğe dairdir ve bunları dikkate almak olası değildir. Benim asıl can alıcı bulduğum yan, ikisinin nasıl görüştüğü. Barnabas sürekli bundan söz edip, bir resim bile çizmişti: Barnabas büyücek bir ofise alınır şatoda; fakat bu kalabalık bir ofistir ve bir bölmeyle ikiye ayrılmıştır; memurlar; iş takipçileri, ziyaretçi, uşak ve elçiler burada, iki kişinin güç bela arka arkaya dikilebildiği bu yerde dururmuş. Bölmenin önüne dikilen memurlar, açık duran koca ciltli kitapları okurlar ve kitaplarını değil, yerlerini değiştirirlermiş. Barnabas en çok onların böyle zorlukla yer değiştirmelerine şaşarmış. Ön kısımda, bölmenin yanında, küçük alçak masalar varmış; bunlarda yazmanlar oturup, memurların seslice okuduğu yazıları kaleme alırlarmış. Bunun nasıl olduğunu aklı almazmış Barnabas'ın; memur anlaşılır biçimde 'yaz' demediği gibi, bağırarak da bir şey yazdırılmazmış; memur eskisi gibi, önündeki kitabı okur gibi yaparmış. Aslında memur fısıltıyla konuşur, yazman da duyarmış. Öyle anlar olurmuş ki, ses fazla kısık çıkınca, memur ayağa fırlayıp, söyleneni havada tutar, oturur yazarmış. Ne tuhaf! Barnabas'ın bunları izleyecek zamanı var; çünkü orada seyircilere ayrılan bölümde nice zaman dururmuş da, Klamm'ın gözü ancak ilişirmiş ona. Ayrıca, Klamm kendisini fark etse ve bizimki hemen toparlansa bile, bu hiçbir şeydir; çünkü Barnabas'ı boş verip, kitabına dönebilir Klamm; bu da sık rastlanır bir şeymiş. Evet ama, bunca sıradan bir elçilik de nedir ki? Barnabas sabah uyanıp şatoya gidiyorum demiyor mu, bir kederleniyorum ki! Nafile taban tepmek, boş umut, yitik zaman bu; neden oluyor ki? Halbuki evde kundura işleri birikir, yapacak kimse de yoktur, Brunswick işler yapılsın diye sıkboğaz eder.» «Tamam, tamam,» dedi K. «Ona şatodan bir iş verilmesi için hayli zaman beklemesi gerekiyor. Bu da anlaşılır bir şey, ortalık uşaklardan geçilmiyor; bu durumda her gün iş alması olası değil; bundan şikâyet etmeyin, bütün elçilerin hali böyle herhalde. Fakat kimi zaman ona iş verildiği de oluyordur; sözgelimi, bana iki mektup ulaştırdı.» «Tabii, tabii,» dedi Olga, «şikâyet etmeye belki hakkı yoktur; zaten ben de kulağıma gelenleri söylüyorum sadece. Peki şu mektup işinin nasıl olduğunu biliyor musun? Diyelim ki sana gelenleri... Onları Klamm'dan değil, yazmanlardan alır Barnabas. Herhangi bir gün ve herhangi bir saatte; bu görev de kolay görünmesine karşın epeyce çabaya malolur; yazman, Barnabas'ı anımsayıp çağırır. Bu, Klamm'ın isteğiyle gerçekleşen bir şey değildir; o, sakince kitabını okumaktadır; kimi zaman, Barnabas tam geldiğinde (diğer zamanlarda da bunu yapar) gözlüğünü sileceği tutar ve Barnabas'ı belki görür; gözlüksüz mümkünse tabii fakat Barnabas emin değil bundan. Barnabas'a bakan Klamm gözlerini yumar; uykuda gibidir. Yazman da bu sırada çekmecedeki belgeler arasından sana yazılmış bir mektup çıkarır; anlayacağın, o anda yazdığı bir şey değildir; zarftan da anlaşılacağı üzere, orada bekleyen bir mektuptur. Peki neden bunca vakit beklemiştir? Bekleyen sadece Barnabas mı; sen de beklemişsindir ve yazılanın kendisi beklemiştir, çünkü sararıp solmuştur. Böyle geciktirerek, uyuşuk bir elçiye çıkarırlar kardeşimin adını. Yazmanın umurunda mı? O hemen tereyağı gibi üste çıkar mektubu vererek: 'Klamm'dan K.'ya der ve elçi defedilir. Mektubu nihayet alan Barnabas koynuna atar ve soluk soluğa eve gelir; onunla buraya otururuz ve o anlatmaya başlar; olanı biteni değerlendirip, bunun fazla bir şey olmadığı çıkarsamasına ulaşırız. Bundan sonra mektubu bir kenara bırakıp, alıcısına verme isteği kaybolur; gidip uyumayı da kaldırmaz içi, tamir gerektiren bir kundurayı önüne alıp, şu sandalyede sabahlar. Bunlar benim sırlarım işte; Amalia'nın bunları ciddiye almamasına herhalde artık şaşırmazsın.» «Peki mektup ne olur?» «Aradan biraz zaman geçtiğinde Barnabas'ı sıkıştırmış olurum; hayli zaman geçebilir bu arada; artık Barnabas da mektubu alıp ileteceği kişiye yollanır. Böylesi şeylerde benim dediğimden çıkmaz. Ben, onun anlattıklarından sonra hemen toparlanabiliyorum; Barnabas daha bilgili olduğu için üstesinden gelemiyor herhalde. Bu yüzden, yaklaşık olarak şunları söylerim ona: Amacın nedir Barnabas? Hangi geleceğin, hayalin ardındasın? Bizi, beni iyiden iyiye terk edecek kadar yükselmek mi niyetin? Bu mu amacın? Bu olmadığını söyle bana. Sağlayabildiğin başarıdan bunca hoşnutsuz olmanı nasıl açıklayabilirsin? Etrafına bak bir; çevremizde senin kadar yükseğe çıkmış biri var mı? Evet; onların durumu bizimkinden farklı; onların bu hallerini değiştirmeleri için neden yok; bu kıyaslamaya gitmeden de görmelisin ki, senin durumunun kötü bir tarafı yok! Şüpheler, hayal kırıklığı ve engeller var; ama bunları zaten biliyoruz; sana ihsan edilen bir şey yok; önemsiz de olsa, bir şeyler elde etmek için savaşmalısın; yenilmiş değil, utkun olmak için bir nedenin de bu. Bizim için de savaşman gücünü yenilemiyor mu? Seninle gurur duymam, güven aşılamıyor mu sana? Senin şatodaki başarılarının yetersizliği bir yana, sana verdiğim emeklerimin boşa gitmesi üzüyor beni. Şatoya gidip, ofislerde görünebiliyorsun; gün boyu Klamm ile aynı salonda oturabiliyorsun; resmen elçiliğe alınmış birisin; bir resmi giyit talebinde bulunabilirsin, acil mektupları iletebiliyorsun; işte böyle birisin. Peki ne oluyor; aşağı geldiğinde, beni mutlulukla kucaklayacakken, beni gördüğün an, olanca cesaretini yitiriyorsun; bu nedenle umutsuzluğa düşüyorsun; sadece kunduraları kalıba almak çekiyor seni; geleceğimizin güvencesi olan mektubu bir kenara atıyorsun. İşte böyle sözleri defalarca yineledikten sonra, bir bakarım, inleye sızlaya mektubu almış gidiyor; ancak benim söylediklerim nedeniyle yapmaz bunu; kendisi şatoya gitmek istediği için, verilen ödevi yerine getirmeden gitmeye cesareti olmadığı içindir.» «Fakat senin ona söylediğin sözlerde bir doğruluk payı var,» dedi K. «Durumu öyle iyi özetledin ki, hayranlık duymamak mümkün değil. Ne kadar yalın bir ifade gücün var!» «O kadar da değil!» dedi Olga. «Barnabas'ı böyle yanıltıyorumdur belki, sağladığı başarı ne kadar ki? Bir ofise girebilir; belki ofis değil de, ön oda falandır. Bu arada, Klamm ile nasıl görüşür ya da görüştüğü Klamm mıdır? Az da olsa ona benzeyen biri olamaz mı? Ya da kendini ona benzetmeye çalışan bir yazman? Ona öykünmeyi dener pek çok kişi. Fakat diğer yanlarına öykünecek yürekleri yoktur. Herkesin öykünmek için delirdiği öyle biri çarçabuk farklı kılıklara bürünebilir. Sözgelimi, Klamm'ın burada bir yazmanı var; Momus. Tanıyorsun ha? İşte o da kendini sürekli geri planda tutar fakat birkaç kez de olsa, gördüm onu. Gençten, iri kıyım biri. Klamm'a zerrece benzerliği yoktur fakat öyle kişilerle karşılaşırsın ki, onun Klamm, Klamm'ın o olduğuna yemin ederler. Böylece insanın aklı karışır durur. Şatodaki durum farklı mı sanıyorsun? Orada da ona benzeyen birini gösterip, İşte Klamm, derler. Fakat Barnabas'ın sürekli güvensizlikle karşıladığı bir durumdur bu. Klamm oradaki memurların arasında dolaşıp duracak ha? Olacak şey mi bu? Barnabas kimi zaman çocuksu (bu bile başlı başına iyimserliktir onun için) biçimde: Memur da Klamm'a ne çok benziyor; bir de kapısına adını yazsa, der. Çocuksudur bunları söylerken; ama zekidir. Tabii ki, şatoda pek çok kişiden sorup öğrense daha isabetli davranmış olurdu; söylediğine göre, ofiste birçok kişi olurmuş hep. Böylece bazı ipuçlarına ulaşabilirdi. Bunu söyleyen ben değilim; Barnabas söylüyor ve bunu yapacak cesareti yok; bazı bilinmez yasaları çiğnemekten korkuyor. Bu taşkın güvensizliği, durumu bence çok iyi açıklıyor. Çok zararsız bir soru için bile ağzını açamıyorsa, şato güvensizliğin egemen olduğu bir yer olarak görünmeli gözüne. Böyle düşündüğümde, Barnabas'ı o koca, gizemli ofislerde bir başına bıraktığım için kendimi suçluyorum; bunlar öyle ofislerdir ki, tabansız biri olmayan Barnabas bile korkuyla ürperiyordur.»

«Sanırım meselenin şahdamarını buldun,» dedi K. «Bütün iş burada. Artık durumu daha belirgince anlıyorum. Barnabas böylesi bir iş için küçük. Söylediği hiçbir şey dikkate alınmamalı. Orada korku sonucu yıkılıp gittiğinden olmalı, etrafını iyi inceleyemiyor; yine de sen onu sıkıştırıp izlenimlerini anlatmasını istediğinde bir yığın maval okuyor. Beni hiç şaşırtmıyor bu; resmi olan şeylere karşı doğuştan bir saygınız var ailece. Buna sözüm yok; eğer iyiyseler, neden olmasın? Fakat böyle bir durumda, Barnabas gibi, köyden çıkmamış bir yeniyetmeyi telaşla şatoya gönderip, gerçeğe uygun haberler beklemeniz ve her sözünü vahiy gibi karşılayıp, kendi yorumlarınızla mutlu ya da mutsuz olmanız yanlış. İnan, ben de senin gibi, Barnabas nedeniyle olmayacak yollara saptım; umut bağladığım halde, hayak kırıklığına uğradım; tek dayanağım onun sözleriydi; yani bir hiçti.» Olga suskundu. «Benim,» dedi K., «kardeşine beslediğin güveni yıkmam zor; onu ne çok sevdiğini ve neler beklediğini biliyorum. Yine de yapmalıyım; senin için de yararlı olacak bir şey bu. Anlamadığım şu: Barnabas'ın neyi elde edemeyip, kendisine bağışlandığını eksiksizce görmeni engelleyen ne? Kardeşin ofislere girebiliyor ya da dediğin gibi ön odalardan birine; fakat becerebilirse, arasından geçebileceği korkuluklar var. Sözgelimi, onun girebildiği ön oda bile kapalı bana; orada kimlerle konuşuyor bilmem. Yazman herhangi düzeyde bir memurdur belki; yine de alıp bir üst düzeye götürebilir; adını verebilir ya da; bu da olmadı, adını verecek birini gösterebilir. Belki yaratılan Klamm ile gerçek Klamm arasında hiçbir ilgi yoktur; sadece Barnabas'ın heyecan sonucu görmeyen gözleri yaratmıştır bu benzerliği; alt düzey bir memur da olabilir Klamm ya değildir. Yine de kimi memurlar orada çalışmaktadır; bakışları Barnabas'a iliştiğinde, içinden bir şeyler geçirmektedir; hadi bunlar hayal ürünü diyelim; onu oraya biri koymuş ve bunu belli bir ereğe ulaşmak için yapmıştır. Anlatmak istediğim şu: Barnabas'a bir şeyler sunuluyor veya öylesi bir şey; buna karşın, yine de kuşku ve güvensizlikten başka bir şey elde edemiyorsa, bunun suçu salt onda. Kaldı ki, ben bir olumsuzluktan çıktım yola; bu da pek anlaşılır değildir; ama elimizde mektuplar var ve onlara Barnabas'tan daha çok inanıyorum. Belki de işe yaramaz, eski mektuplardır bunlar fakat yine de benim işimle ilgisini kurabiliyorum. Pek yararıma değilseler de, adıma yazıldıklarını biliyorum; muhtarla karısının da onayladığı gibi, Klamm'ın elinden yazılmışlardır ve muhtarın söylediğine göre, özel ve içyüzü açıklığa kavuşturulamamış şeylerdir ama önemlerini korurlar.» «Bu sözleri söyleyen muhtar mı?» «Evet,» dedi K. «Barnabas'a söyleyeceğim bunu,» dedi Olga hızlı hızlı. «Onu epeyce yüreklendirecek bu.» «Onun buna ihtiyacı yok ki,» dedi K. «Onu yüreklendirmek, bugüne değin yaptıklarının yerinde olduğu anlamına gelir fakat böyle yaparak da başarıya ulaşamaz. Gözlerini mendille bağladığın birini, mendilin arasından bak diye istediğin kadar yüreklendirmeye çalış; bir şey göremez. Mendili gözlerinden aldığında, görebilir sadece. Barnabas'ın ihtiyacı olan şey, cesaret değil, yardım. Düşün bir: Olanca karmaşıklığıyla bir resmi makam var orada; ben buralara gelmeden önce, oraya dair kimi fikirlerim olduğunu sanırdım; ne çocukça! İşte, Barnabas o makamın karşısında; bir başına ve zavallı; yaşam boyu oralarda yitip gitmemesi bile ne onur, bilsen!» «Sanıyor musun,» dedi Olga, «onun üstlendiği görevi küçümsüyoruz; ilgili makama büyük saygı besleriz; sen de söyledin bunu.» «Fakat gereksiz bu,» dedi K. «Saygının bu türlüsü, konusu olan nesneyi değerden düşürür. Barnabas oralara giriş hediyesini kötüye kullanıp, vaktini avarece gezinerek, çaresizlik ya da bitkinlik sonucu mektupları derhal götürüp sahiplerine iletmezse, yapılanın adına saygı denebilir mi? Denemez bence. Dur, suçlamalarım bitmedi daha; sana da söyleyeceğim şeyler var. Sen de resmi makamlara saygın olduğunu söylüyorsun; fakat Barnabas'ı olanca yeniyetmeliği, zayıflığı ve tek başınalığıyla şatoya gönderiyor veya en azından kendisinin oraya gitmesine izin veriyorsun.»

«Ben de kendimi böyle suçluyorum. Gelgelelim, Barnabas'ı şatoya gönderdiğim için beni suçlaman haksızca; onu gönderen ben değilim, kendisi gidiyor fakat bir yolunu bulup, onu engellemeliydim ama şimdi, o gün, yani o karar günü olup da, Barnabas'ın ve ailemizin zorlu durumunu o günkü ölçüde hissetsem, onu da bu kararının zorluklarına alışmış halde, benden ayrılıp yola tekrar koyulsa, bütün tecrübelerime karşın, kayıtsız kalır, gitmesine izin verirdim. Yerimde sen de olsan, yapacağın bu olurdu. Ne kadar zor günler yaşadığımızı bilmiyorsun; bundan dolayı bize, özellikle de Barnabas'a haksızlık ediyorsun. Biz o günlerde bugünkünden daha fazla umutluyduk fakat bunca büyük bir umut değildi. Zorluklarımız büyüktü ve bu değişmedi. Peki ama, Frieda sana hiç söz etmedi mi bizden?» «Kimi anıştırmalarda bulundu,» dedi K. «Söyledikleri kesin şeyler değildi; fakat adınızın geçmesi bile, Frieda'yı öfkelendiriyor.» «Otelcinin karısı bir şeyler anlattı mı?» «Hayır!» «Bir başkası?» «Hayır!» «Elbette, kim anlatabilir ki! Hakkımızda bir şeyler bilen pek çok kimse var. Elde edebildiklerince gerçeği, en azından kulaktan dolma, uydurulmuş şeyleri biliyorlar. Elalemin gözleri sürekli bizim üstümüzde; fakat yüzümüze karşı söylemeye geldi mi, kimse yoktur. Haksız da sayılmazlar. Bunu açıklamak zor; sana karşı bile; belki ne olduğunu dinleyince çıkar gider, seninle ne denli az ilgisi bulunsa da, hakkımızda hiçbir şey duymak istemezsin. Bu durumda, seni kaybetmiş oluruz; sen, emin ol ki, Barnabas'ın bugüne değin üstlendiği şatodaki görevinden daha önemlisin benim için. Fakat yine de (bu tutmazlık akşamdan beridir içimi kemiriyor) bilmen gerekiyor; aksi halde durumumuzu tam olarak anlayamaz ve Barnabas'a haksızlık etmeyi sürdürürsün ve bu da beni üzer. Bir türlü anlaşamaz ve birbirimize yardım edemeyiz. Fakat bir soru var yine de: Bilmeyi mutlaka istiyor musun?» «Neden soruyorsun?» dedi K. «Eğer gerekli buluyorsan, elbette bilmek isterim. Fakat neden böyle sorduğunu anlayamadım.» «Boşinanç,» dedi Olga. «Bu günahsızlığınla, en azından Barnabas'tan daha suçlu değilken, bize ilişkin meselelere karıştırılacaksın.» «Hemen anlat!» dedi K. «Benim korkacağım filan yok. Üstelik şu kadıncıl ürkekliğinle meseleyi çıkmaza götürüyorsun.»

XVII

AMALIA'NIN SIRRI

«Hükmünü ver,» dedi Olga. «Baştan belirtmeliyim ki, çok sıradan görünüp, neden önemli olduğu hemen anlaşılmıyor. Şatonun bir memuru var: Sortini.» «Evet, sözü geçmişti bir ara,» dedi K. «Buraya gelmemde etkili olanlardan biri.» «Pek değil,» dedi Olga. «Fazla ortalıkta görünmez o. Sordini ile karıştırmış olabilir misin?» «Mümkün,» dedi K. «Benim söylediğim Sordini.» «Doğru,» dedi Olga. «Tanınmış biridir o ve hamarat memurlardandır. Sortini dersen, pek görünmez ortalıkta ve çoğu kişi tanımaz onu. Üç yılı geçiyor, ilk kez gördüğümden beri. Üç Temmuz İtfaiyeciler Günü'ndeydi. Bu eğlentiye şato da katılmıştı ve itfaiyecilere bir yangın tulumbası hediye etmişti. Sanırım itfaiye işleriyle de ilgilenen Sortini (herhalde başkasının yerine bakıyordu, memurlar birbirlerinin yerine bakarlar; bu nedenle kimin neyle yetkili olduğunu anlamak zordur) tulumbanın verilişinde hazırdı. Şatodan gelen başkaları da vardı; memurlar, uşaklar... Sortini doğasına uygun olarak geride kalmıştı. Gösterişsiz, dalgınca biridir; onu görenin ilgisini çeken tek şey, alnındaki kırışıklardır; yaşı kırkı geçmemesine karşın epeyce fazladır ve alnından yelpaze biçiminde burnuna doğru iner; onun gibisine hiç rastlamadım. İşte o da şenliğe gelmişti. Amalia ile ben haftalar önceden sevinmeye başlamış, bayramlıklarımızı elden geçirmiştik. Hele de Amalia'nın elbisesinin beyazlığı! Beyaz bluzun dantelleri kaldırılmıştı, dantelleri sadece bu elbiseye takmak için almıştı. Amalia'yı kıskanan ben, eğlentiden önce sürekli ağlamıştım. Fakat sabahleyin Brückenhof otelcisinin karısı bizi ziyarete geldiğinde...» «Brückenhof otelcisinin karısı mı?» diye araya girdi K. «Evet,» dedi Olga, «yakından tanıdığımız biridir. İşte, bizi ziyarete geldi, Amalia'nın giyimlerinin benimkinden daha şık olduğunu söyledi ve benim de gönlüm olsun diye, incilerini takmam için bana verdi. Artık dışarı çıkmaya hazırlandığımızda, Amalia önümde önümde boy gösterip, hepimiz beğenen gözlerle onu izlediğimizde, babam 'bakın, söylüyorum, bugün Amalia'ya bir talipli çıkacak', dediğinde, takmakla gurur duyduğum inci kolyeyi çıkarıp Amalia'nın boynuna taktım; olanca kıskançlığım geçmişti. Her zamankinden farklı bir görünümü vardı Amalia'nın; belki de buna şaşırmıştık; öyle ahım şahım bir güzelliği yoktu ama sonraki zamanlarda da kendisini kurtaramayacağı hüzünlü bakışı üstümüzden geçip gidiyor, baktığı kişiyi önünde eğilmeye zorluyordu. Herkesin dikkatini çekiyordu bu, bizi almaya gelen Lasemann'la karısı da bunu fark etmişti.» «Lasemann mı?» diye sordu K. «Evet,» dedi Olga. «Saygın ailelerdendik; eğlenti biz olmadan başlayamazdı, çünkü babam itfaiyede üçüncü eğitim şefi olarak görevliydi.» «O kadar zinde miydi?» diye sordu K. «Babam?» dedi Olga, soruyu tam olarak anlamamıştı. «Üç yıl önce gençlere taş çıkarırdı; sözgelimi, Ağalar Palas'ta bir yangın çıkmıştı da, bir memuru sırtına aldığı gibi binadan dışarı çıkmıştı. Ben de oradaydım, pek yangın tehlikesi yoktu aslında, sobalardan birinin yanındaki kuru odunlar tütmüştü. Ama babamın sırtladığı memur korkup, pencereden bağırarak yardım isteyince, babam da onu alevler sönmüşken dışarı taşımıştı. Bütün bunları babamı sorduğun için anlatıyorum; o günden beri üç yıldan fazla zaman geçti; yine de bak nasıl da oturuyor.» Ama o anda, Amalia'nın yine yanlarına geldiğini fark etti K.; epeyce ötede, anne-babasının oturduğu masadaydı; romatizmadan kollarını kaldıramayan annesine yemek yediriyor, babasına da sabırlı olmasını, birazdan gelip onu da doyuracağını söylüyordu. Fakat bu sözleri işe yaramadı; babası güçsüz kollarıyla boğuşup, çorbasını kimileyin tabaktan, kimileyin kaşıktan içiyor, çorba tabağına ağzı değil, pos bıyıkları dalıyor, her yerine bulaşan çorba sadece ağzına gitmiyordu. «Üç yılda mı bu hale geldi?» diye sordu K. Fakat onların oturduğu yere karşı merhamet değil, iğrentiydi hissettiği. «Üç yıl,» dedi Olga, usul sesle, «aslında eğlentinin birkaç saati. Eğlenti köyün önünde, dere kenarındaki çayırlıktaydı. Oraya ulaştığımızda kalabalık birikmiş, civar köylerden gelenler de olmuştu ve büyük bir gürültü vardı. Babam, ilk olarak bizi yangın tulumbasının yanına götürdü; tulumbanın yanında mutluluktan uçuyordu ve yeni tulumba görmek onu deliye döndürüyor; tulumbanın orasına burasına dokunup bize açıklamalar yapıyordu. İtiraz etmemize fırsat vermeden, tulumbanın altına eğiliyor, bizden de aynı şeyleri yapmamızı istiyordu. Barnabas bir ara itiraz edecek olmuştu da, dayak yemişti. Sadece Amalia'ydı tulumbaya aldırışsız kalan; o güzelim elbisesiyle dimdik duruyor, ona bir şey söylemeye kimse cesaret edemiyordu. Ben, arada koluna giriyordum ama o sürekli suskundu. O gün olanların nasıl olduğunu bugün açıklayamıyorum; saatlerce tulumbanın önünde dikelmiştik, babam tulumbanın yanından ayrılırken Sortini'yi görmüştük; anlaşılan o da uzun süre tulumbanın arkasında durup, bizi izlemişti. Büyük bir gürültü vardı o gün, diğer eğlentilerdeki gibi değildi. Şato, itfaiyeye birkaç borazan da bağışlamıştı, müthiş şeylerdi; bir çocuk bile korkunç sesler çıkarabilirdi onlardan. Bu sesler o kadar şiddetliydi ki, sanırsın Türkler gelip kapıya dayanmıştı. Bizim etrafımızda da borazanları denemek isteyen birkaç kişi vardı; Amalia'nın cazibesine dayanamayıp gelmiş de olabilirlerdi. Bu gürültüde insan aklına başına toplayamıyordu; hem babamızın tulumbayla ilgili açıklamalarını da dinlemek zorundaydık. Bundan dolayı, daha önce hiç görmediğimiz Sortini, dikkatimizden uzun zaman kaçabilmişti. 'Bak, Sortini karşıda!' dedi fısıltıyla Lasemann, babama (ben de oradaydım o sıra); babam bir reverans yapıp, bizden de aynı şeyi yapmamızı istedi; bugüne değin onu hiç tanımadan itfaiye işlerinde uzman gözüyle bakmış, evde ondan söz edip durmuştu. Bundan hareketle, Sortini'yi görmek bizim için şaşırtıcı, önemli olmuştu. Fakat o bizimle ilgilenmedi; ancak şato memurlarının çoğu kalabalıkta böyle davranır; hem adam yorgundu da. Sadece görev yüzünden buradaydı. Böylesi temsilcilik görevlerini sıkıcı bulanlar, en kötü memurlar değillerdir. Bazı uşak ve memurlar da, geldiğimize göre kalabalığa karışalım deyip, Sortini'ye iltifatlar edip yanına yaklaşıyor, ama onun suskunluğuyla geri çekilmek zorunda kalıyorlardı. Bu nedenle, bizi daha sonra fark etti. Biz önünde eğilip, babam da özür dileyince baktı bize; birimizin yanında sürekli başka birinin daha bulunmasına içerler gibiydi. Nihayet bakışları Amalia'da durdu, ona bakarken başını kaldırdı, çünkü Amalia ondan uzun boyluydu. Derken, ürperir gibi oldu ve arabanın okunu geçip Amalia'ya biraz daha sokuldu. Önce yanlış anladık bunu, babamızın ardına takılıp ona doğru yürümeye başladık. Sortini el kaldırıp, gelmeyin dercesine bir işaret yaptı; olancası bu. Sonra, kendine bir eş bulduğunu söyleyerek Amalia'ya takıldı. Bütün bir öğleden sonrasını ahmak bir neşeyle geçirdi; gelgelelim, Amalia hiç böyle suskun kalmamıştı. 'Sortini'ye öyle tutuldu ki, gözü bir şey görmüyor!' dedi Brunswick; sürekli kaba biridir aslında o; Amalia gibi insanları anlamaktan uzaktır fakat bu sözleri bize isabetli geldi. Resmen çılgınca bir halimiz vardı o gün ve Amalia dışında hepimiz leziz şato şarabıyla esrimiş halde eve döndük.» «Sortini ne oldu?» diye sordu K. «Evet, Sortini,» dedi Olga. «Onu eğlentide birkaç kez daha gördüm; arabanın okuna oturmuş, kolları göğsündeydi; şato arabası gelip onu alana kadar da konumunu değiştirmedi; o zaman Sortini'nin kendisini izleyeceği beklentisine kapılan babam ise yarışlarda yaşıtlarının hepsini yenmişti. «Onu bir daha görmediniz mi?» diye sordu K. «Ona toz kondurmaz gibisin de.» «Doğru,» dedi Olga. «Görmedik denemez. Ertesi günün sabahında esrik uykumuzdan Amalia'nın çığlığıyla uyandığımızda; benim dışımda herkes yorganı başına çekti; gelgelelim ben iyice uyanmıştım, kalkıp hemen Amalia'nın yanına koştum. Amalia pencerenin önündeydi ve elinde bir mektup vardı; mektubu getiren adam oradaydı daha, verilecek yanıtı bekliyordu. Amalia mektubu okumuş, (uzun bir şey değildi) gevşemiş parmaklarının arasında tutuyordu. Amalia'yı bu usanmış haliyle ne zaman görsem, ona öyle yakınlık duyarım ki! Yanına oturup, mektubu okumaya koyuldum. Daha okumamı bitirmeden, Amalia bana bakıp mektubu çekti elimden. Ama mektubu artık okumak istemeyip, yırtıp yüzüne attı dışarıdaki adamın ve pencereyi kapattı. Her ne olduysa o kader sabahında oldu. Kader sabahı diyorum ama o günün öncesi ve sonrası da bundan farklı olmamıştı.» «Mektupta neler vardı?» «Anlatmadım, değil mi?» dedi Olga. «Mektubu Sortini yollamıştı. 'Grena taşı kolyeli kıza' yazılıydı zarfında. Fakat içinde neler yazılı olduğunu yinelemeyeceğim. Amalia hiç vakit geçirmeden Ağalar Palas'a, Sortini'nin yanına çağrılıyordu. Yarım saate kalmadan bir arabaya binip gidecekmiş Sortini. Mektup o güne değin hiç duymadığım ve sadece sözlerin içeriğinden anlamını biraz olsun sökebildiğim en beylik kelimelerle kaleme alınmıştı. Amalia'yı tanımayıp da, sadece mektubu okuyan biri, sahibine tecavüz etmeye kalkışılmış gibi görürdü. Hem, bir aşk mektubu da değildi; sevgi yüklü sözler barındırmıyordu; anlaşılan Sortini'nin Amalia'yı görüp gönlünü kaptırarak işinden gücünden kalmasına öfkelenmişti. Sonradan şöyle dedik biz: Sanırım hemen aynı akşam arabaya binip şatoya dönmek isteyen Sortini, Amalia için köyde kaldı; sabahleyin kalkınca, Amalia'yı unutamadığını görüp, öfkeyle söz konusu mektubu kaleme aldı. Bu mektubu okuyan en sakin kişi bile, öfkelenmeden edemez, ama sonra Amalia'nın bir diğerinden korkusu öne çıkardı. Amalia sadece öfkelenmekle kalmamıştı; çünkü Amalia, ne kendi adına korkar, ne de başkaları adına. Ben de bunun üzerine gidip yatağıma yattım. Mektubun okuyabildiğim son tümcesini aktarayım: 'hemen gel yoksa...' Amalia pencere önündeki peykede oturuyor; başka bir elçi gelecek de, ona da ilkine davrandığı gibi davranacak gibi dışarıyı izliyordu.» «Memurlar böyle kişiler ha?» dedi K. kararsız. «Böyle alçaklar da var aralarında! Peki babanın tutumu ne oldu? Herhalde ilgililere gidip Sortini'den yakınmıştır; daha kestirme ve güvenli olan Ağalar Palas'ı tercih etmediyse elbette. Bu meselenin en utandırıcı tarafı, Amalia'nın hakaret görmesi değil elbette; böyle bir hakaret sahibine iade edilebilirdi; bunun üstünde neden bu kadar durduğunu anlayamıyorum. Sortini neden bu mektubu yazıp, Amalia'ya hakaret etsin? Senin söylediklerine göre, bu olası ama aklım almıyor, mektubu yazanın Amalia'dan af dilemesi kolay sağlanabilir bir şey; böylece mesele kapanır giderdi. Sortini, Amalia'ya değil, kendine hakaret etti. Benim korktuğum, Sortini'nin erkini bunca kötüye kullanabilmesi. Bu meselede başarı kazanamadı diyelim; meramını açıkça anlatmış, Amalia gibi zorlu bir hasımla karşılaşmış fakat başka sayısız olayda, daha uygun koşullarda kesinlikle başarı kazanabilir; bu olay kurbanından bile saklı kalabilirdi.»

«Konuşma!» dedi Olga, «Bize bakıyor şimdi.» Amalia annebabasına yemeklerini yedirmiş, annesinin üstünü çıkarıyordu; annesinin önce etek kemerini açtı, kollarını alıp boynuna sardı ve böylece kaldırıp eteğini çıkarıp tekrar yerine oturttu. Annesinin hizmetlerine öncelik verilmesine içerleyen baba (anlaşılan annesinin kendisinden daha fazla yardıma ihtiyacı olmasından kaynaklanıyordu bu), ya da kızının eli ağır diye cezalandırmak için kendi işini kendisi yapmaya kalkıştı. Gelgelelim, işe en kolay ve gerekmeyen tarafından başlamışken, ne ettiyse terliklerini ayaklarından çıkarıp atamadı; hemen sonra da vazgeçip homurdanarak üstünü çıkarmayı bıraktı ve öylece koltuğuna yaslandı.

«Daha da önemli olanı bilmiyorsun,» dedi Olga. «Sözlerinin hepsinde haklı olabilirsin fakat bütün olanlar, Amalia'nın Ağalar Palas'a gitmemesi yüzünden oldu. Elçiye olan tavrı bir çaresi bulunup halledilebilirdi; ne var ki, oraya gitmemesi ailemize bir uğursuzluk getirdi; elbette bu durumda, elçiye yapılanlar da affedilecek türde olmaktan çıkıp bütün köyün tartıştığı bir konu oldu.» «Anlamadım!» diye bağırdı K. ama Olga yalvarır gibi ellerini kaldırınca sustu. «Sen, onun kardeşi olan sen, Sortini'nin söylediğine uyup Amalia vakit yitirmeden Ağalar Palas'a gitmeli mi diyorsun?» «Hayır!» dedi Olga. «Buna nasıl olasılık veriyorsun? Tanrı esirgesin beni? Yaptığı her işte Amalia ölçüsünde haklı birini daha tanımıyorum; ama Ağalar Palas'a gitseydi de yaptığını eleştirmezdim. Gitmeyerek ne kadar gözü kara olduğunu kanıtladı. Ben olsam ne yapardım dersen, aslında bir mektup alsam hiç vakit yitirmez, başıma geleceklerin korkusuna dayanamazdım; bu sadece Amalia'nın elinden gelir. Kimi çareler de vardı aslında; böylece biraz zaman da geçer, o da Ağalar Palas'ın yoluna düşer, Sortini'nin belki de elçinin ardından gittiğini öğrenirdi. Bu da olmayacak şey değildi hani; ağaların bir saati diğerini tutmaz! Ne var ki, Amalia böyle bir şey yapmadı, kendini hakarete uğramış hissediyordu ve verdiği yanıt da herhangi bir hesaba dayanmıyordu. Keşke isteneni yapar gibi görünüp, Ağalar Palas'ın kapısında bir boy gösterseydi; belayı başından savabilirdi. Çok becerikli avukatlar tanıyoruz; yoktan var etmeyi bilirler; fakat Amalia'nın durumunda 'yok' bile yoktu. Bunlar yetmez gibi, Sortini'nin mektubunu yırtıp atması ve elçiye de hakaret etmesi üstüne tüy dikmişti.» «Felaket ne, avukatlar ne?» dedi K. «Sortini'nin tacizleri yüzünden Amalia suçlanıp, cezalandırılamazdı, değil mi?» «Hayır!» dedi Olga. «Ceza alabilirdi; davayla filan değil, başka bir yolla ve onunla birlikte ailemiz. Bunun ne denli ağır olacağını tahmin edersin, sanırım. Senin için haksız ve ağır bir ceza olabilir, fakat köyde pek itibar edilmeyen bir kanı bu ve bazı aldanışlar içermese, teselli olabilirdik. Bunu hemen kanıtlayabilirim sana. Arada Frieda'nın da ismi geçerse beni kınama; ama Frieda ile Klamm arasında (sonlarını bir kenara bırakalım), Amalia ile Sortini arasında arasındaki gibi bir şeyler geçmemiş ve sen ilk anda ürpermiş bile olsan, artık hatalı bir şey görmüyorsun demektir. Bunun nedeni alışkanlık değil, bir hükme varmak gerekince, alışkanlık bunca umursamazlığa götürmez kişiyi. Bu yalnızca yanılgı payını ortadan kaldırmaktan oluyor.» «Hayır, Olga,» dedi K. «Frieda'yı bu işe neden karıştırıyorsun! Frieda'nın konumu farklı; bunca birbirine zıt şeyleri karıştırmayı boş ver de anlat sen.» «Bu karşılaştırma konusunda üstelersem gücenme!» dedi Olga. «Eğer buna karşı Frieda'yı savunmam gerektiği fikrindeysen, hâlâ yanılgılar var. Frieda'nın savunulmaya ihtiyacı yok, sadece övülmesi gerek. Ben iki durumun da eşit olduğunu söylemiyorum ki! Siyahla beyaz kadar karşıttır bunlar ve Frieda burada beyazdır. En fazla içkievinde benim yüzüm kızarmadan yaptığım gibi (sonradan pişman olsam da) sadece gülünebilir Frieda'ya. Fakat bu bile, gülenin kötü yürekliliğini, kıskançlığını gösterir. Amalia'ya gelince, insan ona kandan bağlı değilse, sadece küçümseyebilir onu. Bu nedenle, senin değindiğin gibi, birbirine karşıt şeyler fakat ortak bir yan da yok değil aralarında.»

«Öyle bir şey de yok!» dedi K. başını kızgınlıkla sallayıp. «Frieda'yı bir yana bırak! O, Amaila'nın aldığı gibi bir mektup almadı, Klamm'ı yalansızca sevdi, bundan kuşkusu olan varsa, gidip sorabilir; bugün bile seviyor.» «Peki ama bu o kadar derin bir ayrım mı?» diye sordu Olga. «Klamm'ın da Frieda'ya öyle bir mektup yazmadığını mı sanıyorsun? Koltuklarından kalktıklarında hep aynıdır bu ağalar; kalabalıkta nasıl davranacaklarını bilmez, kaba saba konuşurlar; tümü değilse de çoğu böyle yapar. Amalia'ya yazılan mektup bir dalgınlık anında öylece karalanmış olabilir. Onların aklından geçenleri nereden bilelim? Klamm'ın Frieda ile hangi koşularda görüştüğünü duymadın mı? Bu konuda kimseyle konuşmadın mı? Klamm'ın alabildiğine kaba biri olduğu söylenir sürekli; saatlerce konuşmaz, konuştuğunda da öyle sözler edermiş ki, insanı ürpertirmiş. Sortini hakkında böyle şeyler söylenmez; hem onu tanıyan da yok pek. Neredeyse bilinen tek şey, isminin Sordini'nin ismine benzediği. Bu benzerlik olmasa, hakkında bilinen bir şey olmayacaktı. İtfaiye uzmanı olarak bile karıştırıldığı söylenebilir; asıl uzman Sordini'dir ve belki bu görevi Sortini'ye yıkmakta, kendisi de böylece işine bakmaktadır. Onun gibi biri de köyden bir kıza tutulunca, bir dülger kalfasının sevgisinden daha farklı belirtir sevgisini. Şu da var ki, bir memurla, bir ayakkabıcının kızı arasında derin farklar vardır; bu farkları birleştirecek bir köprü kurmak gerekir; Sortini'nin yaptığı bu; bir diğeri başka bir yol deneyebilir. Hepimiz şatodanız, böyle yapmayı gerektiren bir şey yok denebilir. Bu sözler doğru olabilir fakat iş buraya geldi mi, pek de doğru bir söz olmadığını kaç kez gördük. Bu sözlerimden sonra Sortini'nin tutumu daha da anlaşılabilir ve Klamm'ın tutumundan daha çok açıklanabilir. Klamm kibar satırlarla dolu bir mektup yazsa, Sortini'nin yazacağı en bayağı satırlardan daha sıkıntı verici olur. Söylediklerimi yanlış anlama, Klamm hakkında bir yargıya varmayı düşünmüyorum; Klamm kadınların komutanı gibidir; kimi zaman o kadını ya da bu kadını çağırtabilir ve hiçbirini de yanında uzun süre alıkoymaz; gelmelerini nasıl emrettiyse, gitmelerini de öyle emreder. Klamm mektup yazma zahmetine filan kalkışmaz. Bu durumda, kadınlardan alabildiğine uzak yaşayan, kadınlarla ilişkileri hiç bilinmeyen Sortini'nin bir gün tutup memurların o okunaklı yazısıyla bayağı bir mektup yazmasını hâlâ korkunç bir şey olarak görüyor musun? Bu açıdan Klamm'ın lehine bir fark yoksa, durum bunun tersiyse, arada Frieda'nın sevgisi mi bir fark yaratacak? Kadınların memurlarla ilişkileri hakkında bir hükme varmak, emin ol, çok zor, bir ölçüde de kolay bir şeydir. Bu ilişkilerde sevgi olmadığı söylenemez. Bir memuru sevmenin kadını mutsuz ettiğine hiç rastlanmaz. Bundan dolayı, bir kız için (Frieda'yı ereklemiyorum) kendini sevgiyle bir memura bıraktı denirse, bir iltifat sayılmaz bu. O halde, Amalia Sortini'yi neden sevmedi? diye soracaksın. Evet ama sevip sevmediğini nasıl bileceksin ki? Kendisi de bilemez. Belki bugüne değin, hiçbir memurun karşılaşmadığı biçimde kötü davrandı Amalia; ama sevgisi olmadığını nasıl söyleyebiliriz ki? Barnabas'ın söylediğine göre, üç yıl önce pencereyi çarpıp kapadığı andaki heyecanını şimdi bile yaşıyormuş ve bu öyledir de. Bu yüzden, kendisine bu olay hakkında soru sormak işe yaramaz; Sortini meselesi onun için kapandı; bildiği tek şey bu. Fakat biz biliyoruz ki, kadınlar memurları sevmeden duramaz; iş ki memurlar onlara bir göz atsınlar. Dahası kadınlar yok saysalar da severler onları. Sortini'ye gelince: Sadece Amalia'ya bakmakla yetinmedi, tulumbanın üstünden atladı onu gördüğünde; o oturmaktan uyuşmuş bacaklarıyla. Peki ama, Amalia farklı da o yüzden diyeceksin. Evet; Sortini'ye yüz vermemekle öyle olduğunu kanıtladı fakat Sortini'yi sevmemek? Farklılığın bu kadarına da pes! Doğru, o öğlen sonrası gözlerimiz bir şey görmez olmuştu ama Amalia'nın da içine bir ateş düştüğünü sezer gibi olmamız, kendimizde olduğumuzu gösteriyordu. Bütün bunları göz önüne alınca, Frieda ile Amalia arasında ne fark kalıyor ki? Sadece bir fark: Amalia'nın istemediği bir şeyi Frieda'nın yapması.» «Mümkün,» dedi K. «Benim önemsediğim fark şu: Frieda ile nişanlıyız; Amalia ise Barnabas'ın, diyesim, şato elçisinin kardeşi olması dolayısıyla, yazgısının da Barnabas'ınkine bağlı olduğu. Eğer bir memur, senin sözlerinle adlandırdığım gibi açık bir haksızlık ettiyse, bunun hakkında düşünürdüm fakat Amalia'nın kişisel bir sorunu değil, genel bir sorun olarak. Gelgelelim, durum senin söylediklerinden sonra benim iyi anlayamadığım, sadece sen anlattığın için yeterince inandırıcı biçimde değişti. Bu yüzden, bu konuyla ilgilenmeyi düşünmüyorum. İtfaiyeci değilim; bana ne Sortini'den! Frieda beni ilgilendirir ama; hem tam olarak güvendiğim, sürekli de güvenmek istediğim senin gibi birinin Amalia'yı kullanıp, sürekli Frieda'yı iğneleyip durması, onu benim için güvenilmez biri haline getirmeye uğraşmasını yadırgıyorum. Bunu özellikle ya da art niyetle yaptığını düşünmüyorum. Böyle olsaydı buradan hemen çıkıp gitmem gerekirdi. Art niyetle yapmıyorsun, seni buna şartlar zorluyor; Amalia'ya duyduğun sevgi seni onu yüceltmeye yöneltiyor ve onu bütün kadınların üstüne çıkarmak istiyorsun; fakat bir de görüyorsun ki, onda buna yetecek bir şey yok, o zaman da diğer kadınları küçümsemekte buluyorsun çareyi. Amalia'nın tavrını da yadırgıyorum: fakat sen bundan söz ettikçe habire, bunun önemli mi, önemsiz mi, aptalca mı, zekice mi, yiğitçe mi, korkakça mı anlamanın olanağı kalmıyor. Onu böyle yapmaya yöneltenleri kendisine saklıyor ve ondan bunların neler olduğunu kimse öğrenemez. Frieda'ya gelirsek: Garip bulduğum bir tavrı yok; sadece yüreğinin sesine uydu; bu meseleyi düşünen herkes bunu fark edebilir. Benimse, ne Amalia'yı küçümsemek, ne de Frieda'yı savunmak gibi bir amacım var; sadece ikimiz arasındaki ilişkide ona yönelen bir saldırının bana da yöneldiğini düşündüğümü söylemek istiyorum. Buraya kendi rızamla geldim ve kaldım; fakat o günden başlayarak olup bitenleri, geleceğe dair beklentilerimi (giderek ölgünleşse de koruyorum onları) Amalia'ya borçluyum. Burada yeryazımcı olarak görev aldıysam da, bir formaliteydi bu; bana oyun ettiler, kaldığım her otelden kovdular ve bu sürüyor; ancak artık daha fazla uğraşmaları gerekiyor ve artık daha fazla önem taşıyorum ve bu da azımsanacak bir şey değil herhalde. Saray sayılmasa da artık bir evim var; bir işim, nişanlım var; başka işler yapmam gerektiğinde, yerimi ona bırakıyorum; onunla evlenip köy sakinlerinden biri olacağım. Resmi ilişkilerimin dışında, Klamm ile özel bir ilişkimiz de var. Bunun da küçümsenir bir şey olduğu söylenemez. Ayrıca, size geldiğimde kimi buyur ediyorsunuz? Aile sırlarını kime açıyorsunuz? Önemsiz de olsa kimden yardım bekliyorsunuz? Benden, bir hafta önce Lasemann ile Brunswick'in kovduğu bir yeryazımcıdan değil sanırım; bazı güçleri olan birinden umuyorsun o yardımı. Bu güçleri de Frieda'ya borçluyum; ona bu konuda bir şeyler sorsan, kesinlikle yanıt vermeyecek ölçüde kibirsiz olan Frieda'ya. Fakat yine de bütün sözlerimden çıkaracağın gibi Frieda o günahsızlığıyla, Amalia'nın burnubüyüklüğüyle başardığından daha fazlasını yapmış gibi görünüyor; çünkü nasıl desem, Amalia için yardım istiyorsun gibi anladım. Yardımı istediğin kim? Aslında Frieda.» «Onun hakkında kötü mü konuştum gerçekten?» diye sordu Olga. «Aslında böyle bir niyetim yoktu;

kötü konuştuğumu da sanmıyorum, fakat belli mi olur; öyle bir hale geldik ki, herkesle aramız kötü; yakınmaya bir başladık mı, kaptırıp gidiyoruz. Haksız da sayılmazsın; Frieda ile bizim aramızda epeyce fark var ve bunun ne olduğunu söyleyeyim: Üç yıl önce bizler ilerigelen ailelerin kızlarıydık, yetim bir kız olan Frieda da Brückenhof'da hizmetçilik ediyordu; yanından geçer de, yüzüne bile bakmazdık; evet, burnumuz büyüktü; n'eylersin ki aldığımız terbiye böyleydi. Fakat Ağalar Palas'taki o akşam, şimdiki durumumuz hakkında bir şeyler düşünmüşsündür herhalde: Frieda'da kamçı vardı, ben uşak gurühü arasındayım. Bununla kalsa yine iyi; Frieda bizi küçümseyebilir, onun konumuna yakışır bu; şartlar buna zorluyor. Fakat bizi küçümsemeyen var mı ki? Bizi küçümseyenler, yüksek sosyeteye karışıyor. Frieda'nın yerini kimin aldığını biliyor musun? İsmi Pepi. Onu, önceki akşam tanıma fırsatım oldu; şimdiye değin yaptığı iş, oda hizmetçiliğiydi. Beni küçümseme konusunda Frieda'yı geçtiği ortada. Bira almak için gitmiştim, beni pencereden gördü, hemen gidip kapıyı kapattı; saatlerce yalvardım ona, saçımın kurdelesini sana vereceğim dedim, dedim de kapıyı ancak açtı. Fakat kurdeleyi aldığında da hemen bir kenara fırlattı. Tabii, o da beni küçümseyebilir; çünkü onun iyiliğine ihtiyacım var ve o da Ağalar Palas'ın içkievinde çalışıyor. Evet, bir süreliğine ama orada sürekli çalışabilmesi için gereken niteliklere sahip değil. Sözgelimi, otelcinin karısıyla Pepi'nin konuşmalarına kulak verin bir ve otelcinin karısının Frieda ile konuşmasına. Yine de bu durum, Pepi'yi Amalia'yı küçümsemekten uzak tutmuyor; o Amalia ki, bir bakışı, saç örgüleri ve kurdeleleriyle küçük Pepi'yi kalas bacaklarının üstesinden gelemeyeceği biçimde dışarı atmaya yeterdi. Dün de Amalia hakkında yerli yersiz gevezelik etmeye başladı; neredeyse delirecektim. Allahtan müşteriler geldi de; neyse, senin de gördüğün gibi bir kez oldu bu.» «Ne kadar da korkmuş görünüyorsun!» dedi K. «Ben sadece Frieda'yı layık olduğu yere yükseltmek istedim; hepsi bu; sandığın gibi sizi alçaltmaya filan uğraşmadım. Benim, ailenizde kimsede olmayan üstün bir yanım var, bunu ifade etmiştim fakat bu tür bir küçümsemeye nasıl neden olabileceğine aklım yatmıyor.» «K.!» dedi Olga. «Sen de anlayacaksın nedenini; Amalia'nın Sortini'ye olan tutumudur bunun nedeni; anlayamadın mı? «Fakat bu çok tuhaf değil mi?» dedi K. «Amalia'ya hayran olunabilir; Amalia bu yüzden mahkûm da edilebilir; ya küçümseme? Bilemediğim bir nedenle o küçümseniyor diyelim; peki bunu bütün aile bireylerine yaymak niye? Sözgelimi, Pepi'nin seni küçümsemesi önemli değil, Ağalar Palas'a gidersem bunun hesabını soracağım.» «K., eğer,» dedi Olga, «bizi her küçümseyenden hesap sorarsan, çok işin var demektir; çünkü bu iş şatoya kadar gidiyor. O günün öğlen sonrasını bugün gibi anımsıyorum; o günlerde yanımızda kalfa olan Brunswick gelmiş, babam da ona kimi işler vererek evine yollamıştı. Sonra da kahvaltı için oturmuştuk. Benimle Amalia dışında herkeste bir hareketlilik vardı, babam sürekli eğlentiden söz ediyor, itfaiyeye ilişkin tasarılar kuruyordu. Anlayacağın, şatonun da itfaiyesi var ve bu itfaiye bir-iki delege göndermiş; onlarla kimi şeyler konuşulmuştu; şatodan eğlentiye gelen memurlar itfaiyemizin başarılarını övmüşlerdi; kendi itfaiyelerini bizimkiyle kıyaslamışlar, bizimki üstün çıkmış; kendi itfaiyelerini yeniden düzenlemeleri gerektiği kanısına varmışlar. Bu iş için köyden kimi adamların alınması gerekiyordu; böyle adamlar vardı fakat babam kendisinin seçileceğini düşünüyordu. Kahvaltıda sürekli bundan söz etti; yüzü öyle sevinçliydi ki, onun bu halini bir daha görmek nasip olmadı. Derken, Amalia alışık olmadığımız bir gurur ifadesiyle, ağaların böylesi konuşmalarına güvenmemek gerek, dedi. Onlar böyle hallerde kulağa hoş gelen sözler etmeye bayılırmış fakat söyledikleri kaydadeğer şeyler değilmiş; çünkü söylenir ve unutulur gidermiş; ama insan yine de böyle sözlere kanarmış. Annem böyle konuştuğu için azarladı onu; babamsa Amalia'nın çokbilmişliğine güldü; fakat aniden durdu; yokluğunu yeni ayrımsadığı bir şey arar gibiydi; ne var ki, böyle bir şey yoktu ortada. Birden, 'Brunswick, bir elçiyle yırtık pırtık edilmiş bir mektuptan bahsetti.' Sonra bunun kiminle ilgili olduğunu ve olup bitenden haberi olmadığını söyledi. Bir şey söylemedik biz. O günlerde şimdikinden daha acemi sayılan Barnabas ahmakça ve utanmazca bir şeyler söyledi, ardından başka şeyler konuşmaya başladık ve bu konuda da o kadarla kaldı.»

XVIII

AMALIA'YA CEZA

«Arası çok geçmeden, her taraftan mektup hakkında sorular gelmeye başladı; dostlar, düşmanlar ve tanımadığımız birileri evimize doluştu. Fakat yanımızda uzun zaman kalmıyor, en yakın tanıdıklarımız en erken gidenler oluyordu. Ciddi ve uyuşuk bir adam olan Lasemann bile kapımızdan adımını attı; halinde tavrında öyle bir şey vardı ki, sadece odamızın büyüklüğünü kestirmeye çalışır gibiydi; gözleriyle etrafı taradı; gitti. Onun böyle gidişi, babamın diğer ziyaretçilerden kurtulup, kapıya kadar Lasemann'ın ardı sıra gidişi ve tekrar gelişi oyuna benzeyen korkunç bir şeydi. Brunswick de uğradı bir ara; artık babamla çalışmayacağını söyledi. Cin gibi bir fırsatçı; hiç yüzü kızarmadan kendine bir işyeri açacağını söyledi. Sonra müşteriler de gelerek, tamir için bıraktıkları ayakkabıları babamın dükkânından aldılar. Babam onları önce vazgeçirmeye yeltendi; biz de onu alabildiğine destekledik; fakat babam başaramayacağını anlayarak bu fikrinden vazgeçti; müşterilere sakince yardım edip, sipariş defterinden adlarını çizdi; deri malzemelerini iade etti, borçlar kapatıldı, bütün bunlar hiçbir gürültü çıkarılmadan yapılıyordu. İş ki aramızdaki bağlar tamamen kopartılsın; kimsenin başka bir şey istediği yoktu; zarara uğrayanlar bile sesini çıkarmıyordu. Nihayet, önceden de anlaşılacağı gibi itfaiye müdürü Seemann da geldi. O sahneyi hiç unutamam: Seeman boyu bosu yerinde, biraz kambur ciğerlerinden sayrılı, sürekli ciddi, somurtuk biri; hayranlık duyduğu ve samimi oldukları vakitlerde müdür yardımcısı yapacağını söylediği babamın önünde öylece duruyor; itfaiye derneğinin kendisini üyelikten attığını bildirip, diplomasını iade etmesini istiyor. Evde bulunanlar da, işlerini öylece bırakıp, babamla Seemann'a yaklaşıp, çevrelerini alıyorlar. Seemann'ın bir şey söylediği yok; sadece sürekli babamın omuzlarına vuruyor; söyleyemediği sözleri bu yolla açığa vuruyor sanki. Bir yandan gülerek herkesi sakinleştirmek ister gibi davranıyor; fakat somurtuk biri olduğundan ve bugüne değin güldüğüne hiç rastlanmadığından, dudak hareketlerinin gülme olduğuna kimseler inanamıyor. Babam ise, üstünde günün yorgunluğu ve sıkıntısıyla kimseye yardım edecek gibi değil; dahası ne olduğunu bile bilmez halde. Hepimizin derin bir çaresizlik içinde olduğu belliydi fakat biz genç olduğumuz için, mahvolduğumuza inanamıyorduk. Birinin çıkıp bütün bunlara dur diyeceğini ve her şeyi eski haline getireceğine emindik. Olanca ahmaklığımızla Lasemann'ın aradığımız adam olduğunu düşünüyorduk. Onun gülüşünden kesin bir söz çıkacağını umuyorduk. O sırada gülecek ne vardı bilmem ki, bizim acımasızca haksızlığa uğramamızdan başka! Bay Müdür, Bay Müdür artık şunlara bir şey söyleyin Tanrı aşkına, diye dua ediyor, sürekli ona sokulmaya çalışıyor ama bu onu olduğu yerde garip dönüşlere zorlamak dışında işe yaramıyordu. Nihayet, bizim gizli isteğimizi yerine getirmek için değil de, oradakilerin özendirici veya kızgın seslenişlerine boyun eğerek söze başladı Seeman. Umudumuzu hâlâ koruyorduk. Babamı yere göğe koyamadı önce; derneğin saygın bir üyesi, genç kuşak için onun olduğu yere kolay gelinemeyecek örnek biri, ayrılışıyla derneğin çok şey yitireceği biri diye bahsetti ondan. Buraya kadar sözlerine diyecek yoktu; keşke sadece bu kadarını söyleseydi. Fakat sürdürdü: Bunlara rağmen, dernek, babamın görevinden ayrılmasını rica etmeye geldiyse de, bu sadece bir süreliğineymiş; derneği bunu yapmaya yönelten nedenlerin ciddiyeti ortadaymış; babamın dünkü eğlentideki parlak başarıları olmasaymış, belki de iş buralara varmayacakmış; fakat söz konusu başarılar ilgililerin bütün dikkatini çekmiş, gözler derneğin üzerindeymiş;

bu nedenle temizliği daha fazla dikkate almak gerekiyormuş. Bir elçi hakaret görmüş; bu durumda başka çaresi kalmamış derneğin; Kendisi de bunu babama iletmek gibi ağır bir görev üstlenmiş ve babamız da ona yardımcı olmalıymış. Bunları söyleyebildiği için çok sevinçliydi Seemann; bundan kaynaklanan güvenden dolayı o abartılı saygısını koruyordu adam; duvardaki diplomayı işaret etti. Babam bir baş işaretiyle onaylayarak duvara doğru yürüdü ama titrek elleriyle, diplomayı yerinden çıkaramadı; ben bir iskemlenin üstüne çıkıp yardım ettim. Her şey böylece bitti; babam diplomayı çerçevesinden bile çıkarmadı, öylece Seemann'a uzattı, sonra bir köşeye oturdu ve suskunca kaldı; biz de müşterilerle görüşüp pazarlığa koyulduk; elden geldiğince elbette.» «Sence bunda şatonun etkisi ne kadar?» diye sordu K. «Söylenenlere göre bu işe şato hiç karışmamış gibi. Şimdiye dek söylenenler, insanların aptalca telaşları, soydaşlarının yıkımından keyif almaları, yalancı dostluklar... her yerde rastlanan şeyler. Babanız da elbette –en azından ben öyle görüyorum– bunları fazla önemsemiş. Diploma da nedir ki? Babanızın becerilerinin onaylanması; bu beceriler, diplomasız bile onu gerekli biri haline getiriyordu; babanız keşke daha ilk sözlerde diplomayı adamın önüne atsaydı, aslında onun işini zorlaştırmış olurdu. Fakat dikkatedeğer bulduğum bir şey var ki, Amalia'ya hiç değinmedin. Bütün bunların nedeni kendisiyken, anlaşılan, arkalarda bir yerlerde öylece oturup bütün bunları izliyordu.» «Hayır, hayır!» dedi Olga. «Birilerini ayıplamak yanlış; kim olsa öyle davranırdı; bütün bunlarda şatonun etkisi hissediliyordu.» «Şato etkisi,» diye yineledi, tam o sırada kimse ayrımında olmadan avludan içeri giren Amalia; anne ve babasını çoktan yataklarına yatırmıştı. «Hayrola, yine o şato hikâyeleri mi? Daha oturuyor musunuz?» dedi. «Hani, hemen gidiyordun K.? Saat neredeyse on olacak. Böylesi hikâyelerle ilgileniyor musun? Bizim köyde böyle hikâyelerle karın doyuranlar bile var fakat sen onlardan değilsin herhalde.» «Bunu da nereden çıkardın?» dedi K., «Ben de saydıklarındanım. Fakat bu tür hikâyelerle ilgilenmeyen ve sadece başkalarının ilgilenmesini sağlamaya çalışanlarla pek ilgilenmem.» «Mümkün!» dedi Amalia. «Fakat insanlar farklı şeylere ilgi duyarlar; birinde, bir delikanlıdan söz edildiğini duymuştum; habire şatoyu düşünen biriydi; başkaca bir şeyle ilgilendiği yoktu ve delireceğinden korkuyordu herkes, çünkü düşündüğü tek şey şatoydu. Sonradan öğrendik ki, adamın asıl derdi şato değil, ofislerin temizliğiyle ilgilenen temizlikçinin kızıymış; kıza kavuşunca her şey yoluna girdi.» «Sevdim bu adamı,» dedi K. «Adamın bunu seveceğinden emin değilim!» dedi beriki. «Fakat karısı desen, eh. Sizi rahatsız etmeyeyim ben; uyuyayacağım, ışığı da kapatmam gerek; anamla babam için; hemen dalarlar ama bir saat geçmeden uyanıp, ışığı görürlerse rahatsız olurlar. İyi geceler!» Oda hemen karanlığa büründü. Amalia köşede, anne ve babasının yanına yatağını seriyor olmalıydı. «Amalia'nın sözünü ettiği delikanlı kim?» diye sordu K. «Bilmiyorum,» dedi Olga. «Brunswick olabilir; tanımı ona pek uymuyor. Fakat belki de başkasıdır. Amalia'yı tam olarak tanımak zordur. Ne zaman ciddi konuştuğu, ne zaman alay ettiği belli değildir pek.» «Boş ver bu yorumları!» dedi K. «Nasıl oldu da Amalia'nın bunca sözü çıkmaza düşürdü seni? Yaşadığınız o yıkımdan önce de böyle miydi? Sonradan mı oldu? Amalia'dan bağımsız olmak için hevesin yok mu? Hem, bu bağımlılığın anlaşılır bir gerekçesi var mı? En küçüğünüz Amalia, o halde söz dinlemek ona düşer. Masum ya da suçlu, aileye bu felaketi o getirdi. Her gün özürler dilemesi gerekirken, başını hepinizden yukarıda tutuyor, yalandan anababasıyla ilgileniyor olancası bu; artık hiçbir söze ortak edilmek istemediğini kendisi söylüyor; sizinle konuşması gerektiğinde, genellikle ağırbaşlı bir ifadeyle yapıyor bunu, fakat konuşması yine de alaylı gibi. Acaba kimi zaman değindiğin güzelliği mi böyle size sözünü dinleten? Evet, üçünüz de birbirinize hayli benziyorsunuz; fakat Amalia'nın seninle Barnabas'tan ayrıldığı yer, onun kesinlikle karşısında. Onu ilk gördüğüm gün bile, katı ve duygusuz bakışıyla ürpermiştim. Bununla birlikte, Amalia en küçüğünüzse de, dışarıdan bakıldığında pek anlaşılmıyor; onda hiç yaşlanmayan, ya da hiç genç olmamış bir yan var. Sen onu her gün gördüğün için bu katılığı ayrımsamıyorsun. Bu açıdan düşündüğümde Sortini'nin Amalia'ya olan ilgisini pek ciddi bulmuyorum; o mektupla onu çağırtmayı değil de, cezalandırmayı istiyordu Sortini.» «Sortini için bir sözüm yok,» dedi Olga. «Şato ağalarından her şey beklenir; ama en güzel ya da en çirkin kız hepsi bir. Eğer böyle değilse, Amalia hakkında aldanıyorsun. Sana onu mutlaka beğendirmek için neden uğraşayım? Eğer yine de yapıyorsam, senin için yapıyorum. Başımıza bu belayı açan Amalia; bu doğru, fakat babamın bile, bu beladan en çok zarar gören o ve söylediklerinde, bir de evdeyse sözünü esirgemez biridir; babamın bile kötü bir sözü olmadı. Amalia'nın tutumunu yerinde bulduğundan değil; Sortini'ye bunca hayran olan biri bunu nasıl yapabilirdi ki? Aklın alıyor mu bunu? Her şeyini Sortini için feda ederdi gerektiğinde, elbette şimdiki gibi değil, şimdi Sortini öfkeli diye oldu bunlar. Öfkeli olabilir diyorum; çünkü sonraları da ondan haber alamadık; bugüne değin herkesten uzak mı vakit geçirmişti ki ortalarda görünmüyordu. O günlerde Amalia'yı görmeliydin! Ceza filan görmeyeceğini biliyorduk, ama bizden herkes uzaklaşmıştı. Komşularımızın bizden uzaklaştığını fark ediyorduk ama şatoya dair şeyleri değil. Hem eskiden de şatonun bize özel bir yakınlığı olduğunu filan hissetmemiştik ki, bugünlerde edelim. En katlanılmaz olan da şatonun derin sessizliğiydi, komşuların bizden uzaklaşması değil; buradakiler özel bir inanıştan ötürü böyle tutumlar almıyorlardı; hem, bize özel bir kinleri de yoktu ve bugünkü gibi küçümsedikleri de söylenemezdi; herkes korku sonucu öyle davranmış ve bu meselenin nasıl sonuçlanacağını beklemeye başlamıştı. Bizi bekleyen sıkıntılar pek de korkulacak gibi değildi; alacaklarımızı toplamıştık; erzak ihtiyacımızı konu komşunun gizli yardımlarıyla karşılıyorduk; pek de zorlanmıyorduk bunda; hasat vaktiydi fakat bizim toprağımız filan yoktu; kimse de iş vermiyordu; hayatımızda ilk kez başıboşluğa yargılanmıştık. Perdelerimiz kapalı, temmuz-ağustosu evde miskince yatarak geçiriyorduk. Ne gelen oluyordu, ne de giden.» «Eğer gelen giden olmuyorsa, ceza verileceği beklentisine neden girdiniz? Siz nasıl insanlarsınız!» «Nasıl desem,» dedi Olga. «Bir ceza geleceğini düşünmüyorduk; sadece yaşadığımız günlerdi bizi tedirgin eden; cezamız buydu işte; çünkü köy sakinleri, onlara uğrayalım, babam işliğini yine açsın; zarif elbiseler dikmeyi iyi bilen fakat bunu sadece ilerigelenler için yapan Amalia kendilerine gelsin diye bekliyorlardı; bu bir olsaydı, mesele kapanırdı, herkes yaptıkları için üzgündü; köy sakinlerinden, saygın bir ailenin böyle aforoz edilmesinden pek çok kişi zarar görür. Köylüler, bizimle ilişkilerini kestiklerinde sadece işlerini yaptıklarını düşünüyordu; biz de olsaydık aynı şeyi yapardık, çünkü neler olduğunun onlar da farkında değillerdi; yalnızca elçi, elinde yırtılmış mektubun parçaları, Ağalar Palas'a dönmüş, elçiyi giderken izleyen Frieda onun dönüp geldiğini görüp, birkaç kelime konuşmuş ve öğrendiklerini hemen etrafındakilere anlatmıştı; fakat bunu bize kin tuttuğu için değil, ödevi olduğu için yapmıştı; onun yerinde kim olsa aynı şeyi yapardı. Değindiğim gibi, bu meselenin iyi bir sonuca ulaşması herkesi sevindirecekti. Bir gün aniden meselenin halledildiği, salt bir yanlış anlamanın buna neden olduğu, bir suçtan da söz edilse, bunun kurtulmalığının ödendiği veya (köy sakinlerine bu yeterdi) şatoyla bağlantılarımız yardımıyla üstünün örtüldüğü haberiyle gelsek, köylüler bize kucak açacak, her şey eskisi gibi olacaktı. Bunun örneklerini gördüm çünkü. Fakat böyle bir habere ihtiyacımız yoktu aslında; biz mektup konusunu hiç açmadan eski ilişkileri tekrar sürdürmeye kalksak da olurdu; kimseler bu konuda konuşmazdı, çünkü bize uzak durmaları korkudan değil, meselenin sevimsizliğindendi. Bu konu hakkında bir şey duymak istemiyorlardı. Frieda bunu keyfinden değil, çevresindekileri buna karşı korumak, köy sakinlerini uyarmak için yapıyordu. Söz konusu olan, biz ve ailemiz değil, olayın kendisiydi. Bu durumda geçmişi işe hiç karıştırmayıp, tekrar ortaya çıksaydık da mesele kapanacaktı. Fakat biz böyle yapmak yerine, eve kapanıp kaldık. Beklediğimiz neydi bilmiyorum. Belki de Amalia'nın kararıydı. Amalia, hemen o sabahtan aile idaresini üstlenmişti. Bunu emirlerle filan değil, susarak yapıyordu. Fakat biz sürekli nasıl davranacağımızı tartışıyorduk. Fısıldaşmalar gün boyu sürüyordu. Kimi zaman babam ansızın telaşlanıp beni yanına çağırıyor, onun yanında gece yarısını ediyordum. Kimi zaman da Barnabas'la konuşuyorduk; bütün bunlardan bir şey anlamayan Barnabas sürekli açıklamalar istiyor, akranlarının umutla beklediği neşeli yılların kendisi için söz konusu olmayacağını düşünüyordu. En güçsüz durumda olan annemizdi; hepimizin sıkıntısını paylaşmakla kalmasının yanı sıra, kendisi de üzülüp duruyordu. Annemin bir değişim geçirmekte olduğunu korkuyla ayrımsıyorduk; öyle ki onun yaşadıkları bir gün hepimizin başına gelecekti. Annemin evde en sevdiği yer kanepeydi (kanepe elden gideli çok oluyor; o kanepe Brunswick'in evinde); annem sürekli uyukluyor, kendi kendine konuşuyordu. Bizim bu mektup işini halletmede sürekli çareler ararken birbirimizi geride bırakmamız kaçınılmaz ve olağandı; fakat isabetli bir tutum da değildi, çünkü böylece uzak durmaya çalıştığımız konuya daha fazla gömülüyorduk. Parlak fikirlerimiz ne işe yarıyordu ki? Amalia olmadan hiçbir şansı yoktu bunların; hepsi önhazırlık türünden şeylerdi ve Amalia bunları sessizlikle karşıladığı sürece beş para etmezdi. Evet, neyse ki onu bugünlerde iyice anlıyorum. Hepimizden daha çok acı çekti o; onca sıkıntıya katlanıp, bugün aramızda olmasını aklım almıyor. Amalia sadece acı çekmedi; acısının nedenini anlayacak ölçüde zekice de davrandı. Biz fısıldaşıyorduk; o susuyordu. Gerçekle hesaplaşıyor, hayata direniyordu. Ama biz yine de ona oranla daha iyiydik. Fakat evimizi de boşaltmaya mecbur kalmıştık; evimize Brunswick yerleşti ve bize de bu barakayı verdiler. El arabasına yüklediğimiz eşyalarımızı birkaç sefer yapıp taşıdık. Ben, Barnabas ile arabayı çekiyor, babamla Amalia itiyordu. İlk anda buraya taşıdığımız annemiz, her seferinde bir sızlanmayla karşılıyordu bizi. Bu taşınma sırasında, utandırıcı bir şeyle daha karşılaştık; yoldan ekin yüklü arabalar geçiyordu ve köylüler bizi gördüklerinde susup, bakışlarını bize çeviriyorlardı. Bu taşınma işini yaparken bile, Barnabas ile geleceğe dair planlarımızı konuşuyor, bazen duruyor; babamızın 'Hey' diye bağırmasıyla tekrar işimize dönüyorduk. Fakat bu konuşmalarımız yeni evimize taşınmamızdan sonra da hayat biçimimizi değiştirmedi; şimdi bir de yoksulluk belasıyla yüz yüzeydik. Eşten dosttan gelen yardımlar kesilmişti. Paramız filan yoktu; tam da o günlerde, değindiğin küçümseme etkisini hissettirmeye başladı. Bu mektup işinden kurtulacak gücümüzün olmadığını sezinlemişlerdi ve bize kızıyorlardı. İçine düştüğümüz belanın ne tür bir şey olduğunu bilmiyorlardı fakat zorlu olduğunun ayrımındaydılar; bu bela kendi başlarına da gelse, yapacakları bir şey olmadığını biliyor fakat bize uzak durmaya da kendilerini zorunlu hissediyorlardı. Bu vartayı atlatabilseydik, bunlar olmayacaktı fakat bunun üstesinden gelemediğimiz için, bugüne değin ara ara yaptıkları her şeyi şimdi aralıksız yapmaya başlamışlardı. Herkes kapıyı yüzümüze çarpıyordu. Bizi insan yerine koymaktan vazgeçmişler, adımız anılmazlaşmıştı; bizden söz etmek zorunda kaldıkları zaman, en masum buldukları Barnabas'tan söz ederek konuşuyorlardı. Sığındığımız barakanın ismi bile kötü anılıyordu; sen bile içten konuşacak olursan, bu kapıdan girişte bu küçümsemeleri doğru buluyor gibi davranmıştın. Daha sonraları kapımıza gelen birileri olmuş, sudan şeylere dudak bükmüşlerdi: Küçük kandil neden masanın üstünde asılıymış? Başka nereye asacaktık ki! Buna bile katlanamıyorlardı anlayacağın. Ama kandili alıp başka bir yere asmaya kalksak, eski kibirlerinde üsteliyorlardı. Biz, eşyalarımız, her şey aynı dudak büküşün unsurlarıydı.»

XIX

YALVARMALAR

«Ne yaptık sence? En kötü şeyi, bize daha fazla küçümsenme getirecek bir şeyi: Amalia'ya haince davrandık, onun sessiz otoritesinden çıkardık kendimizi, o durumda daha fazla devam edemezdik; umutsuz yaşanmıyordu; bu nedenle herkes elinden geldiğince şatoya yalvarmaya başladı. Varolan hatanın üstesinden gelmeye yetecek gücümüz yoktu; ayrıca, şatoyla tek bağlantımızı, Sortini'yi de kaybetmiştik; yine de işe giriştik. Harekete ilk geçen babam oldu; muhtara, yazmanlara, avukatlara gidilip kapıları aşındırılmaya başlandı. Babam kapılardan içeri alınmıyordu; fakat bir hile sonucu veya kazayla girebilse de (bu tür şeyler olduğunda öyle seviniyorduk ki!), hemen baştan savılıyor, içeri bırakılmıyordu. Zaten onu yanıtlamak da zor bir iş değildi, şatonun zor bir işi yoktur: Babamın derdi neydi acaba? Başına kötü bir şey mi gelmişti? Bağışlanmaya neden gerek duyuyordu? Şatodan birinin ona zarar verdiğini mi söylemek istiyordu? Evet, yoksullaşmış, işinden olmuştu, ama bunlar günlük hayatla ve piyasaların durumuyla ilgiliydi; şato her işle ilgilenmeye mecbur muydu? Aslında ilgilenmediği de söylenemezdi; fakat bir kişiye yardım edeceğim diye olayların olağan gelişim seyrine damdan düşer gibi karışamazdı, değil mi! Ne yani, şatonun memurları gidip, onun müşterilerini geri mi çağırsındı? Fakat diye karşı çıkıyordu babam (bunları şatoya gitmeden önce ve sonra evde konuşuyorduk), bir kenara çekilip, olanın bitenin farkında olan Amalia'dan gizli gizli itiraz ediyordu babam, yoksulluğuna yanmıyordu! Kaybettiklerini tekrar elde edebilirdi, o kadar önemsediği yoktu; yeter ki onu affetsinlerdi. 'Peki ama nedir bağışlanacak olan?' diyorlardı; hakkında herhangi bir soruşturma açılmamış, en azından tutanaklara geçmemişti adı; hal böyle olunca da onun için herhangi bir şey yapılmasının gereği kalmıyormuş. Eğer hakkında resmi bir karar varsa göstersinmiş. Babam elbette böyle bir şey söyleyemiyordu. Peki, herhangi bir resmi yetkilinin işe karışmasından söz edebilir miymiş? Babam buna da diyecek bir şey bulamıyordu. E, bu durumda babamın derdi neymiş ki? Fakat böyle davranarak başlarını ağrıtması affedilemezmiş. Fakat babam üsteliyordu; o günlerde sağlığı iyiydi, işsiz olduğu için vakti de vardı. Barnabas ile bana: 'Amalia'nın onurunu kurtaracağım, az kaldı' diyordu her gün kısık sesle, çünkü Amalia'ya sesini duyurmak istemiyordu; yine de babam sadece onun için söylüyordu bu sözleri; aslında düşündüğü onun onuru filan değil, bağışlanmasıydı. Ancak bunun için de suçunun ne olduğunu saptaması gerekiyordu; fakat ilgililer bununla ilgilenmiyordu. Giderayak şöyle bir düşünceye kaptırdı kendini (bu durum olan bitene karşın, akli yetilerinin eski gücünde olmadığını gösteriyordu): Ödediği bedel yetersiz bulunduğu için, işlediği suç kendisinden gizleniyordu. Demek istediğim, o güne dek, yalnızca belli bir bedel ödemişti ve bunlar bizim halimiz göz önüne alındığında epeyce yüksek sayılırdı. Fakat babam artık paraya kıyması gerektiği görüşündeydi; elbette bir yanılgıydı bu; çünkü devlet dairelerinde işleri hızlandırmak için rüşvet verildiği doğru; fakat insan bununla da bir şey kazanamaz. Gelgelelim, babam böyle bir beklentiye kapılmıştı ve biz de onu bundan vazgeçirmeye çalışmadık. Bu işin masraflarını karşılamak için elimizde kalan (elden çıkardıklarımız olmazsaolmaz şeylerdi) her şeyi sattık; sabahları yola düşen babamın cebinde biraz da olsa para bulunmasının sevinciyle oyalandık bir zaman da. Günboyu aç durduğumuzu söylemeye gerek yok, sanırım; ama bulduğumuz parayla sağlayabildiğimiz tek şey, babamızın sevinçli bir umutla dolu olmasıydı ve bu da fazla bir şey değildi. Bu gidişleriyle kahroluyordu babam; paramız olsa çarçabuk çözülecek şey, bu halde bekliyor, yılan hikâyesine dönüyordu. Ödenen onca para karşılığında aslında önemli bir şey yapılmadığından, zaman zaman yazmanın biri bir şeyler yapar görünüyordu. Bazı araştırmalar yapacağını, iz üstünde olduğunu söylüyor, bunu görevi gereği değil de, babamın hatırına yaptığını belirtiyordu; babam iyice kuşkuya düşeceğine umuda kapılıyor ve artık saçma sapan hale gelmiş bir özveri duygusuyla eve dönüyordu; o kadar ki eve çocuksu bir mutluluk duygusuyla geliyordu. Onun gözlerini kocaman açıp, Amalia'yı göstererek, gayretleri sonucu Amalia'nın kurtuluşunun yakın olduğunu söylemesini dinlemek katlanılmaz bir azaptı. Fakat bunlar babama göre sır olarak saklanması gereken şeylerdi ve biz de bu sırrı korumalıydık. Babama para sağlamak artık imkânsız hale gelmişti bizim için; yoksa bu işin biteceği yoktu. Brunswick bu arada, ricalarına dayanamayıp,

Barnabas'ı yanında kalfa olarak işe almıştı. Fakat Barnabas gece karanlığındaki siparişleri alacak, gece karanlığında da teslim edecekti. Aslında Brunswick'in yaptığının kimi sakıncaları vardı, fakat karşılığında gülünç bir ücret ödüyordu; Barnabas'ın ustalığına da söz yoktu ama aldığı ücret, sadece açlıktan ölmememizi sağlıyordu; olancası bu. Uzun uzun hazırlandıktan sonra, epeyce sakınımlı tavırlarla, artık ona para veremeyeceğimizi söyledik babama. Bu sözlerimizi sakince karşıladı babam; emeklerinin işe yaramadığını anlayacak ölçüde aklı kalmadıysa da, hayal kırıklığından usanmıştı.

«Kendi sözlerine göre (eskisi kadar açık açık konuşmuyordu, şimdiye kadar yeterince konuşmuştu sanki), çok az bir paraya ihtiyacı vardı; bugün yarın öğrenecekti öğrenmesi gerekeni; ne var ki, şimdiye kadarki çabaları boşa gidecekti vs.; bunun nedeni de parasızlık olacaktı vs. Ama öyle bir söyleyiş biçimi vardı ki, kendisi de inanamıyor gibiydi; hem yeni planları da vardı: bir suç işlediğini kanıtlamayı başaramadığına ve resmi yolları kullanıp gelecekte de bir şey sağlayamayacağına göre, doğrudan doğruya rica minnet etmeyi deneyecek, memurların insanlık duygularına seslenecekti. Onlar arasında da kuşkusuz iyi kalpli insanlar vardı; bunlar mesai saatlerinde bir şey yapamazdı ama mesai dışı saatlerinde gidilip görüldü mü, bir şeyler yaparlardı elbette.»

Anlatılanları dalgınca dinleyen K., Olga'nın konuşmasını bölüp: «Sen doğru bulmuyor musun bunu?» diye sordu. «Olga'nın birazdan anlatacakları bunun yanıtını verecekti ama K., hemen öğrenmeye niyetliydi.

«Hayır!» dedi Olga. «Memurlarda merhamet mi var sanıyorsun! Ne denli çaylak da olsak, onların acımasız olduklarını biliyorduk; babam da biliyordu elbette, fakat unutmuştu; aklında kalan öyle az şey vardı ki! Kendince bir planı vardı: Şato civarındaki bir anayola çıkıp memur arabalarını görebileceği bir yerde duracak, bir fırsatını yakalarsa bağışlanma dileyecekti. Aslında olmayacak bir şeydi bu; ricasını bir memura iletse bile, hiç de akla yakın bir plan değildi bu. Bağışlanması bir tek memurun iki dudağı arasında mıydı ki? Böyle bir olay bütün yetkilileri ilgilendirir; dahası onlar bile babamı belki de bağışlayamaz, sadece yargılayabilir. Fakat tutalım ki, memurun biri arabadan inip bu işle ilgileneceğini söyledi; babam da zavallı, yorgun ve yaşlı adam, bu sözlere bel bağlayıp bir düşünceye varabilir mi? Memurlar eğitimli kişilerdir, ancak bu eğitimleri tek yönlüdür; onlardan biri kendi branşında, karşısındaki bir sözüyle hemen onun aklından geçenleri anlayabilir; ne var ki, farklı bir ofisin branşı olan konuları ne kadar anlatırsanız anlatın, belki kibarlığından başıyla evet diyecek fakat anlatılandan tek kelime bile anlayamayacaktır. Bunlar alışılmış şeylerdir; kişi kendisine ilişkin önemsiz resmi işleri, bir memurun omuz oynatarak halledebileceği bir işi, sadece tam olarak anlamaya kalkışsa, bütün hayatını bu işe verir de arkasını getiremez. Fakat babam ilgili kişiye denk gelse de, söz konusu ilgili elinde dosya olmadan, bir de yol ortasında, kılını bile oynatmaz; elinden bağışlamak filan gelmez, onun işi resmi bir iştir ve size resmi kanalları gösterir; yalnız bu yolu deneyerek de bir şey elde edememişti babamız. Düşün bir, ne hale gelmiş ki bundan medet umuyor. Eğer bu iş rica minnetle olsaydı, bütün yolu ricacılar doldururdu. Böyle bir şeyin hiç işe yaramayacağını ilkokul çocukları bile bilir ve zaten bu yüzden boştu yolun üzeri. Fakat sanırım böyle olması da babamı umutlandırmıştı; çünkü sürekli kendisini umutlandıracak şeyler aranıyordu. Buna da epeyce ihtiyaç duyuyordu aslında, çünkü aklı başında biri öyle fazla da düşünmeden bu yolla hiçbir şey elde edilemeyeceğini bilir. Memurlar köye gelir veya köyden şatoya dönerseler bunu iş olsun diye yapmazlar; köyde ya da şatoda onları bekleyen bir görev vardır; bundandır ki olabildiğince hızlı hareket ederler. Üstelik, pencere önünde durup, dışarıda ricacı filan var mı diye bakmayı düşünmezler; arabaları belge yüklüdür; zamanlarını buna ayırırlar.»

«Fakat birinde,» dedi K., «memurlardan birinin kızağının içini görmüştüm, belge melge yoktu.» Olga'nın anlattıkları, K. için öyle inanılmaz bir dünyadandı ki, hem bu dünyadan, hem de kendi gördüğü bir şeyden dolayı araya girmeden edememişti.

«Mümkün,» dedi Olga. «Bu daha da beter bir şey ama! Bu durumda, memurun daha acil işleri var demektir; belgeler ya fazla ya da yanına alamayacağı kadar değerlidir. Öyle görevliler atlarını doludizgin koşturur. Tartışılmaz olan, babama ayıracak vakti olan birinin bulunmaması. Şunu da eklemeliyim: Şatoya çıkmanın farklı yolları vardır; kimi zaman birine, kimi zaman diğerine ilgi gösterilir. Bu trafiğin kimin kurallarına göre hayat bulduğu bilinmiyor. Bir gün, sabahın sekizinde bir yolu kullanırlar, on dakika sonra bir başkasını... fakat bu her an değişebilir. Köy çevresinde bir yerde bütün yollar birbiriyle birleşir fakat burada da tempo alabildiğine hızlıdır; şatoya yaklaşıldıkça ağırlaşır bu. Aynı düzensizlik arabalar için de geçerlidir. Öyle günler vardır ki, yolda bir tek araba bile göremezsin; kimi günler de yollar arabalardan geçilmez. Sen anlattıklarımın yardımıyla babamı gözlerinin önünde canlandır bir! Sabahları en yeni elbiselerini giyip (yakında hiç elbisesi kalmayacak), hayır dualarımızı alıp çıkar. Aslında, usulsüzce saklayıp vermediği itfaiyeci rozetini köyden çıkınca takmak için, yanına alır, köydekilerin rozetini görmesinden korkar; ancak rozet öyle küçüktür ki, iki adım beriden bile güçlükle fark edilir. Fakat babama sorarsan, arabayla geçen memurların dikkatini hemen çeker. Şatoya yakın bir yerde, küçük bir sebzelik vardır; burası Bertuch isimli bir adamındır; şatonun sebze ihtiyacını karşılar bu adam. Babam, bu sebzeliğin parmaklığında bir yer beğendi kendine. Bertuch da buna sesini çıkarmadı; eskiden babamın bir dostuydu ve iyi müşterilerindendi, bir ayağı aksıyordu; ona en uygun ayakkabıyı babamın yapacağına inanıyordu. Bu bahçenin yükseltisinde her gün oturup dururdu babam; kasvetli, yağmurlu bir sonbahardı, ama belli bir vakitte kapının tokmağını tutup, bize, eliyle hoşça kalın deyip çıkıyordu. Akşamları (beli her gün iyice bükülüyordu) yağmurdan sucuk gibi ıslanmış halde dönüp, kendini eve atıyordu. O gün yaşadığı önemsiz şeyleri anlatmakla başlıyordu: Sözgelimi, Bertuch kendisine acıdığından, parmaklığın üstünden bir battaniye uzatmış, ya da geçen memurlardan birini gözü ısırır gibi olmuş;

bir arabacı babamı tanımış da kırbacını şakayla bir dokunduruvermiş. Fakat bir süre geçince, artık bunlardan da söz etmez oldu; sanırım en sıradan bir şeyi bile elde etmeyi beklemekten usanmış, artık gidip sebzeliğin korkuluğunda beklemeye yararsız bir ödev diye bakmaya başlamıştı. Romatizması da o günlere denk gelir. Kar erkenden yağmıştı o yıl; buralara kış erkenden gelir. Evet, kimileyin yağmurla ıslanmış halde, karın, yağmurun ortasında oturuyor, geceleyin de sızılarından yakınıyordu. Kimi sabahlar gidip gitmemeye karar veremiyor fakat hemen sonra dizine dayanıp çıkıp gidiyordu. Annem onun eline ayağına yapışıyor, bırakmak istemiyordu; herhalde artık bacaklarına söz dinletemediğinden korkan babam, annemin de kendisiyle gelmesine izin verir olmuştu. Annem de böylece sızılarından yakınmaya başlamıştı. Sık sık yanlarına uğruyorduk; yemek götürüyor veya bakıp dönüyor, eve dönmeleri için dil döküyorduk. Onları kaç kez birbirlerine sokulmuş, kendilerine küçük gelen bir battaniyenin altında bulmuştuk; her tarafta kar, amansız bir sis; ne bir gelen var, ne de giden! Fakat bir sabah uyuşup katılaşmış bacaklarını yataktan çıkaramadı babam; epey hüzün vericiydi görünümü; sayıklıyordu; tam da o anda, Bertuch'un oralarda bir arabanın durduğunu, inen bir memurun parmaklıkta kendisini aradığını ve öfkeyle baş sallayıp arabasına döndüğünü görür gibi oluyordu. Kimi zaman öyle bir çığlık atıyordu ki, oradan bağırıp, sesini memura duyurmak ve parmaklığa gelememesinin suçunun kendisinde olmadığını göstermek istiyor gibiydi. O günden sonra oraya bir daha gidemedi babam, yataktan uzun zaman çıkamadı. Onun bakımını Amalia üstlendi ve bazı zamanlar hariç, bugüne değin de görevini yaptı; ağrı kesici otları bilir Amalia; uykuya hiç ihtiyacı yok gibidir; korkusuzdur ve sabırlıdır. Anne-babamın hizmetine hep o koşmuştur; bizim yardımımıza ihtiyaç duymadan gergince orada burada dolaşırken sakin kalmayı bilmiştir. Fakat asıl tehlike geçip de babam, yataktan sınırlı da olsa çıkabildiğinde, Amalia kendini bu işten çekti ve babamın hizmetini görmeyi bize bıraktı.»

XX

OLGA'NIN PLANI

«Bundan sonrası için babama yeni bir oyalanma yolu bulmalıydık. Öyle bir uğraş olmalıydı ki bu, onun yapabileceği bir şey olsun, hiç değilse işlenen suçun etkilerini aileden uzak tutacağı inancını babamda canlı tutsun. Böylesi bir şey bulmak zor değildi; ne iş yaparsa yapsın, Bertuch'un sebzeliğinin önünde oturarak yaptığını yapardı; fakat ben, az da olsa umut veren bir şey düşündüm: Bugüne değin memurlar, yazmanlar ve diğerleri hakkımızda konuşsa, sadece Sortini'nin elçisine edilen hakaretten dem vurmuş, başka bir şey söylemeye cesaret edememişti. 'Mademki herkes bu hakaretten söz ediyor' dedim kendi kendime, elçiden özür dilendi mi, bir şeyler yoluna girmiş sayılır. Ne de olsa, söylenenlere göre, bir suç duyurusunda filan bulunulmamış, yetkililer bu işe karışmamışlardı; hal böyle olunca, kendisi adına daha fazlasından söz edilemezdi, affedip etmemek elçiye kalmış bir şey. Bu söylediklerim öyle kesin bir sonuç filan getirmezdi; salt bir hayaldi ama babamı sevindirecek, bilgi almak için gittiği kimseler de biraz zor durumda kalacak, bu da babamın sevincini artıracaktı. Tabii önce elçiyi bulmak gerekiyordu. Düşüncemi babama söylediğimde, başta çok öfkelendi, artık epeyce inatçılık ediyordu. Bir yandan da şuna emindi ki (bu da hastalığında ortaya çıkmıştı), kendisini kesin bir sonuca varmaktan biz mahrum bırakmışız; önce para vermeyi bırakmışız; şimdiyse yatağından çıkmasına izin vermiyormuşuz. Bununla birlikte, diğerlerinin söylediklerine hiç yanaşmaz bir tutum almıştı. Daha sözlerimi bitirmeden, planımı reddetti. Onun düşüncesi Bertruch'un sebzeliğinin kıyısında beklemekti; kendisi her gün oraya gidemeyeceği için el arabasıyla biz onu taşımalıymışız. Fakat ben üsteleyince, benim planımı kabul etti; bunda en hoşlanmadığı yan, bana bağlı kalmak zorunda olmasıydı; çünkü mektubun geldiğini görmüştüm, kendisi elçiyi tanımıyordu. Elçiler birbirine benzer evet, ben de onu tanıyacağımdan emin değildim. Ama Ağalar Palas'a gidip oradaki uşaklar arasında bir araştırmaya başladık. Sortini'nin uşaklarından biriydi elçi ve Sortini ne zamandır köye uğramıyordu ancak ağalar uşaklarını sık sık değiştirirler, bu nedenle elçi başka bir ağanın adamları arasında da bulunabilirdi; onu bulamazsak bile, hakkında bilgi alabilirdik. Gelgelelim, bunu yapmak için her akşam Ağalar Palas'a gitmek gerekiyordu; ama gittiğimiz hiçbir yerde iyi karşılanmıyorduk; orada da bizi iyi karşılamayacaklardı. Fazla para harcayan müşteriler gibi de davranamıyorduk otelde. Ama bizim de bir işe yarayacağımız belli olmuştu; Frieda'nın uşaklardan ilallah dediğini biliyorsun; aslında uşaklar genellikle sessiz insanlardır; ağır işler yapmadıklarından şımarmışlardır. Memurlar bir iyi dilek sözü olarak birbirlerine 'Tanrı bir uşak rahatlığı bağışlasın sana' derler ve sahiden anlatılanlara göre, şatonun asıl ağaları uşaklardır; bunun ne demek olduğunu bilir ve buna uygun davranırlar; köydeki uşaklar arasında da bunların izlerine rastlanır fakat sadece iz olarak; çünkü şatonun yasaları köyde kendileri için geçerli olmadığından, köy yaşamıyla biraz başkalaşmışlardır: Dizginsiz, ayyaş, yasalarla değil, tatmini zor içgüdüleriyle yönlendirilen bir güruhturlar. Utanmazlıkları son haddine varır; buyruk gelmedikçe otelden ayrılamamaları köy için sevindirici bir şeydir; ne var ki, onlarla otelde de baş etmek zordur; bundan dolayı onları dizginlemede benim işe yarayabileceğimi fark edince, bunu nimet bildi; iki yıl oluyor ki, haftada iki kez geceyi otelde, ahırda geçiririm. Daha önceleri babam bizimle otele gelebildiği günlerde, içki evinde bir kenarda uyur, benim sabahleyin vereceğim haberleri beklerdi. Fazla bir şey de olmazdı bu haberler. Aradığımız adamı hâlâ bulamamıştık. Belki de Sortini'nin hizmetindeydi daha; efendisi daha gerilerdeki ofislere gittiği için, o da yanında gitmiştir. Uşakların da pek çoğu aradığımız adamı görmemiş. Ara sıra, onu gördüğünü söyleyenler çıkıyor fakat bir aldanış bu sadece. Hal böyle olunca benim planım işe yaramıyor pek; ama otele gidip gelmeler, orada sabahlamalar, bununla birlikte bana acıması, eğer bu duyguyu yitirmediyse tabii babam için ölümcül bir darbe oldu. Annemin hali daha da kötü; gün boyu başında bekliyoruz fakat Amalia'nın gayretleri onun ömrünü biraz uzatıyor. Ama otelde olmaktan dolayı sağladığım bir şey var: Şatoyla ilişki kurmak. Bunu yaptığım için pişman olmadığımı söylersem, beni küçümseme. Bu, şatoyla nasıl ilişki kurmaktır, diye düşünebilirsin. Evet, abartılacak bir şey değil bu. Artık bir yığın uşak tanıyorum, bu yıllarda köye gelen bütün ağaların uşaklarını tanıyorum, bir gün şatoya gidersem hiç yabancılık çekmem. Evet, sadece köyde uşaktır onlar, şatoda çok farklı insanlar haline gelirler, belki artık kimseleri tanımazlar, bir de söz konusu kişiyle köyden tanışıyorlarsa... Sizi şatoda görmenin onları çok sevindireceğine ahırda isterlerse bin kez yemin etsinler! Başıma geldiği için biliyorum; verilen sözler karşılıksızdır. Asıl önemli olanlar bunlar değil. Şatoyla ilişkiyi sadece uşaklarla kurmadım; şimdi söyleyeceğimin de katkısı oldu. Üst düzeyde birinin beni izlediğini düşünüyorum; uşak güruhunun idaresi, ofislerin en yorucu işlerinden biri ve beni izlediğini düşündüğüm biri, benim hakkımda daha olumlu bir yargıya varıyor, rezilce de olsa, gayretimin ailem için olduğunu, babamın bıraktığı yerden benim sürdürdüğümü düşünüyor. Meseleye böyle baktın mı, uşaklardan para alıp ailemin giderlerine harcamamı herhalde anlayışla karşılayacaklardır. Bir şey daha başardım, fakat bunun için beni suçlayabilirsin: Uzun yıllar gerektiren şatoya kabul işlemi yapılmadan, dolaylı yollarla da olsa, şatonun buyruğuna nasıl girebileceğimi öğrendim uşaklardan. Bu durumda resmi olarak değil de, sadece sınırlı olarak işe alındığını düşünüyor kişi; hakları ve yetkileri yoktur ama en kötüsü görevsizliğidir; ama onlara yakın durulduğuna göre bir şeyler elde edebilir insan.

Uygun zaman beklenip bunlar değerlendirilebilir; resmen yetkili kılınmamışsındır fakat şans eseri, o anda, bir görevli yoktur; hemen koşarsın ve artık az önce olmadığın bir şey olmuşsundur; artık sen de görevlisindir. Peki bu fırsat ne zaman yakalanır? Kimi zaman, hemen; henüz gelmiş, etrafına bakınacak vakti bulamamışsındır; fırsat yakınındadır; her önüne gelen bu fırsatı değerlendirecek dikkati gösteremez. Kimi zaman da, resmen kabul işleminin gerektireceğinden de uzun yıllar gerekir ve yarı resmi görevlinin de işe alınması gerçekleşmez. Böyle bakıldığında epeyce tehlikeli fakat resmi kabul işlemi titizlikle yapıldığından, kötü ünlü aileden birinin en başta istenmeyeceği düşünülünce, tehlikeler o kadar da önemli olmuyor. Anlattığım gibi biri, diyelim ki resmen kabul edilsin; yıllarca ürpertilerle bekler durur, bunca umutsuz bir çabaya nasıl kalkışabildi diye herkes soru yağmuruna tutar onu. Yine de umudunu canlı tutar; yoksa yaşayamaz! Ama aradan yıllar geçmiş, saçları beyazlamıştır; reddedildiğini anlar; her şeyin bittiğini, ömrünü boşa harcadığını düşünür. Kimilerine ayrıcalıklı davranıldığı da olur; zaten insan bu yüzden istiyor; bazen, bakarsın, kötü ünlü biri alınır şatoya. Pek hoşlanmasalarda, böyle avlanmayı seven memurlar bulunur, giriş sınavların da ortalığı koklarlar; dudak büzüp, gözlerini belertirler; bu memurlar için böylesi avlar iştahlandırıcıdır, karşı koyabilmek için kanunların sözünden çıkmama gereği duyarlar. Fakat bu, giriş işlemini kolaylaştırmak bir yana, daha da uzamasına yol açar; o kadar ki, bu işlem asla sonuçlanmaz, sadece o kişinin ölmesiyle kesintiye uğrar. Her iki kabul de gizli-açık risklerle doludur; bundan dolayı, her şeyi ayrıntılarıyla düşünmek şarttır. Barnabas ile ben de böyle yaptık. Otelden döner dönmez kafa kafaya verdik ve konuştuk; ben aldığım son haberleri aktardım ve bunlar hakkında uzun uzun düşündük; Barnabas'ın elindeki işler uzun süre el sürülmeden kalıyordu. Böyle bakarsan, düşündüğün anlamda kabahatli olabilirim; değil mi ki, uşakların sözlerine umut bağladım. Anladığım şuydu ki, şatodan söz etmek istemiyor, lafı hemen döndürüyorlardı; konuşmaları için yalvarmam gerekiyordu. Fakat bir de konuşmaya başlamasınlar, zırvalayıp duruyor, bilgiçlik taslayıp, her şeyi abartıyorlardı; ahırın loşluğunda, birinin başlayıp, diğerinin sürdürdüğü bu şamatada asıl konuya dair bulanık anıştırma dışında bir şey yoktu. Fakat ben aklımdakileri gelip Barnabas'a aktarıyordum. Ama yalanla gerçeği birbirinden ayıramayan ve düştüğümüz durumdan dolayı, böylesi sözler duymaya bayılan Barnabas, her sözümü içiyor, daha fazla anlatmamı istiyordu. Benim son planım Barnabas'tan güç alıyordu. Uşaklardan laf koparmak çok zordu. Sortini bulunamamıştı, elçisi giderek arka planda kalıyordu; çoğu kimse onların isimlerini, eşkallerini unutmuştu; sık sık, neye benzediklerini anlatmam gerekiyordu; yine de bilgi vermiyor, belli belirsiz anımsadıklarını söylüyorlar ama haklarında konuşamıyorlardı. Yılmayıp inat ettim, çünkü şatoda ailem için bir şeyler yapmamı sağlayacak tek çarem buydu. Ama Barnabas için bir çare görüyordum. Uşakların anlattıklarına dayanıp, şatoya alınan kişinin ailesi için epeyce şey sağlayacağı çıkarsamasına varabilirdi. Onların anlattıklarının nesine inanılırdı? Bunu anlamak zor; fakat çok azına diyebilirim. Sözgelimi, kendisini bir daha görmeyeceğim, görsem bile, tanıyacağım kuşkulu, bir elçinin kardeşime şatoda bir iş verilmesine yardım edeceğine, yiyecek-içecek sağlayıp aklını canlı tutacağına bana inandırıcı biçimde söylemesi (uşakların söylediğine göre, böyleymiş, işe girmek isteyenler, bitmek bilmeyen bir bekleme döneminde bayılır, afallar, yardım almazsalar tükenip giderlermiş), bu ve böylesi sözler abartı da olabilir ama verilen sözler boştu. Ama Barnabas için değil; bu sözlere kanmaması için sürekli uyarıyordum; yine de benim bu sözlerim, planımı desteklemesine yetiyordu. Benim anlattıklarım değil, uşakların sözleri etkiliyordu onu. Bir başına kalmıştım böylece. Amalia dışında anne-babamın dilini anlayan yoktu; babamız eski planlarını ne kadar izlemeye çalışsam da, Amalia benden uzaklaşıyordu. Yanımızda birileri varken benimle konuşuyor sadece. Oteldeki uşakların oyuncağı olmuştum; derin bir öfkeyle kırmaya çalıştıkları bir oyuncak. Hiçbiriyle iki yıl boyunca içten konuştuğumu söyleyemem; sinsi, yalan dolan sözlerdi hepsi. Konuşacağım tek kişi Barnabas'tı, ama o da yeniyetmeydi: Konuştuğumda, gözlerinde bir pırıltı oluşuyor, irkiliyordu; yine de vazgeçemiyordum, bu işin arkasında önemli şeyler var sanıyordum. Evet, babamın o içi boş planları yoktu bende; erkeklerin sahip olduğu kararlılıktan da uzaktım, tek derdim hakaret görmüş elçiden özür dilemekti; bu kibirsizliğimin hayati bir şey olarak görülmesini diliyordum. Kendi çabamla yapamadığımı, Barnabas'ın yardımıyla, ama başka bir yoldan sağlayacaktım. Bir elçiye hakaret etmiş, onu bulunduğu ofisten kaçırmıştık; durum böyle olunca, Barnabas'la, şatoya başka bir elçi verip, aşağılanmış elçinin işini ona verip, diğerinin uğradığı hakareti unutmasına yetecek bir süre tanıyıp, uzaklarda rahat rahat kalmasını istemekten daha anlaşılır bir şey var mıdır! Olanca kibirsizliğine karşın, bu düşüncemin iddialı bir tarafı vardı; personel işlerini biz düzenliyoruz veya ilgili birimin en iyi kararı kendi kendine vereceğini, dahası bu konuda bir karar vermesine kuşkulu yaklaşıyormuşuz gibi bir etkiye neden olabilirdi. Fakat ilgili birimin beni yanlış anlayacağına, anlamasa bile, bu tür bir çareye başvurup, tam olarak incelenmeden olumsuz karşılanacağına emindim. Bu nedenle, yaptığımdan vazgeçmiyordum; Barnabas'ın tutkusu da boş durmuyordu. Böylesi hazırlıklara eğilmişken, Barnabas öyle kurumlandı ki, kendini geleceğin memurlarından saymaya başladı; ayakkabıcılığı küçümsedi. Amalia seyrek de olsa ona bir şey söylemeye kalkışsa, aksice yanıt verir oldu. Bu gelgeç sevinci çok görmedim ona; çünkü şatoya girdiği gün, hemen anlayacağın gibi, ne sevinci kaldı, ne kibirliliği. Daha önce değindiğim o sözde işi boşladı. Asıl tuhaf olan, Barnabas'ın şatoya hiçbir engelle karşılaşmadan girebilmesiydi. Bu başarıyla sevinçten uçuyordum. Barnabas eve gelip, bana fısıldadığı an, hemen Amalia'yı yakaladım, bir kenara çekip, dişimle, dudağımla öptüm onu; Amalia üzüntüsünden ve korkusundan gözyaşı dökmeye başladı. Heyecandan konuşamıyordum; ayrıca, ne zamandır konuşmamıştık, bundan dolayı başka bir gün bu haberi iletmeye karar vermiştim. Aslında söylenecek başkaca bir şey yoktu; hemen kazandığımız bu başarı sondu. Barnabas sıkıntı veren bu hayatı iki yıl yaşadı. Uşakların hiçbir faydasını görmemiştik; Barnabas'a birkaç satırlık bir pusula vermiştim; uşakların onu kollamasını rica eden satırlardı bunlar; onlara, verdikleri sözü anımsatıyordum. Barnabas karşılaştığı uşaklara bu pusulayı gösteriyordu. Kimileyin, tanımadığım uşaklara rastlıyor; tanıyanlara pusulayı uzatıyordu sessizce, çünkü şatoda konuşmaktan korkuyordu. Fakat yardım edecek birinin olmaması utanç kaynağıydı. Nihayet, aynı pusulayı birkaç kez görmüş olması muhtemel bir uşak, çöpe attı da kurtulduk! Aslında biz de bu sonuca ulaşabilirdik. Adam kâğıdı atarken, içinden şunları geçirmiştir diye düşündüm: Gelen pusulalara siz de pek nazik davranmıyorsunuz! Bu başarısızlığa rağmen, Barnabas yine de yıkılmamıştı; zamanından önce büyüyüp, erkek olması iyi bir şey sayılabilirse elbette; kimi açılardan erkeklikten öte bir ciddiyet ve ileri görüşlülük sahibi olmuştu. Ona bakıp, iki yıl önceki çocuk haliyle kıyasladığımda içim sızlar. Bir yetişkin olarak ondan bir avunu ve yardım gördüğümü söyleyemem. Benim yardımım olmasaydı, şatoya ayak basamazdı; oraya ayak basalı beri, beni dikkate değer bulmaz oldu. Onun tek sırdaşıyım ama aklından geçirdiklerinin çok azını açıklar bana. Şato hakkında konuşur durur, bana söylediği bu sözlerin onu nasıl bunca etkileyebildiğini anlamak güç. Bir de, çocukken sahip olduğu ve hepimizi bir süre umutsuzlaştıran cesaretini, bir yetişkin olarak, şatoda nasıl da koruyamadı, anlayamıyorum. Evet, her gün şatoda boş boş bekleyekalmak insanı kuşkusuz kemirir ve en son insan beklemekten başka bir şey yapamaz olur. Peki ama, önceleri neden ısrar etmedi? Aradan bir süre geçip, benim haklı olduğumu, şatonun ona onur sağlayamadığını, fakat aile durumumuzun rahatlığa kavuşması için bir şey yapabildiğini gördüğünde, neden ısrar etmedi? Çünkü şatoda, uşakların kimi tuhaflıkları bir yana, epey sade biçimde olup biter işler, onurluluk şatoda bulur aradığını ve akıl da sadece çalışmakta olduğundan, insan kendini kaybeder; çocukça istekler barınamaz şatoda. Ama Barnabas'ın bana anlattığına göre, ofislere girip çıkabildiği aslında kimin nesi olduğu belirsiz o kişilerin de çok bilgili, erk sahibi olduklarını anlar gibiydi. Yarı kapalı gözler, hızlı el devinimleriyle ne kadar da seri yazılar dikte ettiriyor, tek el hareketiyle uşaklara gitmesini buyuruyor veya önlerindeki kitaplarda aradıkları yere ellerini vuruyor, o dar alana sıkışmış memurlar nasıl da koşarak gelip, gösterdiği yere bakıyorlar. Bu ve böylesi şeyler Barnabas'a epeyce etkileyici geliyordu. Anlattığına göre, bu adamlardan birine sokulup, birkaç sözcük söyleyebilse (bir ziyaretçi değil de, alt düzeyden bir tanıdık olarak elbette), ailemiz için epeyce fayda sağlayacaktı. kuşkusuz, bunu başarmış değil daha; onu bu niyetine kavuşturacak bir şey yapabilir ama cesareti yok; ne var ki, yeniyetmeliğine karşın, ailede başımıza gelen belalar yüzünden, sorumluluk gerektiren reisliğe yükseldiğinin ayrımında. Sana bir şey daha söylemeliyim: Sen bir hafta önce geliverdin köye; Ağalar Palas'ta bundan söz edildiğini duymuş, umursamamıştım; bir yeryazımcının geldiği söyleniyordu ve ben yeryazımcılığın nasıl bir iş olduğunu bilmiyordum. Fakat ertesi günün akşamında, Barnabas sürekli yaptığının tersine (her zaman belli bir vakitte kalkıp, biraz dolaşır, onu yolda karşılardım) eve geldi. Odada Amalia'yı görünce beni evden dışarı çıkardı, sokakta başını omuzlarıma yaslayıp ağladı uzun uzun. Yine o çocuk olmuştu. Baş edemediği bir şeyle karşılaşmıştı. Gözlerinin önüne yeni bir dünya açılmıştı da, gerçekleşen bu yeniliğin beklenti ve kaygılarını göğüsleyemiyordu. Fakat aslında sana verilecek bir mektup almıştı; o güne değin kendisine verilen ilk iş, ilk mektup.» Sözlerine ara verdi Olga. Odada ana-babasının ara sıra hırıltıya dönüşen solumaları dışında ses yoktu. K. anlatılanların üzerinde fazla durmadan, onun sözünü tamamlamak isteyerek: «Bana kendinizi böyle göstermediniz,» dedi. «Barnabas yoğun işleri olan bir elçi ve taşıdığı mektuplar hiç de önemli şeyler değildi.» «İkimizi birbirinden farklı değerlendirmelisin!» dedi Olga. «Kardeşim, işiyle ilgili şüphelerine rağmen, mutlu bir çocuk oldu gene. Şüphelerini sadece kendine ve bana açıyor; sanaysa, asıl elçilerin davrandığı gibi davranmayı onur sorunu haline getiriyor. Bir üniforma alabilme olasılığının çoğalmasına karşın, pantolonunu öyle bir elden geçirdim ki, üniformasını dar pantolonuna az da olsa benzesin ve kolay kandırılan biri olan senin önünde ilk sınavını kazansın! Barnabas sana anlattığım gibi. Amalia ise, elçilik görevini alabildiğine küçümsüyor ve Barnabas'la fısır fısır konuşmalarımızdan hemen çıkarsadığı gibi, onun az da olsa başarı kazanmasından beri, daha fazla horgörüyor. Diyeceğim, Amalia'nın söyledikleri doğru; sakın kuşkuya kapılıp yanılma! Gelgelelim, K., kimileyin konuşmalarımda elçiliği küçümsediysem de, bunu seni kandırmak için değil, korktuğum için yaptım. Barnabas'ın elindeki bu iki mektup, üç yıldan beri ailemizin gördüğü ilk affedilme belirtisi, öyle olduğu da biraz kuşkulu ama. Eğer bu bizim yanılgımız değil de, sahiden (buralarda yanılgılara, değişimlerden daha sık rastlanır), senin gelişinle epeyce ilgili; bir bakıma yazgımız seninkine bağlandı, belki bu mektuplar da sadece bir hazırlıktır ve Barnabas ilerleyip sana dair bir elçilikten öteye geçecektir (öyle olmasını umalım, umabildiğimizce); fakat şu günlerde tek hedef sensin. Aslında, biz de buralarda bir şeyler yapabiliriz. Bu da senin bize olan dostluğunu korumak veya en azından senin nefretine uzak kalmak ve seni gücümüz yettiğince desteklemek; o kadar ki, senin şatoyla ilişkin (belki bu ilişki bizi diri tutabilir) yerinde kalsın. Bunlar için ilk adımı nasıl atmalı? Sana sokuldukça bizden şüphelenmemen için ne yapmalı? Buraların yabancısısın, haklı olarak herkese karşı için şüpheyle dolu. Hem, bizi horgörülen insanlarız; senin de bize dair fikirlerin yerleşik yargıların etkisinde; bir de nişanlın var; böyle bir halde, ona karşı birleşip, seni incitmeden nasıl sokulabiliriz sana? Sana ulaşmadan, benim her satırını okuduğum mektuplar (Barnabas bir elçi olarak, okumayı doğru bulmadı) ilk anda bana öyle önemli filan gelmedi; küflü gibi bir etki bıraktı; muhtara gidiş yolunu sana göstermemekle kendilerini geçersiz kılıyordu bunlar. Durum bu olunca sana nasıl davranacaktık? Tutup bunların önemli olduğunu söylesek, önemsizliği açık bir şeye değer veriyor, bir elçi olarak iletinin övgüsünü dillendiriyor ve senin değil de, kendi çıkarlarımızı kolluyormuş gibi bir şüphenin hedefi olacaktık; üstelik, böylece mesajları senin gözünden düşürebilecek, gönülsüzce de olsa, seni kandıracaktık. Bununla birlikte, mesajları önemsemeye kalksak, yine şüphe çekecektik; o halde bunca önemsiz iletileri ulaştırmak için ne diye uğraşıyorduk? Böyle davranarak sadece seni, yani mektubun gideceği kişiyi değil, bu işi yapmamızı emredeni de kandırıyorduk. O mektuplar bize, alıcısı önünde açıklamalar yapıp, değerini düşürelim diye verilmemişti! Bunca aşırılığın ölçüsünü bulmak, yani onları tam olarak değerlendirmek imkânsızdır; çünkü bunların değeri sürekli değişir; haklarında bitmek bilmez düşünceler başlatır; hangi çıkarsamaya ulaşılırsa ulaşılsın, sadece tesadüfi olacak ve bundan hareketle varılan görüş de gelişigüzel olacaktır. Bunlara bir de seni kaybetme korkusunun karıştığını hesaba kat! Her şey nasıl da içiçe geçti! Bu nedenle, sözlerimi değerlendirirken insaflı ol. Mesela, geçen seferki gibi Barnabas gelip, elçiliğinden memnun kalmadığını söyledi; korkusu ve elçi alınganlığıyla, eğer istiyorsan bu görevi bırakacağını söyledi; elbette ben de o zaman işleri tekrar yoluna koymak için aldatabilir, yalan uydurabilir, elimden gelen her kötülüğü yaparım; iş ki çıkarıma olsun. Fakat bunu yapıyor olmam, en azından kendi yargılarıma göre hem bizim için, hem de senin içindir.»

Konuşmalarının burasında kapı çalındı. Olga hemen gidip açtı kapıyı. El fenerinden süzülen bir ışın huzmesi doldu odaya. Ziyaretçi, kısık sesle birkaç soru sorup, kısık sesle verilen yanıtlar aldı; bu kadarı ona yetmemiş olmalı ki, zorla içeri girmek istedi. Olga anlaşılan engelleyemiyordu adamı; Amalia'ya seslendi, onun ana-babasını uyandırmadan ziyaretçiyi savacağına inanıyordu herhalde. Amalia hemen geldi, Olga'yı kenara itip, dışarı çıktı ve arkasından kapıyı kapattı. Hemen sonra dönüp geldi; Olga'nın asla yapamayacağı bir işi hemen yapmıştı. K., gelenin kendisini sormak amacıyla geldiğini öğrendi Olga'dan; asistanlardan biri Frieda'nın emrine uyup, K.'yı arıyordu. Olga asistanı K.'ya yaklaştırmak istememişti; K. onları ziyarete gittiğini daha sonra itiraf ederse etsindi; K., doğru buldu bu sözleri; fakat Olga'nın, evde geceleyip, Barnabas'ı bekleme isteğini reddetti; aslında fena bir istek değildi, gece ilerlemişti ve kabul etse de, etmese de bu aileyle bir yakınlık kurmuş gibi geliyordu; o kadar ki, burada kalması diğer nedenlerden dolayı sevimsiz görünüyordu fakat bu ilişki düşünüldüğünde, bu köyde yapacağı daha olağan bir şey yoktu. Ama bu teklife hayır dedi, asistanın gelişinden hoşlanmamıştı; inanamıyordu buna; K.'nın isteğini bilmesi gereken Frieda asistanlardan birini onu aramaya çıkarsındı! Hem, birini yollamış, ötekini yanında tutmuş olmalıydı. Bir kamçı olup olmadığını sordu Olga'ya. Kamçı yoktu ama iyi bir söğüt sopası vardı. Sopayı aldı K. ve evin başka bir kapısının olup olmadığını sordu. Avluya çıkan bir kapı daha vardı fakat bundan çıkılınca önce çiti aşıp bitişik bahçeye çıkarak yola adım atması gerekiyordu. Tamam, dedi K. Kendisine eşlik eden Olga'nın kaygılı yüzünü fark edince, giderayak sakinleştirmeye çalıştı; olup bitenlerden söz ederken yaptığı cinliklere öfkelenmediğini, aksine, daha iyi anladığına değindi; güveni için Olga'ya teşekkür edip, Barnabas döndüğünde vaktin geç olmasını filan boş verip, okula yollamasını istedi; onun getireceği haberleri beklediği yoktu; olsaydı mahvolmuştu fakat onun getireceği haberleri boşlamaya niyeti yoktu; Olga'yı unutmayacaktı, çünkü onun cesaretli, önlemli tavrını, zekâsını, ailesi uğruna kendinden vazgeçişini gelecek haberlerden daha çok önemsiyordu. Olga'yla Amalia arasında bir tercih yapması gerekse, hiç düşünmeden yapardı. Olga'nın elini dostça sıkıp, çite sıçradı.

Yola inen K., karanlık gecede görebildiğince ötede, Olgaların evinin önünde asistanın dolanıp durduğunu ayrımsadı; ara sıra duruyor, elindeki feneri, perdeleri çekili eve çevirip içeriyi görmeye uğraşıyordu. K. seslendiğinde, evi izlemeyi bırakıp, korkusuz adımlarla ona doğru yürüdü. «Kimi arıyorsun?» diye sordu K., elindeki sopayı bacağına vurup sağlamlığını anlamak isteyerek. «Seni,» dedi asistan yaklaşarak. «Sen kimsin?» dedi K. ansızın. Yaklaşan adam asistanını andırmıyordu; yaşlanmış, usançlı, iyice kırışık ama etli bir yüzü vardı; adım atışları mafsalları akım verilmişcesine zinde adım atışına benzemiyordu; uyuşuk, aksak, nazenin, marazi adımlar. «Beni tanıyamadın mı?» diye sordu asistan. «Jeremias'ım ben, eski asistanın. «Öyle mi?» dedi K., arkasında tuttuğu sopayı öne çıkararak. «Ne de çok değişmişsin!» «Bir başınayım da ondan,» dedi adam. «Bir başına kaldığımda olanca keyfim kaçıyor, gençliğim filan kalmıyor.» «Artur nerede?» diye sordu K. «Artur mu?» dedi asistan. «O tatlı çocuk mu? İstifa etti. Ama sen çok kaba, sert davrandın bize. O kibar çocuk da dayanamadı. Şatoya gitti senden yakınmaya.» «Peki sen?» dedi K. «Benim gitmeme gerek yok,» dedi adam. «Artur benim de yakınmamı iletecek.» «Neden yakınıyorsunuz peki?» «Şakaya hiç gelemiyorsun da ondan,» dedi asistan. «Sana ne zararımız oldu ki? Şaka yapmak istedik, eğlendik; nişanlına takılmak istedik. Sonra, her şeyi, bize buyurulduğu için yaptık. Bizi sana gönderen Galater,» dedi Jeremias. «Galater mi? dedi K. «O günlerde Klamm'ın yerine o bakıyordu, bizi gönderirken (söylediklerini aklımda tutuyorum; hem bunları da yakınmamda ileteceğim): 'Gidin, yeryazımcının asistanları olacaksınız' dedi. Biz de, 'Peki ama biz o işten anlamayız ki,' dedik! Galater: 'O kadar önemli değil; yeryazımcı ihtiyaç duyarsa öğretir size. Asıl önemli olan, onu keyiflendirmeniz. Kulağıma gelenlere göre, işleri yavaştan alıyormuş. Köye geleli kısa süre olmasına karşın, bunu epeyce önemsedi; aslında hiç de önemli değil. Bunu onun aklına koymalısınız,' dedi.» «E?» dedi K. «Galater haklı mıymış? Siz de görevinizi yerine getirdiniz mi hiç değilse?» «Bilmem,» dedi Jeremias. «Bunca kısa zamanda olacak gibi değildi herhalde. Fakat şu kadarını biliyorum: Bize kötü davrandın ve seni şikâyet edeceğiz. Olup olacağı bir işçi; hem şatoda değil, köyde bir işçi olan senin gibi biri, bizimki gibi bir işin güçlüklerini nasıl hesaplayamıyor, senin yaptığın gibi, canı öyle istiyor diye çocuk gibi davranarak durumumuzu zorlaştırmanın açık açık haksızlık olduğunu anlayamıyor; inanamıyorum. Nasıl bir düşüncesizlikti o, bizi parmaklıkta soğuktan dondurdun; kötü söz gelse durmadan üzülen Artur gibi birini neredeyse yatağın üstünde yumrukla öldürecektin. Hem, beni akşam üstü karların üstünde oraya buraya kovalayıp durdun; yarım saat geçince kendime gelebildim. Artık bir delikanlı da sayılmam.» «Kuzum Jeremas!» dedi K. «Söylediklerin doğru, git bunları Galater'e anlat. Sizleri o kendiliğinden gönderdi; ben ondan asistan filan istemedim. Ben çağırmadığıma göre, sizi geri yollamaya hakkım vardı, bunu kaba güç kullanarak değil, tatlı dille yapayım dedim; ama herhalde böyle olmasını siz istediniz. Ayrıca, ilk geldiğinde, neden şimdiki gibi açıkça konuşmadın?» «Buyruk öyleydi de,ondan,» dedi öteki. «Nesini anlamadın?» «Şimdi öyle değil mi yani?» dedi K. «Değil,» dedi Jeremias. «Şatoya işi bıraktığımızı söyledi Artur; hiç değilse bizi seninle çalışmaktan alıkoyacak işlemler başladı.» «Ama sen hâlâ çalışıyormuşsun gibi, aramaya çıktın beni,» dedi K. «Hayır,» dedi beriki. «Frieda sakinleşsin diye arıyorum seni. Sen onu Barnabasların kızları için terk ettin diye, mahvoldu, yitirdiklerinden çok senin ihanetine üzülüyordu; ama böyle olacağını en başından beri biliyordu ve bu nedenle çok acı çekti. Ben o sırada okul penceresinin önüne gelmiş, aklını başına aldın mı diye bakmak niyetindeydim. Sen orada yoktun, sadece Frieda vardı; sıralardan birinde ağlıyordu. Onun yanına gittim hemen, ne yapacağımızı konuştuk. Neye karar verdiysek uyguladık. Ben artık Ağalar Palas'ın oda garsonuyum, şatodaki işim halledilinceye kadar bu işi yapacağım; Frieda ise, aynı içkievinde çalışıyor ve böylesi onun için daha iyi. Seninle evlenmeye kalkması hiç de doğru değildi. Hem sen de onun özverisinin hakkını veremedin. Fakat biçarenin içinde, sana haksızlık etmedi mi diye, acaba sahiden Barnabaslarda mısın diye kuşkular vardı. Senin nerede oyalandığın kesindi artık fakat emin olmak için yola koyuldum; çünkü olanca telaş ve huzursuzluklardan sonra iyi bir uykuyu hak etti Frieda, elbette ben de. Evet, yola düştüm, sadece seni bulmakla kalmadım, Barnabasların kızlarının senin ardından bir an bile ayrılmadıklarını da anladım. Hele de o kız, tam bir yabankedisi, seni kolluyor. Ne yapalım, herkesin bir beğenisi var. Fakat uzun bir yolu kullanıp, bitişik bahçeyi aşıp gelmen boşuna yorgunluktu, ben o yolu bilirim.»

XXI

Hesaba alınıp da önüne geçilemeyen şey nihayet olmuştu işte; Frieda kendisini terk edip gitmişti. Belki de kesin değildi bu; belki de korkulacak bir şey yoktu daha; onu tekrar elde edebilirdi belki; Frieda yabancıların, hele asistan denen bu adamların çarçabuk etkisinde kalıyordu; asistanlar Frieda'nın durumunun kendi durumlarına benzediğini görüp, işten el çekince, onun da aynı şeyi yapmasının öncülüğünü üstlenmişlerdi. Fakat karşısına çıkıp ne yaptığını anlatırsa, K. yaptığına pişman olduğunu söylerse, Frieda ona dönecekti; bir de Olga ile Amalia'yı görmesini, kendilerine borçlu olduğu bir başarıyla gösterdi mi, yeterdi. Fakat Frieda hakkında sakinleşmek için daldığı bu düşüncelere karşın, pek de yatışmış değildi. Daha demincek Olga'ya karşı Frieda ile gurur duymuş, ondan tek desteğim diye bahsetmişti. Artık anlaşılıyordu ki, bu destek de pek sağlam sayılmazdı; K.'nın elinden Frieda'yı almak için çok da güçlü biri olmaya gerek yoktu; bu suratsız asistan, kimi zaman canlılıktan uzakmış gibi görünen bu et yığını da yeterdi aynı şeye.

Jeremias, o sırada yavaş yavaş uzaklaşıyordu. K., seslendi ardından. «Jeremias!» dedi. «Dinle, seninle açık açık konuşacağım; fakat sen de bir soruma yalansız bir yanıt vereceksin. Artık aramızda ast-üst ilişkisi yok ve bundan hoşnut olan sadece sen değilsin; ben de hoşnutum. Demek istediğim, birbirimizi aldatmamıza gerek yok. Seni dövmek için aldığım sopayı gördüğün gibi kırıp atıyorum; bunu senden korktuğum için yapmıyorum; bu sopayı seni bir anda bastırıp, üzerinde denemek için almıştım. Bu yüzden de bana kırılma sakın, artık geçti; yetkililerin bana gönülsüzce kabul ettirdiği bir uşak değil, sadece merhabalaştığım biri olsaydın, dış görünüşün beni kimi zaman rahatsız etse de, seninle iyi arkadaş olabilirdik. Bu açıdan uğradığımız zararları şimdi giderebiliriz herhalde.» «Gerçekten mi?» dedi eski asistan, esneyip gözlerini kapattı. «Olanı biteni uzun uzun anlatabilirdim ama zamanım yok; Frieda'ya gitmeliyim, beni bekliyor çünkü; daha işe başlamadı, otelciyi ikna ettim (Frieda seni hemen unutmak için istediğinden olmalı; hemen işe başlamak niyetinde); ona biraz zaman tanıdı; en azından bu zamanı birbirimize ayırmak istiyoruz. Senin soruna gelince, yalan söylemekten bir çıkarım yok ama sana bir sır vermek için de yok. Yanında çalışırken, benim için kuşkusuz önemliydin; bazı niteliklerinden dolayı değil, buyruğunda çalıştığım için. O zaman her istediğini yapardım fakat şimdi umurumda değilsin. Sopayı kırman da işe yaramaz; bu, bana epeyce merhametsizce patronluk ettiğini anımsatıyor; olancası bu; böyle şeylerden yılmıyorum artık.» «Öyle bir konuşuyorsun ki,» dedi K., «sana bir daha elimi süremeyeceğim kesin. Ne var ki, durum sandığın gibi değil. Tanrı şahit, elimden hemen kurtulamayacaksın; buralarda işler öyle hızlı ilerlemez.» «Kimi zaman da sandığından hızlı ilerler!» diye araya girdi öteki. «Kimi zaman,» dedi K., «Fakat bu kez böyle olacağına dair bir işaret yok; hiç değilse, ne sende işin bittiğine dair resmi belge var; ne de bende. Öyleyse gerekli işler henüz bitirilmemiş, hem ben şatodaki etkime de başvurmadım; ama başvuracağım. Bu meselenin senin aleyhine sonuçlandığını varsay, o zaman patronunun gönlünü almak için fazla bir hazırlığın olmadığı belli olur, dahası belki bu sopayı da yok yere kırmış olacağım. Elimden nişanlımı aldın, evet, bundan dolayı da şımardın sanırım; ama kişiliğine duyduğum bütün saygıya karşın (senin bana saygın olmasa da, benim saygım var sana) Frieda'ya yönelteceğim birkaç sözüm var ki, Frieda'yı avlamakta kullandığın yalanları hallaç pamuğu gibi atacaktır. Hem Frieda'yı elimden bu yalanlardan başka bir şey alamazdı.» «Ben kuru gürültüye papuç bırakmam,» dedi Jeremias. «Beni yanında asistan olarak istemiyorsun; sen benden korkuyorsun; asistanlardan özellikle korkuyorsun, Artur'cuğumu da bu yüzden dövdün ya!» «Mümkün,» dedi K. «Bu yüzden daha mı az çekti sanki? Belki değindiğin korkumu sana da aynı biçimde gösteririm. Asistanlığın hoşuna gitmediğini anladığımda, seni buna zorlamayı bütün korkularımın uzağında bir keyif olarak bileceğim ve seni tek başına ele geçirmenin çaresini arayacağım; işte o zaman seninle daha yakından ilgilenebileceğim.» «Sen,» dedi Jeremias, «bu sözlerin beni korkuttuğunu mu sanıyorsun?» «Ne sandın ya!» dedi K. «Azıcık da olsa korktuğun kesin, eğer aklı başında biriysen, daha fazla korkarsın. Öyle olmasaydı, hemen Frieda'ya giderdin. Söyle bakalım, onu seviyor musun?» «Sevmek mi?» dedi öteki. «İyi kalpli bir kız o, hem akıllı da; Klamm'ın eski sevgilisi, saygın biri elbette. Bana, seni ondan kurtarayım diye boyuna yalvarıyorsa, ondan bu yardımı neden esirgeyeyim, bu seni de üzmedikten sonra; kahrolası Barnabasların kızlarıyla ne de olsa eğleşiyorsun.» «Korktuğunu iyice anlıyorum,» dedi K., «zavallı bir korku; palavralarınla benim gerçeği görmemi engellemek istiyorsun, ama Frieda'nın yapmamı rica ettiği tek şey var: Sizin gibi dizginlenemez kösnü düşkünü asistan köpeklerinin elinden onu kurtarmam. Üzülerek belirteyim ki, şu ana kadar onun bu ricasını gerçekleştirmeye vakit bulamadım, bu işi boşlamamın neler getirdiğini görüyorum artık.»

«Yeryazımcı! Yeryazımcı!» diye seslenildi sokaktan; Barnabas'tı. Soluğu tıkanmış halde geldi ama eğilip selamlamayı unutmadı önce. «Başardım,» dedi sonra. «Nedir başardığın?» dedi K. «Klamm'a ricamı ilettin mi?» «İletemedim,» dedi öteki. «Ne kadar uğraştımsa da başaramadım. Önlere doğru ilerledim; gün boyu kimseden izin almadan kürsüsünün yanında dikeldim; o kadar ki, bir ara kendisine gölge ettiğim bir yazman beni kenara itti. Klamm bakışlarını kaldırdıkça, yasak masak demeyip elimi ileri uzatıp varlığımı duyurmak istedim ona. Ofiste sadece ben kaldım, sonra uşaklardan başka kimsenin olmadığını gördüm. Klamm tekrar dönüp geldiğinde sevindim; ama gelişi benim için değildi, bir kitaba bakıp hemen gitti. Nihayet yerimden hiç kımıldamadığımı gören bir odacı beni süpürgeyle kovdu. Bütün bunlardan söz etmem, benden memnun kalmadığını bir daha söyleme diye!» «Bir başarıya ulaşamadığına göre,» dedi K., «bunca gayretin neye yarar ki benim için?» «Gayretlerim boşa gitmedi ki,» dedi öteki. «Benim ofisimden (benim ofisim diyorum), baktım uzunca bir koridorda ağalardan biri salına salına karşıdan geliyor. Ortalıkta başka kimse kalmamış, herkes gitmiş; vakit geç olmuştu. Ağayı bekleme kararına varmıştım ben; oradan ayrılmayı hiç istemiyordum. Ağayı beklemeye de değerdi hani, Erlanger'di çünkü; onu tanımıyor musun? Klamm'ın başsekreterlerinden biri; sıskacık. ufarak bir adamdır, yürürken ayağı aksar biraz. İlk bakışta tanıdı beni, belleğinin gücü ve insanı gözünden tanımasıyla bilinir; kaşlarını usulca çatsın yeter, tanımadığı yoktur; tanıdıkları da genellikle öyle kişilerdir ki, daha önce görmemiş, sadece bahislerini duymuş veya onlar hakkında bir şey okumuştur; şıp diye tanır; fakat emin değilmiş gibi sorar. 'Sen Barnabas değil misin?' diye sordu bana da. Ardından: 'Yeryazımcı hemen gelip beni bulsun! Oda numaram on beş. Hiç vakit yitirmeden gelsin, tamam mı! Çünkü Ağalar Palas'ta birkaç görüşmem var; sabahın beşinde otelden hemen ayrılacağım. Onunla konuşmamın önemli olduğunu söylemeyi de unutma'.»

Birden koşmaya başladı eski asistan. O andaki heyecanı sonucu Jeremias'a kayıtsız kalan Barnabas sordu: «Buna da ne oluyor böyle?» «Erlanger'e ben gitmeden gidecek,» dedi K. ve o da durmayıp onun ardı sıra koşmaya başladı, yakalayıp koluna girerek: «Hayrola?» dedi. «Frieda'yı mı özledin? Ben de senin kadar özledim; bu yüzden beraberce yürüyüp ona gideceğiz.»

Ağalar Palas koyu karanlıklar içindeydi, önüne küçük bir kalabalık yığılmıştı; birkaç kişi elinde fenerler tutuyordu. K. sadece bir kişiyi tanıyordu; arabacı Gerstacker. Gerstacker: «Sen daha buralarda mısın?» diyerek karşıladı K.'yı. «Öyle,» dedi K. «Buraya yerleşmek için geldim.» «Bana ne ki bundan?» dedi öteki ve kuru kuru öksürüp, diğerlerine döndü.

Sonradan belli oldu ki, oradakiler de Erlanger'i bekliyordu; adam henüz gelmemişti, Momus'la görüşmesi sürüyordu, iş takipçileriyle sonra görüşecekti. Otelde değil de, dışarıda, karların üstünde beklemelerine izin verilmeyen kalabalık homurdanıyordu. Fazla soğuk değildi hava fakat kendilerine bu saatte, ne kadar süreceği belli olmayan bu bekleyişe zorlamak ne büyük saygısızlıktı. Erlanger bu işte suçsuzdu; o, çok kibar biriydi, fakat olup bitenin ayrımında değildi, ona söylenmiş olsa, buna öfkelenirdi. Ağalar Palas'ın sahibinin karısındaydı kabahat; iyiden iyiye sayrılık halini alan o kibarlık taslamasıyla birden fazla iş takipçisinin aynı anda otele girmesine izin vermek istememişti. «Hep birden gelmeleri şart mı yani?» diyordu, «birer birer gelsinler!» Önce koridorda, sonra merdivende, daha sonra girişte ve içkievinde beklemelerine izin verilen ziyaretçiler, nihayet dışarı süpürülmüştü de, bu bile ona az gelmişti. Otelinde kendi sözleriyle böyle kuşatma altında tutulması katlanılır gibi değildi. Hem bu adamlar da niye boyuna gelip giderler, anlayamıyordu. Birinde, sorması üzerine, bir memur öfkeyle: «Otelin merdivenlerini kirletmek için,» deyivermişti de, kadının aklına yatmıştı bu; sık sık aynı sözleri tekrarlıyor, otelin karşısına bu adamların bekleyeceği bir ek bina yapılmasını sağlamaya uğraşıyordu ve gelenler de aynı şeye ihtiyaç duymaya başlamıştı. Bir de bu takipçilerle görüşmeler otel dışında bir yerde yapılsa çok sevinecekti kadın. Fakat memurların buna itirazları vardı; onlar bir şeye gerçekten karşı çıktılar mı, önemsiz işlerde yorgunluk duymayan, bununla birlikte, kadıncıl becerileriyle otelde kendi tiranlığını kurmuş olan kadın kimselere söz geçiremiyordu. Bir süre daha bu görüşmelerin otelde yapılmasına izin vermesi gerekecekti herhalde; çünkü şato ağaları köyle ilgili işler yüzünden otelden ayrılamıyorlardı. Sürekli aceleleri vardı onların, ama köye isteksiz iniyor, burada gereğinden fazla kalmaya niyetlenmiyorlardı. Bundan hareketle, sadece otel rahata ve dinginliğe kavuşacak diye, onların kimi zaman belgelerini alıp, aradaki yoldan yürüyerek, ek binaya taşınmaları, vakit kaybına uğramaları beklenemezdi. Zaten memurların en sevdiği şey, işlerini içkievinde veya uyumadan önce, sabahları da yorgun kalkmayacakları bir süre boyunca, yatak keyfi yapıp, uzandıkları yerden gerçekleştirmekti. Fakat iş takipçilerine bekleme yeri yapılması meselesine bir hal yolu bulunur gibiydi. Asıl sorun, bu işin sayısız formalitesinin yerine getirilmesi, otel kordidorlarının hayli boşaldığı bir zamana denk gelinemeyişi, otelcinin karısı için ağır bir azaptı ve bu da orada burada kimi gülüşmeler başlatıyordu.

Bütün bunlar hakkında, biraz kısık bir sesle konuşuyordu bekleşenler. Memnuniyetsizlik doğuracak pek çok neden varken, kimsenin iki laf edip Erlanger'in kendilerini gecenin bu saatinde oraya çağırmasına ilişmemesi çekti dikkatini K.'nın. Bunun nedenini sordu; buna da şükür dediler. Onun köye gelmesi bile nimetti ve üstün görev anlayışının göstergesiymiş, çünkü o dilerse (kanunlara da uygunmuş bu) alt düzeyden bir yazman görevlendirip, tutanakları kaleme aldırırmış. Ama o, bu çareye başvurmaz, işlerle bizzat ilgilenirmiş; bunu yapmak için de gecesini feda edermiş, çünkü köye gelmesi için programında bir zaman ayrılmamışmış. Klamm'ın gündüzleri köye inip, burada pek çok gün kaldığını söyleyip karşı koydu K.; olup olacağı bir yazman olan Erlanger, şato için Klamm'dan daha mı vazgeçilmezdi yani? Birkaç kişi, bilmiş tavırlarla güldü, kimileri de şaşkınca sustu; ikincilerin sayısı daha fazlaydı; böylece K.'ya yanıt veren olmadı. Aralarından biri ürke çekine, Klamm'ın hem şatoda, hem köyde vazgeçilmez olduğuna değinebildi.

Sonra kapı açıldı, ellerinde lambalarla iki uşağın arasında Momus boy gösterdi. «Sayın Yazman Erlanger'in kabul edeceği ilk ziyaretçiler K. ile Gerstacker,» dedi. «İkisi de geldi mi?» K. ile Gerstacker olumlu yanıt verdiler, ama Jeremias: «Buranın garsonuyum ben,» deyip otele girdi. Gülümseyip omuzlarına vurdu Momus. Bu adamı gözden uzak tutmamak gerek, diye düşündü K., eski asistanı için; bununla birlikte, şatoda, zararına çalışan Artur'a oranla Jeremias'ın daha az zararlı olduğunu aklında tutuyordu. Dahası onların bu aylaklıklarına ses çıkarmayıp, özel bir hünerleri olduğu anlaşılan dolaplar çevirme işinde rahat rahat çalışmalarına olanak vermektense, asistan olarak sıkıntılarına katlanmak belki de daha isabetli olurdu.

Momus'un tam önünden geçtiğinde, adam onun K. olduğunu yeni ayrımsamış gibi davrandı. «O o, Sayın Yeryazımcı!» dedi. «Kovuşturulmaya hiç gelemeyen siz, şimdi bir an önce kovuşturulmak istiyorsunuz ha! Fakat o zaman sizi sorgulamama izin verseydiniz, işiniz kolaylardı. Evet; uygun kovuşturulmaları uygunsuz olanlardan ayırmak zor iş.» K. bu sözler için konuşmak isteyince: «Durmayın!» dedi. «Yanıtlarınıza o anda gereksinim duyuyordum, şimdi değil!» K. yine de bu tavra kızgın: «Sadece kendinizi düşünüyorsunuz,» dedi. «Ben, yetkililer öyle istiyor diye yanıt filan vermem; böyle bir şeyi ne o zaman, ne de şimdi yaparım.» «Kimi düşünmeliyim ki? Burada başka kimse var mı? Durmayın, yürüyün!» Kapıda bir uşak karşıladı onları. K.'nın yabancısı olmadığı bir yoldan götürüp avluya çıkardı; sonra büyük kapıdan girip o basık ve eğri koridora daldılar. Üst katlarda herhalde yüksek düzey memurları konaklıyordu; yazmanların ofisleri koridordaydı. Elindeki feneri söndürdü uşak, koridorda elektrik ışığı vardı. Bulundukları yerde her şey küçük, ince yapılmıştı. Yer epeyce ekonomik kullanılmıştı. Koridorun yüksekliği sadece dik yürünebilecek yükseklikteydi. Orada burada yan yana kapılara rastlanıyor, duvarlar tavana değin yükselmiyordu; havalandırma için olmalıydı bu; çünkü odaların galeri gibi uzanıp giden koridora bakan pencereleri yoktu. Tavanla birleşmeyen duvarların olumsuz yanı, gürültülü koridorun seslerini zorunlu olarak odalara yansıtmasıydı. Odaların çoğu doluydu anlaşılan ve içindekiler uyanıktı; sesler, çekiç darbeleri, bardak şıngırtıları geliyor, fakat dinleyende bir neşe havasının egemen olduğu hissini uyandırmıyordu. Sesler uğultuluydu, belli belirsiz anlaşılıyordu; bir sohbet gibi de değildi konuşmalar, belki salt bir şeyler yazdırılıyor veya biri diğerine bir şey okuyordu. Bardak-çanak seslerinin geldiği odalardaysa, konuşulanların tek kelimesi anlaşılmıyor, çekiç darbeleri K.'ya bir yerlerde duyduğu bir sözü çağrıştırıyordu; memurlar aralıksız zihinsel çalışma sonucu yorgun düştüklerinden, dinlenmek için zaman zaman dülgerlik eder, kimi hobilerle uğraşırlar. Koridorda kimseler yoktu, sadece bir kapı eşiğinde, kürklü, sararmış benizli, ince-uzun bir bey oturuyordu; kürkünün altındaki pijamaları görülebiliyordu. İçeride bunalmış olmalıydı ki, hava almak için dışarı çıkmıştı; elindeki gazeteyi okuyordu; fakat merakla değil; esneyip sık sık duruyor, başını öne uzatıp koridoru bakışlarıyla tarıyordu; haber ilettiği ama gelmekte geciken bir iş takipçisini bekliyordu sanki. Yanından geçerlerken, uşak ilgili adama dair Gerstacker'e: «Pinzgauer!» dedi. Öteki başıyla evetleyerek: «Ne zamandır aşağılara inmiyordu,» dedi. «Ne zamandır!» diye onayladı uşak.

Nihayet, diğerleri gibi ama uşağın sözlerine göre Erlanger'in kaldığı odanın kapısına geldiler. K.'nın omuzlarına çıkan uşak, kapıdaki aralıktan odaya göz attı. «Yatağında uzanmış,» dedi, bulunduğu yerden inerken. «Giysilerini çıkarmamış ama sanırım uyuyor. Kimi zaman onun burada, köydeki hayatında oluşan değişiklikten dolayı, bitkinleşir. Çare yok, bekleyeceğiz. Uyandığında zile basar. Fakat öyle de olmuştur ki, köydeki zamanını uyumakla doldurmuş, uyanır uyanmaz şatoya dönmesi gerekmiştir; çünkü burada gönüllü çalışma esastır. «Umarım, bugün de uyur kalır!» dedi uşak. «Çünkü uyanıp biraz çalışacak vakti buldu mu, köyde uyuduğuna üzülür, her şeyi aceleyle yapmaya bakar, insana meram anlatacak olanak vermez.» «İnşaat işi için taşınma işini mi almaya geldin?» diye sordu uşak. Gerstacker onayladı, uşağı bir kenara alıp biraz konuştu; fakat uşağın onu dinlediği söylenemezdi; Gerstacker'in boyundan uzundu boyu, onun omuzları üstünden ileriye bakıyor, ciddi ve usulca devinimlerle ellerini saçlarında gezdiriyordu.

XXII

Bakışlarıyla çevresini tarayan K., epey ötede, koridorun dirseğinde Frieda'yı gördü birden. Frieda, K.'yı tanımamazlıktan geldi, sadece baktı bir tepsideki tabakları taşıyordu. Uşağa, şimdi dönerim, diyen K. (uşağın bunu dert ettiği yoktu, kendisiyle konuşuldukça dalgınlaşır gibiydi) Frieda'ya doğru yürüdü, onu omuzlarından tuttu; ona tekrar sahip olur gibiydi. Sıradan birkaç soru sorup, araştıran bakışlarla gözlerinin içine baktı. Fakat Frieda'nın tutumu değişmedi; tepsideki tabakların yerini dalgınca değiştirdi ve K.'ya: «Ne istiyorsun benden?» diye sordu. «O tanıdıklarına gitsene! Evlerini biliyorsun! Şimdi de oradan gelmiyor musun, anlamadığımı mı sanıyorsun?» K., bu konuyu değiştirmeye kalktı; tartışmaları böyle damdan düşer gibi, kendisi için kötü bir yerden açılmamalıydı. «İçkievinde olduğunu sanıyordum senin,» dedi. Frieda, afallamış halde K.'ya baktı, boştaki elini yavaşça K.'nın yüzünde dolaştırdı. K.'nın nasıl biri olduğunu unutmuş da, imgesini belleğine kazımak ister gibiydi; bir de, gözlerinde güçlükle hatırlamanın getirdiği bir buğu vardı. «İçkievinde yine iş verdiler bana,» dedi usulca; bu sözleri önemsizmiş de, bunların arkasında K. ile farklı bir konuda konuşur gibiydi ve asıl bu konuşma önemliydi. «Hazırdaki iş bana uygun değil,» diye ekledi, «herhangi biri de yapabilir bu işi; yatak serebilen, güler yüz takınabilen, konukların tacizlerinden korkmayıp, bunlara çanak tutan herkes oda hizmetçisi olabilir. İçkievinde böyle değil. Bana tekrar iş vermelerinden de belli bu; aslında işten ayrılmam hiç de uygun biçimde gerçekleşmemişti; evet, şimdi bir kollayanım var da ondan. Otelci benim korunuyor oluşuma öyle sevindi ki! Beni hemen işe aldı çünkü. Hem, hayır demeyeyim diye üstelediler; içkievinin bana neler hatırlattığını düşün; sözlerimi anlarsın. Ben de evet dedim. Burada yardım ediyorum sadece. Pepi ricada bulunup, buradan derhal ayrılmaya zorlayıp, onu kepaze etmememi istediği için, ona bir gün süre tanıdık. Bütün gücüyle çalıştı kızcağız.» «Bunlar iyi, güzel de,» dedi K., «daha önce de oradan benim için ayrılmıştın; fakat şimdi, evlilik öncesinde oraya tekrar mı dönmek niyetin?» «Biz evlenmeyeceğiz ki!» dedi öteki. «Sana ihanet ettiğim için mi?» dedi K., Frieda onayladı. «Dinle, Frieda!» dedi K. «Değindiğin şu sözde ihanet hakkında sık sık konuştuk; her konuşmadan sonra sen de anladın ki, bu sadece kuruntu. O günden beri bende değişen bir şey yok; sende var; çevrenin etkisi ya da farklı bir yoldan değişen bir şey. Her ne olduysa haksızlığa uğradığım kesin; çünkü o kızlar nasıl insanlar? Biri, esmeri (bu tür detaylar verecek kadar umutsuzca savunmaya geçtiğim için yüzüm kızarıyor fakat ne gelir elden? sen öyle istiyorsun), esmerinden ben de senin gibi hoşlanmıyorum; bir fırsat bulup ondan uzak durursam, ki bunu yapıyorum, o da bana yardım ediyor; çünkü o çok çekingen biri.» «Evet!» diye yüklendi Frieda; istemeden konuşur gibiydi. K., onun ilgisini başka bir konuya çekmekten hoşnuttu; olduğu gibi görünmüyordu şimdi Frieda. «Çekingen mi? O arsız kıza böyle diyorsun yani! İnanılır gibi değil ama sözlerinde içtensin; bunu gerçekten yaptığını biliyorum. Brückenhof otelcisinin karısı senin için 'derdini çekemem fakat ondan ayrılamam da; çünkü daha tam olarak yürüyemeyip, çok uzaklara gitmeyi aklına koymuş küçük bir çocuk karşısında kişi kendini tutamaz, ama karışmadan da edemez' diyor.» «Bu tavsiyeye artık uyabilirsin,» dedi K. gülümser. «Fakat diğer kızı çekingen ya da arsız, bir yana bırakabiliriz; hakkında bir şey duymak istemiyorum.» «Onu niye çekingen diye niteliyorsun ki?» diye sordu Frieda, uysalca. K., bu ilgiyi iyiye yordu. «Sen bunu sınadın mı? Acaba başka insanları küçümsemek için mi böyle davranıyorsun?» «İkisi de değil!» dedi K. «kendimi ona borçlu hissediyorum da ondan; çünkü ona kayıtsız kalmamı kolaylıyor; sık sık benimle konuşmaya kalksa, evlerine sık sık gitmeye cesaret edemezdim ve bu benim için kayıp sayılırdı. Fakat sen de biliyorsun ki, geleceğimiz için oraya gitmem zorunlu. Yine bu nedenden diğer kızla da konuşmaya mecburum; işbilirliğini, önlemliliğini, bencil olmayışını beğendiğim bir kız, fakat kimse ayartıcı olmadığını söyleyemez.» «Uşaklar aynı fikirde değil!» dedi Frieda. «Pek çok şeyde olduğu gibi elbette,» dedi K. «Kösnüden deliye dönmüş uşaklara bakıp, seni aldattığımı savlıyorsun, değil mi?» Sustu Frieda ve K.'nın tepsiyi elinden alıp yere bırakarak koluna girmesine, koridorda gezinmesine itiraz etmedi. «Bağlılıktan haberin yok senin,» dedi, K.'nın kendisine biraz daha sokulmasını istemeyerek. «Kızlara nasıl davrandığın o kadar dert değil; senin onlara gidişin, üstüne onların kokusu sinmiş halde geri dönüşün benim için utanç. Bu da yetmez gibi okuldan ayrılıyor, açıklama filan yapmadan hemen onlara koşuyorsun; geceyi bile yanlarında geçiriyorsun. Seni aramaya çıkan oldu mu, kızlara, özellikle çekingenliği benzersiz olana yok dedirtiyorsun. Hırsız gibi, gizli yollardan terk ediyorsun evi, bunu yaparak kızlar hakkında dedikodu yapılmasını engellemeye çalışmak istiyorsun! Ne olur bunu konuşmayalım.» «Bu değil ama Frieda, başka bir şeyi,» dedi K. «Söylenecek bir şey de yok ki. Oraya gitme nedenlerimi biliyorsun. Benim için de zor ama baş ederim. Yeterince yorucu bir iş, sen de bunu çoğaltma. Bugün çarçabuk gidip, gerçekten önemli bir haber getireceğini beklediğim Barnabas'ı yoklayayım bir demiştim. Gelmediğini öğrendim; ama neredeyse kesinlikle geleceğini söylediler ve bu da olmayacak şey değildi. Ben de, sen tedirgin olma diye, Barnabas geldiğinde çabucak okula yollamalarını dilemedim. Aradan saatler geçti. Barnabas gelmedi. O gelmedi ama benim kin tutuğum biri çıkageldi. Bu adam tarafından izlenmeye niyetim yoktu; bu yüzden bitişik bahçeyi aştım fakat istediğim şey, ondan saklanmak değildi çünkü sokakta doğruca üstüne gittim, elimde sağlam bir sopa vardı, bunu da söyleyeyim. Olancası bu işte, söyleyecek başka bir şeyim yok. Farklı bir konuda var ama. Asistanlar hakkında. Sen nasıl ki, o aileden söz edilmesine dayanamıyorsan, ben de onlardan söz edilmesine dayanamıyorum. Senin onlarla ilişkini, benim Barnabaslarla olan ilişkimle karşılaştır bir. Senin onlardan hoşlanmayışını anlayışla karşılıyorum ve seninle hemfikirim. Onlara gidişimin nedeni sadece iş; kimi zaman haksızca davranıyor da, onları sömürüyormuşum gibi hissediyorum. Peki seninle asistanlar! Onların senin ardından ayrılmadıklarını hiç yadsımadın, onlara dostluk beslediğini de söyledin. Bundan dolayı sana kırılmadım; senin üstesinden gelemeyeceğin kimi güçlüklerin bu işte rolü olduğunu anladım; en azından kendini savunduğunu gördüğünde çok sevindim ve sana yardım etmeye çalıştım. Bu işi birkaç kez boşladıysam, senin bağlılığından emin olduğum, evimizin onlara kapalı olacağını, onların defedildiğini (sanırım onları bir daha küçük görmüştüm) bildiğimdi; birkaç saat bu işi boşladım ama Jeremias, dikkatle bakıldı mı tam olarak sağlıklı sayılmayacak o ihtiyar delikanlı, o domuz, pencereye sokulma cesaretini gösterdi diye, seni salt bununla yitiriyor, merhaba demeni beklerken 'biz evlenmeyeceğiz' dediğini duyuyorum ama asıl serzenişte bulunma hakkı benim. Gördüğün gibi bunu da yapmıyorum.» Sonra, nişanlısının ilgisini başka yana çekmenini isabetli olacağını düşündü K.; öğleden beri aç olduğunu söyleyerek yiyebileceği bir şeyler getirmesini istedi. Anlaşılan, K.'nın kendisinden bir şey rica etmesiyle rahatlayan Frieda, olur diyerek yürüdü fakat koridorda öne doğru gitmedi ve (K. mutfağı ilerde sanıyordu), sapıp birkaç merdiven indi. Hemen sonra üstünde dilimlenmiş sucuk ve bir şişe de şarap olan bir tepsiyle döndü, fakat bir yemeğin artıkları gibi görünüyordu getirdikleri; belli olmasın diye de dilimler tabağa sıralanmıştı, dahası tabakta unutulmuş sucuk kabukları bile görünüyordu; şarabın yarıdan fazlası içilmişti. Sesini çıkarmadı K., yiyecekleri iştahla yemeğe koyuldu. «Mutfağa mı gittin?» diye sordu K. «Hayır, kendi odama,» dedi Frieda, «aşağıda bir odam var.» «Beni de götürseydin ya,» dedi K. «Aşağı ineyim de, yemeğimi oturarak yiyeyim.» «Oturacağın bir iskemle getireyim,» dedi Frieda ve gitmek için harekete geçti. «Bırak, istemem!» dedi K., gitmesine izin vermedi. «Aşağı inmek de istemiyorum; bir iskemle de.» Frieda, K.'nın kolundan tutmasına ısrarla tepki göstermiyor, başını alabildiğine öne eğmiş, dudaklarını ısırıyordu. «Daha iyi ya,» dedi nihayet. «Senin de beklediğin bu değil miydi? Odamda yatıyor; üşütmüş biraz, dişleri takırdıyor, fazla bir şey de yiyemedi. Aslında bunların hepsi senin yüzünden oldu; onları kovmayıp, o kızlara takılmasaydın, okulda oturuyor olacaktık. Mutluluğumuz senin yüzünden yıkılıyor. İşinde kaldığı sürece, sanıyor musun ki Jeremias beni baştan çıkarıp senin elinden almaya çalışabilirdi? Eğer buna inanıyorsan buradaki işlerin nasıl yürüdüğünü bilmiyorsun anlamına gelir bu. Evet, bana yaklaşmak istediği doğru, buna can atıyordu fakat her şey bir oyundu; aç bir köpeğin oyun oynaması fakat sıçrayıp masadaki yemeklere el sürmeye cesaret edememesi gibi. Ben de Jeremias'a benzerim. Ona dostluk besliyordum çünkü çocukluk arkadaşımdı, şatonun bulunduğu bayırda oynardık sürekli. Ne güzel günlerdi! Geçmişime dair bir şey sormadın bugüne dek. Bizimle çalışması onu başka bir şey yapamaz hale getirdiği sürece, o kadar önemli değildi bunlar; çünkü senin gelecekte karın olacak ben, yapmam gerekeni biliyordum. Sen ne yaptın, onları kovdun; marifetmiş gibi de bununla gurur duydun. Başarılı olmadığın da söylenemez. Artur'a karşı istediğini elde ettin; bir süreliğine elbette; Artur kibar çocuk, zorluklarla usanmayan Jeremias'ın direngenliği yok onda. Hem sen o gece yumruğunu bizim mutluluğumuza indirmiştin, neredeyse Artur'u öldürüyordun, senden yakınmak için hemen şatoya gitti; kısa süre sonra dönecek olsa bile, gitmişti ve Jeremias kalmıştı arkada. Jeremias iş yaparken, patronu gözünü kırpsa ürker, mesai saatleri dışında gözü karadır. Bu nedenle, geri döndü Jeremias, alıp beni götürdü; sen beni bırakmıştın ve ben onun, eski arkadaşımın etkisinde kalmıştım; ona hayır diyemedim. Ona okul kapısını ben açmadım; kendisi pencereyi kırıp beni dışarı çekti. Sonra da hemen buraya geldik; otelci Jeremias'a saygı duyar, ayrıca, onun gibi garsonları olması müşteriler için de bulunmaz bir şeydir. İşte, otelde işe alındık. Jeremias benimle kalmıyor zaten, odalarımız ayrı.» «Onları kovduğuma pişman değilim yine de,» dedi K. «İşler anlattığın gibiyse, senin bağlılığın asistanları iş yaparak etkisiz hale getiriyorsa, olup bitenlerin sonucu hayırlı demektir; üstesinden sadece dayağın geldiği iki canavarın da olduğu bir evlilik, fazla bir mutluluk getirmezdi bence. Bu durumda, ayrılığımıza ayrımında olmadan yardım eden o aileye de teşekkür etmeliyim.» Sonra tekrar susup koridoru arşınlamaya başladılar; bu işi kimin başlattığı anlaşılmıyordu. K.'nın yanında yürüyen Frieda, onun artık koluna girmemesine üzülmüş görünüyordu. «Öyleyse mesele kalmadı,» diye sürdürdü K. «Birbirimize hoşça kal diyebiliriz; sen belki okul bahçesinde soğuk algınlığına yakalanan, yalnız bıraktığın efendin Jeremias'ın yanına döner, ben de kendi başıma okula dönerim; fakat bakarsın, sensiz okuldaki işimden de olmuşumdur diye, bana kapısını açacak başka bir yer bulurum. Yine de kararsız kalıyorsam, söylediklerine kuşkuyla baktığımdandır. Bende, senin sözlerini doğrulamayan bir etki bıraktı Jeremias. Bizimle olduğu

sürece senin ardından koşup durdu ve sanmıyorum ki, bir gün
sahiden sana çullanmaktan bizimle çalışması onu uzak tutsun-
du. Fakat şimdi artık işini kaybettiğinden beri değişik biri oldu o.
İfade tarzımı bağışla ama; sen onun patronuyla nişanını bozun-
ca, ondaki albenini de kaybettin. Ne kadar çocukluk arkadaşı
olursan ol (onu bu geceki kısacık konuşmadan tanıyorum sade-
ce), böyle içlenmelere gelemez o. Senin gözüne niye öyle gö-
ründüğünü anlayamıyorum. Bence, daha sakin görüşlere yakın,
duygusuz biri. Galater benim iyiliğime sayılmayacak bir ödev
vermiş ona; bunu yapmak için uğraşıp duruyor; bir tür görev
hissi anlayacağın; belirtmeliyim ki, bu da nadiren karşılaşılan
şeylerden değil buralarda. Onun ödevinin bir parçası da ilişki-
mizi koparmak; kaç kez denedi; seni kösnüsüyle baştan çıkar-
mak istemesi de buna örnek. Başka bir örnek de (otelcinin ka-
rısı da arka çıktı ona) benim ihanetime dair yalanlarıydı ve bu
oyunda da başarılı oldu; Klamm'ın halesi de ona yardımcı ol-
muştur belki. İşinden olmuştu; fakat belki de işe gereksinimi
yoktu. O da emeklerinin semeresini almaya girişti, seni okul
penceresinden dışarı çekti ve okuldaki işi bitti, görev duygusu
cılızlaştı; yakınmalara değil, beğeni sözlerine hedef olmak, ye-
ni ödevler almak için şatoya yollanan Artur'un yerinde olsaydı
daha fazla mutlu olurdu fakat birinin kalıp neler olacağını izle-
mesi gerekiyordu. Seninle ilgilenmek ona sevimsiz geliyordu.
Sana zerrece sevgisi olsun, nerede! Bana kendisi söyledi:
Klamm'ın sevgilisi olarak tartışılmaz bir saygınlığa sahiptin
onun için, senin odana yerleşip, küçük bir Klamm gibi davran-
mak onu ne çok mutlu ederdi! Şimdiyse onun gözünde hiç de-
ğerin yok, seni alıp buraya getirmesi sadece kendi görevini ta-
mamlamak içindi; senin sakin kalman için kaldı burada, fakat
şimdilik, şatodan yeni buyruklar gelene ve üşütmesi de senin
tarafından sağaltılana kadar.» «Onu nasıl da karalıyorsun?»
dedi Frieda, minik yumruklarını birbirine vurup. «Karalama
mı?» dedi K. «Hayır, bunu aklımdan bile geçirmedim. Ona hak-
sızlık ediyor olabilirim; bu mümkün. Ona dair sözlerim ortada

olan şeyler değil çünkü; farklı biçimlerde de yorumlanabilir. Ama karalama? Bunun ereği, senin ona duyduğun sevgiyle mücadele etmek olur salt. Buna ihtiyaç duysam ve karalamayı yedeğime alsam, hiç bocalamazdım. Beni bu yüzden suçlayan da çıkmazdı; çünkü buyruk aldığı adamlar yardımıyla bana göre öyle üstün bir konumda ki, kendi başına kalmış, kimsenin el uzatmadığı ben, karalamak için gerekçeler bulurdum. Kendi adıma epeyce temiz ve cılız bir silah olurdu bu. Bu nedenle, artık yumruklarını sıkmayı bırak.» Frieda'nın ellerini avuçlarına aldı, öteki çekmek istedi ama gülümseyerek ve gönülsüz. «Hem neden karalayayım? Ne de olsa senin onu sevdiğin yok, sadece sevdiğini sanıyorsun; seni bu hatadan çekip alınca da bana teşekkür edeceksin. Seni benden ayırmaya kalkışan biri, kaba kuvvete başvurmadan, titiz bir planla, hemen iki asistana gidecektir. İlk bakışta iyi, çocuksu, şakrak, gamsız; şatodan, yükseklerden yollanmış adamlar; çocukluk hatıraları da var. Saydığım şeylerin hepsi iyi; bir de benim onların tam tersi biri olduğum ve senin kavrayamadığın işlerin ardında, seni öfkelendiren, beniyse, senin tarafından tiksindirici bulunup olanca masumiyetime rağmen, tiksinç yanlarını bana da bulaştıran insanlarla işbirliği ettiğimi düşünürsen... Bütün bunlar, ilişkimizin haince fakat akıllıca sömürülmesi sadece. Bütün ilişkilerde yolunda gitmeyen bir şeyler vardır; neden bizimkinin olmasın. İkimiz de farklı dünyaların insanlarıyız, birbirimizi burada bulduk; bulduğumuzdan beri de hayatımız yeni bir doğrultu kazandı; ikimiz de kendimizi güvende hissetmiyoruz; tanışalı kısa süre oldu; kendime dair bir şeyler söylemiyorum, o kadar da önemli sayılmaz; ne de olsa sana bakmaya başladım başlayalı hediyelere boğuldum; buna ne de olsa alışılır. Sen, her şey bir yana, Klamm'dan koparıldın; bunun ne denli önemli olduğunu bilemem fakat giderek sezdiğimi söyleyebilirim. Sendeliyor, yolumu yitiriyorum; sürekli yanında bulunamadım; yanında bulunabildiğim zamanlar ise, kimileyin aklından geçirdiklerin, kimileyin otelcinin karısı gibi daha güncel şeyler aldı avuçlarına seni; özetle, bakışlarını benden çevirdiğin, bazı başka şeyler özlediğin oldu biçare yavrum, böylesi zamanlarda baktığın tarafta görebileceğin birkaç kişiyi görmen yetti sana; onların avucundaydın, anlık izlerin, hayaletlerin, hatıraların, mazi olmuş ama giderek çetrefilleşen bir yaşam döneminin; bunların tümünün senin bugünkü yaşamın olduğunu varsanmak gibi bir yanlışın kurbanı olurdun. Her şey bir aldanış Frieda; er geç kavuşmamıza karşı dikkatle bakılınca önemli bir zorluk. Aklını başına al, kendine gel! Asistanları Klamm'ın gönderdiğini düşünsen (kuyruklu bir yalan bu; onları gönderen Galater, onlar da bu hatayı fırsat bilip, şımarıklık ve yüzsüzlüklerinde Klamm'dan işaretler bulacağını vehmettiğin ölçüde senin gözünü boyasalar da) birinin çıkıp bu çirkefte bir zümrüt gördüğünü sanması gibi; ki zümrüt öyle yerde olsa da hiçbir zaman bulunamaz, er geç ahır uşaklarından geri yanı yok bu adamların; gelgelelim, onlar ölçüsünde sağlıklı değillerdir, azıcık temiz hava solusalar, yatağa düşerler; ancak bir uşağın doymazlığıyla postu nereye sereceklerini de iyi bilirler.» Frieda'nın başı K.'nın omuzlarındaydı; kolları birbirine sarılı, sessizce yürüyorlardı. Frieda sakince, K.'nın omuzlarına böyle rahatça yaslanmasına izin verilmişcesine, tadını son ana dek çıkarmak ister gibi: «Keşke,» dedi, «o gece buraları bırakıp gitseydik, en azından şu anda başka bir yerde güvende olur, hiç ayrılmazdık; elin elimin altında olurdu hep, ne zaman istesem tutabilirdim; yakınımda olmana öyle ihtiyacım var ki, seni tanıdığımdan beri, kendimi sensiz öyle yalnız ve terk edilmiş hissediyorum ki; yanımda olman tek hayalim; başkaca bir şey yok aklımda.» Birden, bitişik koridordan seslenildi; Jeremias merdivenin alt basamağındaydı; sadece gecelikleydi, bir de Frieda'nın bir şalıyla. Bu görünümüyle, saçları dağınık, ince bıyığı terli, pörsük yanakları al al, çıplak bacakları üstündeki şalı da titrerken, hastaneden kaçmış birini andırıyor; görende alıp hastaneye geri götürmek dışında düşünce uyandırmıyordu. Frieda da böyle akıl yürütmüş olmalı ki, K.'dan sıyrılıp onun yanına seyirtti. Frieda'nın sevecenliği, onu şala sarmaktaki özeni, odaya tekrar girsin diye gösterdiği aceleyle Jeremias güçlenmişti sanki. K.'yı yeni tanımış gibiydi. «O o, Bay Yeryazımcı!» dedi, susması için uğraşan Frieda'nın gönlünü almak istercesine yanaklarını okşayarak: «Bağışlayın, rahatsız ettim. Fakat kendimi iyi hissetmiyorum, sanırım bu bağışlanmama yardım eder. Ateşim de yükselmiş gibi; sıcak bir şeyler içip terlemeliyim. Okul bahçesindeki kahrolası parmaklık yüzünden oldu bu. Uzun bir süre aklımda kalacak; yetmez gibi, hasta halimle demin de koşup durdum oraya. İnsan çoğu zaman, değmeyecek şeyler adına sağlığından oluyor ve bunu fark etmiyor. Yine de sizi rahatsız etmeyeyim Bay Yeryazımcı; buyrun odaya geçin, hastayı da ziyaret etmiş olursunuz; kaldıysa söylemediğiniz bir şeyler, onları da söylersiniz Frieda'ya. Birbirlerine alışmış çiftlerin ayrıldıklarında, birbirlerine iletecek öyle çok sözleri olur ki, üçüncü birinin, bir de yatakta sıcak bir çay bekliyorsa, aklı almaz. Siz içeri geçin; ben sesimi çıkarmam, rahat olun.» «Yeter, sus!» dedi Frieda, onun kolunu çekiştirip. «Ne dediğinin farkında değil. Sen bizimle sakın gelme K., yalvarırım. Oda sadece benle Jeremias'ın, aslında sadece benim; gelmeni istemiyorum. Ardımdan ayrılmıyorsun; bunu neden yapıyorsun? Sana bir daha dönmeyi istemiyorum ki! Düşünmesi bile ürpertiyor. Ne bekliyorsun, gitsene o kızlara! Kulaklarıma gelenlere göre, üzerlerinde sadece gömlekleriyle, şömine oturağında iki yanına oturuyorlar; seni almaya biri geldiğinde hemen azarlıyorlarmış. Onlara bunca yakın olduğuna göre, kendini orada hiç yabancı hissetmiyorsun demek ki. Oralara gitme diye çok uğraştım; başarılı olamasam da sürekli uğraştım; bitti artık, serbestsin. Parlak bir hayat bekliyor seni, o kızlardan biri için uşaklardan biriyle atışman gerek; diğeri ise: onu sana fazla bulacak birini hiçbir yerde bulmaya çalışma. Diyesim, bu birleşme hayırlıdır. Karşı çıkmayı aklından geçirme; bütün sözlerimi geçersizleştirmeyi deneyebilirsin ama onlar öylece kalır yine. Dinle, Jeremias hepsini yadsıdı.» Frieda ile Jeremias, baş sallayarak gülümsediler. «Yine de,» diye sürdürdü Frieda, «tümünü yadsısa bile ne çıkar? Ben neden ilgileneyim ki? O kızların evinde ne yapıldığından bana ne; kendi bilecekleri iş. Benim işim seninle ilgilenmek; K.'nın benden dolayı sana işkence yapmadan önceki sağlığını buluncaya dek, seninle ilgilenmek.» «Sahiden gelmiyorsunuz ha, Bay Yeryazımcı?» dedi Jeremias; fakat o sırada Frieda'yı alıp gitti ve dönüp arkasına bile bakmaya gerek görmedi. Altta bir yerlerde küçük bir kapı vardı, koridor kapılarından daha alçaktı bu kapı, sadece Jeremias'ı değil, Frieda da içeri girerken eğilmek durumunda kaldı, kapının açıldığı oda aydınlık ve sıcak gibiydi. Bir süre kimi fısıltılar oldu; bunlar belki de Jeremias'ı yatağa yatıran Frieda'nın şefkatli sözleriydi; kapı artlarından kapandı.

XXIII

Bulunduğu koridorun bir anda ne denli sessizleştiğini o anda ayrımsadı K. Sadece Frieda ile konuştuğu ve otel personelinin kaldığı bu kısım değil, demin epeyce uğultulu olan odaların bulunduğu koridor da sessizlikle kaplanmıştı. Demek ki ağalar nihayet uykuya varmışlardı. Alabildiğine yorgundu K. da, belki bu yüzden Jeremias karşısında kendini savunamamıştı. Soğuk algınlığını hayli abartan Jeremias gibi yapmak (onun bu perişan hali sayrılıktan değil, doğuştandı ve sıcak çayla filan geçecek gibi görünmüyordu), onun yaptığını yaparak ne kadar yorgun olduğunu gösterip, oracığa yığılmak bile iyi gelecekti; hele de bir şekerleme yapılabilse ve kendisiyle bir ilgilenen çıksa ne iyi olurdu. Fakat Jeremias'ın hem bu acındırma işlerinde, hem diğer tartışmalarda utkusu kesin görünüyordu. K., oradaki boş odalardan birine girip, güzel bir yatakta deliksiz bir uyku çeksem, ne olur, diye düşündü. Bunu yapabilse öfkesi biraz geçerdi. Uyumadan önce içkisi de hazırdı hem; Frieda'nın yere bıraktığı tepside küçük bir şişe rom vardı. K., üşenmeden dönüp şişeyi boğazından aşağı boşalttı. Artık en azından kendini Erlanger'in karşısına çıkacak ölçüde zinde duyumsuyordu. Erlanger'in kaldığı odanın kapısını aramaya koyuldu, fakat ortalıkta ne uşak, ne de Erlanger göründüğünden ve bütün kapıların birbirinin aynısı olduğundan, ne kadar aradıysa da bulamadı. Ama kapının ne tarafa düştüğünü anımsıyordu sanki; birden, aradığı kapı olabileceğini varsaydığı bir kapıyı açmaya davrandı. Bunu yapması tehlikeli olmayabilirdi; Erlanger'in odası mıydı acaba bu, Erlanger onu içeri davet ederbilirdi; eğer bir diğerinin odasıysa, özür dileyip çıkardı; bir de odada kalan uyuyorsa, bu da akla yakındı, içeri geldiğinin farkına varmazdı kimseler. Fakat odada kimse yoksa, en kötüsüydü; çünkü K.'yı yatağa uzanmaktan kimse alıkoyamayacaktı. Erlanger'in odası hakkında bilgi alabileceği ve uğursuz işten onu uzaklaştıracak biri var mıdır diye koridorda etrafına bir daha bakındı, uzayıp giden koridorda kimseler görünmüyor, bir ses duyulmuyordu. Birden, kapıya kulak verdi, oda boş olabilirdi. Eğer biri varsa, uyanmayacağı biçimde çaldı kapıyı ve yine ses seda çıkmayınca dikkatle içeri girdi. Fakat usul sesli bir çığlık geldi kulağına.

Küçük bir odadaydı, rahat bir yatak odanın yarısını kaplamıştı; küçük bir etajerin üstünde bir lamba yanıyor, lambanın yanında bir yol çantası görünüyordu. Yatakta, yorganın altında görünmez olmuş biri, fısıltıyla: «Kimsin?» dedi. K. artık çıkıp gidemezdi; rahat ama dolu yatağı çatılı kaşlarla süzdü, kendisine bir soru sorulduğunu anımsayıp adını söyledi. Böyle davranarak iyi bir izlenim bırakmış olmalıydı; yataktaki, yorganı yüzüne çekti, ama beklemediği bir şeyle karşılaşırsa hemen indirmeye de hazırlıklı görünüyordu. Sonra, rahat bir tavırla yorganı attı üstünden ve yatakta dimdik oturdu. Erlanger değildi bu; narin yapılı, alımlıydı. Yanaklarında çocuksu bir dolgunluk, gözlerinde aynı biçimde bir neşe vardı; fakat geniş alnı, sivri burnu, kapanmakta zorlanan ağzı ve sinmiş gibi duran çenesi hiç de çocuksu görünmeyip yüksek bir düşünce gücüne sahip olduğunu gösteriyor, bu bakımdan da görüntüsüyle tutmazlığa düşüyordu. Ondaki bu çocukluk mirasını koruyan, bunun verdiği hoşnutluktu herhalde. «Friedrich'i tanır mısınız?» diye sordu adam. «Hayır,» diye yanıtladı K. «O sizi tanıyor ama,» dedi adam gülümser. K. adamın söylediğini evetlercesine baş salladı; kendisini tanıyan pek çok kişi vardı; dahası asıl engeli de buydu. «Ben onun sekreteriyim,» dedi adam. «Ben Bürgel.» «Bağışlayın,» dedi K. elini kapıya atarak. «Sanırım kapıları karıştırdım; çünkü beni Sekreter Erlanger odasına çağırtmıştı.» «Buna üzüldüm,» dedi Bürgel. «Sizi başkası çağırttığı ya da kapıları karıştırdınız diye değil. Ben bir kez uyandırıldım mı bir daha asla uyuyamam. Boş verin, o kadar üzülmeyin, ne de olsa kişisel bir sorun. Kaldı ki, buraların kapıları neden kapatılmaz ki! Bunun bir nedeni var kuşkusuz: Eskiden beri söylenegelen bir deyiş var: Sekreterlerin kapısı daima açık olmalı. Fakat buna da körü körüne uymak yanlış.» Bay Bürgel meraklı bakışlarla baktı K.'ya, yakınması bir yana, zinde bir hali vardı. Kaldı ki, K.'nın o andaki yorgunluğunu hiç yaşamamış olabilirdi. «Peki ama, nereye gitmeyi düşünüyorsunuz?» dedi Bürgel. «Saat dört; nereye giderseniz gidin, birilerini uyandıracaksınız; herkes benim kadar rahatsız edilmeye gelemez; sekreterler asabidirler. Bir süre daha kalın! Saat beşe geldiğinde herkes uyanmaya başlar; o saatte davete daha iyi uyarsınız. Artık kapı kolunu tutmayı bırakın da, bir yere ilişin! Buranın ne denli dar olduğunu gördünüz değil mi, en azından yatağın kenarına ilişin. Odamda oturacak yer olmamasına şaşırdınız herhalde? Benim iki şeyden birini tercih etmem gerekiyordu; ya dar bir yatak ve mobilyalı bir oda, ya da büyük bir yatak ve temizlik masası, hepsi bu; büyük yataktan yana yaptım tercihimi; bir odada en önemli şey yataktır bence. Kim ki rahat bir uyku çekerse, yatağı çok hoş olmalı. Sürekli bitkin olan ve yine de gözüne uyku girmeyen bana bile dayanılmaz geliyor bu; günün önemli kısmını yatakta geçiriyorum, belgelere yatakta bakıyor, iş takipçilerini yatakta karşılıyorum. Hiç de zor olmuyor bu. Takipçiler gerçi oturacak yer bulamıyor fakat seslerini çıkarmıyorlar; bir yere oturup da azarlanmaktansa, ayakta dikelmeleri ve raporu hazırlayanın kendini serbest hissetmesini onlar da istiyor. Zaten yatağın kenarı dışında oturacakları yer de yok ama burası ofis değil, yalnızca gece görüşmelerine ayrılmıştır. Fakat siz neden hiç konuşmuyorsunuz, Bay Yeryazımcı?» «Yorgunluktan,» dedi K. Çağrıldığı an, yatağa çökmüş, yatak demirine dayanmıştı. «Şaşırmadım,» dedi Bürgel gülerek, «burada yorgun olmayan yoktur. Sözgelimi, dünle bugün az mı çalıştım! Şimdi uyumam asla mümkün değil; uzak bir olasılık olsa da, eğer uyursam, sesinizi çıkarmayın ve kapıyı açmaya kalkmayın. Uyumayı başarsam bile, birkaç dakikayı geçmez. Şöyle bir huyum var: İş takipçilerinin ziyaretlerine alıştığımdan mı ne, odamda birileri oldu mu hemen uyurum. «Rahatsız olmayın Sayın Sekreter, uyumanıza bakın,» dedi K. Adamın söylediklerine sevinmiş halde. «İzniniz olursa, ben de biraz kestirebilir miyim o halde?» «Hayır, hayır,» dedi öteki. «Öyle uyuyayım demekle uyuyamam. Fakat biraz konuşursak uyumam mümkün. Bizim işler yorucudur. Sözgelimi benimki; ben irtibat yazmanıyım. Görevimin ne olduğunu biliyor musunuz? Friedrich ile köy arasında (çocuk gibi ellerini birbirine sürttü) en sağlam ilişkiyi oluşturuyor, onunla köy ve şato yazmanlarının ilişkisine aracılık ediyorum. Genellikle köydeyimdir, fakat her zaman değil; sürekli şatoya gitmeye hazırlıklı olmak zorundayım. Seyahat çantamı görüyorsunuz; rahatsız bir hayat, herkes yapamaz. Fakat ben de farklı bir çalışmaya dayanamam ya; diğer işler bana kuru ve sevimsiz gelir. Yeryazımcılık işi nasıldır sizce?» «Benim o işle uğraştığım söylenemez ki! Beni o işte görevlendirmiyorlar,» dedi K. Söylediği şey üzerinde durmuyordu pek; aslında Bürgel uyusun diye bekliyor, ama bunu kendisine karşı ödev duygusuyla istiyordu. Adamın uyumasının mümkün olmadığını sezinler gibiydi. «Tuhaf!» dedi Bürgel, başını sertçe geriye atıp. Ardından, kimi notlar almak için yorganın altından bir defter çıkardı. «Yeryazımcısınız ve işinizi yaptığınız yok yani!» dedi. K., söyleneni onayladı; sol kolunu yatağın demirine, başını kolunun üstüne koyup, en rahat edeceği biçimi denemeye çalışmıştı; fakat şu hali en rahat olanıydı; Bürgel'in anlattıklarını rahat rahat dinleyebiliyordu artık. «Elimizde bir uzman olsun da, ondan yararlanılmasın. Buralarda bunun olacağına ihtimal vermiyorum. Zaten sizin için de onur kırıcı bir şey; sizi üzmüyor mu bu?» «Üzülmez olur muyum?» dedi K., usulca gülümseyerek; aslında o anda üzüldüğü söylenemezdi. Hem Bürgel'in teklifiyle de pek ilgilenmemişti. Resmen toyların yapacağı türden bir şeydi. Sayın Yazman, K.'nın bu işi nasıl atandığını bilmeden, köy ve şatonun bu işte yüz yüze geldiği zorlukların, K.'nın köyde karşılaştığı veya karşılacağı karışıklığın zerrece ayrımında olmadan, dahası bunları sezinlemenin bile uzağındaki bir yazmanda aslında bulunması gerekti söz konusu sezginin, atıp tutup, birkaç satır karalamakla bu işleri halledeceğini sanıyordu adam. «Hayal kırıklığına uğramış bir haliniz var,» dedi Bürgel ve insan sarrafı olduğunu gösterdi; K. içeri girdiğinden beri, bu adamı küçümsemesinin yanlış olacağını kendi kendine söylemişti fakat bu yorgunluğuyla hiçbir şeyi tam olarak değerlendirecek halde değildi. «Hayır,» dedi Bürgel, K.'nın aklındaki bir soruyu yanıtlamak ve ona arka çıkıp, konuşmaktan kurtarmak istercesine. «Hayal kırıklığı cesaretinizi kırmamalı. Her ne kadar burada çoğu şey bunun üstüne kurulduysa da, köye henüz gelen birine aşılmaz görünür bu. Aslında böyle mi, değil mi, bunun hakkında konuşmak istemiyorum; ne desem, belki de dış görünüm gerçeği doğruluyordur. Bulunduğum konumda, meseleye belli bir mesafeden bakıp, aslını astarını kavramaktan uzağım. Fakat şunu dikkate alın; kimileyin öyle fırsatlar olur ki, varolan durumla yan yana düşünülemez. O kadar ki, güven aşılayan bir söz, bir bakış, bir işaretle kişiye, hayat boyu sürecek o yıldırıcı gayretlerin veremeyeceği şeyler kazandırır. Kesinlikle böyledir bu. Evet; bu fırsatlar değerlendirilmeden kalır ve genel durumla da tutarlıdır. Ama sormak istiyorum: Bu fırsatlar neden değerlendirilmez?» Bunun yanıtını bilmiyordu K.; Bürgel'in söyledikleriyle ilgileniyordu, fakat o anda ilgilendiği şeylere bile kayıtsız kalıyordu; adamın sorularının hedefi olmaktan kurtulmak istercesine, başını kenara çekti. «Yazmanlar,» diye sürdürdü Bürgel, sözlerinin ciddiyetini doğrulamayan bir tutumla kollarını oynatıp esnedi, «köy sorgulamalarını genellikle geceleri yapmak zorunda kaldıklarından şikâyet ederler. Neden? Bunu yaparak fazla yoruldukları için mi? Gecelerini uyuyarak geçirdiklerinde daha mutlu olacakları için mi? Hayır. Elbette, yazmanlar arasında da her yerde karşılaşılacağı gibi çalışkanlar, az çalışkanlar bulunur; fakat kimse çok yorulduğu için şikâyet etmez; resmi yoldan hele, asla! Özetle, böyle bir şey yerleşmemiştir bizde. Bundan hareketle, mesai saatleriyle boş saat ayrımı gözetmeyiz; bize yabancıdır bunlar. Peki, yazmanları gece çalışmasına yönelten ne? İş takipçilerini düşünmez yazmanlar; ama bu halleri, kendilerine boş vermelerinden daha büyük değil; yaklaşık o kadardır. Hem bu düşünmemezlik, görevin şaşmadan yapılmasından öte bir şey değildir; bu, tam da iş takipçilerinin istediği bir şeydir ve değeri ilk anda anlaşılmayan ama doğru bir şeydir; dahası iş sahiplerinin de iyi karşıladığı bir durumdur. Öyleyse, yazmanların gece çalışmalarına ilgisizliği neden?» K. bunu da bilmiyordu; bildiği o kadar az şey vardı ki, Bürgel'in kendisini gerçekten mi, öylesine mi beklediğini bile çözemiyordu. Bir izin versen de, yatağına uzansam diye düşünüyordu; yarın öğlen veya akşam bütün sorularına yanıt veririm. Fakat Bürgel oralı olmuyordu. Kendi kendine sorduğu soru aklına takılmıştı. «Tanığı olduğum kadarıyla gece çalışmalarına karşı şöylesi bir itirazları olur yazmanların: İş için gelenlerle yapılacak görüşmelere gecenin ayrılması uygun değildir, bu buluşmanın resmi içeriğini gece gece canlı tutmak zor, neredeyse mümkün değildir. Dışsal nedenlerden kaynaklanmaz bu; istenirse geceleyin de gündüzlerin formalitelerine harfiyen uyulur. Asıl gerekçeleri bu değil; ama gece yargıları o kadar da isabetli olamaz. Geceleri arzu edilmese de, sorunlar öznel değerlendirmelere açık olur; iş için gelenlerin sözleri gerçek sözlerden daha fazla önem taşır; onların diğer halleri, sıkıntı ve kaygıları hiç de gerekmezken dikkate alınıp, alınacak kararları etkiler; onlarla memurlar arasında çiğnenmesi gereken sınır, korunuyor görünse de gevşer; soru ve yanıtların birbirini tutması gereken yerde, ne görseniz iyi; garip ve kişisel bir yola dökülmüştür işler. En azından, yazmanlar, ödevleri gereği söz konusu şeylere karşı sezgi yetenekleri gelişmiş kişiler böyle sözler edebilmekte. Fakat bunlar bile (buralarda sık sık tartışılır bu) gece çalışması yapılırken aynı ters unsurların gerisinde kalmadıkları gibi, en başından bu tür şeyleri önlemeye çalışır; parlak işler çıkardıklarını düşünürler. Ama daha sonra tutanaklara bakıldı mı, onların hemen belli olan güçsüzlüklerine hayret edersiniz. Evet, bunlar hatadır; ya da iş için gelenlerin haksız kazancıdır. En azından varolan kanunlara göre, kısa zamanda onarılacak türde değillerdir. Tabii bir gün düzeltilir bunlar fakat bunu da mahkemeler sağlar; durum böyle olunca, sekreterlerin gece çalışmasından yakınmaları anlaşılır, değil mi?» K. bir süre de olsa, dalmış, son sözlerle sıçrayarak uyanmıştı. Niyeydi bütün bunlar, Tanrım! Bunlar niye? diye geçirdi içinden; kısılı gözlerle, kendisine böyle zor sorular soran ve uyumasına izin vermeyen, ne yapmak istediği de belli olmayan biri gibi, baktı Bürgel'e. O, kendi düşüncelerinin etkisindeydi, K.'yı afallatmayı becermiş gibi gülümsedi; fakat ona yine doğru yolu buldurmaya kararlıydı sanki. «Aslında,» dedi «yazmanlar bu gece çalışmalarından yakınmakta haklı, diyerek işin içinden çıkmak da yanlış. Gece çalışmalarının yapılması emreden bir kural yok; bu çalışmalardan uzak durmaya çalışmak yasalara da pek aykırı değildir; fakat varolan durum, iş yoğunluğu, memurların çalışma tarzı, şatoyu her istediklerinde terk edememeleri, iş sahiplerinin sorgulamasının diğer işlerden sonraya bırakılması gereği; bu ve böylesi pek çok neden, gece çalışmasını kaçınılmaz hale getirmiştir. Fakat değil mi ki, bir zorunluluk haline gelmiştir bu (sürekli bunu söylerim), bu da yasaların dolaylı bir sonucudur sadece; gece çalışmalarının varlığında kimi eksikler bulmak (birazcık abarttığım da söylenebilir), yasalarda eksiklik bulmaya benzer.

«Bununla birlikte, bu çalışmalar ve bunun kimi sakıncaları

bulunmasına karşın, kendilerini yasayla güvenceye alma hakkı verilmiş olabilir yazmanlara. Zaten onlar da bu haktan alabildiğine yararlanırlar. Sözgelimi, sadece işle ilgili konuların görüşülmesine izin verilir ve bu görüşmeler öndenetimden geçer; yapılan inceleme sonunda gerekirse, son anda bu işten vazgeçilebilir; iş sahiplerinden birini sahiden dinlemeden on kez yanlarına çağırttıkları ve böylece güç kazanmaya çalıştıkları bile olur. Değinilen işte yetkisi olmayan, bu nedenle bu işi daha rahat yapabilecek olan bir meslektaşlarını yerlerine bırakmaktan da hoşlanırlar; bir şey yapmasalar bile, görüşmeleri gecenin başlama ve bitme saatlerine alıp, aradaki vakti boş geçirirler; böylesi sayısız önlem daha alırlar, yanlarına kolay kolay yaklaşamazsınız; yazmanlar hem alıngan, hem de itiraz etme gücüne sahiplerdir.» Uykuya dalmıştı K.; rahat bir uyku değildi, Bürgel'in anlattıklarını deminki yorgunluğuna göre artık daha iyi duyuyor gibiydi; sözler gelip gelip kulaklarına çarpıyordu fakat tedirgin edici bilincin ağırlığından kurtulmuştu, daha özgür hissediyordu kendini. Bürgel onu engellemiyordu artık, kendisi ara sıra ona doğru yol alıyordu; uykunun kuyularına henüz düşmemiş, sadece dalmıştı. Bunu kimseler elinden almamalıydı. Böyle davranarak bir utku kazanmış gibiydi ve bunu kutlamak içinmiş gibi hemen bir kalabalık birikiverdi. Kendisi ya da bir başkası bu utku onuruna şampanya kadehini kaldırdı. Olup bitenin herkes tarafından duyulması için verilen savaş, kazanılan utku tekrar anlatılmak istendi; veya silbaştan yaşanmaya başladı. Ancak daha önceden kutlaması yapılmış, mutlu sondan emin olunduğu için, kutlamanın erkene alınmasında bir sakınca bulunmamıştı: Bir Grek yontusunu andıran çırılçıplak bir yazman, savaşta K. tarafından köşeye kıstırılmıştı. Alabildiğine komik bir görünümdü bu, K. da uykusunda güldü yavaşça: K. abandıkça, yazman sürekli korkup o gururlu pozlarından vazgeçiyor, yukarı kalkık kolu, sıkılı yumruğuyla edep yerlerini hemen kapatma gereği duyuyor ama bunu yapmakta sürekli geç kalıyordu. Savaş uzamadı; ağır ağır yol aldı K. Pek savaşa da benzemiyordu bu; dikkate değer bir dirençla karşılaşmıyor, kimi zaman yazmanın korkulu sesi duyuluyordu sadece. Gıdıklanan çocuklar gibi gülüyordu Grek yontusu. Nihayet görünmez oldu. Koca meydanda bir başına kaldı K.; saldırı konumunda, sağa sola bakıp hasmını arandı; kimseler yoktu, kalabalık da dağılıp gitmişti, paramparça olmuş şampanya kadehi yerdeydi. K., üstüne basıp kadehi unufak etmek istedi fakat camlar ayağına basınca ürperip uyandı. Uykusu bölünmüş bir çocuk gibi huzursuzdu. Bürgel'in çıplak bağrını görünce, rüyasındaki imgenin şöyle bir canlanıp kaybolduğunu sezinledi: İşte, o Grek yontusu! Hadi, yataktan aşağı atsana onu. «Fakat,» dedi Bürgel o sırada, bakışları tavanda; anıları arasında bir örnek aranır ama bulamaz gibi, «alınan bütün önlemlere karşın yazmanların bu gece düşkünlüklerinden (belirteyim: eğer düşkünlük sayılırsa) faydalanmak için bir olanak vardır iş sahiplerinde. Bu doğru; ama az rastlanan veya neredeyse hiç rastlanmayan bu olanak, iş sahibinin gece vakti, haber filan vermeden damlamasıdır. Tam olarak anlaşılır görünse de, bununla nasıl bunca az karşılaşıyorsunuz diye hayrete düşebilirsiniz. Burada olup bitenlere yabancısınızdır da ondan. Yine de idari sistemde herhangi bir gedik bulunmaması da ilginizi çekmiştir. Bu tür bir şeyin olmamasından dolayı, bir sıkıntısı olan veya başka nedenler yüzünden bilgisine başvurulan kişi hiç vakit yitirmeden, meseleyi aklında ölçüp biçmeden bildirim belgesini elinde bulur. Belki de hemen sorgulanmayacaktır, belgeleri eksiklidir; ama bildirimi de almıştır, artık habersizce gelemez ama zamansız gelebilir, o durumda da bildirimin tarihine dikkati çekilir. Sonra, tam saatinde bile gelse, bugün git, yarın gel, denir; artık bir zorluk kalmamıştır; eldeki bildirim kağıdına ve belgelere not düşülmesi, her zaman yetmese de, güçlü savunma gereçleridir. Elbette bu işler yalnızca yetkili yazmanla ilgilidir; bir gece, diğer yazmanların huzuruna çıkma yolu da kimseye kapalı değildir. Gelgelelim, kimsenin yapmayı düşündüğü bir şey değildir bu; neredeyse saçma sapandır. Öncelikle, yetkili yazman öfkelenecektir; biz yazmanlar, iş bakımından birbirimizi kıskanmayız, ne de olsa her birimizin omuzlarına bol bol iş yüklenmiştir; fakat iş sahiplerinin yetkiler konusunda sarsak davranmasına rıza gösteremeyiz. Kimileri yetkili yazmanlarla işi ilerletmek istemiş ama kaybetmişlerdir. Hem, böylesi girişimler başka bir bakımdan da başarısızlığa yargılıdır; gece gece, iş sahiplerince gafil avlanan yetkisiz bir yazman iyi niyeti sonucu yardıma hazır görünse de, yetkisizliği sonucu, neredeyse bir avukat gibi işe karışamayacaktır, çünkü haklar ve hukukun gizli bütün yollarını avukatlardan daha iyi bilen yazman, elinden bir şey gelse de yapmaya vakit bulamaz, yetkilisi olmadığı işler için hiç vakti yoktur zaten. Hal böyle olunca, kim tutar da yetkisiz yazman pozu takınmak için gecesini bu işe ayırır. Hem, iş takipçilerinin de vakti yoktur; normal mesaileri dışında, ilgili birimlerin emir ve davetlerine uymaları şarttır. Fakat boş vakitleri yok, diyorsam, iş takipçilerinin bu sözle, 'yazmanların boş vakitleri yoktur' arasındaki derin uçurumu bilmeleri gerekir.» K., onaylarcasına gülümsedi, artık her şeyi anlar gibiydi; anlatılanlar kendisini kaygılandırdığı için değil de, birazdan uykuya varacağını bildiği için. Bu defasında rüya görmeden ve uykusu bölünmeden uyuyacaktı; bir yanında yetkili, diğerinde, yetkisiz yazmanlar ve karşısında başını kaşıyacak vakti olmayan iş takipçileri, deliksiz bir uykuya dalacak, böylece hepsinden kurtulacaktı. Bürgel'in o usul, hoşnut, kendi uykusu gelsin diye nafile didinen sesine öyle bir alışmıştı ki, ona ninni gibi geliyordu. «Ninni, ninni,» diye geçirdi içinden K., «benim için ninniler.» «O halde,» dedi Bürgel, parmaklarını alt dudağında dolaştırıp; yorucu bir yolculuk ertesinde, güzel manzaralı bir yere yaklaşmış gibi gözlerini açıp, boynunu öne uzatmıştı. «Adı geçen, az rastlanan, neredeyse hiç rastlanmayan olanak? Bu işin sırrı, yetkili kılınmaya dair kanunlardadır. Diyesim, her işe belli bir yazman bakacak diye bir kural yok, devasa, devingen bir yapılanmada düşünülemez bu. Ama iş gerçek yetkili birinin elindedir; ondan başka da bir sürü yazman vardır; onlar da bu işte, kısıtlı da olsa yetkilidir. Çalışkanlıkta herkesi geride bıraksa bile, kimin gücü en sıradan bir olayın olanca detaylarını masasında bulundurabilir? Dahası, asıl yetkiye değinirken biraz abarttım; en küçük yetkide bile, bütünün yetkisi bulunmaz mı? Burada işe girişmede asıl belirleyici olan coşku değil midir; her seferinde bütün gücünü ortaya koymaz mı bu coşku? Diğer bakımlardan kimi ayrımlar bulunabilir; ama coşku konusu hariç. En sıradan yetkilerin verildiği bir işe el atmak için çağrılan yazmanlar arasında kendini geride tutmak isteyen biri çıkmaz hiç. Elbette, dışarıya karşı düzenli bir buluşma fırsatına yol açmak gerekir; bu yüzden, her iş takipçisi için belirlenmiş bir yazman vardır ve takipçiler ona bağlıdır. Fakat bu iş için mutlaka en geniş yetkiye sahip yazmanlar gerekmez; asıl karar yeri örgüt ve onun ihtiyaçlarıdır. Bu işler böyle yürür işte. Evet, Bay Yeryazımcı, daha önce değindiğim, yeterli zorluklara karşın, iş takipçisinin iş yüzünden, gece vakti, yetkili bir yazmanın huzuruna çıktığını düşünün! Bu tür bir olanağa sahip olduğunuzu hiç düşünmediniz, değil mi? Elbette, inanırım. Zaten düşünmek de gerekmez, çünkü göze görünmez bu olanak. Bu tür bir iş takipçisi ne garip, ne becerikli, ne bulunmaz olmalı ki, kusursuzluğun eleğinden geçebilsin. Size göre asla mümkün değil, öyle mi? Evet, değil. Fakat yine de gecenin yarısında (gelecekte kim neler olacağını bilebilir?) bir bakarsınız olup gitmiştir. Ama benim bildiğim böyle bir şey yok; bir şey kanıtlamaz elbette bu, benim tanıdığım yazman sayısıyla sınırlı da olabilir bu; zaten başına böyle bir şey gelen yazmanın da bunu itiraf edeceği yoktur; çünkü alabildiğine kişisel, bir açıdan da ilgili birimler için utançtır. Fakat bütün bunlara karşın, kendi tecrübelerim bir noktayı belki açığa çıkarabilir; nadiren, varlığı sadece söylentilerle doğrulanabilen bir şeydir burada değinilen; bundan hareketle, bu tür bir şeyden ürküye kapılmak abartılı bir tutumdur. Dahası böyle bir şeyle sahiden karşılaşılsa bile, buna dünyada gerek olmadığı kanıtlanıp etkisiz hale getirilebilir ve bunu yapmak da zor değildir. Fakat bundan korkup da, mesela başını yorganın altına koymak ve dışarı bakacak cesareti bulamamak da sanırım hatalıdır. Kaldı ki, açık açık düşünülmeyen o olgu, bedenleşip meydana çıktı diyelim, her şeyi kaybettik anlamına mı gelir bu? Aksine, her şeyin kaybedilmesi en gerçekleşmez olandan bile daha gerçekleşebilirdir. Doğru; iş takipçisinin odadaki varlığı sıkıntılıdır; insan ne zaman karşı çıkabileceğini sorar kendine. Fakat bunun sözünü bile etmemesi gerektiğini bilir. Durumun tam olarak bir resmini çıkarmak gerekir. Gözle görülmeyen, sürekli izlenen, deli bir susamışlıkla beklenen ve yerinde bir tutumla yanına varılmaz gibi bakılan iş takipçisi öylece oturmakta, sessizliğiyle sizi o biçare hayatın içine girmeye, babasının malıymış gibi orada gezinmeye ve imkânsız isteklerinden dolayı sizi de kendisiyle acı çekmeye çağırmaktadır. Sessiz bir gecenin ortasında, baş döndüren bir sesleniştir bu. Ona uyup, resmi kişiliğinizi çıkarıp atarsınız. Öyle bir haldir ki bu, kısa sürede, hiçbir ricayı reddedemez hale gelirsiniz. Çaresizsinizdir aslında, öyle eli kolu bağlı oturup, iş takipçisinin sizden ricasını beklemek ve bunu yerine getirmeden duramamak, fakat bunun için, en azından kendi görebildiğinizce yönetsel düzeneğe zarar vereceğinizi bilmek, mesleki hayatta başınıza gelebilecek en kötü şeydir. Bunların da ötesinde, konum açısından tanımsız bir yüksekliğe bir an da olsa sahip çıkmayı geçirirsiniz aklınızdan, çünkü bizler bulunduğumuz konumda, iletilen ricaları yerine getirecek yetkilerle donatılmadık; fakat gece gelen bu ziyaretçinin yakınımızda bulunmasıyla resmi niteliklerimiz gelişir, yetkidışı kimi işlerin altına gireriz. Gelen ziyaretçi ormanda karşımıza çıkan soyguncu gibi, diğer zamanlarda baş edemediğimiz işlere yöneltir bizi. Doğru; iş takipçisi öylece oturup sizin erkinizi yenilerken, özendirir ve her şey yarı bilinçle yapılagelir; fakat bunlar olup biter, ziyaretçi de çıkıp giderse, görevi kötüye kullandığımızı bilmenin acısıyla kalakaldık mı, durum nereye varacaktır, bilinmez. Diyesim, mutluluk da alçakça kılıklara bürünebiliyor ama yine de mutluyuzdur. Aslında, durumun özünü iş takipçisinden gizlemeyi de deneyebilirdik; onun kendiliğinden bir şey ayrımsayacağı yok. Zaten ona bakarsan, çok sıradan nedenler (bitkinlik, hayal kırıklığının saygısızlaştırması, vurdumduymazlık) asıl girmesi gereken odaya değil de, bir başkasına girmiştir; neler olduğundan habersizdir ve aklı kendi hataları veya yorgunluğuyla doludur; eğer doluysa elbette. Bu durumda bırakılamaz mı iş? Hayır. Mutluluğun verdiği gevezelikle ona her şeyi anlatmadan edemezsiniz. Kendinizi hiç düşünmeden, olup bitenlerin nedenini düşünmeden, yakalanan fırsatın ne denli az rastlanır ve önemli olduğunu ona ayrıntılarıyla anlatmadan edemez, aslında onun değindiğim olanağa dair, iş takipçisinden başkasının altedemeyeceği bir umutsuzluğa başüstü düştüğünü fakat eğer isterse her şeyi denetimine alacağı ve bunu gerçekleştirmek için çaresini bulup, gerekirse ricasını iletmekten başka bir şey yapmamasını, bu ricanın işleme konmak üzere beklediğini, ona doğru kolların uzandığını... bütün bunları anlatmadan duramazsınız; memurun en zorlu sınavıdır bu. Fakat bütün bunlar da olup gitti mi, Bay Yeryazımcı, en acil iş yapılmış sayılır; bununla yetinip beklemekten başka yapacak bir şey yoktur.»

K., anlatılanlara sağır, uyumuştu. Önce, yukarıda, yatak demirine dayalı kolu üstünde dinlenen başı daldığı sırada kaymış, boşlukta giderek aşağılara düşüyordu; kolun üst desteği zayıf kalmış, sağ elini yorgana koyup kendine yeni bir destek aranan K., yorganın altından öylesine çıkan ayağını yakalamıştı Bürgel'in; Bürgel göz atıp, kendisi için sıkıcı olmasına karşın, ayağını ona bırakmıştı.

Bitişik duvara hızlı hızlı vuruldu o sırada. K., ürperip sıçrayarak duvara bakmaya başladı. «Yeryazımcı orada mı?» diyordu bir ses. «Burada,» dedi Bürgel; ayağını K.'dan kurtardı; küçük bir çocuk gibi kalkıp, hırçın tavırlarla giyindi. «Gelsin öyleyse!» dedi ses; Bürgel'i dert ettiği yoktu veya K.'nın Bürgel'e biraz bırakılması gerektiğini de. «Erlanger bu,» dedi Bürgel fısıltıyla; onun bitişik odada olmasını olağan karşılamış gibiydi. «Hemen gidin! Öfkelenmiş, onu yatıştırmanın çaresini bulun. Uykusu ağırdır fakat biz de bağırarak konuştuk; insan bazı şeyleri vurgularken, sesini ayarlayamıyor. Hadi, durmayın! Üstünüzden uykuyu atamıyor gibisiniz. Yo, mahmurluğunuz için özür dilemeniz gerekmez. Kişinin gücünün de bir sınırı vardır; hele de bu sınırın diğer bakımlardan da önem taşıdığı ve buna karşı elden bir şey gelmediği düşünülürse. Dünya deveran ederken kendi kendine kimi düzeltmeler yaparak denge oluşturur. Bu da, bir tanımıyla kasvetli fakat kusursuz bir düzenektir. Artık gidin! Yüzüme neden öyle bakıyorsunuz? Eğer biraz daha kararsız kalırsanız, Erlanger gelip beni azarlar ve bunu da hiç istemiyorum. E, artık gitsenize! Kim bilir o odada neler bekliyor sizi; unutmayın burası yığınla olanağın bulunduğu bir yerdir. Fakat elbette öyle olanaklar da vardır ki, yüceliklerinden dolayı onlardan yararlanamazsınız; kimilerinde de insan hatası yüzünden başarısız olur. Evet, tuhaftır, ben de artık biraz uyuyabileceğimi düşünür gibiyim. Evet; saat beşi gösteriyor, birazdan otelde sesler yükselir. Siz de gitseniz ya!»

Uykudan ansızın uyandırılmaktan sersemlemiş, mahmur, rahatsız biçimde yatıp kalkmaktan her yeri ağrıyan K. bir süre daha yerinden kalkamadı, elini alnına atıp önüne baktı. Bürgel'in gitmesi yolundaki sürekli sözleri de ayağa kalkmasına yetmemişti; ama burada daha fazla kalmasının işe yaramayacağına dair duyguları onu kalkmaya zorladı. Bu oda gözüne epeyce sıkıntılı görünüyordu. Bu hali sonradan mı olmaydı, hep böyle miydi, bilemiyordu. Burada tekrar uyuyabileceğine ihtimal vermiyordu. Her şeyden önemlisi, böyle bir inancın bulunmasıydı; bu düşünceyle gülümseyerek doğruldu; yatak, duvar veya kapı, neyi bulursa destek alıp ilerledi, Bürgel'e çok zaman önce hoşça kal demiş gibi, hemen çıktı odadan.

XXIV

Erlanger açtığı kapıdan bir el işareti vermeseydi, oradan da aynı kayıtsız adımlarla geçip gidecekti K. İşaret parmağı kullanılarak verilen kısa bir işaretti. Erlanger odayı terk etmek üzere hazırlanmış görünüyordu, bütün düğmeleri ilikli siyah bir kürk palto giymişti. Uşaklardan biri, ona eldivenlerini uzatıyor, kürk şapkasını tutuyordu. «Çoktan gelmiş olmalıydınız,» dedi Erlanger. Özür dilemek istedi K. Erlanger istemez dercesine yorgun tavırlarla gözlerini yumdu. «Mesele şu,» dedi sonra. «Otelde

Frieda isimli bir kadın çalışırdı; sadece ismini biliyor, kendisini tanımıyorum. Bu Frieda kimi zaman Klamm'a bira götürürdü. Orada herhalde başka bir kız çalışıyor şimdi. Kuşkusuz önemli bir değişiklik değil bu; diğer herkes için de öyle olabilir; fakat Klamm için böyle olduğu kesin. Ne var ki, bir iş ne denli önemli olursa olsun, Klamm'ın işi en önemli iştir; insana kendisini dış dünyaya karşı koruyacak öyle az gücü bırakıyor ki; bundan hareketle, en sıradan işler bile kişiyi tedirgin ediyor. Yazı masasının üstündeki herhangi bir değişiklik sözgelimi; masada·eskiden beri duran bir lekenin silinmesi rahatsızlık verici olabiliyor; işe yeni alınan garson kız da öyle. Evet; herkesi rahatsız eden şeyler, Klamm'ı rahatsız etmez; onun için böyle bir şey söz konusu edilemez. Edilemez fakat yine de onun huzurunun bozulmaması için dikkat kesilip, onun adına rahatsızlık olamayacak şeyleri de (o rahatsızlık nedir bilmez) engellemek gerekir, iş ki bunlar gelecekte sorun yaratacak şeyler olarak ortaya çıksın. Bizim onun, onun bizim için çalışabilmesi için bu rahatsızlıkları önlemeyiz; bu işi kendimizi, vicdanımızı düşünüp yaparız. Bu nedenle, Frieda'nın eski işine dönmesi gerek. Aslında bu dönüşüyle de Klamm'ı rahatsız edebilir; öyle olursa bir daha savarız onu fakat şimdilik dönmesi için gayret edin. Böyle bir durumda kişisel duyguların yeri yoktur ve bu da anlaşılır bir şey; ve bunu tartışmaya hiç niyetim yok. Burada göstereceğiniz başarının geleceğiniz açısından size yararı olacağını belirtirsem, üstüme düşeni fazlasıyla yapmış olurum. Bu kadar.» Başıyla K.'yı selamlayıp, uşağın uzattığı kürk şapkayı giydi, ardında uşağı, aksak ayak uzaklaştı.

Buralarda kimi zaman hemen uyulacak emirler veriliyor, fakat bu K. bu hızdan hoşlanmıyordu. Verilen emir Frieda hakkındaydı ve tepeden söylenmiyordu fakat K.'ya kendisiyle eğleniliyor gibi geliyordu, bu emrin kapsamı bu kadar da değildi; K.'nın emeklerinin boşuna olduğu anlamına da geliyordu. Tepesinin üstünden gelip gidiyordu emirler; olumlu ve olumsuz; olumlu görünenlerin bile Tanrı şahit, olumsuz bir yanları vardı; fakat en azından bunlar tepesinden geçip gidiyor, kendisi de hayli aşağılarda kaldığından, bunlara el atamıyor, onları altedip kendi sesini duyuramıyordu. Erlanger gitmesini işaret ettiğine göre ne gelirdi elinden? İşaret etmeseydi ne diyebilirdi? K. günün yorgunluğunun kendisine en fazla zarar veren şey olduğunun ayrımındaydı; fakat kendi bedenine tartışmasız güveneceğini bilmesine, bunun inancını duymadan harekete geçmemesine rağmen, acaba neden uykusuz, kötü geceyi göğüsleyemiyor; böyle bir anda kendini kıyasıya bitkin buluyordu; burası öyle bir yerdi ki, kimseler yorgunluk hissetmiyordu veya herkes her zaman yorgundu ama bu kimsenin çalışmasına ket vurmuyor; yararlı bile görünüyordu. Belki de buradaki yorgunluklar kendi yorgunluğundan farklı; mutlu bir çalışma ortamının yorgunluğu belki; dıştan öyle görünüyordu ama aslında bitimsiz bir dinginlikti. Öğlen vakitleri kişinin biraz yorgunluk duyması, günün yolunda akışının getirdiği bir şeydir. «Ağalar için burada öğlen vakti hiç bitmiyor,» diye geçirdi içinden.

Şimdi saat henüz beşi gösterirken, koridorun her iki yakasında bir uğuldamamın belirmesi düşüncelerine omuz veriyordu sanki. Bu uğultularda neşeli bir hava var görünüyordu: Gezmeye çıkan çocuklar, kümesin tavuklarının salıverilmesi gibi; bir odadan horoz taklidi yapıldığını bile duydu. Koridarda kimseler görünmüyordu; kapılarda bir devinim vardı; bir kapı açılacak gibi oluyor, hemen kapanıyordu. Böylesi kapılarla doluydu koridor. Her yerde uyanmış, dağınık saçlı başlar görünüyordu. O sırada, bir uşağın ittiği belge yüklü küçük bir araba yaklaştı. Arabanın yanından yürüyen diğer uşak elinde bir çizelge tutuyor; herhalde belge numaralarıyla kapı numaralarını karşılaştırıyordu. Pek çok kapının önünde bir araba görünüyor, arabanın durmasıyla kapılar açılıyor, belgeler, bazen tek bir belge (bu durumda odadakiyle koridordaki arasında konuşmalar oluyor, uşağa çıkışılıyordu) içeri veriliyordu. Kapının açılmadığı durumlarda, dikkatle kapı önüne yığılıyordu kâğıtlar. Böylesi anlarda K.'ya öyle geliyordu ki, belgeler dağıtıldıkça koridordaki sesler de çoğalıyordu. Çevredeki kapılardakiler, bazısı eşikte nedense öylece bırakılan belgelere hevesle bakıyor, odadakilerin bunlara sahip olmaları için sadece kapıyı açmaları yetecekken, buna neden kalkışmadıklarını merak eder gibilerdi; bu belgeler belki öylece kalacak, daha sonra ilgililer arasında pay edilecekti, bu nedenle, kimi yerlerde bekleşen ağalar, kendileri için umut olup olmadığını anlamak ister gibilerdi. Bir yandan da, el sürülmeden kalmış belgeler büyük öbekler oluşturuyorlardı. Bir anda K.'da, sahiplerince bir soy şişinme nedeniyle veya art niyetten, meslektaşları özendiren haklı bir üstünlükle bir süreliğine oraya bırakıldığını düşündü. Bu yargısını destekleyen şey, belgelerin biraz öylece durduktan sonra, hemen kaldırılması ve kapıların kapatılmasıydı. Yinelendikçe kışkırtıldıkları, kaldırılmalarıyla hayal kırıklığına uğrayan, bununla birlikte bu duruma sevinmişcesine, kapılar duruluyor, bir süre sonra canlanıyordu.

K. merakla değil, kendisi de bu işin parçasıymış gibi izliyordu olanı biteni. Burada, bu uğultunun ortasında olduğuna seviniyor, ilgiyle bakınıyordu; sık sık kendisine aksice bakan uşaklardan (araya bir mesafe koyup) artları sıra yürüyerek bu işlemi izliyordu. Dağıtım genişledikçe işin düzeni yitiyor, çizelgelerle belgeler birbirini tutmuyor veya uşaklar belgeleri ayıramıyor ya da ağalar farklı nedenler sonucu karşı çıkıyordu; fakat en azından bu belge dağıtım işinde, bazı belgelerin geri istenmesi gerekiyor, küçük araba gelip, kapı aralığında görüşüyordu. Bu işin de bazı zorlukları vardı; öyle anlar oluyordu ki, demin bu işle ilgilenen kapılar, bu dağıtımla bağları kalmasın diye sürekli kapalı tutuluyordu; bir belgenin kendisinde kalmasını söyleyen bey, etekleri tutuşmuş gibi, bağırıp yakınıyor, içeriden, belge numarasını haykırıyordu. Araba, bu hallerde yalnız bırakılıyor, uşak ağayı yatıştırmaya uğraşıyor; diğeri, başka bir kapıda söz konusu belgeyi almak için uğraşıyordu. İkisinin de işi zordu. Ağa giderek daha fazla kuduruyor, uşağın sözlerine kulak tıkıyor, teselli değil, belgeleri istiyordu; hatta bir ağa, kapı aralığından, bir kova dolusu kirli suyu belge dağıtan uşağın başına döktü. Görünüşe göre, rütbesi yüksek olan odacının hali daha kötüydü. İlgili ağa konuşmaya yaklaşsa bile, yavan bir tartışmadan başka bir işe yaramıyordu bu; odacı eldeki listeye, ağa kendi notlarına, vermesi gereken, ama elinde tutmayı sürdürdüğü, odacının görmek için çırpındığı belgelere dayanıyordu. Sonra odacı sözlerini güçlendirmek için, eğimli koridorda kendiliğinden yuvarlanan arabaya koşuyor veya belgelerin kendisine verilmesi gerektiğini söyleyen ağanın yanına gidiyordu; bu kez farklı karşı çıkışlarla karşılaşıyordu. Böylesi tartışmalar uzadıkça uzuyor, kimi zaman uzlaşılıyor; değiş-tokuş işlemi yapılıyordu. Kimileyin de öyle oluyordu ki, ağa hem odacının itirazı, hem de kanıtlar karşısında yapacak bir şey bulamadığı için belgeleri alıp yerlere fırlatıyor; uşaklar tekrar bir araya getirmek için didinip duruyordu. Zaman zaman en kusursuz odacıların bile burasına geliyor, arabaya gidip belgelerin üstüne oturuyor, terini silip, bir süre sadece bacaklarını sallıyordu. Koridordakiler de bunları merakla izliyor, fısıldaşıyordu. Bu curcunada, Bürgel'e belge filan verilmediği çekti dikkatini K.'nın. Henüz uyanmamış olabilirdi; bu gürültü hesaba katılırsa, fazla sürmeyecek bir uykuydu bu. Fakat Bürgel'e ne diye belge verilmemişti? Önünde durulmayan çok az oda vardı, belki de boştu bunlar. Fakat Erlanger'in odasına yeni, aksi bir yazman gireli saatler oluyordu. Erlanger, bu yazman yardımıyla gece yarısı odadan kovulmuş olabilirdi; bu tutum Erlanger'in sakin ve hantal tavrıyla uzlaşmıyorsa da, K.'yı kapı önünde beklemesi bunu açıklıyordu.

Bütün bu izlenimlerin ardından her seferinde odacıya dönüyordu K. Onların hiçbir iş yapmadan oturmaları, zahmetsiz hayatları, burnubüyüklüklerine dair söylenmiş sözler, onun gözünü diktiği odacıya uymuyordu. Anlaşılan onlar arasında da kimi ayrımlar, kastlar vardı; K. ancak şimdi ayırt ettiği bir şeyler görüyordu. Bu odacının özellikle dikbaşlılığından hoşlanmıştı; ufak, inatçı odalarla cebelleşmesinde (içeride kim var göremediğinden, odalarla cebelleşmek olarak değerlendiriyordu durumu) hiç geri atmıyordu. Arada yorulduğu da oluyordu (kim var ki yorulmayan?); ama hemen toparlanıyor, ele geçirmek istediği belgenin peşine düşüyordu. Kimi zaman, art arda birkaç kez en kolay yolla, sadece konuşmayarak geri savruluyor, ama baş eğdirilemiyordu. Bu kez başka bir çare deniyor; eğer K.'nın içinden geçirdiği doğruysa, oyuna başvuruyordu: Kapıdan elini çekmiş gibi yapıyor, onun sessizliğinden usandırmaya çalışıyor; başka kapılara uğruyordu; hemen sonra tekrar gelip, diğer odacıyı sesliyor; kapalı kapının önüne belgeleri tepeleme diziyordu; fikir değiştirmiş görünüyor, fakat gözleri sürekli kapıda oluyor; ondan belge istemiyor da, ona veriyor gibi görünüyordu. Bey de, kısa süre sonra, belgeleri almak için kapıyı dikkatle açınca, odacı hemen yetişiyor, ayağını kapı aralığına koyup, ağayı pazarlığa zorluyordu ve bu da olumlu sonuçlanıyordu. Eğer bu yolla da bir şey elde edemezse, diğer ağaya yöneliyordu. Diğer odacı ise, sürekli aynı hareketlerle bu önemsemediği adamı bir kenara itiyor, bu kez kendisi dil dökmeye başlıyor; gelecek dağıtımda diğer ağayı kesinlikle cezalandıracağını söylüyor, en azından iki ağanın kapısını gösterip, gülebiliyorsa gülüyordu. Başka durumlar da çıkıyordu ortaya (iki kez tanık olmuştu buna K.), onca uğraşı bir kenara atıyordu. Fakat K., bunun da gerçek bir vazgeçiş olabileceğini düşünüyordu; çünkü odacı kayıtsızca gidiyor, dönüp arkaya bile bakmadan, haksızlığa uğradığını söyleyen ağanın bağırmalarına kulak tıkıyor, ama gözlerini kapatıp bu seslerden duyduğu rahatsızlığı gösteriyordu. İlgili ağa da bu arada yatışıyor, bağırtıları azalıyordu. Ama bütün sesler kesildikten sonra da, bazen bir sesleniş veya bir kapının açılıp kapatılma sesleri geliyordu; bu hallerde de odacının davranışının doğru olduğu belli oluyordu. Nice sonra, sakinleşmeyen bir ağa kalmıştı sadece; uzun uzun susuyordu bu adam ama dinlenmek için yapıyordu bunu; sonra tekrar başlıyordu bağırıp çağırmaya. Bu bağırmalarını nedeni belki de belgelerin dağıtımı değildi. Odacı dağıtım işini tamamlamıştı, yalnızca bir belge, küçük bir kâğıt odacının dalgınlığından arabada kalmıştı ve kime gideceği belli değildi. «Benim belgem olabilir bu,» dedi K. Çünkü muhtar sürekli bundan söz edip durmuştu. K., bu düşünceye kapılmasını komik buldu; dalgınca kağıdı süzen odacıya sokulmaya çalıştı; o kadar da kolay bir iş değildi bu;

çünkü adam K.'nın yaklaşmasını sürekli kötücül bakışlarla karşılamış, aksi aksi kaş-göz işaretleri yapmıştı. Fakat artık dağıtım işi sonlandığı için, aklından K.'yı çıkarmış görünüyordu; zaten alabildiğine yorgundu ve o kâğıt için kendini yormayı düşünmüyordu; belki de sonuna kadar okumuyor, öylesine bakıyordu. Bu kağıdı kime verse sevindireceğini düşünürken, başka bir karara vardı; dağıtımdan bıkmıştı artık; parmağıyla sus işareti verip, kağıdı (K. henüz uzaktayken) yırtıp cebine attı. K.'nın buranın çalışmalarında karşılaştığı ilk savsaklamaydı bu; fakat kendisi yanlış anlamış da olabilirdi. Öyleyse bile bağışlanabilirdi; bu koşullarda odacının yanlışsız iş görmesi olacak gibi değildi; içindeki öfke mutlaka patlayacaktı; küçük bir kâğıtla bunun yapılması bile masumca bir şeydi. Çünkü henüz durulmamış adam bağırmayı sürdürüyordu; diğer zamanlarda da ilişkileri dostça olmayan ağalar; bu şamata hakkında farklı fikirlere sahiplerdi; öyle bir an geldi ki, bağıran adam diğerleri adına da gürültü yapmayı üstlendi; diğerleri de baş sallayıp ona özendirici sözler etmeye başladı. Fakat odacı artık bunlara kayıtsız kalıyordu; işini bitirmişti; yanındakine sen de tut dercesine arabayı işaret etti; gittiler ama gidişleri daha canlı, neşeliydi. Yolda dönüp irkilerek arkalarına baktılar bir, çünkü ne istediğini anlamak isteyen K., bağırıp duran ağanın kapısına geldiğinde, adam bağırmanın para etmediğini görmüş gibi, bir zil düğmesi bulmuş, basıp duruyordu. Derken, diğer odalarda da bir uğultu başladı, onay verme anlamına gelir gibiydi bu; adam sanki diğerlerinin yapmak istediği bir şeyi yapıyordu. Acaba garson veya Frieda mıydı çağırmaya çalıştığı? Öyleyse çalsındı; çünkü Frieda, Jeremias'a soğuk kompresler yapmakla uğraşıyordu; hem Jeremias artık kendine gelmiş de olsa, zamanı yoktu Frieda'nın, böyleyse, Jeremias'ın kollarında olmalıydı. Zil sesi etkisini hemen gösterdi; otelci öteden koşaradım geldi; sürekli giydiği; düğmeleri ilikli siyah elbisesi vardı üstünde fakat şerefini de kollaması gerektiğini aklından çıkarmış gibiydi; öyle de koşuyordu ki, sanki bir afet dolayısıyla çağrılmış gibi bu afeti boğazlamaya geliyordu. Zilin sesi kesilir gibi olmasın, sıçrayarak gelmeye çalışıyordu. Daha sonra, otelcinin karısı da adamın ardı sıra belirdi; o da kollarını açmış, koşturuyordu fakat adımları daha kısa, kadınsıydı; K. onun gelmekte geciktiğini, o gelinceye kadar kocasının yapılması gerekeni yapacağını düşündü. Otelcinin yolundan çekildi, otelci de yanına vardığında, hedefini bulmuş gibi oldu, sonra karısı da yetişerek, ikisi birden K.'ya veryansın ettiler. K. bağırtıdan, şaşkınlıktan, zil sesinden onların ne dediklerini anlayamadı; bir de diğer ziller çalmaya başlamıştı; bu bir gereklilikten değil de, şamata olsun diyeydi. K. kabahatinin ne olduğunu bilmeyi çok istiyordu; bu nedenle, otelcinin koluna girip kendisini oradan uzaklaştırmasına itiraz etmedi; curcuna giderek şiddetleniyordu. Her kapıdan sesler geliyor; K. dönüp ardına bakamıyordu; artık iyice canlanmıştı koridor, bir sokakta rastlanacağı gibi, yoğun bir gidiş-geliş vardı artık. Kapılar açılmak için K.'nın götürülmesini bekliyordu ve ziller artık utku kazanmışçasına çalıp durmaktaydı. Nihayet (bir-iki kızağın durduğu karlar altındaki o avluya çıkmışlardı) K. neler olup bittiğini sonunda anlayabildi. Otelci ve karısının buna nasıl cüret ettiğini kavramaya uğraşıyordu. «Peki ama ne suç işlemişti ki?» Ara vermeden bunu soruyordu ama işlediği kabahat konusunda karı-koca bir karara varma gereği duymadıklarından ve K.'nın iyi niyetinden kuşkulu olduklarından, yanıt veremiyorlardı. Nice zaman sonra öğrenebildi bunu K.: Bulunması gerekmeyen bir yerde, koridorda bulunmuştu, kendisinin sadece ve o da gönülsüzce, otelin içkievinde kalmasına izin verilmişti ve bu izin de her an iptal edilebilirdi. Ağanın biri çağırdı mı, hemen çağrılan yere gitmesi gerekti; şunu da unutmamalıydı (deli filan değildi o) bulunmaması gereken bir yerde bulunmuştu. Ağalardan biri, hiç istemeden ve iş gereği onu çağırmıştı. Çağrıldığı yere gitmeli, sorgusu yapılmalı ve geldiğinden daha hızlı biçimde orayı terk etmeliydi. Hem koridorda eğleşirken, olmaması gereken bir yerde bulunduğunu hiç mi düşünmemişti? Düşünseydi öylece başıboş gezinebilir miydi orada? Gece çalışmalarının niye varolduğunu bilmiyor muymuş? Bunun amacı (K. ikinci kez dinliyordu bunu), ağaların gündüzleri kabul etmeyi istemedikleri iş takipçilerini, hemencecik, loş ışıkta, işlerinin olanca fenalığını uyuyarak unutmayı dileyerek aradan çıkarmakmış. Fakat kendisi bu tutumuyla, bu işle dalga geçmiş. Hortlaklar bile sabahları geldikleri yere dönerken, kendisi nasıl da öyle elleri cebinde gezinip durmuş. Kendisi çekip gitmediğine, koridorun ve içindeki ağaların çekip gitmesini mi istemiş! Bu mümkün olsaymış (K. emin olmalıymış bundan) mutlaka olurmuş; çünkü ağalar kibarlıklarıyla ünlenmişlermiş. Aralarından biri bile, K.'yı oradan kovmaz, çekip gitmesini söylemezmiş. Onun varlığıyla öfkelenir durur da, K.'ya böyle sözler edeceklerine bekleşir en sevdikleri sabah saatlerinin bile tadını alamazlar da, yine bir şey yapmazlarmış. Elbette bu tavırlarında K.'nın açıkça ortada duran bir şeyi sonunda göreceği ve ağaların onun gözü önünde dikilip durmalarından kaynaklanan acılara uğrayacağı beklentisi de varmış; ki bu da yararsızmış. Ağalar kibarlıklarından bilmezden gelirlermiş bunu ama saygılı davranışlarla karşılaşmanın yetmediği zalimler de bulunurmuş. Zavallı bir güve bile kendisine sabahleyin bir yer aramaz mıymış? K. ne yapıyormuş peki? Orta yerde dikilip duruyormuş; güneşin doğmasını önlemek elinde olsaymış, durmaz yaparmış; ama bunu yapamadığı için engellemeye çalışır, başaramaz, geciktirirmiş sadece. Belge dağıtımında izleyici olmamış mı? Fakat yetkililerden başkasının görmemesi gereken bir şeymiş bu. Ne kendisinin ne de karısının asla göz yumacağı bir densizlikmiş bu; sadece şöyle bir işitirlermiş; bugün de odacılardan duymuşlar bunu. O belge dağıtımının ne denli zahmetli olduğunu da mı görmemiş? Zaten ağaların da bu sırada gözü bir şeyi görmez, sadece yapacakları işleri düşünürlermiş, bu yüzden bu işlemin hatasız yapılması için ellerinden geleni yaparlarmış. En azından bu işin kapalı kapılar arkasında yapılmasının zorunlu olduğuna da mı fark etmemiş? Yan yana geldiklerinde anlaşmalarında bir sorun bulunmayan beyler, K. orada bulunduğu için birbirleriyle konuşamamışlar; odacıların yardımlarıyla saatler almış bu iş ve kimi yakınmalar olmadan da gerçekleşecek gibi değilmiş ve hem ağalar, hem odacılar için katlanılmaz bir azaba dönmüş ve bunun kötü sonuçları daha sonra ortaya çıkacakmış. Ağalar birbirleriyle neden konuşmuyorlarmış ki? Anlamamış mı daha? Böyle bir şeye bugüne kadar hiç rastlanmamış. Sadece laftan anlamayan kendisi gibi birileri çıkınca olmuş bu. Söylenmemesi gereken şeyleri söylemeden olacak iş değilmiş; hemen anlaması gereken şeyleri bile anlamıyormuş K. Mademki bilmek istiyormuş kendisi yüzünden ağalar odalarından çıkamamışlar; uyanır uyanmaz kendilerini kimseye göstermek istemezlermiş; sinirli olurlarmış ve giyinik de olsalar ortaya çıkmayı istemeyecek kadar çıplak hissederlermiş kendilerini. Utanma nedenlerini söyleyiversinlermiş; uyudukları için. İnsan nasıl biri olmalıymış ki, bütün bunlara karşı anlayışlı davranmamalıymış! K. böyle biriymiş işte. O kadar ki, kanunlara ve insandaki en olağan saygı duygusuna kayıtsız kalıyor, belge dağıtımını olanaksız hale getiriyor, otelin adını kötüye çıkarıp, şimdiye dek olmadık şeylere yol açıyor; ağaları savunma durumunda bırakıp, insanüstü bir sabır gösterdikten sonra, zile basmaya mecbur bırakıyormuş. Ağalar yardıma ihtiyaç duyuyormuş, ağalar! Kendisi ve karısı, hatta bütün çalışanlar hemen gelirmiş ama yardım için de olsa, çağrılmadan gelip görünmeye cesaret edemiyorlarmış. Ellerinden bir şey gelmeden, öfkeyle koridorda bekleyip izlemişler ve beklemedikleri zil sesini duyunca çok sevinip hemen gelmişler. Bela atlatılır gibi olmuş böylece. K. belasından kurtulan ağaların şu neşeli haline baksınmış! Fakat kendisi için bela hâlâ duruyormuş; bütün bunlar için hesap verecekmiş.

Yürüye yürüye otelin içkievine varmışlardı; olanca öfkesine karşın otelcinin onu buraya neden getirdiğine akıl erdirmek zordu, belki yorgunluğunun en azından buradan şimdilik ayrılmasına izin vermeyeceğini anlamıştı. İzin filan istemeden hemen oracıktaki bir fıçıya serildi K.; kendini o karanlıkta öyle rahat hissetti ki... Koca salonda sadece bir elektrik lambasının zayıf zayıf yandığı görülüyordu. Dışarısı henüz aydınlanmamıştı; tipi çıkmış olmalıydı. Bu sıcak yerde olduğu için dua etmek ve kovulmanın çaresini bulması gerekiyordu. Otelci ve karısı hâlâ tehlikeydi; buna karşı birden kalkıp, koridora sızmanın yolunu bulması olmayacak bir şey gibi görünmüyordu K.'ya. Onlar da uykularından uyanmış olmaktan dolayı yorgundu. Hele de otelcinin karısı; ipeksi, çıtırtılı, bol etekli, düğmeleri karışık iliklenip, kemerle tutturduğu kahverengi bir elbise giymişti. O curcunada nasıl bulup giymişti bu eteği? Kenara eğdiği kafası kocasının omuzlarındaydı; kibar işi bir mendille gözlerini siliyor, çocuksu bir öfke okunan gözlerini K.'ya dikiyordu. K. onları sakinleştirmek için, onların dile getirdiği şeyleri ilk kez duyduğunu, fakat koridorda oyalanmadığını, orada özel bir niyetle bulunmadığını, varlığıyla kimseyi üzmek istemediğini, tek suçunun yorgunluğu olduğunu söyledi. Bu can sıkıcı sahneyi noktaladıkları için onlara şükran duyuyordu; hesap mı vermesini istiyorlardı? Peki, çünkü sadece bu yolla yaptıklarının yanlış anlaşılmamasını sağlayabilirdi. Kabahat yalnızca yorgunluğuydu. Bunun nedeni de, insanı ter içinde bırakan sorgulara alışkın olmamasıydı. Zaten buraya geleli fazla zaman olmamıştı. Buraları biraz tanısın, bir daha böyle bir şey olmazdı. Sorgulamaları çok ciddiye aldığı için de olabilirdi bu ve sakıncalı bir şey sayılmayabilirdi. Hem Bürgel, hem Erlanger tarafından sorguya çekilmişti; özellikle ilkinden öyle yorgun düşmüştü ki! İkincisi daha kısa sürmüş, Erlanger ondan bir şey rica etmişti. Fakat aynı gün iki sorgulama fazlaydı. Belki buna otelci de dayanamazdı. İkinciden çıktığında sarhoş gibi yalpalıyordu; çünkü ilk kez iki ağayı görmüş, seslerini duymuş, yanıt bile vermişti. Aklında kaldığı kadarıyla her şey iyi gitmiş ama kahrolası bir olay patlak vermişti; fakat önceki koşullar dikkate alınırsa, bundan sorumlu tutulması haksızca olurdu. Üzülerek belirtiyordu ki, onun koşullarını anlayıp savunacak ve sonra olacak şeyleri önleyecek Bürgel ve Erlanger yoktu yanında; Erlanger'in sorgudan sonra hemen şatoya gitmesi gerekmişti anlaşılan; Bürgel ise, sorgudan yorgun düşüp (K. sorgudan nasıl zinde çıksındı ki?) uyumuş, belge dağıtımı boyunca da uyanmamıştı belki. K.'nın da böyle bir fırsatı olsa, seve seve kullanırdı bunu ve koridorda görmemesi gereken şeyleri görmezdi; aslında pek bir şey görecek hali de yoktu ya;

çok hassas kudretliler onun önünde istedikleri kadar boy gösterebilirlerdi.

Erlanger ve Bürgel'in sorguladığının sözünün edilmesi ve K.'nın kudretlilerden söz ederken kullandığı saygılı dil sonucu, otelcinin öfkesi geçmişti. K.'nın fıçıların üstüne bir kalas uzatıp en azından tan ağarana kadar uyumasına izin verilme ricasını yerine getirmek için söylemesi yeterdi; ama karısı bundan yana değildi; perişan halini yeni fark etmiş gibi, sağını solunu çekiştiriyordu, sık sık baş sallıyordu; otelin temiz tutulmasına dair, eski olduğu belli olan bir atışma alevlenmek üzereydi. Bu yorgunluğuyla, ikisinin konuşması K. için önemli olmuştu yine; buradan kovulmak başına gelen en kötü şey olacaktı. İkisi birden kendisine karşı cephe alsa bile, bu asla gerçekleşmemeliydi. Kulağı kirişte, fıçının üstünde kıvrılmış halde, ikisine de baktı K. Otelcinin karısı, K.'nın daha önce ayrımsadığı hassaslığıyla birden kenara çekilip, (belki de kocasıyla artık farklı şeylerden söz ediyorlardı) bağırdı: «Bana nasıl da bakıyor! Sav gitsin artık!» K. bu fırsatı kaçırmadı; kalacağına dair bir kayıtsızlıkla: «Sana değil, elbisene bakıyorum,» dedi.

«Nesine bakıyorsun?» dedi kadın öfkeli bir sesle. K., oralı olmadı.

«Gidelim,» dedi kadın kocasına. «Görmüyor musun sarhoşu! Koyver de yatıp kendine gelsin!» Hemen o sırada, çağrılır çağrılmaz gelmiş, saçları karmakarışık, bitkin, elde süpürge, miskince karanlıkta görünen Pepi'den K.'ya bir yastık getirmesini buyurdu.

XXV

K. gözlerini açtığında önce iyi uyumamış hissetti kendini. Salon eskisi gibi boş ve sıcaktı, duvarlar karanlıktan seçilmiyordu, yanan tek lamba sönmüş, pencerelerin de önü kararmıştı. Fakat gerindiğinde, yastığı yere düşüp, fıçı yatağı gıcırdayınca, Pepi hemen göründü; akşam olduğunu, on iki saatten fazla uyuduğunu öğrendi. Otelcinin karısı da birkaç kez gelip onu yoklamıştı. K., otelcinin karısıyla konuşurken, karanlıkta oturup bira içerek bekleyen, fakat sonra onu rahatsız etmeye cesaret edemeyen Gerstacker de yoklamak için uğramıştı; sonunda güya Frieda da uğramış, bir süre baş ucunda beklemişti; fakat K. için değil de, bazı hazırlıklar için gelmişti; akşama eski işine başlayacaktı çünkü. «Senden artık hoşlanmıyor, değil mi?» diye sordu Pepi, kahve ve pasta getirip. Bu sorusunda eskisi gibi bir art niyet değil de, kederli bir ifade vardı; aradan geçen zamanda dünyanın ne kadar kötü bir yer olduğunu öğrenmiş gibiydi; o kadar ki, kişinin kendi kötülüğü bitiyor, geçersizleşiyordu. Pepi bir sırdaşıyla konuşur gibiydi; K.'nın tadına bakıp, şekerini az bulduğunu anlar gibi olunca, koşup şeker getirdi. Kederli görünümü, herhalde onu bugün geçen seferki gibi süslenmesine izin vermemişti; saçlarında yine bir sürü kurdele görünüyordu. Alın ve şakaklarındaki saçlar taranmıştı, boynundan aşağı, açık bluzunun yakasından içeri bir gerdanlık iniyordu. K. sonunda iyi bir uyku çektiğine ve kahve içebildiğine memnun, elini belli etmemeye çalışıp, kurdelelerden birine uzatınca: «Karışma!» dedi Pepi yorgunca ve K.'nın yanına, bir fıçının üstüne oturdu. K. sormadan, Pepi derdini dökmeye başladı; bir yandan da, konuşurken başka bir şeyle oyalanmadan edemiyor gibi, gözü K.'nın önündeki kahve kabındaydı; kendisini üzüntüsüne bile veremez görünüyordu bu haliyle; onun gücünün üstündeymiş gibi. Önce şunu öğrendi K.; Pepi'nin yıkımına asıl kendisi neden olmuş, fakat Pepi ona incinmiş değilmiş. Bunlardan söz ederken, K.'nın karşı çıkmasına izin vermemek için, «Evet, evet!» dercesine sürekli baş sallıyordu. K., önce Frieda'yı alıp götürerek, kendisinin yükselme yolunu açmış. Frieda'ya işi bıraktıracak başkaca bir şey de yokmuş zaten; örümcek gibi oraya ağını kurmuş Frieda; her yana saldığı, sadece kendisinin bildiği ip ağları varmış onun; kendi isteği olmadan onu devre dışı bırakmak imkânsızmış; fakat kendinden daha alt düzeyde birine karşı, konumuyla uzlaşmayan bir sevgi ayırabilirmiş onu buradan. Peki, Pepi; o böyle bir işi olmasını hiç istemiş mi? Oda hizmetçiliği etmiş, önemsiz ve geleceksiz işler yapmış bütün kızlar gibi o da parlak gelecek düşleri kurarmış; bunsuz edemezmiş zaten insan; fakat ilerleyip yükseleceğini de düşünmemiş hiç; sürekli elindekiyle idare etmişti. Sonra, Frieda ortalıktan kaybolmuş; o kadar ansız olmuş ki bu, otelci onun yerini alacak birini hemen bulamamış, gözü kendisine ilişmiş. Elbette Pepi de yerinde bir tutumla kendini ileri çıkarmamış. O günlerde K.'yı sevmiş, başka hiç kimseyi sevmemiş. Aylar boyunca aşağıdaki daracık ve karanlık odasında miskince durmuş, yıllarını, en beter ihtimalle olanca hayatını kimselerin ilgisini çekmeden orada geçirmeye karar vermiş; birden ortaya K. çıkmış; kahraman ve kurtarıcı gibi boy göstermiş, yükselme yollarını göstermişti Pepi'ye. Evet, K.'nın bunu bildiği yoktu, kendisi için yapmamıştı bunları. Fakat durumun böyle olması da Pepi'nin K.'ya duyduğu borçluluk hissini azaltmamıştı. İşe alındığının önceki gecesi (kesin de değildi bu iş; olanaksız da) olanca vaktini onunla geçirmek, borçluluğunu fısıldamakla doldurmuştu. Bir de yükünü aldığı kişinin Frieda olması, K.'nın tutumunu gözünde daha da yükseltmişti; onun Pepi'yi bulunduğu yerden ortaya çıkarmak için Frieda'yı eş seçmesi de bulunmaz bir özveriymiş; Frieda gibi kısacık, dökük saçlı, kaknem, kart, cılız, hep de kimi sırları olan (belki bu da dış görünüşüyle ilgiliydi) sinsi bir kızı; yüzünün yoksulluğu da, bedenininki gibi ortadaymış; bundan dolayı kimi sırlarının olması muhtemelmiş, doğruluğunu kimsenin aramaya kalkmayacağı sırlar; Klamm ile arasındaki ilişki gibi mesela. O zaman şöyle bile düşünmüş Pepi: K. nasıl olur da Frieda gibi birini severdi? Karşılıklı bir kandırmaca olmasındı bu? Bütün bunların sonucu kendisinin yükselmesi olmayacak mıydı? O durumda, K. yanılgısını görmeyip veya bunu saklamaktan cayıp gelecekte Frieda'yı değil, sadece Pepi'yi görmeyecek miydi? Bu da sadece kendi evhamı sayılmazdı değil mi? Çünkü kimselerin yadsıyamayacağı gibi Frieda ile aralarında kozlarını paylaşabilirlerdi. Hem, bunlardan da çok Frieda'nın konumu ve buna kattığı ihtişam değil miydi K.'nın gözlerini hemen alan? Pepi öyle düşlemişti ki, Frieda'nın konumuna yükseldiği an, K. gelip ricalar edecek, o da seçme hakkını kullanıp, K.'nın ricasına evet deyip konumunu elden çıkaracak veya hayır deyip yükselmeyi sürdürecekti. Tam da buna karar vermişti ki, özveride bulunup K.'nın yanına inecek, saf sevginin nasıl olacağını ona gösterecekti; bu sevgi öyle bir sevgiydi ki, Frieda'dan öğrenemezdi K. Fakat hesaplar tutmamıştı. Bunun kabahati kimdeydi peki? Aslında K.'da; ne istiyordu ki o, nasıl biriydi? Neyin peşindeydi? Onun bütün vaktini alan, kendisini unutturan önemli şeyler de neydi? Pepi araya gidiyordu sadece; bütün bunlar aptalcaydı, bütün planlar suya düşmüştü. Eğer Ağalar Palas'ı kundaklayacak biri çıksaydı, onun yoluna saçını süpürge ederdi. İşte bu şartlar altında otelin içkievinde işe girmişti; gireli dört gün olmuştu, öğle yemeğinden hemen önceydi. Buranın işi yorucuydu; fakat epeyce şey sağlanabilirdi. Bundan önce de geleceği düşünmeden yaşadığı söylenemezdi. Gözünü karartıp böyle bir yerde işe girmeyi daha önce aklından geçirmediyse de, epeyce gözlem yapma fırsatı bulmuş, işin nasıl olduğunu öğrenip, pat diye başlamıştı. Bu iş hazırlıksız yapılamazdı, yapılmaya çalışıldığında, hemen kaybederdi. Hem, burada oda hizmetçileri gibi de davranamazdı! Çünkü o işte kişi kendisini iyice yitik ve bir kenarda bırakılmış bulur; tıpkı bir madende çalışır gibi; hele yazmanların olduğu koridorda; bütün gün hayal gibi geçip giden, bakışlarını yerden kaldıramadan birkaç iş takipçisi dışında kimseler görünmez orada; birkaç da oda hizmetçisi; olancası bu; onlar da sürekli somurtur. Sabah olduğunda, odandan dışarı çıkamazsın, yazmanlar kendi kendilerine kalmak ister; yemeklerini odacılar götürüp getirir; hizmetçiler bununla ilgilenmezler; yemek vaktinde koridora çıkmak da yasaktır. Fakat ağa işlerini yaparken, oda hizmetçilerinin temizlik yapmasına izin vardır; ama bu da sadece boş odalar için geçerlidir; onların çalışması bölünmesin diye, alabildiğine sessizce yapılır bu iş. Fakat ağalar odalarda pek çok gün kalıp, pasaklı odacılar da odalarda dolanıp durduktan sonra, bu işin sessiz yapılması olanaklı mı? Oda temizlik için hizmetçiye bırakıldı mı, denizlerle bile temizlenemez. Hepsi yücedir onların; ama odalarını temizlemek için kişinin tiksinti duygusundan kurtulması gerekir. Oda hizmetçilerinin işi ağır değildir fakat o kadarı bile yeter. Karşılığında birkaç tatlı söz işitseler ya; ne gezer, sürekli paylama. Hele durmadan yinelenen şu lanet suçlama: Bazı belgeler temizlik sırasında kaybediliyormuş; aslında bir şeyin kaybolması imkânsız, küçücük bir kâğıt parçası bile olsa ellerine teslim edilir. Belgeler kayboluyor, doğru ama bunun sorumlusu hizmetçiler değildir. Sonra bir de bakılır ki, bir heyet gelmiştir, hizmetçiler odalarını boşaltır, heyet de her şeyin altını üstüne getirip aramaya başlar. Hizmetçilerde eşya ne arasın? Bir-iki öteberisi bir sepettedir; ama yine de bu arama saatlerce bitmez. Arama sonucu bir şey bulsalar yine iyi! Bunun sonucu da, aradığını bulamayan heyetin otelcinin ağzıyla hizmetçilere söylediği hakaret yüklü sözler ve gözdağlarıdır. Hizmetçiler bir gün güler yüz görmez yine de. Şamata gece yarısına kadar sürer ve sabahleyin yine başlar. Hiç değilse, orada barınma zorunluluğu olmasa! Fakat bu zorunludur, çünkü kimi zaman istenen şeyleri mutfaktan getirip götürmek de hizmetçilere bırakılmıştır, özellikle geceleri. Hizmetçilerin kapısı bir anda dövülür, siparişler yazdırılır; hemen mutfağa inilip aşçı yardımcıları uyandırılır; istenenler bir tepsiyle oda hizmetçilerinin kapısı önüne konulur. Ama bunlar öyle sıkıcı, öyle üzücüdür ki! Bundan da kötüsü vardır; hiçbir şey istenmez de fakat gecenin yarısında, çoğunun uyuduğu kalanların da uyumak üzere olduğu bir zamanda oda hizmetçilerinin kapıları önünde gezinmeler başlar; en kötüsü bu. Kızlar yataklarından çıkar (ranzalar dardır, hizmetçilere ayrılan bütün oda üç küçük dolap kadardır), kulağını kapıya verir, yere diz çöküp korkuyla birbirine sarılır. Kapı önünde sinsice dolanan adım sesleri vardır; içeri girse herkes rahat bir nefes alacaktır; ama gelen giden olmaz. Aslında kesinlikle bir tehlike olduğu söylenemez; belki kapı önündeki kararsız biridir sadece ama ya değilse. Ağalar tanınmazlar, onları gören yoktur. Fakat kesin olan şu ki, kızlar içeride öyle çok korkar ki... sonunda sesler kesildiğinde duvara dayanıp kalır, yataklarına dönecek cesareti toparlayamazlar. Anlattığım gibi bir hayat bekliyor Pepi'yi, hemen bu akşamdan gidip hizmetçiler odasındaki yerine geçecek Pepi. Ama niye? Frieda ile K. yüzünden. Kaçıp kurtulalı çok az zaman olan, eski cehennemine geri dönecek. O kadar ki, çalışırken giyimlerine pek özenmez kızlar, en özenenleri bile pejmürdedir. Kime süsleneceklerdir ki? Yüzlerine bakan yoktur. En çok mutfaktakilerin ilgisini çekerler; bu yetecekse belki süslenen çıkar. Mutfakta olmadıkları zaman ya ağaların odasında, ya da kendi fare deliklerinde geçer zamanları. Ağaların odalarınaysa, tertemiz elbiselerle girmek bile aptalca ve savurgancadır. Odaların havası ağırdır, çünkü sürekli soba yanar, insan kendini orada sürekli kirli, yorgun hisseder. Haftada bir günün öğleden sonrası boştur; bu vakit mutfağın bir bölmesinde sakince ve korkusuz bir uyku çekmekle geçirilir. Neden süslenip püslenilsin ki? Giyinildiği bile söylenemez. Hem Pepi oda hizmetçiliğinden alınıp içkievine verilmişti; burası da öyle bir yerdi ki, bu işte tutunmak isteniyorsa, söylenenlerin tersine hareket etmeliydi. Bütün gözler üzerinizdeydi sürekli, aralarında beyefendiler de vardı, şımarıklar da, bu yüzden burada giyim-kuşama özenmek gerekiyordu. Burası bir dönüm noktası olmuştu Pepi'ye. Pepi de işini boşlamamış, işinin gelecekte nasıl bir seyir izleyeceği konusunda kaygılanmamıştı. Burasını çekip çevirecek yeteneklere sahipti, şimdi bile aynı inancı duyuyordu ve bunu kimseler söküp alamazdı içinden. Kendini bunca yenilmiş hissettiği bugün bile. Önceleri zorlanacağını düşünüyordu; yoksul bir oda hizmetçisiydi olup olacağı; takılara, süslere sahip değildi; bununla birlikte, ağaların sabredip de insanın gelecekte nasıl biri olacağını beklemeye niyetleri yoktur; karşılarında hemen eksiksiz bir garson kız görmek isterler, bunun olmaması halinde çabucak arkalarını dönerler. Denebilir ki, Frieda onları hoşnut ettiğine göre fazla da bir şey istiyor sayılmazlar. Hayır, bu doğru değildir. Pepi buna çok kafa yormuştur, hem Frieda ile de sık sık yan yana gelmiş, bunu konuşmuş, aynı odada bile kalmıştır. Frieda'nın içinden neler geçtiğini anlamak zordur ve kim ki dikkat etmezse (beylerden dikkat eden de olmaz) Frieda tarafından kandırılır hemen. Ne zavallı biri olduğunu kendisinden başka bilen de yoktur; sözgelimi, onu ilk kez saçlarını açarken gören, acıdığı için hemen ellerini birleştirecektir. Hakseverce davranılsa, onun gibi bir kız oda hizmetçiliğinin bile üstesinden gelemez; kendi de ayrımındadır bunun; bazı geceler buna ağlamış, Pepi'ye yaklaşıp onun saçlarını kendi başına dolamıştır. Ne var ki, çalışırken olanca kuşkular geçer gider, kendini dünya güzeli gibi hisseder, etrafındakileri de buna inandırır. İnsan sarrafıdır o ve onun asıl becerisi budur. Çok da hızlı yalan söyler, herkesi kandırır ki, fırsat bulup da alıcı gözle kendisini incelemesinler. Ama boşunadır bütün bunlar, insanın gözü gerçeği eninde sonunda görecektir. Frieda böyle bir tehlike kokusu aldı mı, çaresi hazırdır; sözgelimi son günlerde değindiği Klamm ile ilişkisi! İstersen gidip araştır. Klamm'a da sor. Ne cinlik ama! Klamm'ı görmene izin verilmedi mi, dahası kapısı yüzüne kapatıldı mı (salt sana ve benzerlerine, çünkü Frieda canı ne zaman isterse onun odasına gider) yine de gider araştırabilirsin; ama beklemen gerekecek. Çünkü Klamm bunca yalan bir sava fazla izin veremez; içkievinde ve oteldeki odalarda ona dair neler anlatılıyor, bir bir öğrenmek için çırpınır, bunları çok önemser; bir hata bulursa düzeltir.

«Eğer düzeltmiyorsa bir hata yok anlamına gelir bu ve söylenen gerçektir. Ortada olan şey, Frieda'nın birayı Klamm'ın odasına götürüp ödenmiş hesapla dışarı çıkmasıdır; fakat ortada olmayanı da gösterir Frieda, siz de mecburen inanırsınız. Aslında kendisi anlatmaz, böyle bir gevezelik edebilir mi! Bu sırlar kendiliğinden açığa vurulurlar, bundan sonra da Frieda da rahatça bunlara değinebilir; ama bunu kibirsizce yapar; böyle bir şey savlamaz; konuşmaları da herkesin bildiği şeylere dairdir. Tümüne de değil ama; diyelim ki, içkievinde çalışmaya başladığından beri, Klamm'ın eskisinden daha az bira, o kadar da az değil ama, az içtiğinden söz etmez. Bunun farklı nedenleri olabilir; ya birayı eskiden bulduğu kadar lezzetli bulmuyordur, ya Frieda yüzünden birayı umursamıyordur. Kesin olan şu ki, ne kadar inanılmaz görünse de, Klamm'ın sevgilisidir Frieda. Peki ama Klamm'a yeten bir şeye başkaları nasıl hayran kalmaz;

Frieda'nın burada vazgeçilmez olup çıkmasının nedeni bu değil mi? Dahası burası için bile fazla alımlı, fazla güçlü. Zaten ona da yetmemeye başladı burası; burada çalışmayı sürdürmesi kimilerine tuhaf görünmeye başladı; garson bir kız olmak azımsanacak bir şey değildir; böyle bakılırsa, Klamm ile ilişkisinin pek de olmayacak bir şey olmadığı söylenebilir; fakat garson kız artık Klamm'ın sevgilisiyse, Klamm onu burada neden bırakır ki, üstelik bunca zaman? Neden daha da yükseltmez onu? Ne kadar söylersen söyle, 'Bunda tuhaf bir şey yok, bunun farklı nedenleri olabilir, bir de bakarsın, bugünlerde Frieda için yükselmeden söz edilebilir' de, bu sözler işe yaramaz; bu adamların kalıplaşmış düşünceleri var; değiştirmeye niyetleri yok. Aslında Frieda'nın Klamm'ın sevgilisi olduğundan şüphelenen kimse kalmamıştı, konuyu bilenler bunu duymaktan usanmıştı. 'Peki, Klamm'ın sevgilisi ol!' diyordu herkes, 'ancak bu doğruysa, işinde yükselerek kanıtla bunu!' diyorlardı. Ama yükselme filan yoktu. Frieda her zamanki işini sürdürüyor, bundan da hoşnutluk duyuyordu. Ama giderek saygınlık kaybına da uğruyordu; bunun kendisi de farkındaydı; sezgileri çok güçlüdür onun. Sahiden cana yakın, alımlı bir kız, içkievine bir kapılandı mı, oyuna filan başvurmayı düşünmez; güzelliğini koruduğu sürece, beklenmedik bir yıkımla karşılaşmadıktan sonra sürekli garson olarak kalır. Fakat Frieda gibi bir kız, sürekli kendi işini düşünmeye mecburdur; tabii akıllılık edip, bunun için uğraştığını ele vermez; konumundan yakınıp, ilenir. Frieda da onların kendisini artık umursamadıklarını ayrımsadığında, salonda boy göstermesi bile, bakılmaya değmez bir şey olmuştu; uşaklar bile ona dudak bükmeye başlamış, Olga ve benzerleriyle eğleşir olmuşlardı; otelcinin tutumundan da yeri dolmayacak biri olmaktan uzaklaşmaya başladığını seziyordu Frieda. Artık Klamm'a dair yeni masallar da uyduramazdı; her şey biterdi bir gün; Frieda bu halde yeni bir karara varmıştı. Bunun aslında ne olduğunu kim bilebilirdi ki? Pepi anlar gibi olmuştu fakat o da belli belirsiz. Aklına bir kepazelik çıkarmayı koymuştu Frieda; Klamm'ın sevgilisi önüne çıkan herhangi birinin, belki de yersiz yurtsuz birinin kollarına bırakacaktı kendini. Bu skandal hakkında konuşulacak, nihayet Klamm'ın sevgilisi olmak ne demektir ve bu onuru başka bir sevgi sarhoşluğuyla küçümsemek ne demektir, bilmeyen kalmayacaktı. İşin en zor yanı, bu oyunu sahneye koyacağı erkeği bulmasıydı. Kendi tanıdığı biri olamazdı bu; uşaklardan biri de, öylesi biri gözlerini devirip Frieda'ya bakar, çeker giderdi; tam olarak ağırbaşlı davranamazdı; ağzı iyi laf yapan biri de olsa, Frieda bu adamın kendisini gafil avladığı ve ona karşı koyamadığı, kendinde olmadığı bir sırada mecburen kendini ona bıraktığı söylentisini yayamazdı. Ciğersizin biri de olsa, öyle birine ihtiyacı vardı ki, kaba saba da olsa, sadece kendisi için deli olduğu, Frieda ile evlenmek dışında bir şey düşünmediğini (Yüce Tanrım!) söylediğinde inanmayan kalmasındı. Yine öyle biri olmalıydı ki, kızlar alaya almasın, akıllı uslu bir kız da bu erkekte cazip bir taraf görebilseydi. Ama nerede bulmalı böyle birini? Bir başkası olsa, hayat boyu arar dururdu; fakat Frieda'nın talihi yeryazımcıyı içkievine getirdi ve belki de Frieda'nın bu planı yaptığı akşam. Yeryazımcı tabii! K. ne düşünüyordu? Aklından neler geçiriyordu? İyi bir konum mu? Övgü mü? Başka bir şey mi? Öyleyse her şeyi farklı yapması gerekiyordu. Bu durumu hiçti. Yeryazımcıydı, bu da bir şeydi, öğrenmiş olduğu bir şeyler vardı, bunun ne işe yaradığını bilmedikten sonra yine de hiçten başka bir şey değildi. Ama hiç desteği olmadan, kimi istekler öne sürüyordu; doğrudan yapmıyordu bunu; fakat içten içe seziliyordu ve bu, insanları öfkelendiriyordu. Bir oda hizmetçisi bile kendisiyle uzun konuşmayı onur kırıcı buluyordu, bunun ayrımında mıydı? Hiç mi sıkılmıyordu? Onda kendisini baştan çıkaracak ne buluyordu K.? Bunu ancak K. söyleyebilirdi. Frieda gibi cılız-sarı bir kızdan sahiden hoşlanıyor muydu? Nerede! K. ona alıcı gözle bakmış mıydı ki? Frieda sadece ben Klamm'ın sevgilisiyim demişti; olancası bu; bunu bir yenilik olarak gören K. etkilenmiş, faka basmıştı. Frieda ise çekip gitmek zorunda kalmıştı; Ağalar Palas'ta ona artık yer yoktu. Pepi onu ayrılacağı sabah görmüştü, otel personeli toplanmıştı; herkes, olacakları görmek istiyordu. Frieda o kadar güçlüydü ki, ona acımayan yoktu; düşmanları bile; yaptığı hesabın doğruluğu belli olmuştu; kendini öylece bir adamın kollarına atması inanılır gibi değildi; bu belki de feleğin tokadıydı. Mutfakta çalışan ve her garson kıza hayranlık duyan o küçük hizmetçiler öyle üzülüyordu ki! Pepi bile duygulanmıştı; o da acıyordu Frieda'ya; aslında ilgisini başka bir şeye yöneltmiş, Frieda'nın o kadar da kederli olmadığını anlamıştı. Büyük bir yıkımdı aslında bu; Frieda'nın gözleri bile hiçbir şey görmüyordu fakat bu kadarı azdı, kimse Pepi'yi kandıramazdı. Peki neydi Frieda'yı zinde tutan? Yeni bulduğu sevginin mutluluğu mu? Bunun sözü bile edilemezdi. Fakat başka ne olabilirdi acaba? Dahası, Pepi'ye bile genellikle takındığı o ilgisiz dostlukla davranma gücü aşılayan neydi? Pepi'nin bunu düşünmeye ayıracak vakti yoktu. Bunların tümünün bir-iki saatte elde edilmesi gerekiyordu; üstü baş düzemedikten sonra bu işten çekilmek daha isabetliydi, sonunda ilk yarım saat içinde elden gideceği kesindi. Aslında başarıya bile ulaşılmıştı. Öyle güzel saç tuvaleti yapar ki Pepi! Bir gün otelcinin karısı bile, onu saçlarını yapmaya çağırmıştı; el çabukluğu işte. Doğal bir yetenek. Evet; gür saçlara bile hemen biçim verirdi. Elbise bakımından da birilerinden yardım almış, iki kız arkadaşı bağlılık duygusuyla ona yardım etmişti; hem, aralarından birinin garsonluğa terfi etmesi bir tür onurdu; Pepi gelecekte işlerini toparlasın, onlara bazı yardımlarda bulunabilirdi. Bir kızın, nicedir el sürmediği bir kumaşı vardı; üstüne titrerdi, sık sık gösterir, herkeste hayranlık uyandırırdı; bu kumaştan yapacağı elbisenin hayaliyle doluydu, şimdiyse (canı sağolsundu) Pepi'nin ihtiyacı olduğunu görünce ona bağışlamıştı kumaşı. İki kız, elbise dikiminde Pepi'ye yardım etmişti, kendilerine dikseler bunca içten olamazlardı. Neşeli ve mutlu bir çaba olmuştu dikim işi. Ranzalarında oturmuş, dikişle uğraşıyor, şarkılar mırıldanıyor, üst ranzadan alt ranzaya bitmiş kısımları birbirlerine uzatıyorlardı. Pepi bunları hatırladıkça, bütün bu gayretlerinin heder olması ve arkadaşlarının yanına eli böğründe dönecek olması içini iyice sızlatıyordu. Ne yıkımdı bu! Bu yıkıma neden olan ne ahmaklıktı bu? Bütün bunlardan sorumlu olan tek kişi K.'ydı. Elbise o zaman herkesi ne çok sevindirmişti.

Başarı elçisi gibiydi. Bir yerlerden bir kemer de buluşturulmuş, son sıkıntı da giderilmişti. Sahiden güzel değil miydi yani? Şimdilerde biraz kırışmış, lekelenmişti ama ne yapsındı Pepi? Başka bir elbisesi yoktu. Bu yüzden sürekli üzerindeydi ama güzelliği hâlâ duruyordu, o lanet olası Barnabaslar bile bundan iyisini bulamazlardı. Hem, gerektiğinde bollaşıp, daraltılması için kumaşta bırakılan pay bile başlı başına bir üstünlüktü ve bu da Pepi'nin buluşuydu. Evet; kendine giysi dikmek zor değil, Pepi'nin de kurumlandığı yok; genç, sağlıklı kızlara her şey yakışır çünkü. Ne var ki, iç çamaşır ve ayakkabı sağlanması epeyce zormuş, bu işte şansı yardım etmemişti. Ama arkadaşları edebildiklerince yardım etmişlerdi. Bulabilip diktikleri kaba çamaşırlar olmuştu salt; yüksek topuklu ayakkabılar yerine de, insanın başkalarına göstermeyip saklayacağı terliklerle yetinmek zorunda kalmıştı. Arkadaşları Pepi'yi teselli edecek sözler söylemişti: Frieda da ahım şahım giyinmiş değil ki, dahası kimileyin öyle pejmürde dolaşmış ki, içkievindekiler onun elinden içki içmektense kilerde görevli çocukların ellerinden içmeyi seçmişlerdi. Durum sahiden böyleydi; Frieda da hiç sakınmadan böyle davranabilirdi; çünkü öncelikle herkesin beğenisini ve dostluğunu kazanmıştı. Bir kadın ne kadar savruk görünürse, o denli albenili olurdu. Ya Pepi gibi biri? Zaten şık giyinemezdi Frieda, onda beğeniden eser mi vardı! İnsanın solgun sarı bir teni olursa, tabii ki teninden kurtulamaz; hem Frieda krem rengi epey açık bir bluz giyip sarılarının çokluğuyla insanın göz zevkini bozmaz! Bunlar olmasa bile, giyime para ayırmayacak kadar pintiydi Frieda; kazandığı parayı biriktirirdi ve buna kimseler bir anlam veremezdi. Çalışırken paraya ihtiyacı yoktu; kimi numaralarla işlerini götürüyordu. Onu bu açıdan örnek almaya niyeti yoktu Pepi'nin; hele ilk başlarda saygınlığı tam olsun diye, süslenip püslenmeye hakkı vardı. Keşke olanakları daha fazla olsaydı, Frieda'nın cinliğine, K.'nın ahmaklığına karşın yine de kendisi utku kazanırdı. Aslında başlangıçta işler yolunda gitmişti. Gerekli birkaç hüneri öğrenmiş, içkievine gelir gelmez, işine alışmıştı. Frieda'nın yokluğunu fark eden yoktu. Ama ikinci gün kimileri Frieda nerede diye sormuştu. Hata filan yoktu; otelci hoşnuttu, ilk gün tedirgin olmuş, içkievinden ayrılamamıştı, sonraları arada bir uğramış, kasa da hiç açık vermediğinden (kasaya giren para artmıştı bile), işleri Pepi'ye bırakmıştı. Pepi de kimi yenilikler deniyordu: Frieda işbilirlikten değil de pintiliğinden, zorbalığından, kendi hakkından bir şey başkalarına geçecek diye korktuğundan, uşakları biraz da olsa, gözetiminde tutmuştu; fakat Pepi bu görevi kilerdekilere verdi; bu iş için onlar daha uygundu.

Bundandır ki, ağaların odalarına ayıracak vakit de kazanmış, servisi hızlandırmıştı; ama Pepi yine de, güya kendini Klamm'a tamamen saklayıp, başka birilerinin her sözüne, her dostluğuna Klamm'a aşağılama gözüyle bakan Frieda gibi davranmayarak herkesle laflayacak vakti buluyordu. Bu, elbette zekiceydi; çünkü birinin yaklaşmasına bir kez göz yumdu mu, büyük bir ihsan sayılıyordu bu. Ama Pepi böylesi şeylerden nefret eder; hem bunlar, önceleri o kadar da işe yaramazdı. Pepi herkese yakın davranıyor, aynı biçimde karşılık alıyordu. İçkievindeki bu değişiklikten belki de herkes hoşnuttu; çalışmaktan bitmiş ağalar oturup bira içmek istediklerinde, tek bir jestleri bambaşka insanlar yapardı onları. Bütün eller Pepi'nin süç büklümlerine bir dalıyordu ki, Pepi günde on kez saçlarını düzeltmek zorunda kalıyordu. Onun saçlarına kimse karşı duramaz, ahmak K. bile. O günler bu halde geçip gitmişti. Biraz daha sürseydi ne olurdu ki! İnsan yere serilene değin çalışıp yorulsa da dört gün kısa bir süreydi, bir gün daha olsa iyiydi. Pepi aslında bu dört gün içinde de koruyucular, ahbaplar edinmişti, bakışların hepsine güvenebilirdi, bira bardaklarıyla salonda yürürken, dostluk denizinde yüzer gibi oluyordu; Bartmeier isimli bir yazman kendisine sevdalanmış, bu zincirle madalyonu vermişti; hele madalyonun içine kendi resmini koyması ne cüretti! İşte böylesi şeylerle yüz yüze gelmişti fakat hepi topu dört gündü; eğer uğraşacak vakti olsaydı bu sürede Frieda'yı unutturabilirdi fakat tamamen değil. Frieda neden olduğu skandalla müşterilerin gözünde başkalaşmış, merak duygusuyla da olsa herkes onu görmek istemişti; aslında çoktan bıktıkları Frieda K.'nın aptallığıyla bir cazibe kazanmıştı.

Evet; salonda bulunmasıyla herkesi etkisine aldığına sürece, kimse Pepi'yi kaybetmek istemezdi; ama çoğu, alışkanlıkları zor değişen ihtiyar beylerdi; yeni garsona alışıncaya değin, bu yer değiştirme ne denli kazançlı olsa da, birkaç gün sürer, hepi topu beş gün, fakat dört gün yetmez; bu nedenle, sürekli bir garson gözüyle bakılmıştı Pepi'ye. Bunun sonrasında, olabilecek en kötü şey olmuş, Klamm dört gün boyunca salona inmemişti; ilk iki gün köydeydi aslında; eğer inseydi Pepi'nin denenmesi olacaktı bu; hem çok korktuğu, hem de sevindiği bir sınama. Aslında (bu tür şeylere sözle değinmemek daha doğru), Klamm'ın yavuklusu olamaz, hileyle filan da oralara yükselemezdi, fakat hiç değilse Frieda kadar nazikçe bira bardağını masanın üstüne koyabilir, onun gibi yılışmadan selam verebilir, bir hanımefendi gibi ayrılırdı Klamm'ın yanından. Klamm bir kızın gözlerinde bir şeyler mi aranıyor, bunu Pepi'nin gözlerinde de bulabilirdi. Ama niye gelmemişti Klamm? Canı öyle istediğinden mi? Pepi öyle olabileceğini düşünmüştü, ilk gün sürekli onu beklemiş, beklemesini geceleri de sürdürmüştü. Neredeyse gelir diye düşünmüştü hep; sadece bekleyişin ve Klamm salona indiğinde, ilk görmek isteyeceği kişinin Pepi olması ihtimaliyle huzursuz, oraya buraya koşmuştu. Bu süreğen hayal kırıklığıyla yorulmuş, yapması gereken işleri belki de boşlamıştı. Vakit buldukça, otel personelinin girmesi yasak olan koridora süzülmüş, duvardaki bir oyukta beklemişti. 'Ne olurdu Klamm'ı odasından alabilsem de kollarımda salona taşıyabilsem, ne kadar ağır olursa olsun, o yükün altında yıkılmazdım' diye düşünmüştü. Yukarı koridor öyle sessizdir ki, insan gitmedikçe anlayamaz. Öyle sessizdir ki, insanı oradan kaçırtır. Fakat Pepi belki on kez aşağı çağrılmış, on kez yukarı çıkmıştı. Ne aptalcaydı! Klamm gelmek istiyorsa gelirdi; ama istemiyorsa, Pepi oyukta kalp çarpıntısından ölecek gibi de olsa, Klamm'ı odasından çıkaramazdı. Evet, aptalcaydı; fakat gelmemişti Klamm. Onun neden gelmediğini bugün biliyordu. Frieda, onu oyuğun içinde, heyecandan ölecek halde bulsaydı, kim bilir ne eğlenirdi! Klamm'ın aşağı inememesinin nedeni Frieda'ydı. Bunu rica ederek filan yapmamıştı, ricalar Klamm'a ulaşmaz çünkü. Fakat o, bu örümcek, kimsenin bilemediği ilişkilere sahiptir. Pepi müşterilerden birine bir şey mi söylemek istiyordu; hemen söyler, yan masadakilerin duymasına aldırmazdı. Oysa Frieda'nın söyleyeceği sözü yoktur, masaya birayı bırakır, gider; ipek gömleğinin, para verdiği tek elbisenin hışırtısı duyulur, olancası bu. Fakat bir şey söyleyeyim dese açık açık yapamaz, fısıldar, yan masadakiler de kulak kabartır. Önemli bir şey mi söyler ki; hayır, belki önemsizdir ama sürekli değil; esrarengiz ilişkileri vardır Frieda'nın. Frieda bunlardan yararlanmaya koyulmuş, K. da ona yardım etmişti. Evde durup, Frieda'yı gözetiminde bulunduracakken, evden gidiyor, orada burada sürtüp duruyor, birileriyle konuşuyor, her şeye dikkat ediyor sadece Frieda'ya kayıtsız kalıyordu; sonunda Frieda daha özgür olsun diye, Brückenhof'taki boş okula taşınıyor. Balayı için iyi bir başlangıç! Tabii, Pepi, Frieda'ya katlanamıyor diye, K.'yı kınamıyor, çünkü Frieda'ya kimse katlanamaz. Öyleyse Frieda'yı neden tamamen bırakmamıştı Frieda'yı? Neden dönüp dönüp ona geliyordu? Neden bütün bu koşturmasının nedeni Frieda'ymış gibi davranıyordu? Gören de, sanki Frieda'yla karşılaştıktan sonra asıl hiçliğin ne olduğunu anlayan K., ona uygun bir eş olmaya çalışıyor, çarçabuk yükselmek için çırpınıyor, bu yüzden şimdilik Frieda ile yaşamaktan vazgeçiyordu? Gelecekte, acısını çıkarmak için mi? Frieda da bu arada oyalanmıyor; okulda oturup, belki kendisini oraya getiren K.'yı, Ağalar Palas'ı sürekli gözetliyordu. En iyi elçi zaten el altında: K.'nın asistanları (inanılır gibi değil bu) K.'nın resmen kendi hallerine bıraktığı asistanlar. Onları eski tanıdıklarına gönderiyor, kendini hatırlatıyor, K.'nın onu bir okula kapattığından yakınıyor, Pepi'ye karşı herkesi kışkırtıyor, dönmesinin yakın olduğunu haberliyor, yardım istiyor, kimse Klamm'a durumu duyurmasın diye rica minnet ediyor. Kimilerine Klamm'ca kollanıp korunma diye yutturmaya çalıştığı şeye, otelcinin karşısında kendi başarısı gibi gösterip bundan çıkar sağlamaya çalışıyor, Klamm'ın artık uğramadığına dikkati çekiliyor onun: Neden gelsinmiş ki? Aşağıda hizmet eden Pepi diye bir kız varmış! Tabii otelcinin bunda kabahati yokmuş, Pepi ne de olsa kendi yerine geçmesi en uygun kızmış ama olmuyormuş işte, birkaç günlüğüne bile olmuyormuş. Frieda'nın bu haltlarından elbette haberi yokmuş K.'nın; bir yerlere gitmediği zamanlar, Frieda'nın eteklerinin önünde yatıyor; ama Frieda o sırada otele dönmesine kaç saat kaldığını hesaplıyormuş. Asistanların da yaptığı tek iş elçilik değil; K.'yı kıskandırmaya, sevgisini öldürmeye uğraşıyorlar. Frieda onları çocukluğundan beri tanır; onlardan bir şeyini gizlemez ama K.'nın şerefine birbirleri için deli olmaya başlıyorlar ve K. büyük bir sevgiye yöneliyor. Sevgilisinin hatırına her şeyi yapıyor. Asistanların kıskandırma oyunlarına inanıyor, fakat kendisi çıkıp gittiğinde, üçünü baş başa bırakıyor. Sanki Frieda'nın bir asistanı da kendisi. Bunların ardından, gözlemleri sonucu, son darbeye karar veriyor: Geri dönecek. Zamanlaması da iyi: Frieda, o anasının gözü, bunu çarçabuk anlıyor ve değerlendiriyor! Aşkolsun! Gözlem ve karar gücü; Frieda'nın en büyük hüneri. Bu yanı Pepi'de olsa, kim bilir hayatı nasıl değişirdi? Frieda okulda birkaç gün daha kalsaydı, Pepi işinden edilemezdi, mutlaka garson olur, herkesçe sevilirdi; giysi dolabını da yeniledi mi, deme gitsin! Birkaç gün daha geçse Klamm hiçbir düzmeceyle içkievinden uzak tutulamaz, gelip birasını yudumlar, hoşnut kalır, Frieda'nın yokluğunu fark etse de, aldırmazdı; ah, birkaç gün daha olsaydı! O zaman Frieda, skandalı, ilişkiler, asistanlar unutulur giderdi. Belki o zaman K.'ya iyice bağlanır ve gücü varsa eğer, K.'yı sevmeyi de öğrenirdi. Ama bu olmadı; çünkü bunlar için hepi topu bir gün gereklidir, sonra o da Frieda'dan bıkar, onun kendisini nasıl büyüleyip oyun ettiğini, sözde bağlılığı, sözde güzelliğini, Klamm'ın sözde yavukluluğuyla kandırıldığı kafasına dank ederdi. Bir tek günde Frieda ile o döküntü asistanları evden atardı. Bunlar için K.'ya dört gün yeterdi. Ama sonraları bu tehlike arasında tabutun kapağı üzerine kapanmaya başlayacağı sıra, (K. o eşsiz budalalığıyla en son kaçış yolunu Frieda için açık tutarken) elinden kurtuluyor, kimsenin beklemediği bir şey; bir anda tutup, kendisini sevmeyi sürdüren K.'yı başından atıyor, ahbaplarının da yardımlarıyla otelcinin karşısına çıkıyor, herkesçe kucak açılıyor, ama hemen eskisi gibi burnubüyük biri olup çıkıyor. Frieda böylece dönüp geliyor işte, kaçamakça Pepi'ye bakan otelci bocalamakta (değeri belli olmuş Pepi'yi harcasın mı, harcamasın mı?), ama hemen ikna ediliyor! Klamm'ı salona getirecek tek güçtür Frieda. Evet, akşamleyin durum buydu. Pepi, onun gelip işi devralmasına ve bundan bir yengi payı çıkarmasını beklemeyecek. Kasa zaten otelcinin karısındadır, artık gidebilir. Aşağıda, hizmetçi odasındaki yeri bekliyor kendisini; arkadaşları yaş dökerek karşılayacaklar onu; elbisesini çıkaracak, kurdelelerini çözecek, ve kendisini hatırlatmasınlar diye bir yere tıkıştıracak tümünü. Daha sonra, kovayla süpürgeyi kapıp, işe girişecek. Bütün bunları K.'ya anlatmasının nedeni, yardım görmeden olanı biteni anlamayacak olan K.'nın kendisine ne kadar kötü davrandığını görsün diyeymiş. Evet, K.'ya da sürekli kötü davranılmıştı.

Konuşmasını bitirmişti Pepi. Rahatça soluklanarak, yanaklarına biriken yaşları sildi; başını sallayarak K.'ya baktı; olup bitenlerin kendi şanssızlığı olmadığını, bununla baş edeceğini, bunun için kimseden (hele de K.'dan) yardım beklemediğini, yaşına karşın, hayatı tanıdığını, başına gelenin buna dair bilgilerini desteklediğini, fakat asıl K.'nın durumunun konuşulması gerektiğini, K.'ya durumunu göstereceği bir ayna tutmanın gerektiğini söylemek ister gibiydi. «Ne verimli bir hayal gücü bu, Pepi!» dedi K. «Anlattıklarının hepsini şu anda düşünüp bulman inanılmaz; ama sizin karanlık ve dar odanızdaki hizmetçilerin hayalleri bunlar; orada bir anlamı var fakat burada tuhaf. Bunlarla burada barınamazdın, çok da olağan bu. Onca kurumlandığın elbisenle saç tuvaletin bile yattığınız odanın karanlığı ve yataklarının getirdiği yüzüne bakılmaz garabetler sadece; orada bunlara gülüp geçilir, buradaysa herkes yüzünüze güler. Peki ne dediğini biliyor musun sen? Kötü oyunlara alet edilip, kandırıldım öyle mi? Hayır, kuzum Pepi, sen ne kadar böyle oldunsa, ben de o kadar oldum! Evet, Frieda beni terk edip gitti ya da dediğin gibi asistanlardan biriyle; gerçeğin bu kadarcığını görüyorsun; zaten Frieda da artık benim karım sayılmaz pek; fakat benim ondan usandığımın, onu ertesi gün kovduğumun, bir erkeğin, bir kadını aldattığı gibi onu aldattığımın zerrece doğruluğu yok. Siz hizmetçiler, kapı deliklerden gözlemeye alışkınsınızdır; bundan dolayı kafanız öyle çalışır ki, pireyi deve yaparsınız. Bu yüzden, bu olayda seninki kadar bilgiye sahip değilim, Frieda'nın beni neden terk ettiğini senin açıkladığın gibi açıklayamam. Bunun en anlaşılır yanıtı, onu ihmal etmem olduğu söylenebilir; buna sen de değindin ama fırsatçılık etmedin. Evet, onu ihmal ettim; bunun farklı nedenleri var ve şimdi açıklayamam. Frieda dönerse mutlu olurdum evet; fakat yine ihmal ederdim. Frieda yanımdayken, senin eğlendiğin gibi sürekli bir yerlere koşturup durdum; artık o yok, aylak aylak oturuyorum, usandım. Aylaklığım biraz daha gelişip büyüse diyorum. Bana bir fikir vermen mümkün mü, Pepi?» «Elbette!» dedi Pepi, hemen toparlanıp K.'yı omuzlarından tutarak: «İkimiz de kandırıldık; hiç ayrılmayalım! Hadi gel, kızların yanına gidelim!» «Kandırılmış olmaktan bunca yakındıkça,» dedi K., «anlaşamayız. Bunu hoş bulduğun için sürekli kandırılmak istiyorsun sen. Eklemeliyim ki, içkievi sana uygun bir yer değil. Senin bunca aptal bulduğun ben bile böyle düşündükçe! Sen iyi bir kızsın, Pepi; fakat bunu anlaması zor; sözgelimi ben, en başta acımasız ve burnubüyük bir kız, demiştim senin için, fakat değilsin; burası sana göre olmadığı için şaşırdın sadece. Buranın senin için erişilmez bir yer olduğunu söylemeye çalışmıyorum; çünkü hiç de öyle değil; belki senin gibi biri için birazcık onur verici olabilir ama yine de senin odana benziyor, oda hizmetçiliği içkievinde çalışmaktan daha üstün olabilir; çünkü hizmetçiler sürekli yazmanlar arasındadır; buradaysa yazmanların şeflerine de hizmet edebilir fakat alabildiğine sıradan insanlarla, örneğin benim gibilerle uğraşmak zorunda; çünkü benim içkievi dışında bir yere gitmem yasak; böyleyse, benimle ilişki içinde bulunmak, kimi ölçütleri aşan onur verici bir şey midir? Sanırım, öyle düşünüyorsun, bunun farklı nedenleri de olabilir fikrince. Fakat asıl bu yüzden sana uygun değil burası. Bu da diğer işler gibi, ama sen cennet gibi görüyorsun; süslenip püsleniyorsun ki, sence sadece melekler böyle süslenmiştir; fakat meleklerin süslenmeleri farklıdır; işin elinden gidecek diye korkuyor, sürekli peşindeler sanıyorsun; seni koruyacaklarını düşündüğün adamları taşkın sevgi gösterileriyle yanına almaya çağırıyor ama bunu yaparak onların rahatlıklarına zarar veriyor; onları kendinden uzaklaştırıyorsun; çünkü onlar dinlenmeye geldiler, bir de senin sıkıntılarınla uğraşmak istemiyorlar. Belki de Frieda ayrıldıktan sonra önemli müşterilerin hiçbiri bunun ayrımında olmamıştır; artık hepsi öğrendi, Frieda'yı sahiden özlüyor da olabilirler. Anladığım kadarıyla o, her konuda senden farklı davranmış. Diğer bakımlardan nasıl değerlendirirsen değerlendir, işinde yeterince olgunlaşmış biri, sakin ve kendine egemen olmayı biliyor; buna kendin de değindin; fakat bir ders çıkardığın söylenemez. Frieda'nın nasıl baktığına dikkat ettin mi hiç? Bu bakış, garson kız bakışı olmaktan çıkmış, otel sahibesi bir kadının bakışı haline gelmişti. Herkesi topluca ve tek tek görebilen bir bakış; tek kişiye bakışı bile, baktığını kendine bağlayabilecek güçteydi. Evet, zayıf, geçkince bir kız, saçları daha güzel olabilirdi diyebilirsin; ne çıkar bunlardan, onun asıl değerinin yanında sözü edilmez bunların; ve böylesi şeylerden yakınan biri, büyük şeyleri anlayacak akıldan da mahrum demektir. Tabii, Klamm da böyle diye ayıplanamaz; senin Klamm'ın Frieda'yı sevdiğinden şüphelenmeye iten, yeniyetmenin biri olarak eksikliğindir. Klamm sana yanına varılamaz gibi geliyor, bu nedenle Frieda'nın da ona erişemeyeceğini düşünüyorsun. Bu bir yanılsama. Doğruluğu kesin kanıtlarım olmasa da, ben bu konuda sadece Frieda'nın sözüne inanırdım. Bu sana inanılmaz görünebilir ama gerçek. Şu an, ikimiz nasıl böyle elele duruyorsak, onlar da bizim gibi duruyorlardır. Ayrıca, Klamm, öyle istediği için geliyordu içkievine; hatta koşuyordu! Bir kişi bile işini boşlayıp onun gelişini izlemeye kalkmadı; hep, kendiliğinden iner diye beklendi; bir de, Frieda'nın elbisesinde bulduğun korkunç kusurlar Klamm'ı hiç rahatsız etmedi. Frieda'ya inanmaya yanaşmıyorsun ha! Böyle davranarak ne kadar komik davrandığını, bilisizliğini gösterdiğini bilmiyor musun? Frieda'nın Klamm ile ilişkisini bilmeyen biri bile, onun tavırlarını görünce, bunun herkesten üstün birinin işi sayılacağını, bunun müşteri-garson kız ilişkisi olamayacağını gösterirdi. Sanırım, sana haksızlık ediyorum, çünkü Frieda'nın niteliklerinin farkında olmadığın söylenemez; ama yanlış yorumladığın söylenebilir; bir de bunların sana karşı kullanılmış silahlar olacağı. Hatalısın, Pepi, Frieda'nın böylesi silahları olsa da, bunca kısa bir mesafeden kullanmazdı. Bir de, bencil dedin galiba; aslında denebilir ki, sahip olduğu ve gelecekte olacaklarını bizim için gözden çıkardı; onun düş kırıklığına uğratan biz olduk ve onu neredeyse otele dönmeye zorladık. Acaba gerçekten böyle mi? Benim kendimde açık bir suç gördüğüm söylenemez; ama seninle karşılaştırdığımda, kendi suçumu da sezer gibi oldum; o kadar ki, ikimiz de gürültücü çocuklar gibi davrandık; sözgelimi, Frieda kadar dingince düşünüldüğünde, kendiliğinden sağlanacak şeylere, tırmalayıp çekiştirerek sahip olmaya çalışır gibiydik. Acaba doğru mu? Senin ifade ettiğin biçimde değil ama bunun öyle olduğunu seziyorum. «Evet,» dedi Pepi, «seni terk ettiği için ona öyle sevdalandın ki; Frieda kaçarsa, insan hemen ona tutulur. Dediğin gibi olsun; kuşkularında haklısın, beni daha fazla komik düşürmek için şimdi ne yapacaksın? O, seni terk edip gitti; ikimizin sözlerine göre, döneceği de yok, dönse bile bu zamanı bir yerde geçirmelisin; mevsim kış, seninse ne işin, ne barınağın var; istersen benimle gel, arkadaşlarımdan hoşlanacaksın; rahat etmen için elimizden geleni yaparız; bize epeyce ağır gelen işlerde yardım edersin; biz yalnızlıktan kurtulur; geceleri korkmayız artık. Hadi gel! Frieda'yı arkadaşlarım da tanır. Sen dur deyinceye kadar ondan söz ederiz. Gidelim haydi! Bizde Frieda'nın fotoğrafları da var; görürüsün, o günlerde daha kibirsizdi. Sen bile zor tanıyacaksın onu. Gelecek misin?» «Göz yumarlar mı? Dün koridorda gördüler diye neler olduğunu biliyorsun.» «Yakalandığın için; ama bizimleyken olmaz bu. Ne de eğleniriz ha! Hayatın acılığını gidermek gerek; aşağıdaki günlerimiz şimdiden çekici görünmeye başladı; az önce öyle hissetmiyordum. Buradan ayrılmakla belki de bir şey kaybetmiyorumdur. Üç kişi yaşarken bile fazla sıkılmadık. En fazla Henriette'den hoşlanacaksın, fakat Emile'den de; onlara senin sözünü ettim, tıkıldığımız deliğin dışında bir şey olamazmış gibi bu tür haberlere öyle kaygıyla bakılır ki! Daracık, sımsıcaktır odamız, aşağıda sokulduğumuzdan çok sokuluruz birbirimize; birbirimize ihtiyacımız var, doğru ama usanmış da sayılmayız birbirimizden; aşağıdakiler aklıma geldikçe, döneceğime daha çok seviniyorum. Başarı için onlardan daha çok niye yorulayım ki? Tek ortaklığımız, geleceğin üçümüze de kapalı olması değil mi? Ama ben kaçıp gitmiş, onları bırakmıştım. Tamam, sürekli hatırladım, üzüldüm. İşimin geleceği kesin değildi, yine de Henriette ve Emile'den söz açtım. Henriette için dediğimdedikti otelci; hepimizin yaşlısı Emilie'ye ilişmedi. Doğrusu, onların yerlerinden ayrılmak istedikleri de yok; yaşamlarının zor olduğunun farkındalar ama yazgıya boyun eğmişler. Biçareler, herhalde, ben giderken döktükleri yaşların çoğunu, birlikte kaldığımız odadan, soğuğa çıktığımızda (oranın dışındaki her yer soğuktur bizim için) büyücek, yabancı salonlarda, tanımadığım insanlarla konuşacağımdan, ama bunu bir tercih sonucu yapmayı deneyeceğimden, fakat aynı şeyi onlarla da başardığıma üzüldükleri için dökmüşlerdi. Dönüşüme şaşırmayacak, sadece benim ağlayıp kaderime küseceğimden yakınacaklar. Derken, seni görecek, ayrılığımın işe yaradığını düşünecekler. Artık bir koruyucumuz olacak; aramızda sır kalıp, bizi birbirimize kenetleyeceği için şenlenecekler. Ne olur, gidelim! Sana bir sorumluluk yüklemez ki bu. Hem, odamıza da mecbur değilsin. Bahar geldiğinde başka bir yer bulabilirsin kendine; istemediğin an çekip gidersin ama bizim de sırlarımızı saklayacak, açığa vurmayacaksın, bunu yaparsan burası ecelimiz olur. Ha, bizimleyken de dikkat edecek, tehlikeli bulduğumuz yerlere sokulmayacaksın, diyesim, önerilerimize uyacaksın; tek sorumluluğun bu ve senin iyiliğine; bunun dışında özgürsün; vereceğimiz iş için de korkma. E, ne diyorsun?» «Bahar ne zaman gelir?» diye sordu K. «Bahar mı?» dedi Pepi. «Kış aylarca sürer buralarda, monotondur. Bizim şikâyet ettiğimiz yok; odamızda güvendeyiz. Bir gün bahar da gelir, yaz da, yine de insan hatırladığında, hem bahar, hem de kış öyle kısa ki! Ama yine de güzeller güzeli bir günde, bakarsın kar yağıyor.»

Kapı açıldığında ürperdi Pepi, dalgınlığından sıyrılamadan, içkievinden fazla uzaklaşmıştı. Ancak Frieda değil, otelcinin karısıydı kapıyı açan; K.'yı yine gördüğüne şaşırmış görünüyordu. Kendisini bekediğini söyleyip, af diledi. K. burada kalmasına izin verildiği için teşekkür etti. Kadın, K.'nın kendisini neden beklediğini bilemiyordu. K., çıkıp gitmeden, kadının kendisiyle konuşmak isteyeceği sanısına kapıldığını belirtti, hatası varsa, özür diliyordu, çıkıp gitmesi gerekiyordu zaten, görevli olduğu okulu yalnız bırakmıştı; bunların nedeni dünkü davetti, bu tür konularda cahildi, bir daha onların başına böyle belalar açmayacaktı. Kadın, çıkmaya hazırlanan K.'nın önünde eğilmesini rüyada gibi izliyordu. K.'yı hesapladığından da uzun süre oyaladı bu bakış. Kadın usulca gülümsedi sonra. K.'nın uykudan uyanmış bir yüzle görünmesi şaşırtıyordu onu; K. gülümsemesine bir karşılık bekler gibiydi, bunu alamayınca kendine gelmişti. «Dün elbiselerim hakkında bir şeyler söylemeye cüret etmiştin,» dedi, bunu unutmuştu K. «Hatırlamıyorsun demek? Bir de tabansızlık eklendi suçlarına!» K. yorgunluğunu anımsatıp, özür diledi, zaten sayın hanımefendinin elbisesine dair ne bilebilirdi? Güzeldi de, bunca güzeline hiç rastlamadığını mı söylesindi? Hiçbir otelci karısını üzerinde böyle bir elbiseyle görmemişti ki! «Bırak bu mavalları!» dedi kadın. «Elbise hakkında bir şey duymak istemiyorum. Derdi seni mi aldı? Bunu bir daha yapayım deme!» K., kadının önünde eğilip, yürüdü. «Bu da ne?» dedi kadın şirretçe. «Öyle bir elbiseyi hiçbir otelci kadında iş yaparken görmemiş de ne demek? Bütün bunlar deli zırvası! Bunlardan kastın ne?» Arkasına dönen K., kadının sakin olmasını istedi. Elbette ki saçmaydı söylediği, zaten o bu işten anlamazdı ki; yamalı mı, ütülü mü, ne bilsin. Hanımefendinin gece vakti koridorda hiç giyinik sayılmayan onca erkek arasında güzel bir gecelikle dolaştığını görünce şaşırmıştı, olancası bu. «Yola gel!» dedi kadın. «Sonunda dün ne söylediğini hatırlamaya başladın. Şimdi de yeni herzelerle destekliyorsun. Bu işten hiç anlamadığın doğru. Fakat öyleyse (gerçekten söylüyorum) hangisi uygunsuz giysiymiş, hangisi gecelik veya böyle zırvalar yumurtlama, sakın!» Konuşmasının burasında bir ürperti yaladı kadının bedenini. «Elbiselerime dil uzatmayacaksın, anladın mı?» Sesini çıkarmayan K., bir daha arkasına dönmek istediğinde sordu kadın: «Elbiseler hakkında bunca şeyi nereden öğrendin sen?» K., kayıtsızca omuz silkti. «Bir şey bildiğin yok işte!» dedi kadın. «Öyleymiş gibi de görünme! Büroya kadar gidelim de, sana bir şey göstereyim, ondan sonra böyle şeylere cüret etmezsin.» Kadın öne geçip kapıyı açtı; Pepi hesap almak bahanesiyle kalkıp hemen K.'nın yanına geldi; sessizce anlaştılar; K., avluyu tanıyordu; bu yüzden kolaydı; büyük avlu kapısı bitişik sokaklardan birine açılıyordu; onun yanında küçük bir kapı daha vardı; Pepi bir saate yakın, gelip burada bekleyecek, üç kez vurursa açacaktı. Ofis, içkievinin karşısına düşüyordu; arada bir hol vardı sadece. Ofise çoktan varan otelci kadın, ışıkları açık odada, K.'yı sabırsızca bekliyordu. Fakat bir köstek daha vardı: Holde bekleyen Gerstacker, K. ile görüşmek istiyordu; ondan kurtulmak zordu; hem otelci kadının da yardıma koşup, sırnaştığı için Gerstacker'i azarladı. Kapı kapanınca da Gerstacker'in: «Hayrola, nereye?» diye K.'nın ardı sıra seslendiği duyuldu; öksürükleri, sözleri ve inlemeleri çirkin bir uğultu gibiydi.

Fazla ısıtılmış küçük bir odaydı ofis. Bir duvarın önünde bir kürsü, diğerinde çelik bir kasa, karşıda da bir komodin ile bir oturak görünüyordu; en fazla yer kaplayan da bunlardı; hem ortalığı daraltıyor, duvarların önünü de kaplıyordu. Dolap üç sürgülü kapıdan oluşuyordu. Otelcinin karısı, oturağı gösterip oturmasını istedi K.'nın, kendisi de kürsünün yanındaki döneriskemleye çöktü. «Bir zamanlar terzilik etmedin mi sen?» dedi K.'ya. «Hiç!» dedi K. «Söylesene, nesin sen?» «Yeryazımcı.» «Bu da ne?» K., ne olduğunu anlatmaya başladı; anlattıkları kadını esnetiyordu. «Yine doğruyu söylemedin, neden söylemiyorsun?» «Senin de söylediğin söylenemez,» dedi K. «Benim mi? O utanmazlıklarına tekrar mı başlıyorsun? Tamam, yalan söylüyorum, hesabını sana mı vereyim yani? Dur, nereden biliyorsun yalan söylediğimi?» «Göründüğün gibi, otelci karısına benzemiyorsun.» «Yok canım, ne sözler bunlar! Peki, neye benziyormuşum? Bu utanmazlığın yetti artık!» «Neye benzediğini bilmiyorum. Görünüşte, otelci karısına benziyorsun ama öyle elbiselerin var ki, otelci kadınlarına yakışmıyor; zaten, bildiğim kadarıyla kimseler giymiyor bunları.» «İşte, sadede gelelim. Söylemesen olmaz. Belki de küstah biri değilsin, ama uygunsuz bir şey fark ettiğinde, bunu söylemezsen ölürsün. Söyle bari, bu elbisenin farklılığı ne?» «Duyarsan kızarsın.» «Kızmam, güler geçerim; ne de olsa laf cambazlığından başka bir şey olmayacak. Hadi, söyle bakalım.» «Eh, bilmek istediğine göre: Kumaşı kaliteli, ağırca, demode, çok süslü, kimi yerlerinde üzerinde fazla çalışıldığı için eprimiş, bedenine, yaşına, konumuna yakışmayan bir şey. Seni holde ilk gördüğümde hemen bakmıştım, yaklaşık bir hafta önce.» «Öyle ha! Demode, süslü ve daha neler! Ama bunları nereden biliyorsun?» «Gözlerim yeter, öğrenmem gerekmez.» «Bir bakışta görüyorsun ha! Hiç sormadan, günün modasını hemen biliyorsun. O halde sensiz yapamayacağım; çünkü güzel elbiseler çeker beni. Şu dolabın içinin tepeleme elbise olduğunu söylesem ne diyeceksin?» Kadın, sürgülü kapakları hızla bir kenara attı, dolap tepeleme giysi doluydu. Karışık halde dizilmişlerdi; genellikle koyu renk, gri, kahverengi şeylerdi; dikkatle askılarına takılmışlardı. «Benim elbiselerim bunlar işte; öyle dediğin gibi demode, süslü filan değiller. Bunlar sadece yukarıya sığdıramadıklarım sadece; üst katta bunun gibi iki dolap daha var. Ne o, dilini mi yuttun?»

«Yo, bunu bekliyordum; yalnızca bir otelci karısı olmayıp, başka niyetlerinin olduğuna da değinmiştim herhalde.»

«Benim niyetim sadece şık giyinmek; sense ya ahmak, ya çocuk, ya da uzak durulması gereken biri olmalısın. Hiç durma, çek git buralardan!»

Hole çıkan K.'nın koluna yapıştı Gerstacker. Otelcinin karısı ardı sıra: «Yarın bir elbisem daha gelecek, gör diye belki sana haber veririm.»

EK(*)

1
BAŞLANGIÇ BÖLÜMÜ DEĞİŞKESİ

2
TANITI

(*) Sağlığında eser yayınlatmayan Franz Kafka'nın tanıtı olarak yazıp bıraktığı bölümleri buraya almayı uygun bulduk. (y.n)

1

Müşteriyi karşılayan otelci, içeri buyur etti. Birinci katın odalarından birini hazırlatmıştı: «Ağalar odası!» dedi. Çift pencereli, araya camdan kapı konulmuş büyücek bir odaydı, bu haliyle eziyordu geleni. Çeşitli yerlere yerleştirilmiş birkaç parça mobilyanın ince ayakları görünüyordu; demirden gibi görünüyorlardı ama tuhaf, ahşaptı. Müşteri pencerelerden birinden, gece karanlığıyla kaplanmış dışarıya baktı, cam kapıya yaklaşmak isteyince, hemen: «Lütfen balkona çıkmayın!» dedi otelci. «Alttaki çürümüş biraz.» Sonra, içeri hizmetçi girdi; yıkanma masasını toparlarken, oda sıcaklığının yeterli olup olmadığını sordu. Yeterli anlamında baş salladı müşteri; odanın görünürde bir eksiği yoktu ama burada kalacağı kesin değil gibi, üzerindekilerle dolanıyordu. Otelci, hizmetçinin yanı başında, ayaktaydı. Müşteri arkalarından yaklaşarak: «Neler fısıldaşıyorsunuz?» dedi yüksek sesle. Otelci korkmuş gibi: «Hizmetçiyle yatak işini konuşuyoruz,» dedi. «Oda, üzülerek belirteyim ki istediğim dikkatle hazırlanmamış. Fakat sorun hemen çözülecektir.» «Boşuna yorulmayın,» dedi müşteri. «Ben de berbat bir odayla, mide bulandırıcı bir yataktan başka bir şey görmeyi ummuyordum. Bilmek istediğim bir tek şey var; geleceğimi kim haber verdi?» «Hiç kimse, efendim,» dedi otelci. «Beni bekliyordun ama.» «İşim bu; müşteri beklerim.» «Oda önceden hazırlanmıştı.» «Her zaman öyledir.» «Yani, hiçbir şeyden haberin yoktu; fakat yine de burada kalmayacağım.» Pencereden birden: «Çözmeyin atları! Burada kalmıyoruz!» diye bağırdı. Fakat kapıya yönelirken, oda hizmetçisi çıktı yoluna; sıskacık, gencecik, incecikti, başı yerdeydi: «Gitmeyin, durun!» dedi. «Seni bekledik, ama yanıt vermekte iyi değilizdir; senin neden hoşlandığını da bilmediğimiz için, bize kızma diye söyleyemedik.» Kızın bu hali, müşterinin dikkatini çekmişti ama sözleri aklına takılmıştı. «Bizi yalnız bırak!» dedi otelciye. Otelci durakladı bir, çıktı. Müşteri: «Gel buraya,» dedi kıza; geçip masaya oturdular. «İsmin nedir senin?» diye sordu müşteri, uzanıp kızın elini tutarak. «Elisabeth,» dedi öteki. «Elisabeth,» dedi müşteri, «sözlerimi iyi dinle; zorlu bir görevim var ve bütün hayatımı buna bağladım. Elbette, sevinerek yapacağım bu görevi; yardım filan istediğim yok. Fakat bütün gücümü, bu yolda önüme çıkan engelleri yıkmak için kullanacağım. Acımasızlık konusunda bil ki, kimselerin gözyaşına bakmam.» Sözlerinin burasında, kızın elini biraz sıktı; kız söylenenleri onayladı. «Herhalde derdimin ne olduğunu anlamışsındır. Şimdi söyle: Gelişimi kimden haber aldınız? Tek bilmek istediğim bu; aklınızdan neler geçtiğini merak etmiyorum. Burada bulunma amacım savaşmak, fakat daha adımımı atmadan da, baskına uğramaya niyetim yok. Ben yokken neler oldu, anlat bakalım.» «Köydekilerin hepsinin geleceğinizden haberi vardı, niyesini söyleyemem, hem de çok önceden haberi vardı herkesin, bu haber şatodan da yayılmış olabilir; bildiğim bu.» «Şatodan köye gelen oldu mu? Öyle biri söylemiş olabilir mi bunu?» «Hayır, kimse gelmedi, ağalar bizimle vakit geçirmez fakat orada görevli hizmetçiler, uşaklar yaymış olabilir; köy halkının da kulağına gitmiştir. Buralara kimseler gelip gitmez; bundan dolayı, yeni gelen biri herkesin dikkatini çeker.» «Kimseler gelip gitmez mi?» dedi müşteri. «Oh!» dedi kız gülümser (Sokulgan ve ürkek görünüyordu). «Niye gelsin ki?» dedi müşteri. «Görülmeye değer ne var ki burada?» Kız, elini usulca müşterinin elinden çekerken: «Bana hâlâ güvenmiyorsunuz,» dedi. «Haklıyım,» dedi müşteri ayağa kalkarak: «Hepinizin mayası aynı, ama sen ve otelci özellikle tehlikelisiniz. Belki de, hizmetimle ilgilenmen için şatodan gönderilmişsindir.» «Şatodan mı?» diye sordu kız. «Buralar konusunda ne kadar cahilsin. Güvenmediğin için gidiyorsun buradan; değil mi?» «Gitmiyorum,» dedi müşteri, paltosunu sandalyeye bırakıp. «Kalıyorum, beni göndermeyi başaramadın işte.» Fakat, ansızın sallanmaya başladı, birkaç adım attıktan sonra yatağa yığılıverdi. Hizmetçi yanına koşup: «Neyiniz var?» dedi fısıldar gibi, koşup yıkanma masasından su getirip, onun yüzünü yıkamaya başladı. «Bana niye işkence ediyorsunuz böyle?» dedi müşteri zorlukla. «Böyle bir şey yaptığımız yok!» dedi öteki. «Bizden istediğin bir şey var ama ne olduğunu söyleyemiyorsun. Bana açık açık söyle ki, yanıt bulabileyim.»

2

TANITI

Bürgel ile dün ne yaptıklarını anlattı K. Hele de Bürgel! O, şato memuru Friedrich'in yazmanıdır. Şefi gözden düştü son yıllarda. Bunun nedeni de başlı başına bir sorun; benim de anlatacak bir şeylerim var fakat şurası kesin ki, Friedrich'in işlevi en önemsiz işlevlerden; onun ilk yazmanı bile sayılmayıp arkalarda bir yerde duran Bürgel için bunun ne demeye geldiğini herhangi biri de görebilir. Görmeyen tek kişi K. Nicedir bizimle yaşıyor fakat daha dün gelmiş gibi yadırgı buraya, köyün sokak sayısı ikiyi geçmez, bıraksan kaybolur K. Bununla birlikte, malın gözü olmaya da çalışıyor, köpek gibi koşturuyor işinin arkasından. Yine de burada yaşamak onun işi değil. Sözgelimi, bugün Bürgel'den söz et, merakla dinler; hele şato memurlarına dair konuşmaları; her şeyi anlamış gibi, tutar sorular sorar. Fakat ertesi gün hepsini unutmuştur. Aslında bilir, unutmaz fakat o kadar çok şey işitmiştir ki, buncası fazladır, memur bolluğuyla aptallaşmıştır ve bu bilgisini her gün çoğaltmanın yolunu arar; bol lafta memurları bile geride bırakmıştır o; bu tarafı ilgiye değer; ama iş pratiğe geldi mi, hemen yanlış yollara sapar, döner de döner, bilgilerini hayata geçiremez, o bilgisiyle, bilgisi onunla oynar. Herhalde sonunda bütün mesele şunda: Buralı olmaması. İşinde yükselememesi de bundan. Söylediğine göre, şato ağamız onu yeryazımcı olarak çağırtmış; burada detaylarını vermek istemediğim hayli düşsel bir öykü, özetle, yeryazımcı olarak çağrılmış ve burada aynı görevle çalışıyor. Bu basit amaç yolunda bunca ter dökmesinin şimdiye dek sonuçsuz kaldığını duymuşsunuzdur hiç değilse. Başka bir yeryazımcı bu sürede bizim buraları on kez ölçerdi. K. ise yazman ile köy arasında mekik dokuyor, memurlara da yanaşamıyor artık; bir zamanlar şato yazmanlığına girebilme umuduna ise asla kapılmamıştır. Şatodan Ağalar Palas'a gelenlerle kalıyor; bazen gece, bazen gündüz sorgularına gidiyor, kurtların ağıl çevresinde gezmeleri gibi sinsice dolanıp duruyor otel çevresinde. Bunları öylesine anlatıyorum, aslında Bürgel'den söz etmek istiyorum. Diyesim, K. dün gece aynı işi için, memurlarıyla ilgilenmeye gelen Yazman Erlanger'e davet edilmişti. Bu tür davetler kişiyi sevindirir, rahatsız etmez. İnsan bunu nasıl becerebildiğini bir söyleyebilse! Her davetle gücü yenilenir; hayal kırıklıkları değil, umutları canlanır. Bu yüzden, davet aldığı an, uçarcasına otele gider. Fakat durumu parlak değildir pek; bu daveti beklememiş, köyde meselesiyle ilgili çalışmalar yapmış, kimi köy sakinleriyle bağlantılar kurmuştur ve bunların tümü de onun yeryazımcılığına el verecek türdedir; kıyasıya bir mücadele gerektirdiği için, dikkate alınmalıdır bu. Şunu aklınızda tam olarak canlandırın bir: Bu bağlantılar resmen pusu kurmuş, onun ellerinden çıkıp gidecekleri anı kollamaktadır. K. bunlarla baş etmeye çalışmaktan nefes alamamaktadır. Bir yandan da, benimle veya bir başkasıyla laf yarışındadır; çünkü hiçbir konuya, işi dışında değer vermez. Tepinip duruyor; onun uyumaya nasıl vakit ayırdığını hep merak ederim. Fakat uyuyordur işte, dahası bu uyku Bürgel olayında asıl işlevi yüklenmiştir. Sözün kısası, Erlanger'e, otele koştuğunda, ölesiye bitkindi; davete hazırlanamamış, olanca gücünü tüketmişti; bir gece önce de gözünü kırpmamış, daha önceki iki gece de toplam birkaç saat uyuyabilmişti. Bundan dolayı, bu gece daveti, bu konudaki her kâğıt gibi onu sevince boğmuş, başka bir zamanda olsa, hakkından geleceği bu buluşma da elverişsiz şartlar yüzünden kaygı nedeni olmuştu. Sonra otele gidip, yazmanların kaldığı odaları aramaya koyulur ve orada kötü talih, önceden tanıdığı bir oda hizmetçisiyle karşılaşır. Yani, kadından kızdan yana işleri yine yolundadır, kuşkusuz görev aşkına! Bu hizmetçi, K.'nın tanıdığı başka bir kız hakkında bir şeyler anlatır, alıp kaldığı odaya götürür. K., takılır eteğine kızın (gece yarısı olmamıştır daha), yeni bir şeyler öğreneceği her fırsatı değerlendirmeyi aklına koymuştur K. Bundan da faydalar da sağlamıştı; bazı tehlikeler de, örneğin bu son seferinde; çünkü uykusuzluktan delirmiş halde, geveze kızı bırakıp, koridora geldiğinde saat dördü göstermektedir. Erlanger ile buluşmasına vaktinde yetişmek dışında bir şey yoktur aklında. Koridorun bir yerlerinde unutulmuş tespideki içkiyi içerek, kendine gelmeye uğraşır, fazla bile içer belki; uzunca, diğer vakitlerde yoğun, şimdiyse kabristan gibi ıssız koridordan hayalet gibi süzülüp, Erlanger'in oda kapısı olduğunu sandığı bir kapının önüne gelir; eğer uyuyorsa, uyandırmayayım diye, zili çalmaz da, usulca kapıyı aralar. Bundan sonra olanları gücüm yettiğince anlatacağım; K. bana dün, o berbat zavallılığıyla olayları nasıl aktardıysa, aynı dikkatle yapacağım ben de. Umarım, kendisini o günden beri aldığı başka bir davet rahatlatmıştır! Fakat olup bitenler o kadar komik ki! Püf noktası ayrıntılarda elbette, bu yüzden anlatırken, bir şeyler kaybolacak. Eğer başarabilirsem, K.'yı hemen göreceksiniz; ha, Bürgel'den eser olmadığını belirteyim. Başarmam şart; çünkü sıkılabilirsiniz. Ama yine de güç bulup deneyeyim bir.

... Ayrılır, tokalaşırlar. «Konuştuğumuza gerçekten sevindim, insanın vicdanı rahatlıyor. Yine görmeye gelebilirim sizi.»

«Herhalde tekrar gelmem gerekecek,» dedi K., Mizzi'nin eline eğilerek; duygularını denetime alıp bu eli öpmek istiyordu fakat öteki, tiz bir çığlık atıp, elini yatağın altına gizledi. «Mizzi, Mizzi'ciğim!» dedi muhtar hoşgörüyle sırtını okşayıp.

«Her zaman gelebilirsiniz,» dedi muhtar, Mizzi'ye K.'nın yaptığını unutturmak ister gibiydi ama: «Hele de sayrı sayrı yattığım sürece. Çünkü yarın öbür gün işe başladım mı, başımı kaşıyamam.»

«Bu sözlerle bugünkü konuşmamızın resmi niteliği olmadığına mı değinmek istiyorsunuz?» dedi K.

«Kesinlikle!» dedi muhtar. «Resmi değildi, belki yarı resmi. Değindiğim gibi, resmi olmayanın değerini azımsıyorsunuz. Resmi bir hüküm, diyelim ki şu masadaki ilaç kutusu gibi değildir. Elinizi atsanız, kutuyu alabilirsiniz. Fakat resmi bir hüküm, bir yığın önçalışma gerektirir, bunu elde etmek için en eski memurların bile yıllarını ister fakat bu hükmün sonucunu önceden biliyormuş, ne çıkar! Zaten son hüküm diye bir şey var mı ki? Ayrıca, böyle bir şeyi gerçeklemek için kontrol daireleri var.» «Evet!» dedi K. «O kadar mükemmel düzenlenmiş ki her şey. Kuşkulanmak ne! Fakat siz bana bunu, genel hatlarıyla öyle ustaca anlattınız ki, ben de aynı şeyi fark edebilmek için olanca gücümü harcayacağım.»

Eğilerek birbirlerini selamladılar; K. çıkıp gitti. Asistanlar, sessizce fısıldaşıp, gülüşerek, özel vedalarını gösterdiler; ama bir an sonra koşup, K.'ya yetiştiler.

K. oteldeki odasını tanıyamayacağı kadar değişmiş buldu, onu, kapıda bir öpücükle karşılayan Frieda, o kadar uğraşmıştı ki! Oda ısıtılmış, yerler temizlenmiş, yatak toparlanmış; hizmetçilerin öteberileri kaldırılmıştı; duvarda, yatağın tepesinde yeni bir fotoğraf vardı, yaklaştı K., fotoğraflara...

... başka nereye gitmek istediysem, hele de çocuksu bir tutkuyla. Seri adımlarla dolanıp duruyorken, tam Amalia'nın yanından geçiyordum ki; ördüğü çorabı hemen alıp masaya fırlattım; ailenin diğer bireyleri de gelip masaya oturmuştu. «Ne yaptın?» diye bağırdı Olga. «Boş ver!» dedim, yarı kızgın ve gülümser, «Sadece can sıkıntısı veriyorsunuz.» Ardından şömine önündeki yere oturdum, orada uyuyan küçük kediyi kucağıma çektim. Buralara ne kadar da yabancıydım; bununla birlikte, kendimi nasıl da evimde duyuyordum. Elimi uzatıp ihtiyarlarla tokalaşmamış, hem kızlar, hem de evde bana farklı görünen Barnabas ile iki laf etmemiştim; yine de sıcak odada, kızlarla biraz atıştığımız için, kendi kendime oturuyordum. O uslu kedi, önce göğsüme, oradan omuzlarıma çıkmıştı. Bu evde ne kadar düş kırıklığı yaşadıysam da, kimi umutlar yeşertmişti içimde. Barnabas şatoya gitmemişti daha, yarın sabah gidecek o kız olmasa da, bir başkası gelecekti.

Frieda da bekliyor, fakat K. değil beklediği! Ağalar Palas'ı gözetime almış o, K.'yı da; kaygılanmasın diye, durumu çok kötü değil. Pepi'nin ne kadar gayret edip, saygınlığını çoğalttığını rahatça izleyebilir; vakti geldiğinde buna nasılsa son verecektir; K.'nın kendisinden uzaklarda eğleştiğini sakince izleyebilir, zaten işin K.'nın kendisini bırakmasına kadar varmasına seyirci kalmayacaktır.